Angelika Rosenbaum
Kampf dunkler Mächte um die Erde
durch die Gezeiten

Der Mensch lebt in zwei Welten:
Der äußeren und der
inneren Welt
C.G. Jung

Angelika Rosenbaum

Kampf dunkler Mächte um die Erde durch die Gezeiten

Bibliografische Information der Deutschen Nationalbibliothek: Die Deutsche Nationalbibliothek verzeichnet diese Publikation in der Deutschen Nationalbibliografie, detaillierte bibliografische Daten sind im Internet über dnb.dnb.de abrufbar.

Lektorat und Illustrationen: Birgit Waßmann

Verlag: BoD . Books on Demand GmbH, In den Tarpen 42, 22848 Norderstedt
Druck: Libri Plureos GmbH, Friedensallee 273, 22763 Hamburg

ISBN: 978-3-7597-7933-5

Für meine Freundin

Birgit,

*die mit ihren
vielen Anregungen
und Illustrationen
mein Buch enorm
bereichert hat.*

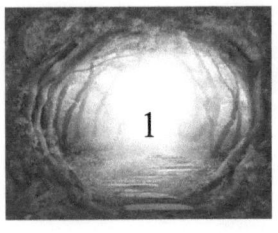 Von dem Leben, das ich bisher führte, hatte ich genug. Täglich dasselbe Einerlei, ohne nennenswerte Aussicht, das Dasein sinnvoll zu gestalten. Die so genannte ‚Zivilisation' ging mir gehörig auf die Nerven – ich brauchte dringend eine Auszeit. Schließlich kam ich auf die Idee, mir ein kleines Holzhaus in einem nahe gelegenen Waldstück zu mieten. Kurz entschlossen packte ich meinen Hund Leo ins Auto – und los ging die Fahrt! Mein Handy hatte ich vorsorglich ausgestellt. Nie hätte ich mit den unvorstellbaren Folgen gerechnet, die sich aus meiner spontanen Entscheidung ergeben sollten.

Am Ziel angekommen, stellte ich den Wagen ab, schnappte mir Leo und spazierte ein wenig in der Gegend herum. Eine ungewöhnliche Stille umgab mich. Kein Vogellaut war zu hören und dunkle Nebelschwaden zogen durch die Bäume. Es war Spätfrühling, dennoch spürte ich hier eine sonderbar düstere Atmosphäre. Mein Hund drückte sich scheu an mich, was ungewohnt für ihn war.

Da diese kleine Inspektion der Umgebung nicht die erwartete Entspannung gebracht hatte, kehrte ich um und ging in Richtung Hütte. Plötzlich, wie aus dem Nichts, erhob sich ein heftiger Sturm. Ein großer Ast krachte vor mir nieder und hätte mich beinahe getroffen! Eilig schloss ich die Hüttentür auf und stemmte mich von innen mit aller Kraft dagegen, um sie zu schließen. Fast schien es so, als wollte irgendetwas Dunkles mit hereindringen. Endlich gelang es mir, die Tür zu schließen. Ich drehte den Schlüssel zweimal herum und lehnte mich herzklopfend an die Wand. Dann ließ ich mich mit zitternden Knien in den Sessel fallen.

Durch den Raum wehte eine Eiseskälte und ich begann zu frösteln. Mein Hund drückte sich an mich, so als wollte er mich wärmen. Schnell entfachte ich ein kleines Feuer im Kamin und schloss die Augen. Die Holzscheite knisterten und sprühten Funken. Mein Hund setzte sich zu meinen Füßen nieder. Ich wurde zusehends entspannter und ein wohliges Gefühl überkam mich. Vor Erschöpfung wurde ich schläfrig und nickte ein.

Doch meine Idylle wurde bald gestört. Plötzlich vernahm ich wie aus weiter Ferne ein leises Knurren. Ich öffnete die Augen und sah, wie ein Holzscheit im Kamin förmlich explodierte und sich ein Funkenregen vor dem Kamin ergoss. Ich blickte genauer hin und stellte fest, dass sich eine dunkle Masse auf dem Boden vor dem Kamin angesammelt hatte. Sie begann sich zu regen!

Nach und nach wurden die Umrisse einer Gestalt deutlich erkennbar. Ich staunte nicht schlecht, als die Gestalt männliche Formen annahm und sich vor mir aufbaute. Sie schien mich ins Visier zu nehmen. Augenblicklich wurde ich von Panik ergriffen. Ich begann vor Angst zu schwitzen und hätte am liebsten Reißaus genommen. Doch wie gebannt blieb ich sitzen.

Dann hörte ich ein Wispern und mir war, als würde eine wohl tönende Stimme beruhigend auf mich einreden. Sie gab mir zu verstehen, dass ich keine Angst zu haben brauchte.

„Wer bist du?" brachte ich hervor.

„Ich bin... der Geist des Windes...", meinte ich zu verstehen.

„Warum bist du hier?" flüsterte ich erschrocken. Es entstand eine lange Pause. Ich dachte schon, alles wäre nur ein Traumbild gewesen, als die Stimme wieder zu reden begann: „Ich weiß, wie es um dich steht und bin gekommen, um dir etwas zu zeigen", säuselte es um mich herum. Ich spürte einen leichten Windhauch. „Lass uns einen kleinen Ausflug machen." Bei dieser Mitteilung ergriff mich plötzlich eine rotierende Windböe – und im Nu befand ich mich hoch in den Lüften!

„Ich komme von weither und überall herum", brauste der Wind. „Ich bin so alt wie die Welt. Ich war schon hier, als es noch keine Menschen gab. Ich habe alles, was jemals erschaffen wurde, kommen und gehen sehen. Von Ferne habe ich dich beobachtet in all den Formen, die du in den vergangenen Leben bekleidet hast."

Ich kam aus dem Staunen nicht heraus. Was widerfuhr mir hier? Ich wusste, dass ich nicht träumte. Fragen nach der Sinnhaftigkeit des Daseins bewegten mich bereits seit geraumer Zeit und ich hoffte inständig, mehr von dem uralten Wesen zu erfahren.

„Wir wechseln in eine andere Frequenz", vernahm ich plötzlich. Die Landschaft unter mir verschwand; Mond und Sterne waren nicht mehr zu sehen. Stattdessen breitete sich eine riesige 3D-Landkarte unter mir aus, die immer näher kam und größere Ausmaße annahm. Leider konnte ich mit dem Geschauten nicht viel anfangen.

„Dort sind alle deine Leben aufgezeichnet", erklärte mir der Windgeist. „Alles, was du dir vorgenommen hast, um die dir gestellten Aufgaben zu erfüllen. Dabei liegt es an dir, das Tempo zu beschleunigen oder zu verringern, je nachdem, was dir wichtig erscheint."

„Aber… wieso wird ausgerechnet mir eine solche Gunst gewährt?" entfuhr es mir.

„Weil du darum gebeten hast", lautete die überraschende Antwort. Bevor ich etwas erwidern konnte, verschwand unvermittelt das ganze Szenario. Ich wurde in eine Art Strudel hinein gesogen und landete kurz darauf ein wenig unsanft wieder in meinem Sessel vor dem Kamin.

Das Feuer war fast heruntergebrannt und es war unangenehm kühl in der Hütte. Hastig legte ich noch etwas Holz nach und wechselte in das weiche Bett hinüber. Als ich mir die Decke über den Kopf zog, dachte ich: ‚Was für ein seltsamer Traum – oder ist das alles tatsächlich passiert?' Wie eine kleine Nachtmusik klangen die Geräusche aus dem Dunkel. Ein leichter Lufthauch zog über mein Gesicht. Dann hörte ich noch eine leise Stimme wispern: „Ich komme wieder…" Vielleicht war es doch nur eine Nachteule vor meinem Fenster?

Als ich erwachte, war es bereits heller Tag. Ich räkelte mich ausgiebig und ließ mir Zeit mit dem Aufstehen. So putzmunter und ausgeschlafen hatte ich mich schon lange nicht mehr gefühlt. Die Ereignisse des gestrigen Tages tauchten langsam vor meinem inneren Auge auf. Sie kamen und zogen vorbei wie flüchtige Wolken. Manche reihten sich ein in meinen Erfahrungsschatz und immer noch konnte ich nicht sagen, was davon Traum war und was Wirklichkeit. Hatte ich tatsächlich eine mysteriöse Begegnung gehabt?

Als mein vierbeiniger Begleiter sich ungeduldig meldete, sprang ich mit einem Ruck aus den Federn. Ich öffnete Fenster und Türen und wurde von strahlende Sonnenschein und

lautem Vogelgezwitscher begrüßt. Würzige Luft wehte mir entgegen und ich hatte es eilig, nach draußen zu kommen. Schnell warf ich mir eine Jacke über. Leo stand schwanzwedelnd vor mir und konnte es gar nicht abwarten, bis es endlich losging. Sobald ich die Tür geöffnet hatte, erkundete er in rasantem Tempo die Umgebung. Ausgelassen tollte er umher und scheuchte dabei etliche Vögel auf, die hastig das Weite suchten. Auch ein Eichhörnchen flüchtete bis hoch in die nächste Baumspitze, von wo es entrüstet herunterstarrte.

Plötzlich wirbelte ein ungewöhnlich kräftiger Windstoß um mich herum. Als ich nach unten sah, entdeckte ich zu meinem großen Erstaunen einen kleinen Zettel vor meinen Füßen. Kaum hatte ich ihn erblickt, flog er auf und flatterte davon, so als wollte er mit mir Fangen spielen. Nach einigem Hin und Her erhaschte ich ihn und faltete ihn aufgeregt auseinander. Perplex entzifferte ich die etwas verwaschenen Zeilen:

„Guten Morgen, meine Schöne, erinnerst du dich an mich? Wir sehen uns schon bald wieder – heute Abend ist es soweit." Über die Maßen verwundert schüttelte ich den Kopf. Damit konnte doch unmöglich ich gemeint sein? Achtlos stopfte ich den Zettel in die Jackentasche und dachte nicht mehr daran.

Wie herrlich war es, das alte Leben hinter sich zu lassen und frohgemut in Begleitung seines Vierbeiners durch den Wald zu streifen! Tief sog ich die würzige Luft ein, begleitet von einem warmen Wind, der mich streichelte. Befreit atmete meine Seele auf. Ich fühlte mich eins mit der Natur und den Bäumen, die mich umgaben.

Bald entdeckte ich einen kleinen See mitten im Wald. An seinem Ufer ließ ich mich nieder und sank ins weiche Gras. Ich hielt mein Gesicht den wärmenden Sonnenstrahlen entgegen. Verträumt schaute ich auf die sich leicht kräuselnden Wellen; horchte auf das Knacken im Unterholz und lauschte dem Gezwitscher und Gezänk der kleinen Bewohner der Lüfte. Dabei bemerkte ich nicht, wie die Zeit verstrich. Erst als die Sonne langsam im Westen unterging, kam ich wieder zu mir und riss mich los von meinen Träumereien.

Mein Magen meldete sich mit einem hartnäckigen Knurren. „Es wird Zeit, Leo", sagte ich zu meinem vierbeinigen Freund, und gemeinsam machten wir uns auf den Weg. In der Hütte angelangt, machte sich Leo heißhungrig über sein Futter her. Ich packte meine mitgebrachten Vorräte aus und bereitete aus ihnen einen würzigen Bauernsalat. Dann schenkte ich mir ein Glas Rotwein ein und ließ mich im Schaukelstuhl am Kamin nieder. Das Glas war schnell geleert; es folgte rasch ein zweites. Versonnen schaukelte ich vor mich hin und geriet bald in einen tranceartigen Zustand.

Da war mir, als streichelte etwas meinen Nacken und eine leise Stimme flüsterte mir ins Ohr. Ich glaubte, die Worte zu verstehen:

„Habe ich nicht gesagt, ich käme wieder? Bist du bereit für die nächste Reise?" Ich zögerte nur kurz. Oh ja, ich war bereit, komme was da wolle! Im gleichen Moment wurde ich wie beim ersten Mal von einem Strudel angezogen und hoch in die Lüfte gehoben, bis mein Atem stockte. Kurz darauf kam ich in ruhigere Gefilde und spürte freudig erregt zum ersten Mal in meinem Leben die Erhabenheit und Stille des weiten Raumes, der uns umgab. Entzückt segelte ich durch das blinkende Sternenmeer und betrachtete staunend den geheimnisumwitterten Vollmond ganz aus der Nähe. Eine tiefgehende Dankbarkeit breitete sich in mir aus. Dass ich dies alles erleben durfte! Unter mir schaute ich den blauen Planeten Erde, meine Heimat, und ich wurde von tiefer Liebe zu ihm erfüllt. Er musste unter allen Umständen geschützt und erhalten werden.

Dann breitete sich vor mir erneut die Landkarte aus und ich sah wieder die Gebilde, die anscheinend alle meine Leben darstellten und die Gegenwart, Vergangenheit und die voraussichtliche Zukunft umfassten. Es waren Gebilde, die in sich eine Einheit darstellten und den Entwicklungsgang eines Menschen bis zurück in die Urheimat beinhalteten.

Eines dieser Gebilde – besser gesagt: Existenzen – leuchtete hell auf. Anscheinend stellte es das Ziel dieser nächtlichen Reise dar. Wir näherten uns dem leuchtenden Punkt, bis er größer und größer wurde und schließlich den gesamten Raum einnahm.

Die Landung ging sanft vonstatten und ich musste mich erst einmal orientieren. Was war bisher geschehen? Mein windiger Freund hatte mich aus meiner Hütte herausbefördert, war mit mir durch den Raum gesegelt und hatte mich nun in dieser Landschaft abgesetzt.

„Du bist in Frankreich", blies er mir sanft ins Ohr. „Anno 1550. Das war die dunkle Zeit, in der weise Frauen als Hexen auf dem Scheiterhaufen verbrannt wurden. Auch Heilerinnen wurden verfolgt und hingerichtet. So stellten sie keine Konkurrenz mehr dar für die windigen Quacksalber, die allerorten ihr Unwesen trieben. In erster Linie waren es Frauen, die den Schergen zum Opfer fielen, doch auch etliche Männer teilten ihr trauriges Schicksal. Ihr Vermögen wurde eingezogen und floss der Kirche zu.

Den Menschen von damals mangelte es an Mitgefühl; sie hatten ihre Menschlichkeit verloren. Ohne Skrupel denunzierten sie ihre Mitmenschen und wohnten mit hämischer Freude den unmenschlichen Qualen derjenigen bei, die als Hexen und Hexer diskreditiert worden waren. Ihre eigenen niederen Beweggründe übertrugen sie auf die Opfer, selbst wenn diese ihnen einst in schweren Zeiten, als sie krank daniederlagen, geholfen hatten. Und dennoch fühlten sie sich im Recht bei ihrem böswilligen Treiben.

„Ein solches Verhalten könnte jederzeit wieder Wirklichkeit werden, auch in eurer so vermeintlich aufgeklärten Zeit", flüsterte mir mein Freund, der Windgeist, ins Ohr.

Unvermutet fand ich mich in einem Waldstück wieder und hörte durch die Bäume hindurch deutliches Pferdegetrappel und laute Männerstimmen. Ich war nicht allein; einige andere Frauen waren an meiner Seite. Leider war unser Versteck schlecht gewählt. Schon bald fühlten wir uns ergriffen, in Ketten gelegt und – fort ging es im Galopp!

Wir wurden in einen Ort verschleppt, dessen Mittelpunkt ein großer Platz mit einem riesigen Dom bildete. Dort warf man uns ohne viel Aufheben in ein Verlies. Die Häscher kassierten für den guten Fang, den sie ablieferten, einen großen Batzen an Goldmünzen.

Eine leichte Brise umwehte mich. „Bleib ganz ruhig", flüsterte mir der Geist des Windes ins Ohr. Er überwand offenbar jeden Widerstand und kannte keinerlei Grenzen; daher war es für ihn ein Leichtes, mich zu erreichen. Leise flüsterte er:

„Das, was hier geschieht, hast du alles schon einmal erlebt. Betrachte daher das Szenario mit einem gewissen Abstand."

Meine Mitgefangenen waren verzweifelt. Verständlicherweise standen sie große Ängste aus, denn sie erwartete ein grausames Martyrium, das auch ich in gewissem Sinne mit ihnen teilte. Nach und nach wurden die Frauen, eine nach der anderen, grob an den Haaren gepackt und hinausgezerrt. Die schöne lange Haarpracht wurde ihnen abgeschnitten; ihre Köpfe wurden geschoren und sie wurden – in ein Sackgewand gehüllt – zum Scheiterhaufen geschleppt. Ihre gellenden Schreie dröhnten mir noch lange in den Ohren und ließen mich vor Schreck erstarren.

Schließlich war es soweit und die Reihe kam an mich. Zu meiner Verwunderung vergriffen sich die Schergen nicht an meiner Kleidung, und auch mein Kopf wurde nicht geschoren. Stattdessen wurde ich in den Dom geschleppt und dort angekettet.

„Lassen wir es damit fürs Erste genug sein", hörte ich den Windgeist zu meiner großen Erleichterung wispern. „Die Reise durch die Lüfte wird dich entspannen und erfreuen. Morgen sehen wir dann weiter." Die Schönheit des Rückfluges und das Betrachtens meines blauen Heimatplaneten ließen mich die Schrecken der Vergangenheit, die ich mehr oder weniger bildhaft erlebt hatte, wie einen Traum erscheinen.

Es dauerte nicht lange, da überkam mich eine bleierne Müdigkeit und ich fiel in einen tiefen Schlaf. Mitten in der Nacht wachte ich in meinem Schaukelstuhl in der Waldhütte auf. Verwundert rieb ich mir die Augen und tappte hin zu meinem gemütlichen Bett. Dort zog ich mir die Decke über die Ohren und schlief bald tief und fest.

3

Ein paar vorwitzige Sonnenstrahlen kitzelten mir in der Nase und weckten mich. Verschreckt betrachtete ich ein paar Feuerkringel an der Wand. Siedend heiß kam mir zu Bewusstsein, dass die Scheiterhaufen brannten! Panisch sprang ich aus dem Bett und stellte erleichtert fest, dass es die Sonne war, die feuerähnlichen Kringel an die Wand malte. Ich befand mich daheim in meinem gemütlichen Refugium. Mein Herz klopfte wie wild und ich konnte mich nur langsam beruhigen. Nachdem ich mir einen Kaffee aufgebrüht hatte, schön heiß mit viel Sahne, setzte mich auf den Bettrand und wurde langsam gefasster. Mir war immer noch nicht klar, ob ich eine Reihe von Alpträumen hatte. War die Stille um mich herum schuld daran, dass Vergangenes an die Oberfläche kam? Das ist ja ein wohlbekanntes Phänomen. Auf der anderen Seite waren die Erlebnisse derart lebendig und greifbar, dass ich sie nicht einfach ins Traumreich verbannen konnte.

Was immer es auch sein mochte, ich kam zu keiner Lösung. Daher machte ich meine Morgentoilette, aß noch etwas Zwieback und ging hinaus in die Morgensonne. Erleichtert atmete ich tief ein und vergaß die nächtliche Reise. Stattdessen freute ich mich über das herrliche Wetter, die zwitschernde Vogelschar und den sanft-warmen Luftzug, der mich begleitete.

Nach einem ausgedehnten Morgenspaziergang kamen Leo und ich mit knurrendem Magen in unsere hölzerne Behausung zurück. Ich sorgte dafür, dass unsere Mägen bekamen, wonach sie verlangten. Dann setzte ich mich an den winzigen Schreibtisch und schlug meinen Notizblock auf, um meine Erlebnisse niederzuschreiben. Beim Öffnen fiel eine wunderschöne Feder heraus und segelte auf meinen Schoß. Erstaunt nahm ich sie in die Hand. Sie war außergewöhnlich gemustert. Mir war kein Vogel bekannt, von dem sie stammen könnte. War das nicht erneut ein Zeichen, dass an meinen so genannten ‚Alpträumen' doch etwas dran war? Ich verfiel in eine seltsame Stimmung und brachte meine Erlebnisse zu Papier. Anschließend bereitete ich mir ein wohlschmeckendes Abendessen, das ich im Schaukelstuhl vor dem Kamin aß, und genoss dazu ein Glas Rotwein. Diese wundersame abendliche Entspannung vor dem Kamin im Schaukelstuhl, bei der ich genießerisch ein Glas Wein schlürfte, war in gewisser Weise der Auftakt zu meinen Reisen in das Land der Erkenntnis.

Ich war innerlich aufgewühlt und in Erwartung der Dinge, die da kommen würden. Langsam wurde ich etwas schläfrig, bis ich plötzlich wieder die hell blinkenden Sterne am dunklen Firmament erblickte. Eine Sternschnuppe schoss dicht an mir vorbei, so dass ich sie fast greifen konnte. Ein warmes Gefühl der Zuneigung und Ehrfurcht durchströmte mich. Ehe ich's mich versah, fühlte ich mich dem alltäglichen Dasein entrückt; ganz ähnlich wie auch schon die Nächte zuvor.

Sanft strich mein geistiger Freund, der Wind, über mein Haar, nicht ohne mir erneut zu versichern, dass die schlimmen Dinge, die ich gleich erleben würde, wie ein Traumgeschehen an mir vorüber ziehen würden.

Schon fand ich mich wieder angekettet in einem großen Raum, der zu einem Dom gehörte. Der Wind fächelte mir Kühlung zu, so schien es mir jedenfalls. Bei dem Gedanken an seine Anwesenheit fühlte ich mich ein wenig sicherer. Von dort, wo ich mich befand, konnte ich durch die Fenster das Flackern von Scheiterhaufen sehen und hörte gedämpfte Schreie.

Urplötzlich näherte sich aus dem Dunkel des Doms eine Gestalt, die in einen dunklen Talar gehüllt war, ähnlich wie ihn die Priester tragen. Diesen Mann, der sich mir näherte, umgab eine dunkle Aura. Mit einer gewissen Neugier sah ich ihm entgegen. Ich wollte verhindern, dass er mir zu nahe kam und bot meine gesamte mentale Energie auf, um ihn zu stoppen. Tatsächlich ging er plötzlich nicht weiter. Es war ihm offenbar nicht möglich, sich mir auf mehr als zwei Meter zu nähern. Stumm blickten wir uns an. Er hatte nachtschwarze Augen, in denen eine Spur von Wahnsinn aufschien. Ich konnte erkennen, dass er jederzeit unbarmherzig und ohne jeden Skrupel seinen Willen durchsetzte, wobei ihm seine hypnotische Ausstrahlung zu Hilfe kam. Er war es gewohnt, Befehle zu erteilen und erwartete, dass man sie strikt befolgte.

Bei solchen Überlegungen wurde ich fast neugierig auf diesen Mann – und nun begann der Tanz: Ich nahm meine Energie zurück, so dass es ihm möglich war, sich mir anzunähern. Auf sein Geheiß hin wurden die Ketten, die mich festhielten, gelöst. Offenbar handelte es sich um den Bischof dieser Stadt, wie ich den Gesprächen entnahm. Grob nahm er mich am Arm und sagte mit einer beschwörenden Stimme:

„Du verfügst anscheinend über besondere Kräfte. Ich will wissen, wo deine Energie her kommt." Als ich beharrlich schwieg, zog er mich mit sich und wir durchquerten den Dom, stiegen einige Wendeltreppen hinauf und gelangten in einen kleinen Raum. Er gab mir einen Becher mit einer bitter schmeckenden Flüssigkeit zu trinken. Als ich zögerte, befahl er mir herrisch, den Becher zu leeren. Widerstand war zwecklos, sagte ich mir und ich tat, was er verlangte. Dann schien ich zu schweben und hatte Einblick auf das erschreckende Bild unter mir. Nach einer Weile wurde mir schwindelig und Dunkelheit hüllte mich ein.

Ich erwachte mitten in der Nacht in meinem Schaukelstuhl, ein leeres Weinglas in der Hand. Fröstelnd begab ich mich in meine Koje und war bald weggedämmert. Schon fast im Schlaf spürte ich einen leichten Windhauch über mich hinweg streichen.

4 Zunächst schlummerte ich tief und traumlos. Doch jäh wurde ich durch ein Geräusch geweckt. War das ein Knacken der Holzscheite im Kamin? Ich richtete mich auf und sah genauer hin. Eine kleine Flamme züngelte noch an einem Stück Holz entlang; mal war sie am Verglimmen, dann wieder schoss sie in die Höhe und malte Muster an die Wand. Hastig zog ich die Decke über meinen Kopf, lugte daraus hervor und beobachtete das fantastische Farbenspiel. Dann stieg jäh die Erinnerung in mir hoch an die schaurigen Erlebnisse der letzten Nacht.

Sie fühlten sich so real an, so dass ich mich einmal mehr fragte: Was war Wirklichkeit und was war Traum? Waren es Fantasien, hervorgerufen durch die Einsamkeit und die Stille meiner Umgebung, oder handelte es sich dabei um tatsächliche Erinnerungen aus fernen Dimensionen? Was es auch immer war, es berührte mich tief in meinem Innern. Auf jeden Fall hatte es eine tiefe Bedeutung für mich, das spürte ich sehr klar. Unruhig wälzte ich mich hin und her. Mein braver Hund tappte heran, leckte meine Hand und ließ sich dicht neben mir nieder. Um das Haus sang der Wind seine Melodie. Darüber wurde ich erneut müde und sank in einen erholsamen Schlaf.

Sonnenstrahlen erfüllten den Raum mit hellem Schein, als ich erwachte. Das war mir sehr willkommen. Ich war noch etwas benebelt und kam nur langsam zu mir. Aus der Ferne ertönte ein Pfiff und mein Hund begann zu knurren. Was war das? Ich war doch hier ganz allein. Dann war nichts mehr zu hören und ich dachte, es sei nur ein Traumrest gewesen. Etwas steif stieg ich aus meiner mollig warmen Koje, kochte mir einen heißen Kaffee, der mich vollends weckte, stopfte mir eine Handvoll Nüsse in den Mund und ging hinaus.

Langsam kehrten meine Lebensgeister zurück. Ich lief mit Leo um die Wette, obwohl er mir natürlich haushoch überlegen war. Das wollte ich aber nicht einsehen und legte noch an Tempo zu. Dabei stolperte ich über einen Ast und fiel der Länge nach auf den Boden. So ein Mist! Als ich mich etwas benommen aufrappelte, sah ich vor mir auf dem Boden etwas blinken. Ich griff danach und hielt eine wunderschöne Goldkette in der Hand, an der ein Medaillon hing mit einem Symbol darauf, das ich nicht kannte. Erstaunt und erfreut über dieses Kleinod legte ich es mir um den Hals.

Frohgemut und etwas aufmerksamer als zuvor, wanderte  ich mit Leo an meiner Seite bis zu dem kleinen See, den ich vor kurzem erst entdeckt hatte. Dort machte ich halt und watete mit nackten Füßen im Wasser herum. Das wirkte sehr belebend. Das Wasser war sehr klar und ich konnte die Fische beobachten, wie sie um meine Füße schwammen und an ihnen zupften. Plötzlich hatte ich einen ungewohnt klaren Blick. Alles um mich herum trat besonders scharf hervor, was mich sehr verwunderte. Ich konnte mich nicht erinnern, jemals die Welt um mich her so intensiv und klar in ihren Konturen wahrgenommen zu haben. Ich lenkte meine Aufmerksamkeit auf den Kies unter meinen Füßen, der beim Gehen meine Füße sanft massierte. Ein Wohlgefühl floss durch meinen ganzen Körper und ich fühlte mich munter wie ein Fisch im Wasser.

Plötzlich zerriss ein schriller Pfiff die Stille. Erschreckt horchte ich auf. War hier noch jemand in der Nähe? Eilig watete ich aus dem Wasser heraus und lauschte eine ganze Weile. Alles blieb still und ich wandte mich wieder dem Weg zur Hütte zu. Vielleicht war es ein Vogel gewesen, dessen Pfiff ich gehört hatte? Entschieden verdrängte ich die Unsicherheit, die mich überkommen hatte.

Gegen Abend machte ich es mir wieder in meinem Schaukelstuhl am Kamin gemütlich und kraulte Leo, der sich an mich schmiegte. Leicht schaukelte ich hin und her und summte ein altes Volkslied vor mich hin. Das Feuer flackerte und ich kam ins Träumen. Urplötzlich schwebte ich wieder in der Luft, getragen vom Windgeist, meinem alten Bekannten. Der Flug währte diesmal nur kurz. Nur zu bald befand ich mich wieder in dem Raum, den ich gestern verlassen hatte. Ich lag auf einer Liege, vor mir ein bekanntes Gesicht, das sich über mich beugte. Es gehörte dem absonderlichen Kirchenmann, der mich letzte Nacht in das kleine Turmzimmer geführt und mir gegen meinen Willen ein betäubendes Getränk verabreicht hatte.

„Ich habe dich vor dem Scheiterhaufen bewahrt", fuhr er mich an. „Dafür bist Du mir jetzt verpflichtet." Ich war noch ganz benommen und mir war schwindelig. Was wollte der Mann von mir? Am Turmfenster entdeckte ich einen großen Raben, der in das kleine Zimmer hineinlugte. Ein heftiger Windstoß drückte gegen das Fenster und es öffnete sich ein wenig. Der Wind strich sacht über meine Stirn. Ich wurde innerlich ganz ruhig und sank erneut in eine Ohnmacht.

Zwischendurch kam ich kurz zu mir und hörte die Stimme des dunklen Mannes, der eindringlich auf mich einredete. Beständig fragte er:

„Was verbirgst du vor mir? Woher kommt diese besondere Energie? Verrate es mir, ich muss es wissen!" Ich begriff nicht so recht, was er von mir wollte und flüsterte:

„Ich weiß gar nicht, was Sie meinen..." Auf dem Tisch neben dem Unhold lag ein langes, scharfes Messer. Ich sah es, empfand jedoch keine Angst. Dann bemerkte ich, wie ein heulender Sturm in das offene Fenster hereintobte und ein Schwindel ergriff mich. Alles wurde dunkel um mich herum.

Völlig gerädert erwachte ich in meiner Hütte. Eilig kroch ich ins Bett, kuschelte mich in die warme Decke und war im Nu eingeschlafen.

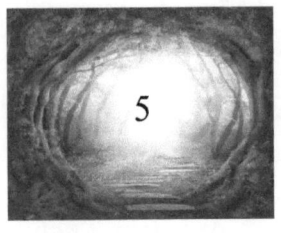

Nur langsam kam ich wieder zu mir; eine zeitlang schwankte ich zwischen Wachen und Träumen hin und her. Ich fühlte mich benommen und blinzelte in die so genannte ‚Realität'. Zögerlich sammelte ich mich und holte Stück für Stück die vergangenen Ereignisse zurück ins Gedächtnis. Nach einer Weile hatte ich mich wieder so weit gefasst, dass alles Erlebte klar vor meinem inneren Auge stand. Was geschah hier nur mit mir? Warum hatte ich mich spontan für diese Auszeit entschieden? Anscheinend hatte dies einen tieferen Grund.

Ein Blick auf die Uhr sagte mir, dass ich lange geschlafen hatte; dennoch fühlte ich mich immer noch nicht fit. Erst eine kalte Dusche holte meine Lebensgeister zurück. Leo wartete schon ungeduldig, als ich zur Tür ging.

Wir machten einen kleinen Spaziergang in der frischen Waldluft. Ich atmete in vollen Zügen ein und meine Gedanken klärten sich. Gemächlich wanderte ich durch die Natur. Die Bäume entfalteten ihr grünes Laub, während die kleinen geflügelten Wesen sich eifrig um ihr Brutgeschäft kümmerten und Futter suchend umher schwirrten. Ich genoss die Atmosphäre des Waldes, fernab dem Lärm der Zivilisation. Nur die Zweige unter mir knackten. Langsam traten meine traumhaften Erlebnisse der letzten Nacht in den Hintergrund.

Zurück in meiner kleinen Hütte, die mir inzwischen lieb geworden war, bereitete ich mir etwas zu Essen und dazu einen Kaffee zur weiteren Ermunterung. Auch Leo kam nicht zu kurz; dafür sorgte er schon selbst. Nach einem weiteren Kaffee setzte ich mich an den kleinen Schreibtisch, um meine Erlebnisse zu Papier zu bringen. Das laute Pfeifen eines der geflügelten Wesen nahe dem Fenster weckte meine Aufmerksamkeit. Ich blickte auf und sah einen kunterbunt gefiederten Vogel auf einem der Äste nahe dem Fenster hocken. Er blickte unverwandt in meine Richtung, so als wollte er mir etwas mitteilen.

Mir war seltsam zumute und plötzlich fiel mir die Goldkette ein, auf die ich im wahrsten Sinne des Wortes gestoßen war. Ja – sie war mir zugefallen, wobei es fraglich ist, ob ‚Zufälle‘ in dem uns bekannten Sinne überhaupt existieren. Geschieht nicht alles, sobald der richtige Zeitpunkt gekommen ist? Ich nahm die Kette in die Hand und betrachtete das Medaillon. Immer noch konnte ich mir über seine Bedeutung keinen Reim machen. Und was wollte mir der bunte Geselle vor meinem Fenster mitteilen? Vielleicht war es überhaupt kein Vogel? Jedenfalls war mir ein so außergewöhnlicher Anblick bisher noch nie untergekommen.

Unversehens kam mir die Legende vom Vogel Phönix in den Sinn. Phönix, der nach seinem Hinscheiden aus der Asche immer wieder neu erstand. Und ging es mir nicht ähnlich? War ich nicht auch wieder neu erstanden, immer wieder in ein neues Leben, um irgendwann am Ziel allen Strebens anzulangen? Was hatte es mit diesem Ziel auf sich? Solche Überlegungen weckten in mir einen unstillbaren Drang nach Wissen, nach Erkenntnis. Vielleicht war das einer der Gründe, weshalb ich die Einsamkeit gesucht hatte. Und wirklich schien sich hier eine völlig andere Welt für mich aufzutun.

Nachdem ich eine ganze Zeit am Schreibtisch gesessen und die Geschehnisse der letzten Stunden aufgezeichnet hatte, war ich in Gedanken versunken lange Zeit sitzen geblieben. Als ich mich erhob, schickte sich die Sonne bereits an, im Westen zu verschwinden. Zuvor verbreitete sich ein faszinierend buntes Schauspiel am Himmel, das sich im Zimmer widerspiegelte. Der gesamte Raum war in ein interessantes Farbspiel getaucht. Ein letzter Sonnenstrahl traf auf den Spiegel an der Wand. Zufällig blickte ich hinein, und glaubte meinen Augen nicht zu trauen! Ein fremdes, hübsches Gesicht, umrahmt von dunkelbraunen langen Locken, sah mir direkt in die Augen. Ich bekam einen Heidenschreck und die Knie zitterten mir. Das war eindeutig nicht mein eigenes Gesicht! Denn ich hatte kurze blonde Locken und sah überdies völlig anders aus.

Einige Sekunden blickten wir uns an. Ich war fassungslos! Dann verschwand der Sonnenstrahl und damit das fremde Gesicht. Zum Vorschein kam das mir bekannte Konterfei. Was um Himmels Willen war das? Ich lief im Zimmer auf und ab, bis ich mich wieder beruhigt hatte. Es konnte nur eine Spiegelung gewesen sein, nichts weiter. Oder doch? Ich nahm mir ein Glas Wein und setzte mich, immer noch aufgeregt, vor den Kamin. Dabei schaukelte ich vor mich hin und wurde ruhiger. All die Erlebnisse, die mir in den letzten Tagen widerfahren waren, gerieten in den Hintergrund. Langsam dämmerte ich weg und meine kritische Vernunft zog sich zurück.

6

Die Sonne war untergegangen und die Schatten der Nacht eroberten langsam den Himmel. Plötzlich schreckte ich jäh auf und bemerkte, dass ich nicht mehr in meinem Schaukelstuhl saß, sondern mich an dem kleinen See mitten im Wald befand. Was war das denn? Wie kam ich denn plötzlich hierher? Ich begann, an meinem Verstand zu zweifeln. Fröstelnd zog ich meine viel zu dünne Jacke fest um mich. Da blies plötzlich ein Windhauch von hinten in meinen Nacken und eine wohl tönende Stimme wisperte:

„Du bist im Schlaf gewandelt und ich habe dich hier gefunden. Keine Angst, ich gebe auf dich Acht." Es hörte sich an wie ein Säuseln in den Blättern. Schon befand ich mich wieder hoch in den Lüften. Ich hörte es noch raunen:

„Heute wird es wohl für dich ein intensives Erlebnis werden, aber denk daran: Das alles geschieht im Traumland." Es verging nur ein kurzer Moment, und ich befand mich wieder in dem kleinen Turmzimmer. Ich lag auf einer Liege und der finstere Mann, der ganz in schwarz gekleidet war, blickte mit einem harten Ausdruck in den Augen auf mich herab. Ich versuchte, mein Gewahrsein an die veränderte Situation anzupassen. Die schnelle Abfolge der Ereignisse machte mir zu schaffen. Außerdem hatte ich wieder dieses betäubende Gefühl, so als ob Rauschmittel meine Sinne benebelten.

Der Mann knurrte irgendwas, doch ich verstand ihn nicht. Alles drehte sich um mich. Ungeduld und Ärger schienen in meinem Kerkermeister hoch zu steigen. Mit schneidender Stimme, die mir einen Schauer über den Rücken jagte, grollte er:

„Ich habe nun alles Mögliche mit dir angestellt. Dir ist vielleicht nicht klar, dass du eine bevorzugte Behandlung gegenüber den anderen Frauen einnimmst." Ich dachte im Stillen: ‚Das kann ja wohl nicht wahr sein.' Aber er vertrat wohl derart abwegige Meinungen und knurrte:

„Ich verfolge bestimmte Absichten mit dir. Nachdem ich deinen Körper nach allen Regeln der Kunst untersucht habe, konnte ich nicht das entdecken, was ich zu finden hoffte. Ich will mehr über dich in Erfahrung bringen. Woher kommt die Kraft in dir, deine außerordentliche Energie? Ich muss das wissen!"

Gern hätte ich ihm eine Antwort gegeben, doch ich verstand einfach nicht, was er von mir wollte. Uns Heilerinnen verbanden Gefühle der Zuneigung und das Mitleid mit den kranken Menschen, denen wir halfen. Doch von Mitgefühl und Liebe konnte bei ihm und seinesgleichen wohl nicht die Rede sein.

„Du bist eine schöne Frau und es ist schade um dich", fuhr er mit Grabesstimme fort. „Irgendwie tust du mir leid, doch mein Anliegen ist mir wichtiger als alles andere. Ich will in den Besitz dieser Kraft kommen, koste es, was es wolle!"

Hinter ihm auf dem Tisch lag immer noch das lange, scharfe Messer. Trotz des Nebels in meinem Gehirn machte mein Herz einen Sprung. Unaufhaltsam kam er mit dem Messer auf mich zu. Mir stockte der Atem, als er es oben an meinem Hals ansetzte. Ich konnte nicht mehr klar denken. Panik erfasste mich. Da drückte der Unmensch das Messer in mein Fleisch; er schnitt hinein und zog die Klinge den ganzen Körper hinunter. Der schrille Pfiff eines Vogels war am Fenster zu hören. Ein brausender Sturm erhob sich und drückte so heftig gegen die Scheiben, dass sie mit lautem Krach zu Bruch gingen. Mit letzter Kraft entriss ich dem

Unhold das Messer. Kaum war mir bewusst, was ich tat, als ich es ihm mit aller Kraft in die Kehle stieß! Mein Blut vermischte sich mit dem Seinen. Schwer fiel er auf mich und Blutströme ergossen sich rings um uns herum.

Laut schreiend erwachte ich in meinem Bett in der Waldhütte. Da streichelte ein leichter Hauch mein Gesicht, als wollte er mich trösten.

„Es ist alles in Ordnung, meine Liebe. Du warst im Traumland und kannst nun ruhig schlafen. Du liegst sicher in deinem Bett und morgen kommt ein neuer Tag", wisperte es über mir. Meine Augen fielen zu und ich schlief tief und traumlos.

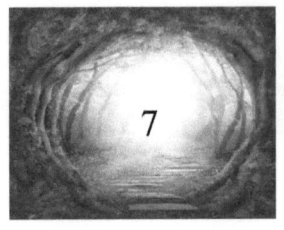

Huch, was war denn das? Ich schlug die Augen auf und blinzelte in die Sonne. Irgendjemand wischte in meinem Gesicht herum. Bei näherem Hinsehen war es die Zunge von Leo, meinem Vierbeiner, die mein Gesicht hingebungsvoll abschleckte.

„Na sag mal, du Schlingel" lachte ich und schob ihn sanft zurück. „Hast du es denn so eilig?" Und wirklich waren die Zeiger der Uhr bedenklich weit in den Tag hinein gewandert. Schnell kam ich aus dem Bett hervor und Leo sprang freudig an mir hoch.

„Nun hab ein wenig Geduld" tadelte ich ihn, „ich beeile mich ja." Genau das tat ich dann auch und in Windeseile war alles erledigt. Im Laufschritt liefen wir die Waldwege entlang. Ich fühlte mich ausgeruht und unternehmungslustig. Leo sprang munter vor mir her. Bald begann mein Magen zu knurren; denn in der Eile hatte ich nicht ans Essen gedacht. Wir waren schon eine ganze Weile unterwegs, als der Wald sich lichtete und in der Ferne Häuser zu erkennen waren. Da war ein kleines Dorf ganz in der Nähe, was ich beim Einzug in die einsame Waldhütte nicht bemerkt hatte. Das war mir nun ganz recht. Mal sehen, ob ich dort etwas Essbares auftreiben konnte. Es dauerte nicht lange, bis ich einen kleinen Gasthof entdeckte.

„Komm Leo" rief ich, „lass uns mal hineinsehen." Ich öffnete die Tür und wir betraten einen gemütlichen, rustikal eingerichteten Raum mit einer gediegenen Theke und verschnörkelten Holztischen. Der Gastraum war fast leer; lediglich in einer Ecke saß ein Mann, der seine Mahlzeit verzehrte. Ich beachtete ihn nicht weiter. Aus einem Nebenraum kam eine adrette junge Frau, die mich begrüßte.

„Wollen Sie sich bei dem schönen Wetter nicht in den Garten setzen?", fragte sie freundlich. Das war mir nur recht. Ich suchte mir einen angenehm halbschattigen Platz im Freien. Irgendwie war ich froh, nicht mit dem fremden Mann in der Gaststube zu sitzen, ohne dass mir klar war, weshalb ich es vorzog, allein zu sein. Nun, das war im Augenblick auch nicht so wichtig. Hungrig bestellte ich ein deftiges Frühstück und ließ es mir schmecken. Für Leo orderte ich eine ansehnliche Wurst, denn in der Eile hatte ich nichts für ihn eingesteckt. Er schien ebenfalls sehr hungrig zu sein; im Nu war die Wurst verschlungen.

Nach der Mahlzeit lehnte ich mich zufrieden in dem gemütlichen Stuhl zurück und bestellte mir noch einen Kaffee. Als ich versonnen den Blick wandern ließ, kamen mir wieder die Ereignisse der letzten Nacht in den Sinn. Ich war mir immer noch nicht sicher, ob ich das alles nur geträumt hatte, oder ob ich auf einer anderen Ebene unterwegs war. Auf irgendeine Weise hatte ich das Gefühl, dass diese Erlebnis-Träume zu mir gehörten. Eine entfernte Erinnerung begann Gestalt anzunehmen. Auch sprachen die Zeichen, die mir begegneten, ihre eigene Sprache.

Die freundliche Wirtin tauchte auf und fragte, ob es mir hier in der Gegend gefiele und ob ich es wäre, die die einsame Waldhütte gemietet hatte? Ich bejahte und erzählte ihr, wie angenehm es sei, einmal Urlaub in dieser Art zu machen und alles andere hinter sich zu lassen. Im Stillen dachte ich an meine nächtlichen Erlebnisse, die gewiss alles andere als erfreulich, sondern eher aufwühlend waren. Davon erzählte ich ihr jedoch nichts. Als ich zur Wirtin aufschaute, schien ihr die Sonne ins Gesicht und spiegelte sich in einem goldenen Medaillon, das sie um den Hals trug. Ich war nicht wenig erstaunt, denn es glich wie ein Ei dem anderen meinem eigenen Kleinod, das ich im Wald gefunden hatte und dass mir regelrecht ‚zugefallen' war. Zuerst verschlug es mir die Sprache. Seltsame Dinge geschahen hier, die ich mir nicht erklären konnte und die mich merkwürdig berührten. Eine ferne, leise Erinnerung, die ich nicht zuordnen konnte, bewegte mich auf eine mir unverständliche Art und Weise.

„Eine hübsche Kette haben Sie da", sagte ich zur Wirtin. Meine hatte ich leider gerade nicht bei mir. „Was hat das Symbol zu bedeuten?" erkundigte ich mich.

„Ich habe diese Kette im Nachlass meiner verstorbenen Mutter gefunden; für mich ist sie etwas ganz Besonderes", ließ sie mich wissen.

„Sie ist wirklich sehr schön", meinte ich bewundernd.

„Ja – sie bedeutet mir sehr viel und ich lege sie fast nie ab", bemerkte sie versonnen und ließ das Medaillon durch ihre Finger gleiten. Wir plauderten eine ganze Weile miteinander. Als ich gehen wollte, stellte ich zu meinem Verdruss fest, dass ich in der Eile meine Geldbörse vergessen hatte. Das war mir sehr unangenehm.

„Das macht doch nichts", sagte die Wirtin freundlich. „Dann bezahlen Sie eben ein andermal. Sie kommen bestimmt wieder."

„Das werde ich. Nun habe ich einen weiteren Grund, Sie wieder zu besuchen. Das tue ich sehr gern. Sie wissen darüber hinaus, wo ich zu finden bin, also kann ich ihnen nicht entkommen", scherzte ich.

In einem sehr warmherzigen Einvernehmen verabschiedeten wir uns. Als ich durch den rustikalen Gastraum zur Tür ging, saß der fremde Mann immer noch an seinem Tisch.

Unvermittelt jagte mir ein kalter Schauer über den Rücken. Schnell öffnete ich die Tür und trat hinaus in den sonnigen Tag.

8

Im Wald angekommen, atmete ich erleichtert auf und schritt beschwingt in Richtung meiner Hütte. Dabei kamen wir an dem kleinen See vorbei und Leo ließ es sich nicht nehmen, im Wasser herumzutollen. Ich sah mich um, betrachtete die aufblühende Vegetation, die Blumen, die in verschieden leuchtenden Farben ihre winzigen Hälse reckten, das frische Grün rings umher. In einem der Bäume bewegte sich etwas. Als ich verwundert näher hinsah, glaubte ich zu träumen. War das nicht... Ja, er war's, der kunterbunte Vogel, der kürzlich auf einem Baum vor meinem Fenster gehockt und unverwandt in meine Richtung geschaut hatte. Er war es tatsächlich. Dann erblickte ich einen weiteren Vogel, mutmaßlich ein Rabe, der ihm gegenüber saß. Welch einen Kontrast diese beiden stolzen Vögel zueinander bildeten!

Obwohl mir der schöne bunte Vogel – den ich im Stillen Phönix getauft hatte – äußerlich besser gefiel, so wirkte sein dunkler Geselle, dessen Gefieder in der Sonne bläulich schimmerte, auf seine eigene Weise faszinierend. Ich stand eine Weile bewegungslos und bewunderte die beiden Erscheinungen. Kamen sie aus einer anderen, uns unbekannten Welt? Vielleicht brachten sie eine Botschaft mit oder wirkten in irgendeiner Form auf unsere Realität ein. In meinem Innern raunte eine leise, vertraute Stimme:

„Es sind Seelenvögel." Ich rieb mir über die Augen. Als ich wieder hinsah, waren die Botschafter verschwunden. Verwundert fragte ich mich, ob ich fortdauernd träumte. Konnte ich Traum und Realität nicht mehr unterscheiden? Langsam wurde es bedenklich. Kopfschüttelnd rief ich:

„Komm Leo, wir gehen weiter!" Fröhlich kam er ange-
sprungen. Hunde machten sich keine Gedanken darüber, was
auf sie zukam. Sie lebten im Augenblick, waren voller Zuneigung und Hingabe ihren menschlichen Gefährten gegenüber. Sie waren treu, beschützten ihre Menschen und ihre
Liebe war durch nichts zu erschüttern.

Gedankenverloren ging ich meines Weges und beneidete
fast ein wenig die Unbeschwertheit meines Hundes. Plötzlich wurde ich jäh durch einen schrillen Pfiff aus meinen
Betrachtungen gerissen. Ganz in der Nähe strich ein großes
Tier durch das Gebüsch und bewegte sich direkt auf uns zu.
Ich bekam einen Riesenschreck, als ein stattlicher Hund zum
Vorschein kam, der alles andere als Vertrauen erweckend
wirkte. Leo begann zu knurren. Da ertönte ein lauter Pfiff;
das fremde Tier spitzte die Ohren, machte kehrt und verschwand im Gehölz. Er lief wohl zu seinem Herrn zurück.

„Puh", dachte ich, „das ist ja
noch mal gut gegangen." In der
Ferne bemerkte ich einen Mann,
der Ähnlichkeit mit dem Fremden im Gasthaus hatte. Momentan hatte ich keine Lust auf derlei Kontakte und beschleunig- te
meine Schritte in Richtung meines Heims, gefolgt von Leo.
Irgendein Mann ist doch immer
im Spiel, dachte ich amüsiert.
Doch solche Fantasien lagen mir
derzeit eher fern.

Erleichtert ging ich weiter und versank wieder in Tag-
träumereien. Obwohl die Sonne ihre wärmenden Strahlen

sendete, begann ich zu frösteln. Da bemerkte ich einen Windstoß, der die trockenen Blätter umherwirbelte. Ich zog meine kurze Jacke etwas enger um mich und blickte umher. Was war denn das? Der Wald sah auf einmal völlig anders aus, als ich ihn bisher kannte. Er wirkte dunkel und unheimlich. Dichtes Gestrüpp versperrte mir zeitweilig den Weg. Ich fand die Richtung zu meiner Hütte nicht mehr! Bewegungslos wartete ich und hielt Ausschau nach Leo, doch der war verschwunden. Heillose Angst überfiel mich. Da raunte es mir leise ins Ohr:

„Nur die Ruhe. Du warst, ohne es zu bemerken, wieder in den Lüften unterwegs. Ich zeigte dir die andere Welt, denn dazu bin ich hergekommen", wisperte es weiterhin in meinem Ohr. Es war mein Beschützer, der Windgeist, da war ich mir sicher. „Dir wird nichts geschehen", verstand ich noch.

Ich versuchte, mich zu beruhigen und mein Herzschlag verlangsamte sich. Immerhin befand ich mich in der frischen Waldesluft, also atmete ich tief ein und aus. Kleine, muntere Vögel umschwirrten mich und gaben mir ein heimisches Gefühl.

„Geh nur weiter den Weg hier entlang", hörte ich es flüstern. Nach einer kleinen Weile lichtete sich der Wald und es wurde heller um mich. Durch die Bäume hindurch glaubte ich, Mauerwerk zu erkennen. Beim Näherkommen erblickte ich zu meinem Erstaunen eine Burg. Eine gewaltige Mauer grenzte das Anwesen ein; das Hauptgebäude war umgeben von Türmen. Sattgrüne Wiesen und ein gepflegter Garten waren zu sehen. Erfreut und etwas neugierig schritt ich darauf zu und sah mich um. In der Nähe gab es einen Pferdestall, dessen Tür offen stand. Ich betrachtete die edlen Tiere voller Bewunderung. Sie wieherten, als sie mich sahen. Da hörte ich eine Frauenstimme hinter mir:

„Da bist du ja! Du sollst doch nicht immer allein im Wald herumlaufen. Du weißt, in welcher Gefahr wir schweben", ermahnte sie mich. Ich hörte mich antworten:

„Meine Liebe, ich habe nur nach einem bestimmten Heilkraut gesucht, das wir so dringend benötigen. Das finde ich leider nur an den dunkelsten Stellen des Waldes. Doch keine Sorge, ich habe mich vorgesehen." Im Stillen dachte ich: ‚Woher weiß ich das alles?' und erinnerte mich plötzlich daran, dass es sich hier um einen Teil meiner vergangenen Welt handelte, in einer anderen Zeit und in einem anderen Leben.

Langsam dämmerten mir Einzelheiten auf. Ich lebte in Frankreich im Mittelalter; zu einer Zeit, als Hexen verbrannt wurden und Frauen, die über heilerische Fähigkeiten verfügten, gejagt, verfolgt und umgebracht wurden. Das jetzige Erleben führte mich noch weiter in eine andere Zeit zurück; eine Periode, bevor ich im Dom gefangen war.

„Du weißt doch Melli, dass wir das Heilkraut unbedingt brauchen", sagte ich wie in Gedanken. „Und stell' dir vor, ich habe es tatsächlich gefunden, sogar eine große Menge an einer versteckten Stelle im Wald. Sieh mal." Dabei blickte ich erstaunt auf meine Finger; sie hielten tatsächlich einen kleinen Strauß eines stark duftenden Krautes umschlossen.

„Warte ein Weile", sagte ich eilfertig. „Es ist gar nicht weit von hier. Und es standen noch andere seltene Kräuter dort. Ich bin bald zurück." Und schon war ich verschwunden. Nun hatte ich Zeit, mich erst einmal zu sammeln. Unversehens war ich in einer Gegend unterwegs, die ich gut kannte. Hinter mir hörte ich ein Hecheln und drehte mich hastig um. Da war mein Leo!

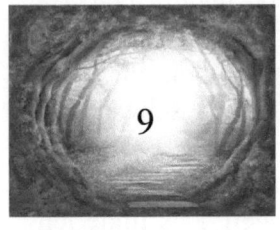

9

„Mein liebster bester Leo". stammelte ich und nahm ihn fest in den Arm. Mein Vierbeiner wusste nicht, wie ihm geschah. Ich sah den vertrauten Wald, der mich umgab und fand schnell die Richtung zu meiner Hütte. Dort angekommen, bereitete ich mir erstmal einen heißen Kaffee und ließ mich erschöpft auf die Bank vor der Tür fallen. Die warmen Sonnenstrahlen belebten mich. Ich dachte bei mir: ‚Habe ich etwa meinen Verstand nicht mehr beisammen? Jetzt träume ich schon tagsüber!'

Ein leichter Wind kühlte meinen erhitzten Kopf, so als wollte er mir sagen, alles wäre in Ordnung. Langsam wurde ich entspannter und beruhigte mich. Ich dachte über mein sonderbares Erlebnis nach. Anscheinend äußerte sich der Stress des Alltages manchmal in solch außergewöhnlichen Zuständen. Doch ich war mir keineswegs sicher; ob diese Erklärung ausreicht. Das war schon äußerst merkwürdig, was mit mir geschah. Wie um meine Zweifel zu untermauern, flog urplötzlich ein Zettel auf meinen Schoß. Nachdem ich ihn entfaltet hatte, las ich die etwas verwehte Schrift:

„Traum ist Realität und Realität ist Traum. Alles ist anders herum, als wir glauben." Wieder so ein Zeichen, wie ich sie schon einige Male erhalten hatte. Ich steckte den Zettel in meine Jackentasche, um ihn später sicher zu verwahren, und erhob mich. In diesem Moment hörte ich wieder einen lauten Pfiff, der mir mittlerweile bekannt vorkam. Und siehe da, der angsteinflößende Hund brach plötzlich durch das Gebüsch und sprang direkt auf mich zu. Kurz vor mir machte er Halt und blickte mich griesgrämig an. Zu meinem Glück folgte dem Untier sogleich der Mann, dem er offensichtlich gehörte. Ich war ihm bereits begegnet. Nun standen beide vor mir und mir war gar nicht wohl dabei.

„Entschuldigen sie", brach der Mann das unangenehme Schweigen, „Harras scheint sie irgendwie zu mögen. Es tut mir leid, dass er sie nun schon wieder erschreckt hat, er ist im Grunde ein friedlicher Zeitgenosse. Doch wer ihn nicht kennt, kann das natürlich nicht einschätzen", informierte er mich.

Mit etwas zitternden Knien und unsicherer Stimme fragte ich ihn, ob er einen Kaffee möchte, ich wäre gerade dabei, einen aufzubrühen.

„Wenn es ihnen keine Umstände macht, sage ich nicht nein", war seine höfliche Antwort. Ich bat ihn, Platz zu nehmen und verschwand in der Hütte, froh darüber, erst einmal Abstand zwischen uns gebracht zu haben. Eine unerklärliche Furcht hatte von mir Besitz ergriffen und gleichzeitig fröstelte ich, trotz des warmen Wetters. Leo war mir gefolgt; auch ihm schien es nicht ganz geheuer zu sein. ‚Dummes Zeug!' rief ich mich zur Ordnung.

Am Anzug des Mannes konnte man erkennen, dass er wohl der Förster war und hier seine Rundgänge absolvierte; – was er mir später auch bestätigte. Was konnte mir da schon passieren? Außerdem war es angenehm, etwas Unterhaltung zu haben, die mich davon abhielt, mich noch mehr in meine Gedanken und Träumereien zu verspinnen. Bei diesem Gedanken trat ich mit dem zubereiteten Kaffee forsch ins Freie.

Mein Gast trank seinen Kaffee schwarz, wie er mir mitteilte. Ich hingegen liebte das Gebräu mit einem Schuss Sahne. ‚Schwarz und schwarz-weiß', kam es mir in den Sinn. Ich setzte mich zu dem Förster, in Ermangelung einer weiteren Sitzgelegenheit, auf die Bank. Dabei achtete ich auf gebührenden Abstand, so weit es irgend ging. Ich konnte ein Gefühl der Unsicherheit nicht abstreifen. Eigenartige Gedanken

 kamen mir in den Sinn. Der Wald wirkte derzeit etwas dunkler als sonst. Zuvor war alles sonnig und hell gewesen, doch jetzt kam es mir so vor, als sei ein Teil der Lichtung, auf der meine Hütte stand, in Dunkelheit getaucht; so als wäre der Wald dort düsterer und von dunklen Wesen bewohnt.

Die beiden Vierbeiner achteten ebenfalls auf gebührenden Abstand. Harras, der Hund meines Gastes, schien gut erzogen, zumindest machte es den Anschein. Leo setzte sich dicht neben mich, so als wollte er mich beschützen. Ein leichter Wind wirbelte um uns herum; er ließ trockene Blätter und Löwenzahnsamen tanzen, die wie kleine Fallschirme umherschwebten. Ein Windzug blies in mein Ohr und ich meinte, undeutlich ein leises Wispern zu vernehmen:

„Du bist in Sicherheit, hab' keine Angst…“. Oder war es nur das Rauschen des Waldes? Jedenfalls fand ich schnell meine Fassung wieder und schalt mich für meine Verzagtheit. Ich war mir nicht darüber klar, was mich bedrückte. Der Mann rief irgendwelche Erinnerungen in mir wach. Und es waren keine schönen Erinnerungen.

Was kann denn dieser Mensch dafür, dass er mich an irgendjemanden erinnert, rief ich mich zur Ordnung und begann ein belangloses Gespräch mit ihm. Er informierte mich darüber, dass er – wie ich mir schon gedacht hatte – in diesem Teil des Waldes der Förster sei. Er wohnte nicht sehr weit von meiner Hütte entfernt in einem Forsthaus. In dem kleinen Gasthof des nahe gelegenen Ortes nahm er des Öfteren sein Mittagessen ein. Dort hatte ich ihn gesehen und in dem kurzen Moment ebenfalls so etwas wie Furcht empfunden.

Mein Gast bedankte sich für den Kaffee und erhob sich. Dabei entschuldigte er sich noch einmal für den ‚Überfall' und betonte, dass wir uns gewiss nicht zum letzten Male gesehen hatten.

„Komm Harras", sagte er in einem Ton, der keinen Widerspruch duldete, und winkte mir zum Abschied noch einmal zu. „Bis zum nächsten Mal", sagte er mit einer seltsam eindringlichen Stimme beim Weggehen und verschwand im Wald. Einen Moment lang hörte ich noch seine Tritte auf trockenem Holz, dann war Stille. Nur die Vögel zwitscherten und Insekten summten um mich her. Ganz unvermittelt rückte der dunkle Wald in meiner Vorstellung in den Hintergrund, aber er war immer noch in der Ferne wahrzunehmen.

Eine erholsame Ruhe umgab mich. Lediglich die Stimmen der Natur waren zu hören und wirkten wohltuend auf meine strapazierten Nerven. Nach einem weiteren Kaffee fühlte ich mich noch besser. Langsam vermehrten sich die abendlichen Schatten um mich herum und verdrängten die Sonne nach und nach. Bevor der leuchtende Ball ganz verschwand, malte er wunderschöne Muster an den Himmel, die sich mit der Dämmerung vermischten, bis die Schatten schließlich die Oberhand gewannen. Die Luft war mild und die Geräusche der aufkommenden Nacht ließen das emsige Tagesgeschäft der kleinen Waldbewohner zur Ruhe kommen. Warme und kalte Luftströme waberten um mich herum; ein lauer Wind streichelte mich sacht.

Doch von der Seite des Waldes, in dem ich mich noch vor ein paar Stunden plötzlich in einer anderen Zeit wieder gefunden hatte, drang kalte Luft zu mir und ergriff mich förmlich. Ich meinte, Pferdegetrappel zu hören und aus der Ferne drang Hundegebell bis zu mir. Auch Leo spitzte die Ohren und jaulte leise. Mir wurde unheimlich zumute und eine irrationale Angst kroch in mir hoch.

„Komm Leo" sagte ich, „lass uns hineingehen." Hastig schloss ich die Tür von innen, lehnte mich zitternd dagegen und versuchte, die Angst abzuschütteln. Dann legte ich etwas Holz auf die glimmende Glut im Kamin und eine lodernde Flamme erhellte den Raum. Wohltuend durchdrang die Wärme meinen Körper. Nach so viel Aufregung verspürte ich Hunger, den ich mit den Resten des schmackhaften Bauernsalates stillte.

Mit einem Glas Rotwein in der Hand räkelte ich mich im Schaukelstuhl vor dem knisternden Kamin. Erschöpft dämmerte ich weg und befand mich bald in einem wundersamen Zwischenzustand zwischen Wachen und Träumen. Es war ein angenehmes Schweben, aus dem ich unsanft geweckt wurde. Jemand hämmerte laut an meine Tür! Ein eisiger Schreck durchfuhr mich. Was sollte ich tun? Und wo war Leo? Keine Spur von ihm. Ich wusste nicht aus noch ein. Auf keinen Fall würde ich die Tür öffnen. Da rief von draußen eine Männerstimme:

„Alles in Ordnung, wir haben schon, was wir wollten! Bleiben sie ganz ruhig!", so plötzlich wie sie gekommen war, verschwand die wilde Jagd. Bald war nur noch Pferdegetrappel zu hören, auch das Bellen der Hunde verklang in der Ferne. Ich versuchte, mich zu sammeln. Leo stand dicht neben mir und schmiegte sich an mich, so als wollte er mir beistehen.

„Da bist Du ja wieder", schalt ich ihn. „Wo warst du denn zwischendurch?" Er gab mir darauf keine Antwort und sah mich nur treu ergeben an.

Jetzt war ich wirklich mehr als geschafft. Ich schleppte mich zum Bett und bemerkte an der Wand noch den Widerschein des flackernden Feuers, bevor ich in Morpheus Arme sank.

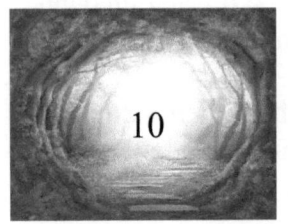

10

Langsam dämmerte ich in den neuen Tag hinein, rekelte mich entspannt unter der warmen Decke und sinnierte vor mich hin, wie schön es doch wäre, einmal nichts zu tun und der Seele eine Auszeit zu gönnen. Doch was ich in den letzten Tagen erlebt hatte, war nicht gerade geeignet, um sich in der Waldeinsamkeit zu erholen.

Das Tagesbewusstsein übernahm langsam die Regie. Ach ja, das so genannte ‚Tagesbewusstsein‘. Wir erleben es als unsere vorrangige Wirklichkeit. Doch was ist eigentlich Realität? Wurde es von den Mystikern aller Zeiten nicht als ein ‚Traum‘ bezeichnet?

Meine Gedanken wurden jäh unterbrochen durch Hufgetrappel und Wiehern. Erschreckt sprang ich aus dem Bett und rief nach Leo, doch der war wieder einmal nicht aufzufinden. Wo trieb sich dieser Hund in letzter Zeit nur immer herum? Dem ersten Schreck folgte sogleich ein zweiter, als ich entdeckte, dass ich mich gar nicht mehr in meiner Hütte befand, sondern in einem altertümlich anmutenden großen Raum, der mit gediegenen alten Möbeln eingerichtet war. Auch mein Bett war nicht dasjenige, das ich gewohnt war.

So langsam begann ich, den Wechsel der Realitäten nicht mehr als beängstigend zu empfinden. Immer deutlicher wurde mir bewusst, dass ich etwas zu lernen hatte. Und hatte nicht mein Verbündeter, der Windgeist, mir anfangs eine Art ‚Landkarte‘ meines Lebens gezeigt? Ich hatte dem nicht viel Beachtung beigemessen, denn ich hielt zu diesem Zeitpunkt alles für Träumerei.

Plötzlich fegte ein Windstoß durch das offene Fenster, wirbelte um meinen Kopf und ich meinte, eine Botschaft zu vernehmen:

„Du beginnst zu realisieren, dass ich dich durch all diese Leben führe, weil du mich darum gebeten hast. Du hast es nur vergessen. Es kann dir nichts Schlimmes geschehen. Du wirst mit Ereignissen konfrontiert, die der Vergangenheit angehören und erlebst sie noch einmal, um etwas daraus zu lernen." Schlagartig wurde mir klar, weshalb Leo zeitweilig nicht aufzufinden war. Er gehörte nicht in diese Welt. Im Geiste begann ich, mich mit diesen Erfahrungen abzufinden. Im Grunde waren sie recht spannend.

Kaum hatte ich mich innerlich gefasst, hörte ich vor meiner Tür Schritte. Die Tür öffnete sich und herein stürmte Melisande, der ich vor ein paar Tagen begegnet war. Augenblicklich kam die Erinnerung an dieses Leben, in dem ich mich gerade befand, zurück. Vergangene Ereignisse erschienen vor meinem inneren Auge und ich konnte plötzlich die gegebene Situation einschätzen. Dass verschaffte mir enorme Erleichterung.

Melisande kam aufgeregt hereingestürzt; atemlos stieß sie hervor:

„Hast du es schon gehört? Sie streifen wieder durch die Gegend auf der Suche nach unseren Gefährtinnen!" Voller Sorge berichtete ich:

„Ich weiß es bereits seit gestern Abend. Sie streiften durch den Wald und ich hörte einen von ihnen sagen, dass sie bereits gefunden hätten, was sie suchten." Ich sprach ein perfektes Französisch, so als wäre es meine Muttersprache, was mich nicht wenig wunderte. In der anderen Realität waren meine Französisch-Kenntnisse äußerst dürftig. Doch es war jetzt nicht die Zeit, sich darüber Gedanken zu machen.

„Mon Dieu" stieß Melli erschreckt hervor. „Hoffentlich meinten sie nicht eine von uns." Sie zitterte am ganzen Leibe und ich hatte Mühe, sie zu beruhigen. Im Grunde wusste ich bereits, welch schreckliche Erfahrungen auf uns warteten. Wir waren eine kleine Gruppe von Heilerinnen, die sich in dieser furchtbaren Zeit der Verfolgungen und Hexenverbrennungen darum bemühten, so gut wie möglich den Kranken, die zu uns kamen, zu helfen. Dies geschah unter Einsatz unseres Lebens.

Melisande und ich gehörten dieser Gruppe von Frauen an. Meine Freundin war verlobt mit dem Grafen von Niedeck, der sich momentan auf einer längeren Reise befand. Wir wohnten beide auf Burg Niedeck und trafen uns hin und wieder – unter größter Geheimhaltung – mit unseren Gefährtinnen, um Erfahrungen und Heilwissen auszutauschen. Wir mussten sehr darauf Acht geben, den Häschern nicht in die Arme zu laufen. Geschah dies einer von uns, wurde die Unglückliche umgehend vor das Tribunal gebracht. Die Häscher bekamen ihren Judaslohn und die Ärmste endete nicht selten auf dem Scheiterhaufen.

Momentan sah es gar nicht gut aus. Die Vermutung lag nahe, dass es eine von uns Fünfen erwischt hatte. Vor Angst und Schreck waren wir wie gelähmt. Nun hatten die Häscher unsere Verstecke in den Wäldern ausfindig gemacht. Wie um das zu bestätigen, erschien aufgeregt der Gärtner der Burg auf der Bildfläche und berichtete, sie hätten eine junge Frau gefangen genommen; einige Holzfäller hätten davon berichtet. Es konnte demnach gar nicht anders sein: Eine von uns war ihnen in die Fänge geraten. Unter diesen Umständen brauchte Melli mich jetzt mehr denn je, doch ich wusste nicht, wie ich es anfangen sollte, etwas länger in diesem anderen Leben, das der Vergangenheit angehörte, zu verweilen. In dem jetzt erlebten Zeitraum war ich auch aktiv gewesen, doch darüber wusste ich nichts mehr. Meine Hilfsbereitschaft drängte mich, noch zu bleiben. Da vernahm ich ein Wispern in meinem Ohr:

„Du brauchst mich nichts weiter zu tun, als mich zu rufen und deinen Wunsch zu äußern. Ich ermögliche es dir, in zwei Bewusstseinsstufen unterwegs zu sein. Du kannst hier so lange verweilen, wie du es für richtig hältst. Unterdessen wird in deinem gegenwärtigen Leben kaum Zeit vergangen sein."

Ich äußerte meinen Wunsch, noch zu bleiben. Doch was konnte ich ändern? Es ging doch alles seinen vorgezeichneten Weg. Jetzt war ich aber auch neugierig geworden auf das, was ich in diesem Leben erlebt hatte; auf die Ereignisse, die mich betrafen. Ändern konnte ich zwar nichts; jedoch aufschlussreiche Erfahrungen sammeln.

Melisande und ich begaben uns zunächst an den Rand des gräflichen Anwesens, um Ausschau zu halten. Zwar wussten wir nicht so recht, was wir bewerkstelligen konnten, aber es trieb uns dort hin. Dann verließen wir das Grundstück und begaben uns auf die nahen Waldwege. Eigentlich war das zu gefährlich, aber es trieb uns immer weiter voran. Wir genossen immerhin einen gewissen Schutz durch Mellis Verlobten, den Grafen von Niedeck. An ihn trauten sich die Verfolger nicht heran. Eine Weile schlichen wir auf den Wegen entlang, ohne zu wissen, was zu tun sei und ob das Ganze einen Sinn machte. Die seltenen und begehrten Kräuter am Wegrand, die wir für unsere Arbeit brauchten, ließen wir unbeachtet. Da – plötzlich ein leises Knacken von Zweigen! Wie gelähmt verharrten wir auf der Stelle und blickten uns mit vor Schreck geweiteten Augen um. Eine Weile standen wir mucksmäuschenstill. Da löste sich, vorsichtig um sich spähend, aus einem nahen Gebüsch eine junge Frau.

„Oh, Mon Dieu" entfuhr es mir. „Du hier? Was ist los"? Es war Vivian, eine der Heilerinnen. Zitternd und weinend berichtete sie, dass die Häscher sie beim Kräutersammeln aufgestöbert hatten. Die Angst stand ihr förmlich ins Gesicht geschrieben. Welch ein Unglück! Wir würden gezwungen sein, unser Versteck zu wechseln. Aus dem Gebüsch löste sich eine weitere Gestalt. Es handelte sich um Michéle, die sich ebenfalls angstvoll und bebend unserer Runde zugesellte. Ich hörte, wie Melisande vorschlug:

„Kommt mit zur Burg Niedeck. Dort verstecken wir euch in einem abgelegenen Raum." Die beiden waren sehr erleichtert, das zu hören. Auf Seitenwegen schlichen wir zur Burg zurück und achteten darauf, dass uns von den Dienstboten, die ohnehin nicht zahlreich waren, niemand sah. Unsere Gefährtinnen bekamen ein passables weiträumiges Zimmer. Eine getreue Dienerin, die Bescheid wusste, servierte uns ein köstliches Mahl. Dazu gab es eine Flasche Rotwein, die wir momentan auch gut gebrauchen konnten.

Wir saßen lange beisammen und versuchten, uns über unsere Lage klar zu werden. In unserem Kreis fehlte eine Person. Wir waren uns sicher, dass es Nathalie war, die von den Häschern aufgespürt und gegen einen Batzen Goldstücke an die kirchlichen Verfolger abgeliefert worden war. Wir beteten für sie, in der Gewissheit, dass es jederzeit auch uns treffen konnte. Diese schreckliche Möglichkeit stand uns allen unmissverständlich vor Augen.

Nun hielt ich es langsam für angebracht, die Seiten zu wechseln und in die Gegenwart zurückzukehren. Auch machte ich mir Gedanken um Leo. Wie mochte es ihm gehen? In Gedanken rief ich meinen Verbündeten und bekundete meine Absicht, zu gehen. Es dauere nicht lange, bis ich spürte, wie eine weiche Zunge über meine Hand leckte.

„Leo!", rief ich überschwänglich. Erstaunt stellte ich fest, dass ich mich immer noch in meinem Bett aufhielt. Somit war so gut wie keine Zeit vergangen, seit ich das Getrappel der Pferde gehört hatte. Ich ließ noch einmal die jüngsten Erlebnisse vor meinem geistigen Auge Revue passieren, schüttelte ein ums andere Mal den Kopf und sprang schließlich aus dem Bett, um mir ein Frühstück zuzubereiten. Anschließend setzte ich mich auf die Bank vor die Hütte, nicht ohne Leo seinen Napf hingestellt zu haben. Die Sonne wärmte mein Gesicht und ein leichter Windhauch strich sanft um mich herum.

Nach den Strapazen der vergangenen Tage fühlte ich mich endlich wieder wohl, zumal ich mir über meine Lage und die seltsamen Geschehnisse Klarheit verschafft hatte. Eine innere Ruhe war in mir eingekehrt. Endlich war ich den Ereignissen nicht mehr hilflos ausgeliefert. Ich war nun bereit, aus allem, was auf mich zukam, zu lernen und es in die Erfahrungen meines jetzigen Lebens einzureihen.

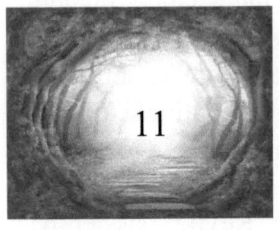

11

Am nächsten Morgen warteten keine Verpflichtungen auf mich. Ich genoss den heißen Kaffee zum Frühstück, kraulte Leos Fell und trällerte mit den Vögeln um die Wette ein kleines Lied vor mich hin. In der Ferne waren leise Stimmen zu hören, die sich langsam näherten. Lautes Gelächter unterbrach das Gespräch immer wieder. Oh, dachte ich bei mir, die haben aber richtig gute Laune; kein Wunder bei dem herrlichen Wetter. Die Stimmen kamen näher und ich konnte einzelne Worte unterscheiden. Schon hörte ich Zweige unter den Tritten knacken, die sich näherten und auf der Bildfläche vor mir erschienen zwei gut aussehende Frauen und lächelten mich fröhlich an.

„Guten Tag", sagte eine von ihnen und ich erkannte in ihr die Wirtin des Gasthauses, der ich noch meine Zeche schuldete. Erfreut erwiderte ich ihren Gruß und sagte im Scherz: „Sie wollen wohl die Schulden eintreiben?" Sie lachte.

„Ich habe heute einen freien Tag und da fiel mir Ihre Einladung ein. Ich bin übrigens Regina und das hier neben mir ist meine Freundin Birgit."

„Ich bin Christina", erwiderte ich. „Nehmen Sie doch bitte Platz, ich hole schnell noch ein paar Stühle heraus. Ich nehme an, Sie haben nichts gegen einen Kaffee einzuwenden"?

„Überhaupt nicht. Nach der langen Wanderung können wir ihn gut gebrauchen", war die einhellige Antwort. Ich verschwand in meiner Hütte, die mir inzwischen zur zweiten Heimat geworden war.

Leo beschnupperte interessiert die Besucher. Anscheinend mochte er die beiden Frauen. Als erstes brachte ich die Stühle hinaus. Kurz darauf stellte ich eine Kanne Kaffee auf den Tisch und dazu eine Schale mit Keksen. Ich beeilte mich, Regina die schuldige Zeche auszuhändigen, damit ich es nicht vergaß. Alle nahmen Platz und ich schenkte den Kaffee ein.

„Er ist wirklich gut", meinte Birgit.

„Das ist meine Spezialität", erwiderte ich ein wenig stolz. Es dauerte nicht lange, da waren wir beim vertraulichen DU angelangt.

„Wie gefällt es dir in unserer schönen Gegend?", wandte sich Regina an mich.

„Oh, es ist soweit wirklich alles toll hier", entgegnete ich. „Ich habe dringend eine Auszeit gebraucht und wollte einmal alles hinter mir lassen, um mich auf andere Dinge zu besinnen." Dann berichtete ich ihnen wahrheitsgemäß, dass ich hier leider nicht die erhoffte Ruhe gefunden hatte. Wahrscheinlich wäre ich ziemlich überarbeitet, weil ich das Ge-

fühl nicht loswürde, dass meine Nerven mir ab und zu einen Streich spielten. Allerdings verriet ich nicht, dass ich die seltsamen Ereignisse hier als eine Aufarbeitung meiner bisherigen Lebensläufe ansah.

Während meines Berichtes spürte ich plötzlich, wie die dunkle Seite des Waldes langsam näher rückte und in mir hoch kroch. Zeitweilig zog sich diese Seite des Waldes wieder zurück, doch im Moment drang sie immer weiter zu uns vor. Ich erzählte den beiden Frauen von meiner Wahrnehmung.

„Das ist kein Wunder", ließ mich Birgit wissen, „diese Stelle des Waldes ist als Kraftort bekannt und deine Hütte steht mitten darauf." ‚Meine Güte' dachte ich bei mir, ‚könnte es sich bei der Hütte und der Gegend hier um ein Portal handeln, durch das ich Ausflüge in vergangene Leben unternehme?

Wie zur Bestätigung umfächelte mich ein lauer Windzug. Die Sonne kam hinter Wolken hervor und spiegelte sich in dem Medaillon, das Regina um den Hals trug. Gespannt schaute ich es an. Es war wieder das gleiche Medaillon, das ich im Wald gefunden hatte. Auch Birgit trug das gleiche Schmuckstück, wie ich jetzt erkannte. Wie eigenartig dachte ich und ging in die Hütte. Dort legte ich meines um und zeigte es den Frauen. Alle drei waren wir im Besitz desselben Medaillons. Was für ein außerordentliches Zusammentreffen.

„Das ist noch nicht alles", erzählte Regina, „zwei unserer Freundinnen aus dem Ort sind ebenfalls im Besitz desselben Medaillons. Es handelt sich um Diana und Antje, die hier im Ort eine Heilpraktiker-Praxis betreiben.

Ganz unter dem Eindruck dieser seltsamen Übereinstimmung rätselten wir eine Weile herum. Plötzlich spitzte Leo die Ohren und blickte zu derjenigen Seite des Waldes, die mir als die Dunkle erschienen war. Da ertönte ein Pfiff und aus dem Dickicht brach ein großer Hund hervor, den ich sofort wieder erkannte. Es war der Vierbeiner des Försters. Leo knurrte und sein Fell sträubte sich. Dann ertönte ein zweiter Pfiff und das Tier verschwand sogleich wieder im Gebüsch. Nach einer kurzen Weile erschien der Besitzer des Hundes auf der Lichtung.

„Einen schönen guten Tag, die Damen", grüßte er höflich und lüftete leicht seinen Hut. „Ein schönes Wetter haben Sie sich ausgesucht. Hoffentlich hat Harras Sie nicht erschreckt. Im Allgemeinen ist er ein friedliches Tier", setzte er hinzu.

Davon war ich nicht ganz überzeugt; jedenfalls würde ich dem Tier nicht gern allein im Dunkeln begegnen. Regina unterhielt sich kurz mit dem Mann, dann verabschiedete er sich auch schon wieder.

„Ich wünsche Ihnen noch einen schönen Tag und bis bald einmal", grüsste er und ging eilig von dannen, gefolgt von seinem tierischen Begleiter. Wir atmeten erleichtert auf.

„Was hat der hier zu suchen?", fragte ich mit belegter Stimme. Regina meinte:

„Er kommt jeden Tag in meinen Gasthof zum Essen. Im Allgemeinen ist er eher schweigsam. Ich kann ihn nicht so recht einschätzen, irgendwie ist er mir unheimlich." Das konnte ich ohne weiteres bestätigen. Nun überlegte ich, ob ich den beiden von den merkwürdigen Erlebnissen der letzten Tage und meinen daraus gewonnenen Erkenntnissen berichten sollte. Doch ich wollte vor ihnen keinesfalls als überdrehte Spinnerin aus der Stadt erscheinen. Allerdings vermutete ich, dass die beiden in gewisser Weise in die Geschichte verwickelt waren. Wie weit das der Fall war, konnte ich nicht einschätzen.

„Der Ort hat etwas Mystisches", ergriff Birgit das Wort. Sie berichtete, dass sie diesen Platz vor einiger Zeit mit dem Pendel erforscht hatte, nachdem ein Gast von Regina hier spurlos verschwunden war. Er blieb verschollen, obwohl intensiv nach ihm gesucht worden war. Man hat nie wieder etwas von ihm gehört. Lediglich sein Wanderstock wurde im Wald gefunden; und zwar an der Stelle, an welcher der Förster vorhin aufgetaucht war. ‚Im dunklen Teil des Waldes', dachte ich. Es war dasjenige Gebiet, das mir irgendwie bedrohlich erschien.

„Eines Tages haben wir uns zu viert in den Praxisräumen von Antje und Diana getroffen", erzählte Birgit. „Wir haben mit reinigenden Kräutern geräuchert und uns in eine meditative Stimmung versenkt." Dann berichtete sie, dass sie damals eine Erscheinung gehabt hätten; sie hätten Scheiterhaufen brennen gesehen. Mir fuhr es eiskalt den Rücken hinunter.

Nun beschloss ich, mich ebenfalls ein Stück weit zu offenbaren. Ich vermutete, dass die vier Frauen, genau wie ich, eine Inkarnation aus dem früheren Leben waren, in das ich bereits mehrmals hineingetaucht war. Dabei hatte ich wahrscheinlich mithilfe meines Verbündeten unwissentlich ein Portal benutzt, das sich in dem dunklen Teil des Waldes befand. Auch in meiner Hütte, so vermutete ich, könnte sich ein Portal befinden. Je länger ich darüber nachdachte, desto mehr ging mir ein Licht auf: Natürlich! Es war der Kamin, durch den bei unserem ersten Kontakt mein Verbündeter, der Windgeist, aufgetaucht war.

Mein windiger Helfer hatte mir erklärt, dass ich ihn nur zu rufen brauchte, und er würde mich an einen anderen Ort transportieren. Offensichtlich benutzte er dabei das Portal. Es wurde immer rätselhafter. In diesen Frequenzbereichen existierte keine Zeit, wie ich bereits entdeckt hatte. In diesem Zusammenhang fiel mir wieder ein, dass mein Begleiter mir anfangs eine Landkarte gezeigt hatte, auf der meine gesamten Leben verzeichnet waren – und sie existierten alle zur gleichen Zeit! Möglicherweise konnte ich dorthin reisen, wenn ich die Möglichkeit erkannte.

Diese Einsichten eröffneten mir völlig neue Sichtweisen über das Leben, über Unsterblichkeit und über den Schleier, der alles bedeckte und den es zu heben galt, da er uns in einen Dauerschlaf versetzte. Es war atemberaubend, welche Erkenntnisse plötzlich in meinem Geist wie aus dem Nichts auftauchten. Mich ergriff eine innere Faszination und alle Ängste flogen davon.

Ich holte tief Luft und ließ meine beiden Gäste wissen, dass ich uns noch eine Kanne Kaffee kochen würde. Dann verzog ich mich in die Hütte. Während ich den Kaffee aufbrühte, überlegte ich, was ich ihnen berichten sollte. Als ich hinaustrat in den Sonnenschein, bemerkte ich, dass sich die düstere Atmosphäre verflüchtigt hatte. Nun ließ ich die beiden wissen, dass ich ihnen einiges zu erzählen habe. Stockend und nach Worten suchend begann ich mit meinem Bericht. Während ich davon sprach, was mir widerfahren war, wurde meine Darstellung der Geschehnisse immer flüssiger, und nach kurzer Zeit hatte ich ihnen alles mitgeteilt. Ich schloss mit den Worten, dass sie mich bloß nicht für überspannt halten sollten. Schließlich gäbe es Dinge zwischen Himmel und Erde, über die kaum jemand etwas wisse.

Nachdem ich meinen Bericht beendet hatte, herrschte angespanntes Schweigen. Was geschah hier eigentlich? Vielleicht gab es einige wenige Auserwählte, denen Erkenntnisse dieser Art zuteil wurden? Und vielleicht gehörten wir dazu? Verwunderung machte sich unter uns breit. Regina ergriff als erste das Wort und sagte leise zu mir:

„Ich halte es für wichtig, dass wir fünf uns einmal treffen. Wahrscheinlich gehörten w i r ja zu dem Kreis der Heilerinnen in dem vergangenen Leben, in das du bereits mehrmals gereist bist. Vielleicht sollten wir auch nach dem Portal im Wald suchen." Wir waren einhellig derselben Meinung. Ich bemerkte:

„Ich bin sicher, mein Verbündeter der Windgeist wird uns behilflich sein. Ohne ihn hätte ich das alles niemals erfahren." Wie zur Bestätigung blies ein kurzer Windstoß über unseren Tisch hinweg und fegte die Krümel zu Boden. .

„Nicht so stürmisch", lachte ich und eine leichte Brise fächelte über mein Gesicht. Urplötzlich erschien der bunte Vogel Phönix wie aus dem Nichts, drehte eine Runde und verschwand so schnell, wie er gekommen war. Aus der Ferne hörten wir ein melodisches Pfeifen. Hatte ich zuvor noch vage Zweifel gehegt, so wurde mir aufgrund dieser Zeichen klar, dass dies alles hier tatsächlich geschah. Mich ergriff eine angeregte Aufbruchstimmung. In dem Moment erhoben sich Regina und Birgit und erklärten, dass sie noch einiges zu erledigen hatten. Regina machte den Vorschlag:

„Wisst ihr was, morgen ist Samstag. Die Praxis von Diana und Antje bleibt geschlossen: Wir könnten uns alle in meinem Gasthof treffen, sagen wir gegen zehn Uhr. Dann frühstücken wir zusammen und machen eine kleine Wanderung zu dem in Frage kommenden Teil des Waldes." Die Sache war abgemacht und wir verabschiedeten uns in herzlichem Einvernehmen.

„Dann bis morgen Christina, wir freuen uns auf dich." Sie winkten mir zum Abschied.

„Ja, bis morgen, kommt gut heim", rief ich ihnen nach. Die beiden betraten den schmalen Waldweg, auf dem sie gekommen waren. Die Sonne sandte noch ihre wärmenden Strahlen. Ich setzte mich auf die Bank und trank den Rest Kaffee. Leo schmiegte sich dicht an mich. Er legte sein Kinn auf meine Knie und ich kraulte ihn versonnen. Ganz unvermittelt ergriff mich eine bleierne Müdigkeit; ich fühlte mich so schwach, dass ich mich kaum noch auf den Beinen halten konnte. Mühsam erhob ich mich, schleppte den Liegestuhl nach draußen und legte mich nieder. Die Wärme ließ bereits nach; ein Baum spendete mir wohltuenden Schatten. Ich lauschte dem munteren Gezwitscher der Vögel. Bald befand ich mich in einer Art Trance und fühlte mich wie gelähmt. Ein Gefühl der Schwäche zog durch meinen ganzen Körper.

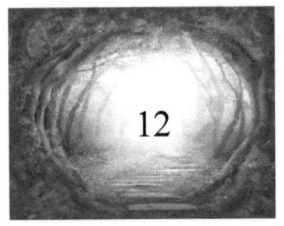

12

Um mich herrschte Dunkelheit und ich konnte nicht erkennen, wo ich mich befand. Eine dumpfe Angst, die mir fast die Kehle zuschnürte, bemächtigte sich meiner. Mir war zumute, als befände ich mich in einem unterirdischen Tunnel. Die schwarzen Wände glänzten vor Feuchtigkeit. Behutsam tastete ich mich vorwärts. Meine Schritte hallten durch den Raum; ja es kam mir so vor, als hallten sie durch die Zeiten. Nach einer Weile nahm ich den Widerschein von Feuer an den Wänden wahr und hörte Schreie aus der Ferne. Ein heftiges Angstgefühl ergriff mich. Die Schreie wurden immer lauter. Der Widerhall brach sich an den Wänden und verstärkte sich zu ohrenbetäubendem Lärm. Das flackernde Feuer schien näher zu kommen.

Mühsam schleppte ich mich vorwärts und versuchte, dem zu entfliehen, was da auf mich zukam. Doch je schneller ich eilte, desto langsamer kam ich voran. Völlig erschöpft lehnte ich mich schließlich an die kühlende Wand. Ich konnte mich nicht daran erinnern, je ein solches Grauen erlebt zu haben. In den Feuerschein vor mir mischte sich ein Schatten, der mich zu verfolgen schien. Ich befand mich am Rande dessen, was ein einzelner Mensch aushalten konnte und zitterte am ganzen Körper. Mit vor Angst geweiteten Augen saß ich da und horchte auf die Geräusche. Mir blieb nichts anderes übrig, als mich der bedrohlichen Situation zu stellen. Ich versuchte, die Kontrolle über meinen Atem zu erlangen und mich leidlich zu beruhigen. Nur langsam ebbte das Zittern ab.

Als ich meinen Kopf zur Seite drehte, bemerkte ich am Ende des Tunnels ein schummriges Licht, als sei dort ein

Ausgang. Mit letzter Anstrengung versuchte ich, mich dem Lichtschein zu nähern. Immer deutlicher sah ich es. Mit schleppenden Schritten versuchte ich, dorthin zu gelangen, immer noch verfolgt von dem unheimlichen Schatten.

Mit letzter Kraft trat ich aus dem Tunnel heraus – und kniff die Augen zusammen. Helles Tageslicht blendete mich! Wie im Traum betrat ich eine bunt blühende Blumenwiese. Bis hierher konnte mir der Schatten gottlob nicht folgen. Schluchzend warf ich mich ins Gras und atmete tief den Duft der Erde ein. In mir breitete sich ein Gefühl aus, als wäre ich neugeboren worden. So ähnlich war es wohl auch.

Als ich unwillkürlich aufblickte, gewahrte ich einen Mann ganz in meiner Nähe. Er stand mitten im Sonnenlicht und es wirkte, als würde er leuchten. Behutsam nahm er meinen Arm, half mir auf die Beine und überreichte mir eine duftende Blume. Gerade, als ich zu einer Frage ansetzte, löste er sich vor meinen Augen in Luft auf; nur ein kleiner Nebel-

schwaden zog über die Wiese davon.

Plötzlich hörte ich ein melodisches Pfeifen neben mir. Ich öffnete die Augen einen Spalt. Auf meiner Liege saß der bunte Vogel Phönix. Ich fragte verwundert:

„Wo kommst du auf einmal her?" und hörte die Worte:

„Willkommen zurück in deinem Leben." Damit flog er auf und davon. Auf meiner Brust entdeckte ich die duftende Blume aus meinem Alptraum. Ich küsste sie und stellte sie behutsam in eine Vase. Wieder ein neuer Beweis dafür, dass meine Erlebnisse in gewisser Weise   real waren und es

Gründe gab für den Weg in die Innenwelt. Und jedes Mal ging ich gestärkt daraus hervor.

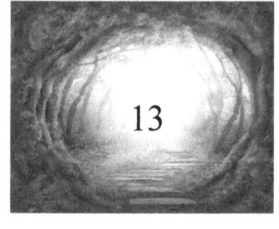

13

Nach einer geruhsamen Nacht, in der ich tief und fest geschlafen hatte, kehrte ich langsam in die Wirklichkeit zurück. Behände sprang ich aus dem Bett und füllte Leos Futternapf. Dann machte ich mich frisch und trank nebenbei einen Kaffee.

„Komm Leo", sagte ich unternehmungslustig, „lass' uns losmarschieren." Das ließ er sich nicht zweimal sagen. Munter lief er vor mir her. Begleitet von Vogelgezwitscher und dem Geraschel kleiner Waldtiere wanderten wir fröhlich dahin. In der Ferne glaubte ich, einen Schatten zu sehen; das trübte jedoch in keiner Weise meine gute Stimmung. Wahrscheinlich war der sonderbare Förster wieder unterwegs. Doch im Augenblick war ich nicht daran interessiert, ihm zu begegnen.

Durch die Bäume hindurch erblickte ich bereits die schmucken Häuser des Dorfes und war bald bei Reginas Gasthof angelangt. Sie hatte den Tisch im Garten liebevoll gedeckt und begrüßte mich freundlich.

„Ich glaube, ich habe diesen seltsamen Förster vorhin gesehen", erzählte ich

„Er treibt sich dauernd hier in der Nähe herum", erhielt ich zur Antwort. „Den meisten ist er etwas unheimlich." Ich wollte mir die Laune nicht verderben lassen und wechselte das Thema. Es dauerte nicht lange, da erschien Birgit auf der Bildfläche, kurz darauf trafen auch Antje und Diana ein. Sie begrüßten mich herzlich.

Nun waren wir vollzählig; fünf fröhliche und unbeschwerte junge Frauen. Wir setzten uns, bewunderten den geschmackvoll gedeckten Tisch und ließen es uns schmecken.

Vor allem die knusprigen Brötchen hatten es mir angetan. Regina kam mit einer großen Kanne Kaffee und setzte sich zu uns.

Wir stellten uns gegenseitig vor. Während des Frühstücks, das in heiterer Atmosphäre verlief, ließen wir die Geschehnisse noch einmal Revue passieren. Auffallend war, dass wir alle fünf dasselbe Medaillon um den Hals trugen. Doch was das zu bedeuten hatte, konnten wir uns derzeit noch nicht erklären. Auf jeden Fall schien es einen tieferen Sinn zu haben. Die Schmuckstücke waren kunstvoll gearbeitet und bestanden aus purem Gold. In der Mitte der Medaillons war eine Lotusblüte abgebildet, die ringsum von den Planeten des Sonnensystems eingerahmt wurde. Es waren kostbare Kleinodien.

Während wir miteinander plauderten, war eine gewisse Vertrautheit zwischen uns zu spüren, so als würden wir uns bereits kennen. Es war das unbestimmte Empfinden, als hätten wir uns nach langer Zeit wieder gefunden.

Ich klärte Diana und Antje – so wie gestern Birgit und Regina – über all die Vorkommnisse auf, die mir hier begegnet waren.

„Das ist kein Wunder", betonte Diana, „deine Hütte steht immerhin auf einem Kraftort und es sind bereits sehr seltsame Dinge in dem nahe gelegenen Wald geschehen." Im Verlauf der Gespräche wurde uns immer mehr bewusst, dass anscheinend jede von uns eine Inkarnation aus der Zeit war, die ich bereits mehrfach aufgesucht hatte. Womöglich hatten wir damals zusammen gewirkt, um vielen Menschen mit unserem Kräuterwissen helfen zu können. Leider hatten uns die Häscher in dieser schlimmen Zeit, in der Hexenverbrennungen keine Seltenheit waren, eine nach der anderen erwischt und verurteilt, was einer Hinrichtung gleichkam. Nun hatten wir uns wieder zusammen gefunden und die unverarbeiteten Erlebnisse der Vergangenheit gewannen wieder an Bedeutung. Anscheinend war dieser Teil unserer Entwicklung noch nicht abgeschlossen.

Schlagartig kam mir die grauenhafte Szene wieder in den Sinn, in der mich der schwarzmagische Geistliche mit dem Messer attackiert hatte und ich ihm im Todeskampf die Waffe entriss, um ihm mit letzter Kraft das Messer in die Kehle zu stoßen. Ich erinnerte mich daran, wie er auf mich fiel und unser Blut sich vermischte. Dieser Umstand war womöglich von einer tieferen Bedeutung.

Hastig drängte ich die unangenehmen Erinnerungen zurück und wandte mich wieder der Gegenwart zu. Das fröhliche Geplauder der Frauen lenkte mich ab und ich musste oft herzlich lachen. Augenscheinlich bestand eine starke Verbindung zwischen uns, so wie es wahrscheinlich im letzten Leben gewesen war. Unvermutet trat plötzlich, mitten in unsere ausgelassene Runde, der Förster in den Garten. Mich durchzuckte ein jäher Schreck, denn dieser Mensch hatte eine ausgesprochen dunkle, unheimliche Aura, die mich verunsicherte. Mit fester Stimme ergriff er das Wort:

„Entschuldigung, meine Damen, ich wollte Ihre fröhliche Runde nicht stören, sondern Ihnen nur mitteilen, dass ich gekommen bin wegen der mittäglichen Mahlzeit."

„Entschuldigen Sie bitte, dass ich Sie nicht gleich bemerkt habe", antwortete Regina und erhob sich von ihrem Sitz. „Ich komme sofort." Leo fletschte die Zähne und sein Fell sträubte sich.

„Keine Ursache", war die höfliche Antwort, „bei diesem sonnigen Wetter und im Kreise hübscher Frauen habe ich immer Verständnis. Ganz im Gegenteil tut es mir leid, Sie stören zu müssen." Mein ganzer Körper begann zu kribbeln und ich zerbrach mir den Kopf darüber, warum dieser Mann eine derart starke Wirkung auf mich ausübte. Woher kannte ich ihn nur? Auch die anderen schienen verwirrt, wie ich feststellte.

Regina bereitete schnell die Mahlzeit zu und brachte sie an den Tisch des Gastes, wobei sie sich noch einmal für ihre Unachtsamkeit entschuldigte.

„Alles in bester Ordnung", winkte der Förster ab. Sein Hund hatte sich brav neben ihm niedergelassen und wartete darauf, dass ihm einige gute Bissen zufielen.

Regina kam in den Garten zurück und rief uns zu:

„Wir können langsam aufbrechen. Martina, meine Küchenhilfe, wird mich vertreten und auch die Tische abräumen. Endlich habe ich einmal frei." Wir erhoben uns und schlugen den Weg zu meiner Hütte ein. Dort erwarteten wir einigen Aufschluss aufgrund der seltsamen Ereignisse, die dort vorgefallen waren. Inzwischen waren wir alle sehr gespannt. Unterwegs begleitete uns das vertraute Vogelgezwitscher. Bald waren wir an dem kleinen See angelangt.

„Seht einmal", rief Antje, „dort die zwei Vögel. Ich glaube, sie sind uns bereits begegnet." Ich schaute in die angegebene Richtung, und siehe da! Der bunte Phönix und der schwarze Rabe saßen in trautem Einvernehmen auf einem Ast und blickten zu uns herüber. Wir winkten ihnen freundschaftlich zu; und weiter ging es. Die beiden ungewöhnlichen Vögel folgten uns in gebührendem Abstand von Baum zu Baum. Ich hatte ein Gefühl, als gehörten sie zu uns. Tatsächlich flogen sie nach einer Weile vor uns her. Spontan fassten wir den Entschluss, ihnen zu folgen. Wenn wir zurückblieben, verharrten die gefiederten Gesellen auf einem Ast und vergewisserten sich, dass wir auf ihrer Spur blieben.

Während dieser ungewöhnlichen Wanderung kamen wir  dem dunklen Teil des Waldes und damit meiner Hütte immer näher. Der Wald schien sich ausgedehnt zu haben. Mir war, als würde er sich – je nach innerer Verfassung – in Bewegung setzen. Das erschien mir wahrhaft unheimlich: Ein Wald, der nicht auf seinem Platz verharrte! Die beiden gefiederten Freunde schienen sich hier auszukennen und geleiteten uns weiter durch unwegsames Gelände hindurch. Das Dickicht wurde immer undurchdringlicher; Zweige schlugen uns ins Gesicht. Leo lief folgsam und etwas ängstlich hinter uns her. Er bewegte seinen Kopf witternd in alle Richtungen, so als spüre er irgendwas Ungewöhnliches. Unvermutet war das Dickicht zu Ende; das Dunkel des Waldes wurde heller und wir traten auf eine kleine Lichtung hinaus. Erfreut blieben wir stehen und waren froh, das unwegsame Gestrüpp hinter uns zu lassen.

„Seht mal“, rief ich, „dort steht ein altes Gemäuer!“ Neugierig bewegten wir uns darauf zu. Und siehe da, unsere geflügelten Führer hatten sich auf der Mauer niedergesetzt. Langsam und vorsichtig pirschten wir uns an das Gemäuer heran, ohne zu wissen, was uns in dieser verwunschenen Gegend erwartete. Dann traten wir durch ein niedriges Tor in einen verfallenen Raum, bei dem die Zeit bereits deutliche Spuren hinlassen hatte. Auf dem sandigen Boden wuchsen

Pflanzen und kleine Büsche. So eroberte die Wildnis sich langsam ihr Territorium zurück.

Ratlos standen wir eine Weile herum und rätselten, wie diese Burgruine entstanden sein könnte. Als ich mich nach Leo umwandte, war er schon wieder weg, dieser kleine Racker. Da ging mir auf, womit sein häufiges Verschwinden in Zusammenhang stand. Mir dämmerte die Erkenntnis, dass ich mich auf der anderen Seite befand – und meine Begleiterinnen ebenfalls! Wir waren offensichtlich durch das Portal gelangt, ohne den genauen Ort zu kennen.

Erstaunt blickte ich mich um und sah in der Ferne die Mauern einer alten Burg. Ich verspürte keine Furcht und meine Neugier wuchs. Dies war die Burg, die dem Verlobten von Melisande gehörte. Ich betrachtete die Frauen, die mich umgaben und bemerkte, dass ihr Aussehen sich verändert hatte. Sie trugen geschmackvolle, altertümliche Kleider, die mir gut gefielen. Auf einen vagen Verdacht hin rief ich:

„Regina, sieh dir das mal an!" Melisande drehte sich zu mir herum und ich meinte, in ihr Regina zu erkennen.

„Wer von uns ist identisch mit welcher Person im anderen Leben?", fragte ich. Verwundert blickten wir in die Runde.

Im gleichen Moment fiel der Schleier und die Erinnerung an unsere früheren Leben tauchte auf. Wir trugen andere Namen und auch unser Aussehen war verändert. Nach und nach gelang es uns, unsere Identitäten aus dem vergangenen Leben in Frankreich mit der Gegenwart in Verbindung zu bringen. Es stellte sich heraus, dass:

☼ Melisande (genannt Melli) mit Regina identisch war.

☼ Nathalie war im richtigen Leben Birgit.

☼ Vivian hieß Diana.

☼ Michéle entsprach im anderen Dasein Antje

☼ und ich hieß in diesem Leben Sarah.

Während ich bereits auf einige Erfahrungen mit Reisen in vergangene Existenzen zurückblicken konnte, war die neue Umgebung für meine Begleiterinnen höchst ungewöhnlich. Zudem war ich bereits in eine frühere Zeit zurückgekehrt, in der ein boshafter Schwarzmagier mich eingefangen und umgebracht hatte. In der jetzigen Zeitlinie war ich noch am Leben und mit meinen Freundinnen zusammen.

Ein frischer Wind toste um uns herum und wir gingen mit schnellen Schritten auf die Burg zu, in der bislang Melisande und ich gewohnt hatten. Da wir nicht zu viel Aufsehen erregen wollten, verbargen sich Birgit, Diana und Antje im Wald in einer kleinen, nicht weit entfernt liegenden Hütte.

14

Melisande und ich eilten Richtung Burg, als aus der Ferne Pferdegetrappel an unsere Ohren drang. Wer mochte das sein? Vorsichtig pirschten wir vorwärts. Von weitem sahen wir einen Mann auf uns zulaufen, in dem ich schon bald den Gärtner der Burg erkannte. Etwas atemlos langte er bei uns an und stieß hervor:

„Sie waren hier! Noch nicht lange her!". Wir erschraken.

„Was wollten sie?", fragte Melli atemlos.

„Sie hatten keinen festen Verdacht; haben nur ein wenig herumgestöbert und sich nach diesem und jenem erkundigt", antwortete der Gärtner.

„Wir müssen äußerst vorsichtig sein", warnte ich. Wir unterhielten uns leise. Während dessen kam der Hufschlag der Pferde immer näher. Eine gewisse Panik ergriff von uns Besitz. Da tauchten wie aus dem Nichts die beiden gefiederten Gesellen auf, denen wir zuvor schon begegnet waren. Sie gaben einige schrille Schreie von sich und flogen in die entgegengesetzte Richtung davon. Nun hatten wir nichts Eiligeres zu tun, als ihnen zu folgen.

Die Häscher hatten uns mittlerweile ausgemacht und waren uns dicht auf den Fersen.

Plötzlich erhob sich hinter uns ein heftiger Sturm, der Zweige und loses Blattwerk durch die Luft wirbelte, was unseren Verfolgern die Sicht versperrte. Wir liefen, so schnell wir konnten, in Richtung Burgruine, um das von uns entdeckte Portal zu erreichen. Im letzten Moment sprangen wir hindurch. Auch die anderen drei Frauen hatten sich, gewarnt durch den plötzlichen Sturm, inzwischen eingefunden. Zum Glück schafften auch sie es rechtzeitig, zu entkommen.

Leo empfing mich mit lautem Bellen und wedelte freudig mit dem Schwanz.

„Hallo, mein guter Leo", begrüßte ich ihn erleichtert und tätschelte sein Fell.

„Das war Rettung in letzter Minute", sagten wir fast wie aus einem Munde. Jetzt mussten uns erst einmal sammeln. Erschöpft setzten wir uns auf die herumliegenden Mauerreste und besprachen unser weiteres Vorgehen.

Als wäre es nicht genug der Aufregungen, hörten wir einen durchdringenden Pfiff ganz in unserer Nähe, den ich sogleich erkannte. Der imponierende Hund des Försters brach durch das Dickicht, und ihm folgte auf dem Fuße sein Herr.

„Hallo meine Damen, ich grüße Sie", sagte er mit ironischem Unterton und lüftete seinen Hut. „Sie haben sich recht weit in den Wald hinein gewagt, etwas mehr als ein gemütlicher Spaziergang, würde ich sagen. Was hat Sie denn bis hierher verschlagen?" Leo begann zu knurren und sein Fell sträubte sich. Ich rief ihn zu mir und fühlte mich gleich etwas sicherer in seiner Nähe.

Vermutlich war dem Förster bekannt, dass es sich bei diesem alten Gemäuer um ein Portal handelte, ging es mir durch den Kopf. Vielleicht benutzte er es ebenfalls; sein seltsames Verhalten deutete darauf hin. Mir kam es fast so vor, als hätte er nicht mit unserer Anwesenheit gerechnet. Diana warf beiläufig ein:

„Wir haben hier nach seltenen Kräutern gesucht, die wir zum Räuchern verwenden. Kennen sie sich vielleicht damit aus?"

„Das werde ich wohl als Förster, der viel in der Natur unterwegs ist", entgegnete er. Ich machte mir darüber Gedanken, was er jetzt wohl unternehmen würde. Vermutlich hatten wir seine Absicht, das Portal zu benutzen, für den Moment zunichte gemacht. Ungewollt hatten wir ihn an seinem Vorhaben gehindert. Wahrscheinlich war ihm nicht klar, dass wir das Geheimnis entdeckt hatten. Das wäre ihm sicher ganz und gar nicht recht.

Während ich noch nachdachte, wurde mir schlagartig eines bewusst: Der Mann, der hier vor mir stand, war niemand anders als der wiedergeborene schwarzmagische Bischoff, der mir in ferner Vergangenheit das Lebenslicht ausgeblasen hatte! Diese Erkenntnis jagte mir kalte Schauer über den Rücken. Auch für den Tod meiner Gefährtinnen auf dem Scheiterhaufen war er verantwortlich. Was für ein Wiedersehen! Worin lag der Sinn dieser Begegnung nach so langer Zeit?

Da fiel mir ein, was mein Begleiter, der Windgeist, mir am Anfang mitgeteilt hatte: Ich selbst hätte um diese Erfahrungen gebeten. Es lag klar auf der Hand, dass es hier darum ging, wichtige Dinge zu klären; etwas war noch nicht abgeschlossen. Da hatte ich sicher noch einiges vor mir, bei so einschneidenden schicksalhaften Erlebnissen. Ich konnte mir denken, dass so ein Mensch aus dem Dunkel nicht ohne weiteres die Vergangenheit ruhen lassen würde und deshalb nach uns – vorzugsweise nach mir – suchte. Und das wahrscheinlich schon seit geraumer Zeit. Möglicherweise hatte auch er mich wieder erkannt und schmiedete schon an einem finsteren Plan.

Ich schreckte aus meinen Gedanken auf, als ich Birgit sagen hörte:

„Kommt, lasst uns weiter nach den Kräutern suchen." Erleichtert erhoben wir uns, wünschten dem Förster noch einen guten Tag und verschwanden eilig aus seinem Blickfeld. Ich drehte mich noch einmal um, doch ich konnte ihn nirgends entdecken. Vielleicht hatte er sich auf die andere Seite begeben und sich mit den Häschern getroffen, in der Hoffnung, von ihnen Neuigkeiten zu erfahren.

Unterwegs klärte ich meine neuen Freundinnen – die für mich inzwischen fast wie Geschwister waren – auf, zu welch neuer Erkenntnis ich gelangt war. Sie staunten nicht schlecht, konnten aber meine Schlussfolgerung gut nachvollziehen.

Die vergangenen Erlebnisse und Martyrien hatten sich tief in unsere Seelen eingebrannt. Daher schritten wir schweigend, in Gedanken versunken, durch den dunklen Wald. Alle waren in sich gekehrt aufgrund der schaurigen Erinnerungen an vergangene Leben. Für mich waren sie zwar kein Neuland mehr, aber meinen Freundinnen setzten diese Erfahrungen sichtlich zu. Als ich nach oben blickte, entdeckte ich die beiden Vögel von vorhin, unsere Wegbegleiter. Sie flogen vor uns her; so konnten wir den Weg nicht verfehlen.

Endlich wurde der Wald lichter und wir atmeten auf, als die Hütte in Sicht kam. Bevor wir uns trennten, verabredeten wir uns für den nächsten Tag, um zu besprechen, was wir mit den neuen Erkenntnissen anfangen wollten. Treffpunkt sollte die Praxis von Antje und Diana sein. Als die vier Freundinnen aus meinem Blickfeld verschwunden waren, brühte ich mir Kaffee auf und setzte mich mit einer Tasse des dampfenden Gebräus auf die Bank vor der Hütte. Leo saß bei mir und ich kraulte ihm gedankenverloren das Fell.

Ich war ganz in meine Betrachtungen versunken und nahm meine Umgebung kaum wahr, bis Leo leise zu knurren anfing. Als ich aufblickte, bekam ich einen kleinen Schreck. In einiger Entfernung meinte ich den Förster zu sehen, der mich unverhohlen musterte. Hatte auch er mich wieder erkannt? Ein kalter Schauer überlief mich; doch ich verspürte auch eine gewisse Neugier. Dieser Wissensdrang war es, der mir im vergangenen Leben zum Verhängnis geworden war. Ich war bereit gewesen, meine Kraft zurückzuhalten und mich in gewisser Weise auf das Dunkle einzulassen. So kam es, dass mein Leben in einem fürchterlichen Fiasko geendet hatte, das bis in dieses Leben hineinwirkte. Hoffentlich konnte ich es nun bald überwinden und auflösen. Doch im Moment war mir noch nicht klar, wie ich das anstellen sollte.

Ohne ein Wort zu verlieren, schritt der Förster von dannen, gefolgt von seinem Hund.

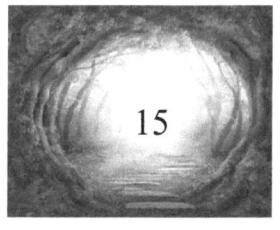

15

In der darauf folgenden Nacht erwachte ich durch das unaufhörliche Flackern meiner Deckenleuchte. Seltsam, die hatte ich seit meinem Einzug hier noch nie eingeschaltet. Das Kaminfeuer und eine Stehlampe hatten bislang völlig ausgereicht. Ich schaute zum Fenster und gewahrte eine dunkle Wolke davor, die langsam näher kam und sich dann wieder entfernte. Währenddessen flackerte die Lampe im Zimmer wie wild. Ich rieb mir die Augen und fragte mich, ob noch träumte? Nein, ich war tatsächlich wach. Ob durch das Portal irgendetwas mit hereingelangt war, überlegte ich. Oder ob es sich bei dem Phänomen um ein Ufo handelte? Ich fand keine Erklärung. Meine Glieder waren schwer wie Blei und ich konnte mich nicht entschließen, aufzustehen. Bald sank ich wieder in einen tiefen Schlaf. Doch die Ruhe währte nicht lange; das unruhige Flackern unter der Decke und Leos Rastlosigkeit rissen mich erneut aus dem Schlaf.

Ich stand auf, noch ein wenig unsicher auf den Beinen, zog mir etwas über und ging nach draußen, um nachzusehen, was da los war. Die kalte Luft blies mir unsanft entgegen und ich sehnte mich nach der warmen Bettdecke. Fröstelnd zog ich die Jacke etwas enger um mich und schaute mich um. Die schwarze Wolke war verschwunden; nur ein leichtes Wetterleuchten in der Ferne machte sich bemerkbar. Leo stand plötzlich neben mir; irgendwie gab mir das ein wenig Sicherheit. Ich schlich um die Hütte, ohne etwas Außergewöhnliches zu entdecken. Lediglich die Geräusche einiger Nachttiere waren zu hören; Zweige knackten wie unter leisen Tritten und ein Käuzchen rief in die Nacht hinein. Vorsichtig erweiterte ich den Kreis meiner Erkundungsgänge rund um die Hütte herum. Unversehens geriet ich immer tiefer in den düsteren Wald, ohne weiter darauf zu achten. Ich war so auf die Suche konzentriert, dass mir dieser Umstand gar nicht auffiel. Leo folgte mir auf dem Fuße.

„Guter Hund", sagte ich und drehte mich nach ihm um. Dabei bemerkte ich, dass ich mich bereits eine gehörige Strecke von meiner Hütte entfernt hatte. Dieser Wald war verwirrend. Mal schien er weit entfernt zu sein und ein anderes Mal standen die Bäume dicht vor meiner Hütte. Endlich kam ich zu dem Schluss, dass ich mittlerweile weit in den Wald hineingelaufen war. Etwas irritiert setzte ich einen Fuß vor den anderen, ohne zu wissen, was ich hier eigentlich wollte. Warum hatte es mich hierher verschlagen? Was war zu tun; in welche Richtung sollte ich mich wenden? Ich fühlte mich hilflos und begann, mich gehörig zu gruseln. Seltsame Geräusche drangen an mein Ohr. Nur gut, dass Leo bei mir war. Hunde haben einen besseren Orientierungssinn als Menschen.

Ich wanderte immer weiter, wobei ich hoffte, dass die Vorsehung mir schon den rechten Weg weisen würde. Durch die Bäume zogen Schatten und mir war so, als hörte ich Stimmen, die mir zuraunten: „Folge uns..." Doch ich hatte keineswegs die Absicht, irgendwelchen Schatten zu folgen. Auf einem kleinen ausgetretenen Pfad ging es weiter voran. Plötzlich machte mein Herz einen kleinen Freudensprung. Trotz des mich umgebenden Dunkels entdeckte ich auf einem Ast einen bunten Vogel. Unzweifelhaft, es war Phönix! Langsam flog er vor mir her und vertrauensvoll folgte ich ihm.

„Komm Leo", sagte ich mit erwachtem Mut und schritt tapfer aus, in der Hoffnung, so bald wie möglich zu meiner Hütte zu gelangen.

Ich hatte den dringenden Wunsch, in mein warmes Bett zurückzukehren und mir die Decke über den Kopf zu ziehen. Doch stattdessen gewahrte ich auf einer Lichtung plötzlich das alte Gemäuer, in dem sich das Portal befand, durch das ich zusammen mit meinen Freundinnen bereits gegangen war. Der bunte Vogel, den ich Phönix nannte, setzte sich ganz in der Nähe auf einen Stein und hüpfte ein wenig hin und her. Plötzlich hatte ich eine Eingebung.

„Sollte ich da hindurchgehen?", wandte ich mich an meinen gefiederten Begleiter. Er bewegte leicht den Kopf, was ich als ein Nicken deutete.

„Leo, warte hier auf mich", wies ich meinen Hund an und strich ihm über den Kopf. Aufgrund früherer Erfahrungen wusste ich, dass er mir nicht folgen konnte, weil er in jenem anderen Dasein noch nicht als Hund inkarniert war. Ich begab mich in die Mitte des Steinkreises und es dauerte nicht lange, bis sich meine Umgebung veränderte.

Sogleich entdeckte ich in der Ferne die Umrisse der Burg Niedeck, in der Melisande und ich Zuflucht gefunden hatten. Ein kleiner Seitenpfad im Wald zog mein Interesse auf sich. Ich erkannte ihn aus meiner damaligen Inkarnation. Ganz klar standen gewisse Ereignisse jetzt vor meinem inneren Auge. Dieser Weg führte zu dem Versteck, in dem sich

Nathalie, Michéle und Vivian in einer kleinen Hütte verborgen hielten.

Die Hütte lag gut getarnt tief im Wald, umgeben von undurchdringlichem Gestrüpp. Sie war nur über etliche Umwege zu erreichen. Ich war gespannt, ob ich nach so langer Zeit den richtigen Weg finden würde. Merkwürdig; mein innerer Kompass führte mich sicher dorthin. Ich gewahrte die Stelle, wo das Gestrüpp auf eine bestimmte Weise, die nur wir Frauen kannten, angeordnet war. Dann bog ich einige Zweige zur Seite und ahmte den Schrei eines Raubvogels nach, der unser Erkennungszeichen war. Leise klopfte ich in einem bestimmten Rhythmus gegen die Tür. Ich war sehr gespannt, ob ich jemanden antreffen würde.

Tatsächlich wurde die Tür vorsichtig ein wenig geöffnet. Nathalie (die im anderen Leben Birgit hieß) erschien im Türrahmen.

„Sarah, gut dass du es bist!", rief sie erleichtert und umarmte mich stürmisch. „Komm herein, ich bereite uns einen Kräutertee. Es ist so schön, dich zu sehen!" Ich freute mich, eine meiner Freundinnen anzutreffen, und setzte mich auf die Bank. Jetzt erst spürte ich, dass ich reichlich erschöpft war. Während ich Nathalie zusah, wie sie auf der kleinen Feuerstelle heißes Wasser bereitete und damit die Kräuter begoss, erzählte ich ihr von meiner Odyssee und was sich bisher ereignet hatte. Nathalie war über alles, was sich bisher zugetragen hatte, im Bilde. Sie wusste, dass wir zwischen zwei Existenzen hin und her pendelten und dass sie auf der anderen Seite als Birgit inkarniert war. Auch den anderen Frauen waren die Zusammenhänge bekannt.

„Michéle ist zur Quelle aufgebrochen und Vivian unterstützt eine Frau im Dorf bei der Geburt eines Kindes, die sich reichlich kompliziert gestaltet. Hoffentlich kann sie ihr und dem Baby helfen, die Strapazen zu überstehen. Normalerweise wirken unsere Kräuter wahre Wunder", ließ sie mich wissen. Ich nahm einen Schluck von dem aromatischen Tee und langsam erwachten meine Lebensgeister wieder.

„Wir müssen sehr auf der Hut sein", gab ich zu bedenken, „ein Aufgebot an Häschern streift unentwegt in den Wäldern herum." Dabei dachte ich daran, dass Nathalie das nächste Opfer sein würde.

Bei den ersten Besuchen hier hatte ich festgestellt, dass es sich bei meinen Zeitreisen um keinen kontinuierlichen Zeitfluss, wie ich ihn bisher kannte, handelte. Die Zeiten, in die ich eintauchte, hielten sich an keine festen Prinzipien, was die Abfolge anbetraf. Ich wusste bereits zu diesem Zeitpunkt, dass Nathalie gefasst werden und man sie gegen eine fürstliche Belohnung dem Tribunal übergeben würde. Was mit den gefangenen Frauen geschah, war nur allzu gut bekannt. Die Scheiterhaufen loderten in diesen dunklen Zeiten unentwegt und wurden nicht kalt.

Die Menschenmenge, die der grausamen Prozedur beiwohnte, geriet völlig aus dem Häuschen, zollte den Hinrichtungen Beifall und weidete sich an den Qualen der Opfer. Bei einem großen Teil dieses entfesselten Haufens wurde ihr Charakter offenbar. Niemand war vor Denunziation sicher. Wollte ein Nachbar seiner Nachbarin schaden, zeigte er sie als Hexe an und erfand eine fantastische Geschichte dazu in der Hoffnung, auf diese Weise die eigene Haut zu retten. Die Heilerinnen hatten Gelegenheit, den wahren Charakter ihrer Mitmenschen kennen zu lernen. Es trennte sich die Spreu vom Weizen. Ich war mir fast sicher, dass jederzeit unter entsprechenden Bedingungen immer wieder Menschen in einen ähnlichen Wahnsinn verfallen könnten.

Fürs erste erhob ich mich gestärkt und teilte Nathalie mit, dass ich mich wieder auf den Rückweg begeben wolle. Den Weg würde ich schon finden. Ich hatte vor, mich in den heimischen Wäldern, die ich noch aus meinem früheren Leben kannte, etwas umzusehen und war gespannt, ob ich mich an die alten Wege noch erinnern konnte. Beim Abschied umarmte sie mich herzlich.

„ Pass auf dich auf", ermahnte sie mich mit sorgenvoller Miene.

„Wir sehen uns morgen wieder, in einer anderen Zeit, in einem anderen Leben", sagte ich noch beim Weggehen und trat vorsichtig den Rückweg an. Dabei achtete ich sorgsam darauf, mich möglichst geräuschlos den verborgenen kleinen Pfad entlang zu schleichen.

Nach einer Weile hatte ich ungehindert den Hauptweg erreicht und betrachtete die alten Bäume, um festzustellen, was sich hier im Laufe der Zeiten verändert hatte. Erfreut bemerkte ich, dass mir die Gegend immer noch vertraut vorkam. Da bewegte sich etwas über mir im Geäst. Nach einigem Suchen entdeckte ich den bunten Phönix. Ich freute mich über seinen Anblick, denn nun war ich mir sicher, dass ich mich auf dem rechten Weg befand.

Da erblickte ich in einiger Entfernung einen Mann, der rasch näher kam. Ich erkannte in ihm den Bischof, mit dem mich ein verhängnisvolles Schicksal verband. Mir wurde mulmig zumute. Bestimmt führte er nichts Gutes im Schilde. Als wir auf gleicher Höhe waren, blieb er stehen und sah mich durchdringend an. Seine dunklen Augen hatten eine magnetische Ausstrahlung. Ihm war klar, dass ich ihn erkannte. Seine herrische, eindringliche Stimme ließ mich erschauern:

„Mon Dieu, welch ein Zufall, dass wir uns ausgerechnet hier begegnen. Ich habe dich gesucht, musst du wissen. Auch wartet dein Hund auf der anderen Seite auf dich." Damit war erwiesen, dass er Bescheid wusste. Und mir wurde klar, dass ich den wieder inkarnierten Förster vor mir hatte, der offensichtlich durch das Portal ein- und ausging. Jetzt war er, wie er zugab, auf der Suche nach mir gewesen. Das wunderte mich nicht. Immerhin hatte ich ihm in jener furchtbaren Nacht, als er mich ermordet hatte, ebenfalls das Lebenslicht ausgeblasen. Ein Schwarzmagier vergisst so etwas nie.

Grob fasste er meinen Arm und ich schrie laut nach Hilfe. Phönix, der in der Nähe weilte, gab einen schrillen Schrei von sich; ein heftiger Windstoß wirbelte um uns herum. Mir wurde schwindlig; meine Gedanken verwirrten sich. Ich stolperte und blickte um mich. Zu meiner großen Erleichterung kam mir mein treuer Hund Leo freudig und schwanzwedelnd entgegen. Auch mein gefiederter Begleiter, der Phönix, saß unweit auf einer Mauer der Burgruine.

Unverzüglich machte ich mich auf zu meiner Hütte. Es dauerte nicht lange, bis ich dort ankam. Offenbar hatte sich der Wald wieder verkleinert. Wie ich wusste, stand meine Behausung auf einem Kraftplatz, der mir hoffentlich einige Sicherheit bot.

Mittlerweile graute der Morgen. Ich ließ mich ins Bett fallen und die Ereignisse der Nacht noch einmal Revue passieren. Dann dämmerte ich in einen leichten Schlaf hinüber.

16

„Du und deine Freundinnen, ihr habt eine Bestimmung", sagte die alte Frau und sah mich mit ihren leuchtend blauen Augen freundlich an.

„Wie meinst du das?", fragte ich erstaunt.

„Das wirst du noch zur rechten Zeit erfahren", war ihre viel sagende Antwort. Ein Klopfen an der Tür ließ mich aufschrecken.

„Willst du nicht öffnen?", fragte ich sie. Aber da war nichts mehr! Ich fuhr hoch wie aus einem lebhaften Traum, rieb mir die Augen und wunderte mich, dass ich in meinem Bett lag. Das Klopfen ließ nicht nach.

„Christina!", hörte ich eine Stimme. Siedend heiß fiel mir ein, dass ich verschlafen hatte. Eilig sprang ich aus dem Bett und stolperte beinahe über Leo. Dann rannte ich zur Tür und öffnete sie. Vor mir standen lachend meine vier Freundinnen.

„Was treibst du eigentlich in der Nacht?", fragte mit gespielter Entrüstung Antje, „wir haben vergebens auf dich gewartet und sind dir nun kurzerhand entgegengekommen. Einen Picknick-Koffer haben wir auch mitgebracht", erzählte sie weiter. „Wir decken schon einmal den Tisch hier draußen im Freien und du ziehst dir etwas an." Ich verschwand im Badezimmer und rief von drinnen:

„Ich beeile mich!" Ein Liedchen vor mich hin trällernd, ließ ich das heiße Duschwasser auf mich herab prasseln. Das machte mich endgültig munter. Eilig stellte ich Leo sein Futter hin und erschien draußen, frisch geduscht und in bester Laune.

„Das lasse ich mir gefallen, so herzlich empfangen und bedient zu werden!", rief ich fröhlich und setzte mich zu ihnen an den liebevoll gedeckten Tisch. Ich griff zu einem frischen Brötchen, bestrich es mit einer hausgemachten Marmelade und biss herzhaft hinein. Dazu einen Schluck Kaffee mit Sahne – köstlich! Wie schön, dass ich nach all den tief greifenden Erlebnissen und Erfahrungen der Vergangenheit unbeschwert und fröhlich das Beisammensein mit meinen Gefährtinnen genießen konnte!

Wir hatten uns wieder gefunden und erinnerten uns an die schrecklichen Vorkommnisse unserer letzten gemeinsamen Inkarnation. Es musste einen Grund geben, warum das Schicksal uns die Gunst gewährte, uns all dessen zu entsinnen. Wir konnten Erkenntnisse daraus gewinnen und etwas, das offenbar noch nicht zu einem Ende gekommen war, zum Abschluss bringen.

Ganz in Gedanken versunken schenkte ich mir noch einen Kaffee ein, als ich durch Leos Kläffen aufgeschreckt wurde. Es klang durchaus erfreut. Ich sah, dass er einen gefiederten Gast begrüßte, der in der Nähe auf einem Baum saß und zu uns herüberblickte.

„Hallo Phönix", rief ich hinüber und winkte ihm lachend zu. Er nickte mit seinem bunten Schopf und schlug mit den Flügeln. „Komm' doch zu uns herüber", lud ich ihn ein und stellte eine Schale mit Wasser und ein wenig Obst bereit. Tatsächlich dauerte es nicht lange, bis er heran flog und sich bei uns niederließ. Alle bewunderten das schöne Tier mit seinem herrlich bunten Gefieder. Es trank aus der Schale und ließ sich das Obst schmecken. Leo beschnupperte den Gast, doch das schien ihn nicht sonderlich zu stören.

Ich unterhielt mich währenddessen mit meinen Freundinnen. Nachdem ich ihnen in aller Eile die Ereignisse der vergangenen Nacht geschildert hatte, bemerkte Regina:

„Es ist schon merkwürdig, dass sich auf der anderen Seite automatisch unser Aussehen sowie unsere Kleidung verändert."

„Es ist halt eine andere Inkarnation", erwiderte Diana versonnen, „in der wir wahrscheinlich noch etwas zu erledigen haben."

„Ja, da wartet wohl eine besondere Aufgabe auf uns, die uns irgendjemand zutraut", führte Antje weiter aus.

Einen Moment lang schwiegen wir und versanken in unsere Betrachtungen. Ein lauter Pfeifton und hektisches Flügelschlagen riss uns aus unseren Gedanken. Phönix hüpfte aufgeregt hin und her. Wahrscheinlich war es eine Aufforderung, ihm zu folgen.

„Kommt" meinte Antje aufgeräumt, „lasst uns sehen, was es gibt." Auch Leo hatte die Aufforderung verstanden und lief unaufgefordert hinter Phönix her, der in Sichtweite auf einem der Bäume saß und auf uns wartete.

„Dann mal los", rief Diana unternehmungslustig und wir mussten wohl oder übel folgen. Den Frühstückstisch ließen wir unaufgeräumt zurück – und ab ging es, durch das Unterholz und über kleine Trampelpfade. Der dunkle Wald war wieder näher gerückt. Wie seltsam! Ständig war er in Bewegung. Hingen die Veränderungen letzten Endes mit unserer inneren Verfassung zusammen?

Wir waren nun schon eine Weile unterwegs, kämpften uns durch dichtes Gestrüpp und stolperten über große Steine, die im Wege lagen. Zeitweilig konnten wir den Phönix nicht ausmachen, doch Leo mit seinem ausgezeichneten Instinkt war ihm meist dicht auf den Fersen. Aus der Ferne hörten wir das helle Pfeifen unseres fliegenden Begleiters. Als wir näher kamen, gewahrten wir ihn auf dem Dach eines kleinen und versteckt liegenden Güterwagens. Unwillkürlich dachte ich an Hänsel und Gretel, zumal sich plötzlich eine Tür öffnete, in der eine ältere Frau in gebückter Haltung stand. Verblüfft hielten wir inne und schauten sie verwundert an. Ich erkannte in ihr sogleich die Frau aus meiner Vision kurz vor dem Aufwachen. Was hatte sie noch zu mit gesagt? „Ihr habt eine Aufgabe..." oder so ähnlich, bevor sie plötzlich verschwunden war. Ich dachte bei mir: ‚Die merkwürdigen Ereignisse, die mir widerfahren, sind kaum noch zu überbieten.'

„Ich habe bereits auf euch gewartet", begrüßte uns die alte Frau mit sanfter Stimme und ihre blauen Augen strahlten uns an. „Kommt doch herein", forderte sie uns auf. „Ihr bekommt erst einmal einen Willkommenstrunk." Die Decke der kleinen Stube hing voll getrockneter Kräuter. Über einer Feuerstelle hing ein Kupferkessel, in dem es brodelte. Sie nahm fünf Becher von einem Regal und deutete auf eine Bank, die hinter einem großen, rustikalen Holztisch stand. Wir setzten uns.

„Ruht euch erst einmal aus und nehmt einen Schluck", sagte die Frau mit freundlicher Miene und stellte die gefüllten Becher auf den Tisch. Folgsam tranken wir von dem Gebräu. „Am Besten, ihr leert euren Becher ganz, damit ihr zu Kräften kommt", sprach sie leise weiter. Das taten wir nicht ungern, denn das Getränk, was immer es auch war, schmeckte köstlich und würzig.

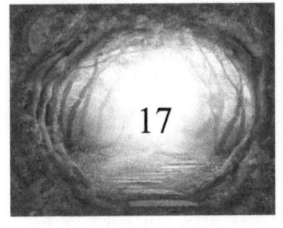

17

Mit neuer Energie sah ich mich in dem Wagen um. Nanu, was war das? Es war gar kein Waggon mehr, sondern eine geräumige Halle, ausgestattet mit einem ausladenden Tisch und geschnitzten Stühlen. Die Wände waren mit edlen Aquarellen verschönert und der Fußboden glänzte derart, dass man sich darin spiegeln konnte. Der kleine Eisenbahnwagen hatte sich auf wundersame Weise verwandelt! Erstaunt sahen wir uns an. Hatte das würzige Gebräu eine magische Wirkung auf uns gehabt? Vor uns in einem kunstvoll verzierten Sessel saß eine junge Frau mit langen, blonden Haaren. Sie trug ein fließendes blaues Gewand. Ihre strahlenden Augen kamen mir bekannt vor; sie erinnerten mich an meine morgendliche Vision.

„Seid mir gegrüßt", sprach sie uns an.

„Was passiert hier – und wo sind wir?", fragte Birgit, die sich als erste von der Überraschung erholt hatte.

„Ihr befindet euch im *Palast der Bewahrer*", wurde uns mitgeteilt. Auf unsere Nachfrage hin erklärte die junge Frau, die sich Sophia nannte, dass es sich bei den ‚*Bewahrern*' um zwölf Weise handelte, die von einem Ort aus, der sich in einem höheren Frequenzbereich befand, die Geschicke der Erdbewohner beobachteten. In seltenen Fällen griffen sie auch ein, um das Gleichgewicht zwischen Hell und Dunkel zu wahren.

Derzeit wäre dieses Gleichgewicht aus den Fugen geraten und das Dunkel breitete sich über den gesamten Erdball aus. Durch ein Portal wären bösartige Wesen eingedrungen, die das bisherige Gleichgewicht zu ihren Gunsten verändert hatten. Ihr Plan wäre es, sich der Menschen zu bemächtigen, sie zu verführen, zu versklaven und für ihre Zwecke zu gebrauchen. Sie hätten bereits einen Großteil der Erde in ihre Gewalt bekommen und erzeugten viel Leid unter den Menschen. Wie Parasiten wären sie eingefallen und verstünden es vorzüglich, sich zu tarnen, so dass die Menschen sie nicht sogleich erkannten, sondern sie anfangs sogar für Wohltäter hielten, die sich Gedanken um das Wohlergehen der Menschheit machten.

Das Chaos war mittlerweile derart angewachsen, dass sich Freund und Feind nicht mehr eindeutig unterscheiden ließen. Dieses Dilemma machte es der Menschheit fast unmöglich, einen gangbaren Weg zu finden, um gegen die Invasoren gemeinsam vorzugehen. Es glich einer schlimmen Seuche, für die eine adäquate Medizin noch nicht zur Verfügung stand. Einzelne dieser Invasoren hielten sich bereits seit langer Zeit auf der Erde auf. Unlängst war es ihnen gelungen, ein Portal zu öffnen, durch das eine große Anzahl dieser Kreaturen auf die Erde gelangen konnte. Von der Menschheit fast unbemerkt, schlichen sie sich vielerorts ein. Sie hatten sich bereits überall ausgebreitet und Machtpositionen eingenommen.

Mittlerweile hatten die Erdbewohner kaum noch Möglichkeiten, sich ihrer zu erwehren. Diese dunklen Wesen waren den Menschen an Klugheit, Raffinesse und Rücksichtslosigkeit weit überlegen. Es war ihnen gelungen, den Geist vieler Erdbewohner zu verwirren, so dass es für diese keine Möglichkeit gab, sich aus den Fallstricken herauszuwinden. Zu allem Überfluss waren viele Individuen mit falschen Versprechungen dazu gebracht worden, den fremden Eindringlingen dienstbar zu sein. Auf diese Weise hatten sie erreicht, dass die Erdbewohner untereinander zerstritten waren. Nur Wenige erkannten die Gefahr, wurden aber von ihren eigenen Landsleuten bekämpft. Das machte das Chaos perfekt und vergrößerte die Unmöglichkeit, sich zu wehren.

Die Vortragende schwieg eine Weile und auch meine Gefährtinnen und ich waren still. Wir mussten das Gehörte erst einmal verdauen und begreifen, was uns die fremde Frau da offenbarte. Mir war, als würde ich sie schon lange kennen, zumal ich mich an ihre eindringlichen blauen Augen aus meiner Traum-Vision erinnerte. Regina fasste sich zuerst und fragte:

„Ist das nur eine spannende Geschichte, die Sie uns da erzählen, oder beruht das alles auf realen Begebenheiten?"

„Leider habe ich euch die traurige und furchtbare Wahrheit mitgeteilt" antwortete die anziehende Sprecherin. „Und die zwölf *Bewahrer* benötigen dringend eure Hilfe. Ihr wurdet hierfür schon vor langer Zeit ausgewählt." Dann erhob sie sich mit den Worten: „Ich werde euch jetzt mit den *Bewahrern* bekannt machen." Sprachlos sahen wir uns an. Sie durchquerte den Raum, öffnete zwei große Flügeltüren und winkte uns herbei. Zögernd erhoben wir uns von unseren Sitzen und gingen langsam auf die geöffneten Türen zu.

Eine große Halle tat sich vor unseren erstaunten Augen auf und wir gewahrten an einer langen Tafel etliche Männer; es waren wohl zwölf an der Zahl. Offensichtlich kamen sie aus aller Herren Länder: Wir sahen Europäer, Chinesen, Inder, Afrikaner, Südamerikaner; Männer mit dunkler und heller Hautfarbe. Eines hatten sie alle gemeinsam: Sie wirkten überaus weise und strahlten einen feierlichen Ernst aus. Ein stattlich wirkender älterer Herr erhob sich und forderte uns mit einer Handbewegung auf, einzutreten.

„Bitte meine Damen, kommt ruhig näher; wir haben euch schon erwartet. Erweist uns die Ehre und setzt euch zu uns", sprach er mit einer angenehmen, wohl tönenden Stimme. Er wies auf fünf Stühle, die noch unbesetzt waren.

Zaudernd und im Unklaren darüber, was uns hier erwartete, traten wir näher und nahmen auf den überaus weichen Polsterstühlen Platz. Ich sah mich in der ausgedehnten Halle um. Eine Seite der Wand bestand nur aus Fenstern, durch die der helle Sonnenschein zu uns hereindrang. Ich hatte plötzlich den Eindruck, zu schweben; konnte mir aber nicht erklären, wo diese Empfindung herrührte. Als ob der Redner meine Gedanken erraten hätte, unterrichtete er uns, dass dieses Gebäude, in dem wir uns aufhielten, sich in einer höheren Dimension befand und seinen Standort nach Belieben wechseln konnte. Es handelte sich dabei in Wahrheit um ein Raumschiff, das für menschliche Augen unsichtbar war. In dem Moment, als wir eingetreten waren, hatten sich unsere Körper der höheren Dimension angeglichen. Und wirklich: Ich fühlte mich unnatürlich leicht und hätte mich nicht gewundert, wenn ich von meinem Sessel nach oben geschwebt wäre. Meinen Freundinnen erging es vermutlich ebenso.

„Entspannt euch erst einmal und nehmt eine Erfrischung zu euch", unterbrach die angenehme Stimme des Redners meine Betrachtungen. Vor jedem unserer Sitze tat sich eine Öffnung auf; heraus kam ein winziges Tablett mit einem Glas darauf, das eine kristallklare Flüssigkeit enthielt. Anschließend schloss die Öffnung sich wieder. Wir probierten von dem prickelnden Getränk. Ich fühlte mich auf einmal belebt und befreit von allen inneren Zwängen. Wieder hatte ich das Gefühl, zu schweben.

„Ich hoffe, ihr habt euch ein wenig von der Überraschung erholt und die Neuigkeiten verarbeitet", setzte der Sprecher der zwölf *Bewahrer* seine Begrüßung fort. „Wie euch unsere geschätzte Mitarbeiterin Sophia bereits berichtet hat, steht es derzeit sehr schlecht um die Erde. Durch das geöffnete Portal dringen immer mehr dunkle Wesen ein und richten großen Schaden unter den Menschen an. Sie wollen der Menschheit ihren göttlichen Funken stehlen und mit dieser Maßnahme sogar den göttlichen Geist bekämpfen. Doch das wird ihnen niemals gelingen, denn der Erschaffer der Welten kann nicht besiegt werden.

Das Schlimme bei diesem Vorgehen ist, dass die Menschen sich in Zombies verwandeln und das bereitet uns große Sorge. Unsere Aufgabe besteht darin, die Menschen zu beobachten und notfalls, in besonders schwierigen Fällen, auch einzugreifen. Mittlerweile herrscht ein derart großes Chaos, dass wir Unterstützung von außen benötigen. Daher bitten wir euch um eure Mithilfe. Wir haben euch schon vor langer Zeit für diese Mission auserwählt. Mit unserer Hilfe habt ihr euch zusammengefunden. Jede von euch hat, auf unterschiedlichen Wegen, ein besonderes Erkennungszeichen in Form eines Medaillons erhalten."

Instinktiv griffen wir nach dem Medaillon, das wir alle um den Hals trugen. Ab jetzt würden wir es immer bei uns tragen, da es die Verbindung zu den *Bewahrern* herstellte. Es funktionierte wie eine Antenne, wie wir erfuhren.

Meine Gedanken schweiften ab zu dem schwarzmagischen Förster, der bereits in den Zeiten der Hexenverbrennungen aktiv war und wahrscheinlich auch schon lange davor sein unheilvolles Treiben begonnen hatte. Bis zum heutigen Tage war er einer von den Dunklen. Wir hatten am eigenen Leibe erfahren, was es bedeutete, solchen Unholden in die Hände zu fallen und blickten auf eigene schmerzliche Erfahrungen zurück. Vielleicht war das einer der Gründe, weshalb die *Bewahrer* gerade uns ausgesucht hatten. Sie konnten, wenn überhaupt, nur wenig eingreifen in die Geschicke der Menschen; doch sie durften sich Helfer suchen, die sie unterstützten. Wir waren diejenigen, die sie erwählt hatten – und wir waren bereit für die Aufgabe.

„Ihr werdet bei passender Gelegenheit erfahren, was zu tun ist", erklärte der Redner auf unsere Frage. Und er fuhr fort: „Ihr habt eine gefahrvolle Aufgabe übernommen und ich nehme an, ihr seid euch dessen bewusst. Immerhin habt ihr bereits früher, in eurem anderen Leben, schlimmste Erfahrungen mit diesen gefährlichen Bestien machen müssen und wisst, worauf es ankommt."

Wir schwiegen betroffen und eine ganze Zeitlang herrschte Stille im Raum. Mir ging vieles durch den Kopf. All die seltsamen Vorkommnisse der letzten Tage und die Erfahrungen der Vergangenheit vermischten sich miteinander. Nach einer längeren Zeit des Schweigens erklang die sanfte, aber feste Stimme des weisen alten Mannes und unterbrach meine Betrachtungen.

„Wir möchten euch die Ehre erweisen", begann er, „und uns vor euch verneigen für das, was ihr auf euch nehmt." Die weisen Männer verschiedener Nationen erhoben sich von ihren Sitzen und verbeugten sich leicht vor uns. Auch wir hatten uns erhoben. Es war ein feierlicher Augenblick. Auf mich wirkte er fast wie ein Gelübde, das wir erfüllen sollten. Mein Rücken begann zu kribbeln.

„Lassen wir es fürs Erste genug sein", erhob der Sprecher erneut seine Stimme. „Wir sehen uns bald wieder. Seid beschützt im Namen des Allmächtigen. Ihr seid nicht allein bei eurer schwierigen Aufgabe. Wie ihr bereits bemerkt habt, stehen euch einige Helfer zur Seite. Nun lebt wohl; wir wünschen euch viel Kraft im Glauben an euren Auftrag."

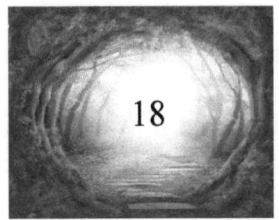

18

Wir fühlten uns gestärkt und zuversichtlich. Dazu hatte sicherlich auch der belebende Trank beigetragen, der offenbar besondere Kräfte enthielt. Die Flügeltüren wurden von außen geöffnet und vor uns stand die schöne junge Frau im blauen Gewand. Langsam und in Gedanken versunken traten wir über die Schwelle. Wie erstaunt waren wir, uns plötzlich in der kleinen Hütte wieder zu finden, die wir anfangs betreten hatten! Umgeben von den würzigen Gerüchen der Kräuter, die unter der Decke hingen, empfing uns die alte Frau und strahlte uns mit ihren blauen Augen freundlich an.

„Seid gesegnet", sagte sie leise. „Mögen alle guten Geister und hilfreichen Wesen mit euch sein." So langsam wunderten wir uns über gar nichts mehr. Ich spürte meinen Körper, der sich wieder etwas schwerer anfühlte. Sogleich sehnte ich mich nach der Leichtigkeit, die in den höheren Frequenzen geherrscht hatte. Die alte Frau übergab jeder von uns ein Büschel aromatisch duftender Kräuter.

„Hängt das über eure Schlafstätte", unterwies sie uns, „die Kräuter dienen eurem Schutz." Zuletzt verabschiedete sie sich herzlich, umarmte jede von uns und dankte jeder einzeln für die Annahme der wichtigen Aufgabe. Dann öffnete sie die Tür und wir traten hinaus. Als ich mich noch einmal umsah, war die Hütte verschwunden. Ich hatte mir vorgenommen, mich nicht mehr zu wundern und ging einfach weiter. Auf einem der Bäume entdeckten wir Phönix, unseren gefiederter Freund. Leo hatte am Fuße des Baumes Platz genommen.

„Hallo, mein Alter", sagte ich erfreut und nahm ihn in den Arm. Phönix flog nun voran und wies uns den Weg durch das unwegsame Gelände. Eine zeitlang schritten wir durch den dichten, dunklen Wald.

Unsere kleine Karawane langte nach einer guten Weile an meiner Hütte an. Dort stand noch der gedeckte Frühstücks-Tisch. Meine Begleiterinnen setzten sich und ich brühte frischen Kaffee auf. Der dunkle Wald war wieder zurückgewichen, so schien es mir. Jetzt hatten wir Muße, unsere merkwürdigen Erlebnisse zu verarbeiten. Eines war sicher: Wir hatten die uns übertragene Aufgabe ohne Bedenken übernommen und waren uns der hohen Ehre, die damit verbunden war, bewusst.

Plötzlich zerriss ein schriller Pfiff die Waldesstille. Mir war sogleich klar, wo er herrührte. In Windeseile bezog sich der Himmel mit dunklen Wolken und ein heftiger Sturm brach los. Ein tobendes Unwetter entlud sich über uns. Die Äste der Bäume bogen sich bedrohlich. Hektisch zogen wir uns in die schützende Behausung zurück. Aus sicherer Entfernung sahen wir durch das Fenster den entfesselten Elementen zu. Seltsam, um meine Hütte herum schien der Sturm weniger wild zu toben als einige Meter weiter entfernt. War es vielleicht der Windgeist, der uns vor den schlimmsten Auswirkungen des zerstörerischen dunklen Sturms bewahrte? Zudem stand befand sich meine Hütte auf einem Kraftplatz, der möglicherweise Unheil abwehrte. Auch unsere Medaillons boten uns sicher einen gewissen Schutz.

Bislang hatten wir von dem arglistigen Treiben der dunklen Seite in diesem Leben kaum etwas bemerkt. Doch jetzt, nachdem die *Bewahrer* Kontakt zu uns aufgenommen hatten, gerieten wir in ihr Visier. Vermutlich erkannten sie die Gefahr, die von uns ausging. Denn wir waren nicht allein; mächtige Unterstützer standen uns zur Seite.

Bei dem heftigen Unwetter und der schnell einsetzenden Dunkelheit wagten es meine Kameradinnen nicht, den Heimweg durch den Wald anzutreten. Wir bereiteten notdürftige Lager, entzündeten ein Feuer im Kamin tauschten unsere Gedanken aus. Ich hatte noch eine Flasche Rotwein auf Lager, die ich herbeiholte. Birgit, die sich als Schriftstellerin betätigte, las uns aus ihrem neuesten Buch vor. Darin ging es um die Frage, ob Wesen aus jenseitigen Sphären tatsächlich existieren. Wir hatten uns dazu eine einhellige Meinung gebildet.

So verlebten wir einen kurzweiligen Abend. Ich fühlte mich im trauten Kreise meiner Freundinnen geborgen. Hier waren wir sicher; nichts konnte uns zustoßen.

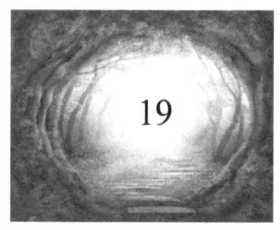

19 Am nächsten Morgen sandte die Sonne ihre Strahlen durch das Fenster, so als wäre nichts geschehen. Nach einem kurzen Frühstück machten sich meine Freundinnen auf den Weg, sie alle hatten ihre Verpflichtungen: Auf Antje und Diana warteten Patienten; Birgit wollte zu einem Termin mit ihrem Verleger und Regina musste ihren Gastbetrieb aufnehmen. Da ich kaum noch Lebensmittel hatte, ging ich mit in den Ort, natürlich begleitet von meinem Vierbeiner Leo. Auch Phönix entdeckte ich hoch oben in den Wipfeln. In seiner Gegenwart fühlte ich mich sicher.

Im Ort angekommen, trennten wir uns und jeder ging seiner Wege. Ich begab mich in den kleinen Supermarkt des Dorfes. Während Leo brav vor der Tür wartete, ergriff ich einen Korb und füllte Lebensmittel hinein. Als ich zur Kasse ging und meine Ware auf das Band legte, starrte die junge Kassiererin wie gebannt auf mein Medaillon, das ich jetzt immer trug, und wurde blass. Instinktiv wich sie vor mir zurück. Ein boshafter Blick traf mich, der mich erschauern ließ. Auf irgendeine Weise kam sie mir vor wie eine Art Roboter, der aufgrund eines Defektes plötzlich seine Arbeit nicht mehr korrekt ausführen konnte. Hastig bezahlte ich meinen Einkauf, ergriff meine Waren und verließ fast fluchtartig das Geschäft.

Leo erwartete mich schwanzwedelnd und wir spazierten die Straßen entlang. Etliche der Menschen, denen wir begegneten, gebarten sich ähnlich wie die Frau im Laden. Mit düsteren Mienen gingen sie steif an mir vorbei, ganz im Gegensatz zum letzten Mal, wo sie mir überaus freundlich und entgegenkommend begegnet waren. Schließlich lief ich zu

Reginas Gasthaus und warf mich völlig entnervt auf einen Stuhl. Meine Freundin, die sofort herbeikam, fragte teilnahmsvoll:

„Was ist los mit dir?" Atemlos berichtete ich ihr von meinen Eindrücken. Da erzählte sie mir von ihren eigenen Erfahrungen. Bereits seit einigen Tagen hätte sie den Eindruck gewonnen, dass viele Menschen im Ort sich anders verhielten als sonst, so als hätte ein böser Geist sie in Besitz genommen.

„Möglicherweise ist das der Anfang", murmelte ich erschüttert. „Unsere Arbeit beginnt." Regina fuhr fort:

„Seit einigen Tagen hat hier ein kleiner Wanderzirkus seine Zelte aufgeschlagen, mit vielerlei Darbietungen, magischen Vorführungen und Ritualen. Zusätzlich zum Erlös der Eintrittskarte, die nicht viel kostet, erhalten die Besucher ein kleines Tütchen mit einem magischen Pulver. Ihnen wird gesagt, dass sie mithilfe dieses Pulvers alle Zauberkunststücke wie durch eine magische Brille wahrnehmen könnten.

Gleichzeitig mit dem Pulver wird ihnen eine sprudelnde Flüssigkeit gereicht, mit der sie es hinunter spülen können. Das verursacht jedes Mal ein angenehmes Kribbeln im Hals. Manche Leute berichteten mir, dass sie nach Einnahme des ominösen Pulvers plötzlich Scharen von kuriosen Gestalten und wilden Tieren, wie z.B. Dinos, wahrgenommen hätten.

Die Leute – natürlich vor allem die Kinder – sind hellauf begeistert und strömen in Scharen dorthin. Die Zirkusbetreiber können sich des Andrangs der Menschenmassen kaum erwehren. Außerordentliche Kunststücke werden vorgeführt, wie bspw. ein fliegender Elefant und ähnliche erstaunliche Kunststücke. Manche Kinder dürfen sogar auf einem riesigen Dinosaurier reiten. Die Stimmung ist ausgezeichnet; es geht hoch her dort. Einige Zuschauer, die mir davon erzählten, wunderten sich, dass diese enormen Darbietungen in einem derart kleinen Zirkus möglich sind." Mit diesen Worten beendete Regina ihren Bericht. Ich saß einfach nur da und war erst einmal sprachlos.

Nach einer Weile hatte ich mich etwas gefasst und bemerkte:

„Ich kann mir gut vorstellen, dass die Veränderung der Menschen hier im Ort mit dem Eintreffen des Wanderzirkus zu tun hat. Vielleicht hat sogar die Einnahme des Pulvers und das Getränk, das den Besuchern eine magische Welt vortäuscht, damit zu tun."

Zunächst war uns nicht klar, was wir unternehmen sollten. Wir beschlossen, einen Spaziergang durch den Ort zu machen. Überall waren Schilder angebracht, die auf den Zirkus hinwiesen, der hier gastierte und den Besuchern ein besonderes Erlebnis versprach. Einige Leute, die uns begegneten, kamen uns mit versteinerten Mienen und hölzernen Bewegungen entgegen. Wir trafen auf Menschen aus dem Ort, die Regina gut kannte. Einen der Vorübergehenden grüßte sie freundlich.

„Wie geht es Ihnen?" sprach sie ihn an. Er blickte aus seelenlosen Augen an ihr vorbei und entgegnete kühl:

„Mit Leuten wie Ihnen will ich nichts zu tun haben." Dann starrte er auf unser Medaillon, das in der Sonne glänzte, und machte sich schnell davon. Auch weitere Passanten, die Regina kannte und ansprach, reagierten auf ähnlich ablehnende

Weise. Es kam uns so vor, als gingen wir durch einen menschenleeren Ort. Besorgt wandte ich mich an Regina:

„Das könnte das Werk der dunklen Eindringlinge sein, die durch das gewaltsam geöffnete Portal hereingedrungen sind. Schlimmstenfalls wird den Menschen durch das Pulver und die Flüssigkeit, die sie zu sich nehmen, ihre Seele geraubt. Wenn niemand etwas dagegen unternimmt, werden wohl kaum menschliche Wesen übrig bleiben." Plötzlich hüpfte ein kleiner Junge auf uns zu.

„Ihr habt eine hübsche Kette!", rief er uns entgegen.

„Findest du?", fragte Regina

„Ja", erwiderte er, indem er näher kam, „die beschützt euch, nicht wahr?"

„Warum bist du nicht im Zirkus?", fragte Regina.

„Och", meinte er „die lügen dort".

„Wieso lügen sie dort?", fragte Regina.

„Weil es nicht stimmt, was sie den Leuten vormachen. Es gibt keine fliegenden Elefanten. In Wahrheit ist es nur eine Papiermaus, die an einem dünnen Faden hängt. Es kommt den Leuten nur so vor, weil sie das Pulver mit dem sprudelnden Saft trinken. Und nach der Vorstellung gehen sie umher, als hätten sie einen Stock verschluckt und freuen sich gar nicht", berichtete er weiter. Regina und ich sahen uns viel sagend an. Hier schien es jemanden zu geben, der immun gegen die Zauberkünste der Eindringlinge war.

„Wie heißt du?", fragte Regina den Jungen.

„Ich bin Robert und werde nächste Woche neun Jahre alt", verriet er uns.

„Hallo, kleiner Robert", begrüßte ich ihn. „Du bist ja gar nicht mehr so klein, sondern ein ganz gescheiter Junge", setzte ich hinzu.

„Wenn du schon auf den fantastischen Trank im Zirkus verzichtet hast, lade ich dich in meine Gaststätte ein, zu einem Saft oder einer Cola. Was hältst du davon?", fragte Regina in gewinnendem Ton. Der Junge hatte nichts dagegen einzuwenden und wir gingen zu dritt zum Gasthaus, wo wir uns im Garten in die Sonne setzten.

Regina brachte Robert ein Glas Saft und stellte einen großen Teller Kekse dazu. Für uns kochte sie einen Kaffee. Leo war hungrig, und so bekam er ein Stück Wurst und etwas zu trinken. Wir machten es uns gemütlich und Robert begann, Leo das Fell zu kraulen. Der ließ sich das gern gefallen. Auf einem Baum in der Nähe saß Phönix und schaute zu uns herüber. Dann flog er eine Runde, steuerte auf uns zu und setzte sich für einen kurzen Moment auf Roberts Schulter. Bevor dieser begriff, was geschah, war der Vogel auch schon wieder verschwunden. Ich sah Regina schweigend an, die sich nun an Robert wandte.

„Du bist ein sehr aufgeweckter Junge", bemerkte sie. „Wie ist dir eigentlich aufgefallen, dass die Zirkusleute nicht die Wahrheit sagen?" Der Junge zögerte ein wenig, gab dann aber bereitwillig Auskunft:

„Ich wollte eigentlich auch in den Zirkus gehen, hatte aber kein Geld und blieb vor der Tür stehen. Von dort aus konnte ich alles beobachten. Einer der Zirkusleute entdeckte mich und wollte mich umsonst hineinlassen. Er ergriff mich am Arm – da fuhr mir ein eiskalter Schauer durch den Körper. Seine Hände... waren Krallen! Ich riss mich los und sagte ihm, dass ich wieder käme, wenn ich Geld hätte.

Mir war richtig unheimlich zumute. Trotzdem habe ich noch eine Weile seitlich in das Zelt hineingesehen und so viel mitbekommen, dass ich niemals einen Fuß in diesen Zirkus setzen will. Später habe ich beobachtet, wie die Leute herauskamen. Sie waren nicht mehr dieselben wie vorher, auch die Kinder nicht."

„Was für ein Glück, Robert, dass du uns über den Weg gelaufen bist", bemerkte ich und Regina stimmte zu. Wir versuchten, den Jungen darüber aufzuklären, dass in der Welt nicht alles zum Besten stand. Dabei waren wir darauf bedacht, ihm nur soviel zu offenbaren, wie es für ihn verträglich war. Wir erzählten ihm von dem Portal, durch das böse Wesen auf die Erde gelangt wären, um die Menschen unter ihren Einfluss zu bringen. Womöglich benutzten sie zu diesem Zweck das Pulver, zusammen mit dem Getränk. Die Einnahme bewirkte anscheinend, dass Menschen sich in Zombies verwandelten und zu willenlosen Werkzeugen dieser Wesen wurden. Die Eindringlinge planten, sich mit der Zeit alles auf der Erde untertan zu machen.

Der Junge bewies Mut, denn er reagierte keineswegs bestürzt. Er blieb im Gegenteil ziemlich ‚cool', wie er es ausdrückte, ja, er schien das Ganze sogar aufregend zu finden.

„Wenn ich helfen kann", bot er sich an, „dann sagt Bescheid; ich tue es gern." Wir konnten uns nicht recht vorstellen, wie diese Hilfe aussehen sollte. Sogleich kam er selbst mit einem Vorschlag:

„Ich komme viel im Ort herum, und keiner verdächtigt mich. Ich könnte die Lage beobachten und euch dann berichten."

„Das ist eine gute Idee", sagten wir fast wie aus einem Mund. Nun waren erste Schritte unternommen. Wir wollten alles tun, um unserem Auftrag gerecht zu werden. Unsere kleine Truppe hatte sich vergrößert, um einen ‚coolen' Jungen. Wir sprachen noch eine Weile miteinander, als wir draußen einen Schrei hörten.

„Hilfe! Helft uns!" klang es bis zu uns herüber.

„Um Himmels Willen, was ist passiert?", rief ich erschrocken. Wir eilten nach draußen und sahen einen Mann am Boden liegen, der sich in Krämpfen wand. Neben ihm stand ein weinendes kleines Mädchen, umringt von einigen Passanten, die hilflos zusahen.

„Robert", rief ich, „lauf bitte so schnell du kannst zur Praxis von Diana und Antje. Sag ihnen, es müsse jemand herkommen; es sei dringend!" Der Junge lief sogleich los, während sich Regina um den am Boden liegenden Mann kümmerte. Sie hielt seinen Kopf und stützte ihn. Derweil tröstete ich das kleine Mädchen. Ich nahm es in den Arm, streichelte über sein Haar und gab ihm zu verstehen, dass Hilfe unterwegs war.

„Warst du auch mit deinem Papa im Zirkus?", fragte ich sie.

„Leider nein", kam die schluchzende Antwort. „Ich war auf einem Geburtstag."

„Das ist sehr gut", flüsterte ich ihr in das Ohr. Natürlich verstand sie nicht, was ich meinte. Inzwischen war Diana auf der Bildfläche erschienen, in der Hand einen kleinen Koffer. Regina holte eine Wolldecke aus dem Haus und sie betteten den Mann darauf. Er schien immer noch völlig von Sinnen. Zunächst bekam er eine Spritze und langsam ließen die Krämpfe nach. Er beruhigte sich und versuchte die Augen zu öffnete, die sich aber immer wieder schlossen. Mit geübten Griffen bearbeitete Diana den Kranken, bis er nach und nach wieder zu sich kam.

„Waren Sie in dem Zirkus, der in diesem Ort gastierte?" erkundigte sich Diana bei ihm. Er bejahte es.

„Und haben Sie von dem Pulver genommen und dem Wasser getrunken?" Auch das bejahte er mit einem Kopfnicken. Das Sprechen wollte noch nicht so recht gelingen.

„Ich rate Ihnen, nicht wieder dort hinzugehen", sagte sie in ernstem Tonfall. „Offensichtlich ist Ihnen das Pulver und das Wasser nicht bekommen", fügte sie hinzu. Robert kümmerte sich inzwischen um das kleine Mädchen. Sie hieß Emilie und war gerade acht Jahre alt geworden. Als Emilie bemerkte, dass es ihrem Vater besser ging, wurde auch sie ruhiger.

Da lehnte sich plötzlich eine Frau erschöpft an einen Laternenpfahl und wurde kreideweiß. Wir dachten im ersten Moment, sie stände unter Schock von dem Ereignis, dessen Zeuge sie geworden war. Langsam rutschte sie an dem Pfahl hinunter. Geistesgegenwärtig sprang Diana hinzu und hörte die Herztöne ab. Dann erhielt die Frau ebenfalls ein Beruhigungsmittel, um Krampfanfälle von vornherein zu verhindern. Diana war auch in Akupressur bewandert und behandelte die Frau dementsprechend. Sie hatte ebenfalls den Wanderzirkus besucht, wie wir in Erfahrung brachten. Die Leute, die in der Nähe standen und zugehört hatten, sahen uns mit vor Schreck geweiteten Augen an.

Langsam erholten sich beide Patienten. Der Vater von Emilie setzte sich auf, fasste sich an den Kopf und konnte sein plötzliches Unwohlsein nicht begreifen. Er war von stämmiger Statur und fühlte sich im Allgemeinen recht gesund. Etwas unsicher kam er auf die Beine. Sogleich eilte ein junger Mann herbei und griff ihm unter die Arme. Auch der Frau ging es wieder besser. Sie erklärte, dass sie jetzt allein nachhause gehen könnte.

Regina wandte sich an die Umstehenden und sagte in eindringlichem Ton:

„Wir haben den Verdacht, dass der Schwächeanfall der beiden mit ihrem Besuch in dem Zirkus, der hier im Dorf gastiert, zusammenhängt. Dort wird den Besuchern ein Pulver, zusammen mit einer Flüssigkeit, verabreicht. Wie wir erfahren haben, lösen diese Substanzen Halluzinationen aus. Auch scheinen sie der Gesundheit zu schaden. Darum warnen wir euch dringend vor dem Besuch dort. Vor allem solltet ihr auf die Einnahme des Pulvers und des Getränks verzichten." Erstaunt blickten die Leute sie an. Manche schüttelten verständnislos den Kopf und zogen von dannen.

„Gebt die Information auch an eure Bekannten weiter", rief Diana ihnen nach. Regina schlug vor:

„Lasst uns zusammen noch einen Kaffee bei mir trinken." Dagegen hatten wir nichts einzuwenden und setzten uns in Bewegung. Bevor wir aber einen Fuß über die Schwelle ihres Gasthauses setzen konnten, hörten wir in einiger Entfernung wiederum laute Rufe nach Hilfe. Und siehe da: Der nächste Mann war auf der Straße zusammengebrochen. Sogleich eilten wir hinzu und Diana versorgte ihn auf die gleiche Weise wie zuvor die anderen beiden. Nachdem er wieder fähig war zu gehen, wurde auch er über die Zusammenhänge aufgeklärt. Alle drei, die einen solchen Schwächeanfall erlitten hatten, waren Gast in dem Zirkus gewesen.

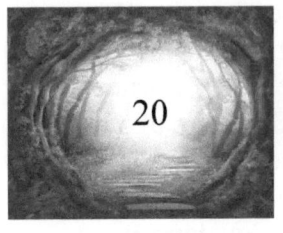

Nun hatten wir uns redlich einen Moment der Entspannung verdient und gingen zurück in das Gasthaus. Erst jetzt bemerkten wir, dass die kleine Emilie nicht mit ihrem Vater nach Hause gegangen war, sondern sich zu uns gesellt hatte. Sie fasste Robert an die Hand und fragte mit dünner Stimme:

„Darf ich mit euch gehen? Robert hat mir alles erzählt. Ich war bis jetzt nicht in dem Zirkus; vielleicht kann ich mit Robert zusammen euch helfen. Das mache ich gern." Wie zur Bestätigung kam plötzlich Phönix aus dem Nirgendwo herbeigeflattert, setzte sich kurz auf die Schulter des Mädchens und knabberte ein wenig an ihrem Ohr. Wir lachten und versicherten dem Kind, dass sie willkommen war, denn sie bereicherte unsere kleine Truppe.

Dann nahmen wir Platz an einem Ecktisch am Fenster. Emilie und Robert bekamen einen Fruchtsaft und eine große Schale mit Keksen, während wir Kaffee tranken. Auch Leo bekam ausnahmsweise ein paar Kekshappen zugesteckt. Ich achtete darauf, dass die Kinder ihn nicht zu sehr verwöhnten.

Da derzeit kein Betrieb in dem Gasthaus herrschte, konnten wir uns ungestört unterhalten. Robert erzählte noch einmal, was er durch den Spalt des Zirkuszeltes beobachtet hatte. Bedingt durch den Trank, den sie mit dem Pulver zusammen konsumiert hatten, wurden den Leuten anscheinend fantastische Dinge vorgegaukelt, von denen sie begeistert erzählten. Er konnte sie als Betrug entlarven, weil er gottlob nichts zu sich genommen hatte.

Plötzlich wurde die Tür mit einem Ruck aufgerissen und herein stolzierte ein Mann in einer Uniform mit buntem Firlefanz an den Seiten, wie sie anscheinend die Zirkusleute trugen. Also gehörte er wohl zu ihnen. Er baute sich in selbstherrlicher Pose vor uns auf.

„Guten Tag", sagte er in herrischem Ton, „mir ist zu Ohren gekommen, dass sich einige Leuten in ihrem schönen Ort vor kurzem unpässlich fühlten. Und Sie, so erzählte man mir, haben unser ausgeschenktes Gebräu dafür verantwortlich gemacht. Wie kommen Sie nur auf solche Ideen? In Zukunft sollten Sie vorsichtiger sein mit den Gerüchten, die Sie über uns verbreiten, denn Sie haben nicht die geringsten Beweise für ihre Behauptung. Ich schlage vor, Sie probieren erst einmal selbst unsere Mixtur, indem sie morgen unsere Vorstellung besuchen." Davon waren wir alles andere als begeistert.

Robert setzte gerade an, von seinen Beobachtungen zu erzählen, als ich ihm mit einer Geste zu verstehen gab, lieber nichts zu sagen. Ich wollte verhindern, dass er in Gefahr geriet. Er verstand sofort und blieb still. Der Zirkusmann lehnte sich lässig an die Theke, bestellte ein Bier und trank es in einem Zug aus.

„Sehn Sie, ich habe keine Bedenken, von Ihrem Bier zu trinken", grinste er ironisch. Dann blickte er uns eine nach der anderen durchdringend mit seinen stechenden Augen an. „Sie sollten in Zukunft sehr aufpassen, was Sie erzählen", schwadronierte er mit drohender Stimme. „Es könnte nämlich sehr unangenehm für Sie werden!" Dann knallte er das Glas auf die Theke, warf ein Geldstück auf den Tresen und verließ mit herablassender Miene das gastliche Haus. Wir beobachteten durch das Fenster, wie er sich mit dem Förster, der offenbar seinen Weg gekreuzt hatte, unterhielt. Die beiden schienen sich zu kennen. Das regte uns zu weiteren Vermutungen an.

„Wir müssen unbedingt an das Pulver und das Getränk kommen, damit wir es im Labor untersuchen können", brach Diana das Schweigen.

„Ich kann euch dabei behilflich sein", warf Robert ein. „Kindern gegenüber sind die Leute nicht so misstrauisch. Wir werden leicht übersehen."

„Au ja", freute sich Emilie, „und ich komme mit!"

„Seid aber vorsichtig", ermahnte sie Diana. „Es ist nicht ganz ungefährlich. Ich glaube, mit denen ist nicht zu spaßen – und einer der Zirkusmänner hat euch gesehen."

„Keine Angst", meinte Robert selbstbewusst, „wir kriegen das schon hin. Wir haben euch doch unsere Hilfe versprochen. Dafür sind wir doch angetreten", fügte er leise hinzu.

Wir saßen noch eine Weile plaudernd beisammen. Unsere kleinen Helfer waren liebenswert in ihrem Eifer. Mir kam ein seltsamer Gedanke: Ob da nicht hinter den Kulissen jemand seine Hand im Spiel hatte? Ein wenig hatte ich ein schlechtes Gewissen, ihr Angebot anzunehmen. War das nicht zu gefährlich für sie?

„Ich mach' mich langsam auf den Heimweg, bevor es dunkel wird", verkündete ich schließlich, erhob mich von meinem Platz und rief Leo, der mir folgte. So löste sich unsere kleine Gesellschaft auf und jeder ging seiner Wege.

Unterwegs schaute ich noch bei Birgit vorbei, die mit ihrem neuesten Buch beschäftigt war, und berichtete ihr von den Geschehnissen.

„Ich begleite dich noch ein Stück", meinte sie, „denn ich habe den ganzen Tag gesessen und hatte zuwenig Bewegung." Wir unterhielten uns über ihr Manuskript. Sie hatte jetzt fürwahr genug Material, das sie in die Handlung einflechten konnte. Ihre Bücher wurden in unserem kleinen Verlag, den wir betrieben, verlegt. Merkwürdigerweise hatte ich sie erst hier vor kurzem kennen gelernt.

So spazierten wir, in eine lebhafte Unterhaltung vertieft, die Dorfstraße entlang. Leo, der uns mit etwas Abstand folgte, fing plötzlich an zu knurren. Wir drehten uns um und bemerkten, dass wir anscheinend von zwei Schatten verfolgt wurden. Sogleich begann Leo, laut zu bellen, und sein Fell sträubte sich. Die Schatten wichen zurück. Uns wurde langsam klar, dass wir hier nicht mehr sicher waren. Zwar standen uns einige Helfer zur Seite, dennoch mussten wir auf der Hut sein.

Zu allem Überfluss kam uns der Förster entgegen, ebenfalls gefolgt von seinem Hund. Er lüftete im Vorbeigehen seinen Hut.

„Schönen guten Tag, meine Damen", sagte er in ironischem Tonfall. Plötzlich landete ein Klecks auf seinem Hut und Phönix flog kreischend eine Kurve über uns. Fluchend wischte der Förster die Bescherung ab. Hier verstand er keinen Spaß. Schwarzmagier hatten kein Verständnis für Späße, geschweige denn für Humor.

Wir kicherten leise. Dann erklärte Birgit kategorisch:

„Du solltest jetzt nicht allein durch den Wald gehen; das ist zu gefährlich. Besser wäre es, bei mir zu übernachten." Ich machte ihr klar, dass ich mich ausreichend sicher fühlte und keine Notwendigkeit sähe, ihr Angebot anzunehmen. Wir gingen weiter, wobei mir nicht gerade wohl zumute war. Ich hatte das Gefühl, von überall her lauerten Augen, die uns anstarrten. Obwohl ich keine Angst verspürte, war die Lage doch alles andere als angenehm. Trotzdem sagte ich nichts, als wir weitergingen.

Am Rande des Ortes angelangt, erblicken wir mehrere Leute aus dem Ort. Sie bildeten so etwas wie eine Wand oder Kette, so als wollten sie uns nicht vorbeilassen. Dabei sahen sie uns mit leeren, seelenlosen Blicken entgegen. Diese Menschen, so vermutete ich, hatten höchstwahrscheinlich vor kurzem den Wanderzirkus besucht. Als wir ihnen näher kamen, und sie noch fester zusammenrückten, erhob sich urplötzlich ein heftiger Wirbelsturm, der alles, was beweglich war, in die Luft blies. Die Leute erschraken und flüchteten in Panik vor den ungewohnt heftigen, stürmischen Gewalten. Nun war ihnen gewissermaßen eine Lehre erteilt worden darüber, was es hieß, Leute wie uns zu bedrohen.

Trotzdem reichte es mir für heute und ich nahm das Angebot von Birgit gerne an, die Nacht bei ihr zu verbringen. Wir wechselten die Richtung und bogen ein zu dem kleinen Häuschen von Birgit. Wieder verfolgten uns böse Blicke. Der Weg dorthin war fast wie ein Spießrutenlauf. Er führte uns an dem Wanderzirkus vorbei, in dem in Kürze die letzte Vorstellung für heute Abend beginnen sollte. Eine beachtliche Menschenschlange stand an der Kasse und begehrte Einlass. Es herrschte eine ausgelassene Volksfeststimmung, die noch verstärkt wurde durch eine unangenehm laute, blecherne Musik. Allem Anschein nach kam das bei den hier versammelten Leuten gut an.

„Sieh mal", sagte ich zu Birgit, "das dort könnten Robert und Emilie sein!" Ich zeigte auf einen bestimmten Punkt in der Menschenmenge. Die beiden Kinder hatten sich verkleidet, um nicht gleich erkannt zu werden. Ich hatte Birgit von unseren kleinen Helfern erzählt und sie ihr beschrieben; sie war also im Bilde.

Kurz darauf hatte Robert uns entdeckt und nickte uns kurz zu. Die beiden Kinder würden wohl kaum Aufsehen erregen, dennoch sorgten wir uns um sie. Wir waren unschlüssig, was zu tun war. Auf der einen Seite wollten wir die beiden keiner Gefahr aussetzen, auf der anderen waren wir froh über ihren Einsatz. Robert war sowieso kaum aufzuhalten, und Emilie war ebenfalls mit Begeisterung dabei. Dennoch sträubte ich mich innerlich dagegen, die Kinder in der Nähe dieser gefährlichen Wesen zu wissen.

Plötzlich sah ich etwas Buntes wirbelnd in der Luft kreisen. Nanu, dachte ich, ein fantastischer Einfall, um die Besucher zu faszinieren? Bei näherem Hinsehen erkannte ich allerdings einen alten Bekannten, den Vogel Phönix. Ich war etwas erleichtert, unseren geflügelten Verbündeten hier zu erblicken. Offensichtlich steckte mehr in ihm, als nur ein Vogelwesen, das wurde mir mehr und mehr bewusst. Ich beruhigte mich etwas, auch wenn meine Sorgen nicht verschwunden waren. Phönix flog in einiger Höhe große Kreise um die Leute, die voller Vorfreude an der Kasse anstanden. Die fantasievolle Werbung und Mundpropaganda verfehlten ihre Wirkung nicht, wie deutlich zu erkennen war. Menschen waren leicht zu verführen und rannten allem, was Sensationen und Unterhaltung versprach, eilig hinterher.

Da entdeckte mich der Mann, der uns in Reginas Gasthaus aufgesucht hatte. Er rief uns zu:

„Kommen Sie herein, es ist heute Abend die letzte Vorstellung! Sie werden es nicht bereuen!" Wir wollten alles andere als das. Birgit rief ihm zu:

„Heute passt es uns nicht, vielleicht ein andermal!" Nun war die Zeit gekommen, uns vom Ort des Geschehens zu entfernen. Mit gemischten Gefühlen folgte ich Birgit, die eilig voranschritt. Da lief uns unvermittelt Antje über den Weg.

„Schön, euch zu sehen", stieß sie atemlos hervor. „Ich bin auf dem Weg zur Apotheke; ich benötige noch Nachschub an Spritzen. Es gibt inzwischen so viele Notfälle, dass wir sie kaum bewältigen können!" Mit schnellen Schritten eilte sie weiter.

„Was ist hier nur los?" murmelte ich besorgt.

„Komm", meinte Birgit, „lass uns mal in die Praxis von Antje und Diana hineinschauen." Eilig bogen wir ab und gingen in besagte Richtung. Kaum waren wir angekommen, als sich von der anderen Seite eine Frau näherte, die sich kaum auf den Beinen halten konnte. Als wir eintraten, bot sich uns ein erschreckendes Bild. Mehrere Leute lagen, auf Decken gebettet, auf dem Boden und wurden von Diana versorgt, so gut es ging. Wir waren erschüttert.

„Können wir helfen?", fragte ich sogleich.

„Ja, das wäre gut. Im Nebenraum sind noch Decken; bitte holt sie und bettet die Patienten darauf, um sie warm zu halten." Eilig befolgten wir die Anweisung, versorgten die Kranken mit warmen Decken und hörten uns an, was sie zu sagen hatten. Das hatte zur Folge, dass sie sich langsam beruhigten und die Situation sich entspannte.

Kurz darauf kehrte Antje mit einem Paket neuer Spritzen zurück, die auch gleich verabreicht wurden. Die Patienten wurden langsam ansprechbarer. Als wir wie fragten, ob sie in dem Wanderzirkus waren und dort das Pulver samt Gebräu zu sich genommen hatten, bejahten sie es ausnahmslos. Wir wiesen sie auf unseren Verdacht hin und warnten sie eindringlich davor, noch einmal dorthin zu gehen, und schon gar nicht das Gemisch, das dort verabreicht wurde, zu konsumieren. Es wäre höchstwahrscheinlich dafür verantwortlich, dieses enorme Unwohlsein auszulösen.

Einige Patienten waren bald soweit hergestellt, dass sie sich von ihren Lagern erheben konnten. Nach einer kurzen Erholungszeit machten sie sich auf den Heimweg. Es kamen aber im Laufe des Abends noch weitere Fälle dazu, so dass wir alle Hände voll zu tun hatten. Wir versorgten sie, so gut wir konnten und rieten allen, Abstand von einem weiteren Zirkusbesuch zu nehmen.

In einer Verschnaufpause kochte ich Kaffee und wir setzten uns auf eine freigewordene Liege, um uns ein wenig auszuruhen. Langsam ließ der Andrang nach. Wir atmeten erleichtert auf, als sich wiederum die Tür öffnete. Birgit sprang sogleich auf, da sie einen weiteren Patienten erwartete.

„Hallo", erklang eine Kinderstimme, „wir sind es." Und herein gehuscht kamen Robert und Emilie. Wir atmeten allesamt erleichtert auf.

„Dem Himmel sei Dank", stieß ich hervor, „euch geht es gut. Ich bin so froh, euch zu sehen. Diese Aktion war nicht ungefährlich."

„Wir haben doch versprochen, dass wir helfen wollen. Es war auch gar nicht schwierig und hat richtig Spaß gemacht. Macht euch keine Sorgen, wir machen das schon", erklärte Robert nicht ohne Stolz. „Ich sehe, wann es gefährlich wird und wann nicht." Die beiden hatten ein kleines Schraubglas mitgebracht, in dem sich eine helle Flüssigkeit befand. Auch ein kleines Tütchen mit Pulver war dabei.

„Es war ganz einfach", erzählte Emilie. „Wir haben nur so getan, als würden wir es nehmen. Als die Leute gejubelt haben, hat Robert mir gesagt, dass sie einen fliegenden Elefanten sehen würden und noch andere spannende Dinge. Ich habe keinen Elefanten gesehen, sondern nur eine Maus an einem Papierfaden. Einen fliegenden Elefanten und Dinos zu sehen, wäre natürlich spannender gewesen", berichtete Emilie aufgeregt.

„Das habt ihr gut gemacht, ihr habt uns sehr geholfen", freute sich Diana, nahm das Schraubglas samt dem Pulver und verschwand in einen Nebenraum, in dem sich ein Mikroskop befand. Sie ging daran, die erbeuteten Substanzen zu untersuchen. Mittlerweile entspannte sich die Situation zusehends. Nach und nach leerte sich die Praxis und wir konnten aufatmen. Da hörten wir durch die geöffnete Tür Diana rufen:

„Seht euch das hier mal an! Ich kann damit nichts anfangen; so etwas habe ich noch nie gesehen! Das Mikroskop ist außerdem nicht stark genug, als dass ich es genauer betrachten könnte. Ich sehe lediglich kleine Lichtpunkte und merkwürdige Fäden, die in einer Flüssigkeit, die zum Trinken gedacht ist, nichts zu suchen haben", erklärte Diana. Wir sahen nacheinander durch das Mikroskop und staunten über die Ansammlung dieser kleinen Partikel.

„Auf jeden Fall haben wir etwas entdeckt, das offenbar nicht da hinein gehört und mit großer Wahrscheinlichkeit die Anfälle ausgelöst hat", meinte Antje. Wir sahen uns ratlos an. Was war zu tun?

„Am besten, wir schicken die Proben in unser Speziallabor. Mal sehen, was die dazu sagen. Auf jeden Fall scheint mir das hier sehr ungewöhnlich", bemerkte Antje. Die Praxisräume hatten sich inzwischen vollkommen geleert. Erschöpft setzten wir uns und ließen die Ereignisse noch einmal Revue passieren. Endlich sagte Birgit:

„Lasst uns für heute Schluss machen, es war ein langer Tag."

„Ihr beiden müsstet schon lange zuhause sein", wandte ich mich an unsere kleinen Helfer. „Eure Eltern warten sicher schon auf euch."

„Keine Sorge, die wissen Bescheid", antwortete Robert.

„Dann sollten wir unser Treffen für heute beenden", meinte Birgit und erhob sich entschlossen. Wir anderen taten es ihr gleich. Diana verriegelte die Praxis und wir machten uns auf den Weg. Bevor wir uns trennten, ermahnte ich die Kinder, auf dem schnellsten Wege nachhause zu gehen. Ich konnte nicht verstehen, weshalb ihre Eltern so sorglos waren. Immerhin war es reichlich spät geworden.

Phönix flog über unsere Köpfe hinweg, so als wollte er uns einen Gruß senden. Von dort oben hatte er alles im Blick. Irgendwie beruhigte mich das. Bei Birgit angekommen, gingen wir sogleich zu Bett. Leo kuschelte sich dicht an mich. Nach den heutigen Anstrengungen schliefen wir tief und fest bis weit in den Morgen hinein.

21

Wir erwachten gestärkt und ausgeruht und beschlossen, bei Regina zu frühstücken. Nach der morgendlichen Dusche machten wir uns auf den Weg. Unterwegs trafen uns wiederum die abweisenden Blicke der Vorüber- gehenden. Auch hatte ich das unbestimmte Gefühl, von unsichtbaren Augen verfolgt zu werden. Daher war ich heilfroh, als wir über die Schwelle des Gasthauses traten. Hier fühlte ich mich einigermaßen sicher.

„Wie schön, euch zu sehen! Habe ich mir doch gedacht, dass wir uns heute Morgen hier treffen", begrüßte uns Regina. „Stellt euch vor, ich habe draußen bereits den Tisch gedeckt. Geht schon mal in den Garten." Das ließen wir uns nicht zweimal sagen, nahmen Platz und freuten uns über die frischen Brötchen und den leckeren Aufstrich. Sogleich kam Regina mit einer Kanne aromatisch duftenden Kaffee. Wir waren recht hungrig, da gestern das Abendbrot ausgefallen war, und langten herzhaft zu. Wie nicht anders zu erwarten, war der gestrige Tag der Hauptgegenstand unseres Gesprächs. Ein weiteres Thema waren die Hinweise, die wir von den *Bewahrern* erhalten hatten. Möglicherweise hatten wir es hier mit den Eindringlingen zu tun, die durch das geöffnete Portal auf die Erde gelangt waren mit der Absicht, die Menschen zu versklaven.

Der kleine Robert hatte von einer Krallenhand gesprochen, die er auf seinem Arm gespürt hatte. Daher lag der Verdacht nahe, dass es sich um nichtmenschliche Wesen handelte. Wir überlegten, wie wir dagegen vorgehen könnten. Immerhin hatten wir schon einiges erreicht. Die Mixtur, welche die Kinder aus dem Zirkus herausgeschmuggelt hatten, war auf dem Weg zu dem Speziallabor. Es war gut, so tüchtige Helfer zu haben. Besorgt fragte ich mich, ob die Kinder wohlbehalten zuhause angekommen waren. Kaum hatte ich den Gedanken zu Ende gedacht, öffnete sich die Tür mit einem Ruck, und die beiden Kinder kamen hereingestürmt.

„Hallo, Robert und Emilie", sagten wir wie aus einem Mund. „Das ist ja eine Überraschung!"

„Kommt, setzt euch zu uns!" forderte Regina sie auf. „Ich hole noch zwei Gedecke, dann könnt ihr mit uns frühstücken." Schon waren die beiden Teil unserer gemütlichen Runde. Wir freuten uns, sie unversehrt wieder zu sehen und plauderten eine Weile miteinander. Mitten in unser fröhliches Beisammensein klingelte Reginas Handy. Ich hatte meines vorerst auf Eis gelegt, doch im Geschäftsleben war es unabdingbar.

Am anderen Ende meldete sich Diana und berichtete, das Speziallabor habe angerufen und nachgefragt, ob wir versehentlich etwas in die Substanzen, die wir ihnen zugeschickt hatten, hineingemischt hätten. So etwas wäre ihnen nämlich noch nie untergekommen. Vorsichtshalber würden sie zum Abgleich gern noch eine weitere Probe untersuchen. Robert bekam das mit und erklärte sich sogleich bereit, noch einmal dorthin zu gehen und das Gewünschte zu beschaffen. Wieder stimmte Emilie begeistert zu. Ich war darüber nicht sehr erbaut, zumal ich mir sicher war, dass eine neuerliche Untersuchung dasselbe Ergebnis zutage fördern würde. Daher wies ich den Jungen ernsthaft auf meine Bedenken hin, doch er ließ sich nicht beirren. Im Stillen beruhigte ich mich mit der Vorstellung, dass die beiden Kinder nicht so leicht zu enttarnen waren und sich unentdeckt überall hindurch mogeln konnten.

Wir berieten uns noch eine Weile. Es stellte sich heraus, dass die Praxis von Antje und Diana im Moment völlig überlastet war. So konnte das auf Dauer nicht weiter gehen. Ein Blick auf die Uhr sagte mir, dass es für mich langsam Zeit wurde, aufzubrechen.

„Ich würde gern noch den ganzen Tag mit euch hier verbringen, aber die Zeit läuft mir davon", verkündete ich und erhob mich. Sogleich sprang Leo schwanzwedelnd an mir hoch; er freute sich wohl auf seinen Frühsport. Unsere kleine Gesellschaft löste sich auf. Ich verabschiedete mich, nicht ohne die Kinder noch einmal zu ermahnen, vorsichtig zu sein. Dabei war mir klar, dass Robert sich von seinem Vorhaben nicht abhalten ließ.

„Wir gehen noch ein Stück mit dir", erklärte der Junge gut gelaunt. Damit war ich gerne einverstanden.

„Sei bitte ebenfalls vorsichtig", wurde ich von Birgit und Regina ermahnt.

„Ich denke, wir sollten alle Acht geben, dass uns nichts passiert", gab ich zur Antwort. Und schon machte ich mich auf den Weg. Die Kinder und Leo gesellten sich zu mir. Wir gingen in Richtung Wald. In dem sonst so verschlafenen kleinen Ort herrschte eine unangenehme Atmosphäre. Wieder hatte ich die unheimliche Empfindung, von vielen unsichtbaren Augen ins Visier genommen zu werden.

In der Nähe des Waldes trieben sich einige dunkle Gestalten herum. Es wurden immer mehr, je weiter wir zur Ortsgrenze kamen. Jedoch trauten sie sich heute nicht, uns das Weitergehen zu verwehren. Wie zur Warnung fegte ein kleiner Wirbelsturm um sie herum und kurz darauf verzogen sie sich. Ich verabschiedete mich von den tapferen Kindern und nahm sie liebevoll in den Arm. Dann ging ich, gefolgt von Leo, in den Wald hinein.

Tief durchatmend begrüßte ich die wohltuende Atmosphäre des Waldes und wanderte zu dem kleinen See, wo es Leo besonders gut gefiel. Er lief munter voraus. Als ich dort anlangte, planschte er bereits fröhlich im Wasser herum. Und der bunte Vogel Phönix zog seine Runden über ihm. Es war angenehm warm, nur leider hatte ich keine Badesachen dabei. Doch da weit und breit kein Mensch zu sehen war, zog ich mich kurzerhand aus und watete hüllenlos in das angenehm warme Nass. Was für ein herrliches Gefühl, als die Wellen sanft meinen Körper umspülten! Gut gelaunt spritzte ich eine Handvoll Wasser in Richtung Phönix, der über mir flog. Freudig kreischend entfloh er. Ich schwamm noch eine Weile mit Leo um die Wette. Es war eine Freude, die mich die Strapazen der letzten Zeit vergessen ließ.

Auf einem Baum am Rande des Sees saß bewegungslos der schwarze Vogel, den ich schon früher mit Phönix zusammen gesehen hatte. Er sah unverwandt in unsere Richtung, wie mir schien. Irgendwie fühlte ich mich beobachtet und wollte schon das Wasser verlassen, als ich einen lauten Pfiff hörte. Irritiert schwamm ich zurück in die Mitte des Teiches, wo man mich nicht leicht erkennen konnte. Dies war eine Situation, die mir gar nicht behagte. Im Stillen machte ich mir Vorwürfe. War ich vielleicht zu leichtsinnig gewesen? Da erschien auch schon der Förster in der Nähe des Gewässers. Was sollte ich tun? Ich schickte ein Stoßgebet zum Himmel. Phönix flog kreischend eine große Kurve. Plötzlich erhob sich ein heftiger Wind; Sand und Blätter wirbelten in der Luft und versperrten die Sicht. Eilig schwamm ich zum Ufer und kleidete mich hastig an. Gleich darauf ließ der Sturm nach.

Der Förster näherte sich mir und grinste breit:

„Das ist ja noch einmal gut gegangen", bemerkte er. Der ironische Unterton war nicht zu überhören. Dann lüftete er seinen Hut und ging weiter, gefolgt von seinem Vierbeiner. Kurz darauf hatte ihn das Dickicht des Waldes verschluckt. Der Mann wurde mir immer unheimlicher. Wie ein Geist tauchte er plötzlich auf, um ebenso schnell wieder zu verschwinden. Was führte er bloß im Schilde?

Nun hatte ich es eilig, den Weg in Richtung Hütte einzuschlagen. Ohne Zwischenfälle kamen wir dort an. Aufatmend schloss ich die Tür auf, öffnete die Fenster weit, brühte mir zur Abwechslung einen Kräutertee auf und machte es mir auf der Bank vor der Hütte bequem.

Welch eine schöne, friedliche Welt, umgab mich hier. Ich lauschte auf das sanfte Rauschen des Windes in den Bäumen, das Zwitschern der geflügelten Waldbewohner und das Summen der Insekten und Bienen, die alle emsig ihren Beschäftigungen nachgingen. Ein herrlicher, sonniger Tag. Was brauchte es mehr, um rundum glücklich zu sein?

Ich trug eine Liege ins Freie, machte es mir darauf bequem und schloss die Augen. Ein sanfter Lufthauch strich über meine Wangen. Bald geriet ich in einen tranceartigen Schwebezustand, in dem ich weder schlief, noch richtig wach war. Meine Liege schien sich langsam in die Höhe zu erheben und auch mein Körper fühlte sich ganz leicht an, so als wäre er aus Luft. Ich selbst war ein Wesen aus Luft und Bewusstsein war überall um mich herum. Ich sah hinunter auf die Erde und hinauf in den Himmel. Da erblickte ich den Wald von oben. Ich spürte ihn in allen Gliedern. Dann… war ich auf einmal selbst der Wald, da war keine Trennung mehr! Ich nahm alles messerscharf wahr; jeden Stein (in dem gleichfalls Leben eingeschlossen war) und jede Pflanze. Ich selbst war die Pflanze; ich war alle Pflanzen – und auch jedes Insekt, das ich von oben erblickte. Und ich war der Himmel! Alles, alles war ich, nichts existierte mehr außer mir!

Ein herrliches Glücksgefühl durchströmte mich. Um mich herum schien alles zu leuchten. Ich selbst war Licht und nahm mich wahr als ein Leuchten, und eine allumfassende Liebe erfüllte mein Sein. Ich selbst war die Liebe; die Liebe zu allem, was mich umgab. Von oben blickte ich auch auf den Förster hinab, der sich unter den Bäumen fortbewegte.

Plötzlich verstand ich alles, es bekam alles einen Sinn; die allumfassende Liebe schloss auch den seltsamen Förster mit ein. Ich spürte die Ewigkeit in mir und wusste, dass Zeit nicht existierte. Mein Bewusstsein war geweitet wie nie zuvor, es umspannte die ganze Welt. Alles war eins, alles war göttlich – und auch ich gehörte dazu! Für immer und ewig hätte ich in dieser wunderbaren Einheit verweilen können. Niemals mehr wollte ich diesen Zustand verlassen.

Da spürte ich, wie jemand sacht meine Hand leckte. Ganz langsam zog es mich zurück in die Wirklichkeit. Nach und nach spürte ich meinen irdischen Körper wieder, doch immer noch fühlte ich das Leuchten in mir. Ich hatte verstanden und wusste, dass ich eines Tages dorthin zurückkehren würde. Dieser Gedanke erfüllte mich mit einer glücklichen Gewissheit. Aber vorher hatte ich im irdischen Dasein noch einiges zu erledigen.

Nun verlangte mein Körper, in dem ich immer noch weilte, seine Rechte Ich streckte meine Glieder und blickte versonnen in den blauen Himmel, während ich Leo streichelte. So lag ich reglos eine ganze Weile da und spürte dem Erlebten nach. Die Sonne neigte sich dem Westen zu – oder drehte die Erde sich dorthin auf ihrer Bahn? Das war mir im Augenblick egal. Wichtig war nur eines:

WIR SIND EWIG – UND ALLES IST
J E T Z T
UND DIE ALLUMFASSENDE
ÜBERIRDISCHE LIEBE ERFÜLLT UNS.

Die alltäglichen Sorgen hatten ihre Bedeutung verloren; alles war durchdrungen von einem tieferen Sinn.

Widerstrebend erhob ich mich, da ich Hunger verspürte. Mein physischer Körper bewegte sich immer noch mit einer wundersamen Leichtigkeit. Sogar für den Förster konnte ich keinen Groll mehr empfinden. Wie merkwürdig. Etwas in mir sträubte sich gegen derartige Gefühle. Ich wollte sie momentan nicht an mich heran lassen.

In der Küche fand ich noch ein Stück Kuchen und schnitt etwas davon ab. Es schmeckte einfach köstlich. Nun erschien es mir passend, mir ein Glas Rotwein zu gönnen. Ein physischer Körper hat doch durchaus seine Vorteile, dachte ich bei mir. Nachdem ich die Liege weggeräumt hatte, setzte ich mich auf die Bank vor meiner Behausung. Noch immer schien die Umgebung sanft zu leuchten und ich befand mich in einem leichten Schwebezustand.

Bevor die Sonne im Westen unterging, zog ein farbiges Spektakel über den gesamten Himmel. Lange noch verweilte ich an diesem Abend in dem wundersamen Schwebezustand. Er fühlte sich ein wenig wie Heimat an, zu der meine Sehnsucht mich forttrieb in Richtung auf ein Ziel, zu dem alle Menschen unterwegs waren. Wir alle waren Brüder und Schwestern und folgten diesem einen Weg. Dabei gerieten wir nicht selten auf Irrwege. Jedoch gab es unsichtbare Helfer, die uns wieder auf den rechten Pfad zurückführen konnten. Nichts war umsonst; jede Erfahrung hatte ihren Sinn. Wir waren umgeben von unsichtbaren Wesen, die uns hilfreich zur Seite standen, wenn wir ihrer bedurften und sie zu unterscheiden lernten.

23

Ich war tief in meine Betrachtungen versunken, als mich ein Knacken im Unterholz aufmerken ließ. Oh je, dachte ich, hoffentlich nicht schon wieder dieser Förster. Wer anders sonst sollte hier herumschleichen? Ich wappnete mich innerlich. Da hörte ich eine helle Kinderstimme rufen: „Hallo Christina!" Überrascht fuhr ich herum. Auf der Lichtung standen Robert und Emilie.

„Was macht ihr denn hier?" entfuhr es mir erstaunt. „Ihr solltet um diese Zeit nicht mehr im Wald herumstrolchen."

„Och, das macht nichts, wir haben keine Angst", bemerkte Robert stolz. „Du bist doch auch allein hier, nur Leo ist bei dir. Was soll uns schon passieren? Wir kennen uns im Wald gut aus, so ähnlich wie Hänsel und Gretel", meinte er spitzbübisch lachend. Diese Kinder waren verständiger und klüger, als ich bislang annahm. Sie bereicherten unsere kleine Gruppe enorm. Robert zog einen Zettel aus seiner Hosentasche.

„Hier, sieh mal, Antje hat uns eine Kopie mitgegeben, damit wir sie dir zeigen. Ich glaube, das ist der zweite Befund von dem Speziallabor."

Ich nahm den Bericht entgegen und überflog ihn. Daraus ging hervor, dass sich die Ergebnisse der ersten Untersuchung bewahrheitet hatten. In dem übersandten Gemisch wurden undefinierbare kleine Partikel, die teilweise leuchteten, gefunden. Der Ergebnisbericht lautete:

„Keine Zuordnung möglich; unbekannte Partikel. Wir bitten, uns auf dem Laufenden zu halten und haben einen Teil des Materials hier eingefroren." Ich sagte, den Kindern zugewandt:

„Das ist vor allem euer Verdienst, Robert und Emilie. Ihr seid sehr mutig. Dieses Ergebnis ist für uns von großer Wichtigkeit."

Leises Flügelschlagen war zu vernehmen. Von einem nahen Baum kam Phönix herangeflattert und setzte sich ohne Scheu auf Roberts Schulter.

„Oh, Phönix", rief Emilie begeistert und streichelte mit einem Finger über Kopf und Federn des bunten Vogels. Das ließ sich der gefiederte Gast gern gefallen und plusterte sein Gefieder auf. Das brachte uns zum Lachen. Dann flog er hoch empor in Richtung des Waldes. Es schien, als hätte sich der dunkle Tann wieder ausgeweitet. Manchmal hatte ich fast den Eindruck, als würde dieser Wald mich rufen. Ich wurde hineingezogen und an Stellen geführt, die irgendeine Bedeutung hatten.

Robert und Emilie liefen hinter dem davonfliegenden Vogel her.

„Halt ihr beiden! Es ist Zeit, heimzugehen; es wird schon dunkel!", rief ich ihnen nach.

„Keine Bange, wir haben unseren Eltern gesagt, dass wir die Nacht über bei dir bleiben!", rief Robert zurück. Emilie nickte bekräftigend. Also blieb mir vorerst nichts anderes übrig, als die beiden nicht aus den Augen zu lassen. Die Kinder liefen behände einen unwegsamen Pfad entlang, der teilweise durch dichtes Gestrüpp führte. Es war noch nicht ganz dunkel, so dass der Weg noch gut zu erkennen war. Aufgrund der Erfahrungen der letzten Zeit hatte ich vorsorglich eine Taschenlampe mitgenommen.

Es dauerte nicht lange, da waren wir bei der Lichtung angekommen, in der sich das Portal befand. Durch meine wiederholten Ausflüge durch das Tor war mir der Weg bereits vertraut. Wir hielten an und wussten nicht so recht, wie es weitergehen sollte. Da hörte ich von Ferne Stimmen durch das Portal schallen. Es schien jemand auf dem Weg herüber zu sein.

„Schnell Kinder, verbergen wir uns hinter einem Gebüsch!", stieß ich aufgeregt hervor. In aller Eile gelang es uns, ein Versteck zu erreichen, bevor die Stimmen gefährlich nahe kamen. Wir erblickten zwei Männer, die auf der Lichtung erschienen, und hielten alle Drei den Atem an.

„Sieh mal, hier liegt etwas", bemerkte einer der Männer und hob es vom Boden auf. Erschrocken bemerkte ich, dass ich in der Hast meinen Wollschal verloren hatte. Dann sagte eine mir bekannte Stimme:

„Das ist ein wertvoller Fund, der uns vielleicht noch gute Dienste leisten wird." Es war der Förster; wieder einmal! Wer sollte auch sonst zu so später Stunde an diesem geheimnisvollen Ort herumstreifen? Er stopfte sich den Schal in die Tasche.

„Vielleicht ist die Besitzerin noch in der Nähe. Lass' uns mal nachsehen, ob sie uns ins Netz geht", grinste der andere Mann hämisch.

Ich wurde sehr aufgeregt, hauptsächlich wegen der Kinder. Die Männer begannen, die Gegend gründlich abzusuchen, und kamen uns dabei immer näher. Schon fasste einer an meine Jacke. Ich rief panisch:

„Lauft, Kinder, schnell weg hier!" Das taten sie jedoch nicht. Der Förster ergriff meinen Arm und hielt ihn fest.

„Wen haben wir denn da?", feixte er. Er hatte jedoch nicht mit der Reaktion meiner mutigen Helfer gerechnet. Phönix war plötzlich zur Stelle, als wäre er gerufen worden. Wild umflatterte er uns und hackte mit seinem scharfen Schnabel immer wieder auf den Angreifer ein. Blut floss ihm übers Gesicht, so dass er nichts mehr sehen konnte. Der Vogel schien an Größe und Kraft zuzunehmen, je wilder er sich gebärdete. Derweil schlich sich Robert von hinten an und gab dem zweiten Mann einen kräftigen Stoß. Der Überraschungs- angriff gelang besser als erwartet. Der Mann ruderte hektisch mit den Armen und schlug dann hart auf dem Boden auf. Leo kläffte laut und zerrte an seiner Kleidung. Ehe wir's uns versahen, flüchteten beide Männer zurück in das Portal. Wir atmeten erleichtert auf.

„Das war knapp", stieß ich, immer noch schlotternd, hervor und ordnete meine Kleidung.

„Gut, dass du mich dabei hattest", meinte Robert stolz.

„Wie tüchtig du doch bist", lobte ich ihn. „Und auch Phönix und Leo waren sehr mutig." Dann nahm ich die kleine Emilie, die noch kein Wort gesagt hatte, in den Arm und redete beruhigend auf sie ein: „Dir ist doch nichts passiert, oder?" Sie schüttelte verneinend den Kopf und lächelte tapfer.

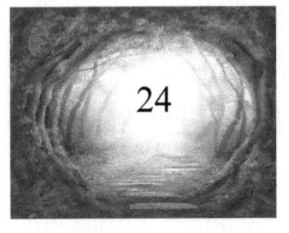

24 Schleunigst verließen wir die Lichtung und machten uns auf den Rückweg. Wir waren noch nicht weit gegangen, als wir unversehens auf einen kleinen Waggon stießen, den wir nur in Umrissen erkennen konnten, da es mittlerweile fast stockdunkel geworden war. Zuvor war der Wagen noch nicht da gewesen. Die Tür öffnete sich und heraus trat eine junge Frau. Mein Erstaunen war riesengroß, als ich die Fee der *Bewahrer* erkannte. Sie sprach uns an mit den Worten:

„Ich habe euch schon erwartet. Kommt näher und tretet ein." Ich war heilfroh über die unverhoffte Einladung. Etwas erschöpft traten wir über die Schwelle; auch Leo durfte mit hinein. Augenblicklich befanden wir uns in dem großen freundlichen Raum, den ich bereits von früher her kannte. Nachdem uns ein aromatischer, heißer Trunk serviert worden war, begannen wir aufgeregt, von unserem Abenteuer zu berichteten.

„Ich weiß, ich bin schon über alles im Bilde", unterbrach die schöne Frau unseren Redefluss mit ihrer glockenreinen Stimme. „Vor allem müssen wir etwas wegen deinem Schal unternehmen", wandte sie sich an mich. „Er könnte sonst schwarz-magisch gegen dich verwendet werden. Deine DNA-Sequenzen befinden sich darin." Dann murmelte sie einige unverständliche Worte. Wie auf einer Leinwand erschien plötzlich ein Bild an der Wand, auf dem die beiden Männer, mit denen wir aneinander geraten waren, zu sehen waren. Sie wirken reichlich ramponiert und kamen nur humpelnd voran.

„Denen habt ihr aber ganz schön eingeheizt", schmunzelte unsere Gastgeberin. „Jetzt will ich erst einmal den Schal unbrauchbar machen." Sie griff in das Bild, als wäre es gegenständlich, und zog den Schal aus der Tasche des Försters heraus. Dann beförderte sie ihn in den Raum, in dem wir saßen – und augenblicklich verschwand das Bild. Sie sprühte eine duftende Flüssigkeit auf das Kleidungsstück und übergab es mir mit den Worten:

„Das soll dir zusätzlich Glück bringen." Ich bedankte mich hocherfreut. Der Schal strömte einen unvergleichlichen Wohlgeruch aus. Mittlerweile wunderte ich mich über gar nichts mehr.

„Die *Bewahrer* würden euch gern sehen, euch alle Drei", wandte sich die Zauberin wieder an uns. Ohne unsere Reaktion abzuwarten, schritt sie zu den Flügeltüren, öffnete sie und hieß uns eintreten. Etwas zögerlich betraten wir den Raum. Uns erwartete eine überaus freundliche Begrüßung. Die zwölf *Bewahrer* schienen sichtlich bewegt und erhoben sich bei unserem Eintritt.

„Gebt uns die Ehre und setzt euch zu uns", sprach uns der Älteste der illustren Runde an und wies auf die leeren Stühle. Wir setzten uns auf die weich gepolsterten Möbel. Es dauerte nicht lange, und mein Körper fühlte sich leicht an wie eine Feder. Ich hatte wieder das unbestimmte Gefühl, zu schweben.

„Ich begrüße heute auch die jungen Freunde, die neu sind in unserer Runde", sprach der *Bewahrer* zu Robert und Emilie gewandt, nickte ihnen zu und lächelte warm. „Ihr habt bisher gute Arbeit geleistet und euch bestens bewährt. Wir danken euch von ganzem Herzen für eure tatkräftige Hilfe", fuhr er mit seiner Ansprache fort und er überreichte den bei-

den eine Goldkette. Es war dieselbe, die ich und meine Gefährtinnen bereits besaßen.

„Mit dieser Kette seid ihr in den Kreis der Helfer im Au-
ßendienst aufgenommen. Von nun ab habt ihr immer Kontakt zu den *Bewahrern*", sprach er weiter. Emilie und Robert
streiften sich stolz die Ketten um. Diese blitzten hin und
wieder auf in dem hellen Licht, das den Raum erfüllte. Wieder kamen durch eine Klappe vor dem Tisch belebende Getränke herauf. Ich nahm einen großen Schluck und spürte
sogleich ein belebendes und wohliges Gefühl.

Der *Bewahrer*, der anfangs das Wort ergriffen hatte und
offenbar das Oberhaupt dieser geheimnisvollen Männer war,
klärte nun Robert und Emilie auf über das gesamte Geschehen. Dabei konnte ich mich des Gefühls nicht erwehren,
dass die Kinder den *Bewahrer*n nicht ganz unbekannt waren.
Die beiden waren mit Feuereifer bei der Sache und schienen
die Worte des alten Mannes höchst aufregend zu finden.

Ein Blick aus der Fensterfront dieses
Gefährts – bei dem es sich zweifel-
los um ein Raumschiff han-
delte – erfüllte uns mit
Ehrfurcht vor der
Schönheit und Er-
habenheit des
Alls. Unzählige   helle
Sterne blinkten   und Ko-
meten zogen ihre   ewige Bahn.
Wir fühl- ten uns   versetzt in ein ewiges
All-Einssein. Unser Raumschiff glitt mitten durch diese
Zauberwelt. Ja, wir fühlten uns im wahrsten Sinne des Wor-
tes ‚verzaubert'. Welch ein Geschenk, dieses unvergleichli-

che Erlebnis! Schon allein dafür lohnte es sich, vielerlei Gefahren auf sich zu nehmen.

Zuletzt erfuhren wir noch von den *Bewahrern*, welches ihre Aufgaben waren. Sie befanden sich bereits seit Anbeginn der Menschheit in ihrem Amt. Nie hatte es in vergangenen Zeiten Schwierigkeiten besonderer Art gegeben; alles hatte sich problemlos bewältigen lassen. Jedoch hatte es noch nie eine Situation wie die jetzige gegeben. Die Menschheit war in allergrößter Gefahr und sie, die *Bewahrer,* waren jetzt genötigt, Hilfe von außen in Anspruch zu nehmen.

Wie wundervoll ist doch diese Erde, dieser herrliche blaue Planet, dachte ich bei mir. Alle Menschen könnten zufrieden sein und rücksichtsvoll miteinander umgehen. Sie hatten offenbar vergessen, welches Privileg es war, hier zu leben. Möglicherweise hing dies mit den dunklen Wesen zusammen, die sich von der Erde in hohem Maße angezogen fühlten. Von Natur aus verhielten sich die meisten Menschen freundlich und hilfsbereit. Unter dem Einfluss der Eindringlinge, von denen Einzelne wohl bereits seit Ewigkeiten auf der Erde weilten, hatte sich alles verändert. Durch die Portalöffnung war es ihnen möglich, in großer Anzahl hier aufzukreuzen. Offenbar hatten sie das Bestreben, die Menschen endgültig unter ihre Vorherrschaft zu bringen.

Die meisten Leute waren einfach zu gutgläubig, um den Eindringlingen den nötigen Widerstand entgegenzusetzen, da sie durch mannigfaltige Verführungen, die sie als solche nicht durchschauten, hinters Licht geführt wurden. Sie hatten vergessen, auf die Kraft ihrer Ahnen zu bauen und sich von dort das entsprechende Wissen zu holen, um zu erkennen, wer sie in Wirklichkeit waren. Im Grunde wohnte jedem Menschen eine schöpferische Kraft inne, doch sie wurden dazu gebracht, diese Schöpferkraft zu vergessen oder – ohne es zu ahnen – gegen sich selbst einzusetzen. Jemand müsste sie daran erinnern, was in ihnen steckte. Vielleicht war das eine der Aufgaben, die uns die *Bewahrer* zugedacht hatten. Uns war bewusst, dass wir die Auserwählten waren. Dieser Umstand machte uns stolz und glücklich.

Beim Abschied ermahnte uns der Älteste noch, auf unsere Sicherheit zu achten. Uns würde zudem machtvolle Hilfe zuteil, wie wir sicher bereits bemerkt hätten. Daher bräuchten wir uns nicht zu fürchten, wenn wir die nötige Vorsicht walten ließen.

„Wir begleiten euch auf eurem Weg; unser Segen sei mit euch", das waren die Abschiedsworte des Ältesten. Zu guter Letzt erreichte unser kleiner Trupp ohne Mühe meine Behausung. Wir fühlten uns beschirmt von vielen guten Geistern, die uns durch den dunklen Wald geleitet hatten. Sogleich entzündete ich ein Feuer im Kamin und kurz darauf breitete sich eine wohlige Wärme in der kleinen Hütte aus.

„Was mache ich denn nun mit euch?", fragte ich seufzend.

„Wir hatten dir doch schon gesagt, dass wir bei dir schlafen", erklärte Robert gut gelaunt. Er schien sich schon auf eine aufregende Nacht zu freuen.

„Dann will ich mal sehen, was ich in der Küche noch finde", sagte ich im Hinausgehen. „Mögt ihr Pizza?", rief ich aus dem Vorratsraum.

„Ja, ja!" klang ein zweistimmiger Ruf zurück. Welches Kind mag keine Pizza? dachte ich bei mir. Glücklicherweise hatte ich noch einige davon auf Lager. Ich schob sie in den kleinen Ofen, und schon bald breitete sich ein aromatischer Duft in der Hütte aus. Ich bereitete noch schnell einen kleinen Salat zu. Dann hockten wir alle einträchtig vor dem

Kamin und ließen es uns schmecken. Sogar Leo war nicht abgeneigt, einige Stücke zu probieren.

Die Kinder waren eine muntere Gesellschaft. Wir erzählten uns Geschichten und hatten viel Spaß dabei. So einen lustigen und unterhaltsamen Abend hatte ich lange nicht erlebt. Wie klug und unverfälscht doch Kinder waren. Erwachsene könnten viel von ihnen lernen. Für die Nacht bereitete ich Robert ein bequemes Lager mit warmen Decken auf der Erde, und Leo leistete ihm Gesellschaft. Für die kleine Emilie war genügend Platz in meinem Bett. Ich löschte die Stehlampe aus und das noch glimmende Holz im Kamin verbreitete ein warmes, sanftes Licht im Raum.

Draußen herrschte ein reges Nachtleben. Ein leichter Wind blies ums Haus, so als wollte er uns etwas mitteilen. Geheimnisvolle Geräusche von allerlei Nachtgetier drangen an meine Ohren. Sie wirkten gleichzeitig einschläfernd. Emilie lag dicht neben mir. Ich legte einen Arm um sie und sank langsam in tiefen Schlaf.

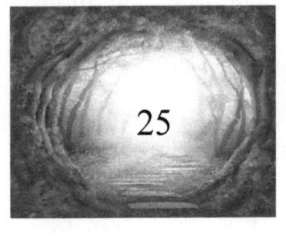

25

Da wisperte etwas leise an meinem Ohr. Träumte ich? Undeutlich meinte ich, ein Gesicht zu erkennen. Es verschwamm, dann wurde es deutlicher und verschwamm sogleich wieder. Mir war so, als würden mir die Worte zugeflüstert:

„Wir sind auf Gedeih und Verderb in eins verbunden. Unser Blut hat sich vermischt, als wir starben. Das wird so bleiben, bis es sich eines Tages löst. Ich verfolge dich und auch du verfolgst mich; jeder von uns mit anderen Beweggründen… Woher nimmst du die Kraft? Sage es mir!"

Erschrocken fuhr ich hoch, öffnete die Augen und sah, wie das Traumgesicht mehr und mehr verblasste. Erstaunt über die seltsame Vision schüttelte ich den Kopf. Doch schnell vergaß ich das Geträumte, als ich Leo und Robert einträchtig auf dem Boden herumtollen sah. Ach ja, die Kinder waren ja noch hier, in meiner Hütte. Ich freute mich beim Gedanken an meine kleinen Gäste.

Die Sonne lachte zum Fenster herein und die Vögel stimmten ihren herzerfrischenden Morgengesang an. Sie waren bereits seit aller Frühe emsig auf Futtersuche. Ich bereitete für die Kinder und mich ein gesundes Müsli-Frühstück mit Obst; dazu gab es ein Glas Saft. Kurz darauf stürmten die beiden hinaus in die Morgensonne, gefolgt vom fröhlichen Gebell meines Vierbeiners. Vor der Tür entdeckte ich einen herrlich duftenden Blumenstrauß. Ich stellte ihn in eine Vase und rätselte, wer ihn wohl gebracht haben mochte?

„Ich begleite euch zurück ins Dorf", erklärte ich meinen beiden Helfern. „Eure Eltern warten sicher schon auf euch.

Zum Glück ist Wochenende, da versäumt ihr wenigstens die Schule nicht. " Nachdem ich das Geschirr weggeräumt hatte, setzten wir uns in Bewegung. Schon bald waren wir auf dem Weg hinunter in den Ort. Leise plätscherte das Wasser in dem kleinen See, als wir dort vorbeikamen, und die Sonne spiegelte sich in den Wellen. Leo ließ es sich nicht nehmen, im erfrischenden Nass herumzutollen. Auch Phönix kam kurz zum Vorschein, flog über uns hin und verharrte in der Nähe auf einem Baum. Robert stand am Ufer und spritzte Leo nass, sehr zu Emilies Vergnügen.

„Kommt, wir wollen weiter", rief ich den Kindern zu und wir setzten unseren Weg fort. Sofort sprang Leo aus dem Wasser, schüttelte sich und trabte eilig hinter uns her. Auch Phönix folgte uns. Gut gelaunt und lachend strebten wir dem kleinen Ort zu, wobei Robert mit Leo um die Wette lief.

„Was für eine lustige Gesellschaft", ließ sich eine heisere Stimme von der Seite her vernehmen. Ich drehte den Kopf und entdeckte den Zirkusmann. Der hatte uns gerade noch gefehlt! Unsere Laune war sogleich im Keller. „Sie haben unseren kleinen Zirkus immer noch nicht besucht. Heute ist die letzte Gelegenheit; nach der nächsten Vorstellung ziehen wir weiter", krächzte er.

„Wir verzichten lieber auf das zweifelhafte Vergnügen", antwortete ich gereizt. „Zu vielen Leuten ist nach dem Besuch bei Ihnen schlecht geworden."

„Nehmen Sie sich in Acht, uns etwas anzuhängen und in aller Öffentlichkeit zu verleumden. Das werden Sie sonst bitter bereuen!", schrie er auf einmal wütend. Sein anfänglich höfliches Gebaren war nur Schein gewesen. Jetzt ließ er seine Maske fallen.

„Warum händigen Sie uns nicht einfach eine Probe ihres verdächtigen Pulvers mitsamt dem Elixier aus?" entgegnete ich, um ihn zu reizen.

„Dazu besteht überhaupt keine Veranlassung!", zeterte er und machte abrupt auf dem Absatz kehrt. Die Kinder kicherten verhalten, doch Grund zum Spaßen war beileibe nicht vorhanden bei den schlimmen Vorfällen, die sich hier ereigneten.

Von weitem erblickten wir einen Menschenauflauf. Wahrscheinlich hatte wieder jemand einen Schwächeanfall erlitten. Die Umstehenden wirkten seltsam teilnahmslos, so als wären alle ihre Gefühle abgeschaltet. Irgendwie kamen sie mir vor wie ferngelenkte Roboter. Bei allen, die sich auf diese Weise verhielten, erkundigten wir uns, ob sie vor kurzem eine Vorstellung in dem Wanderzirkus besucht hatten. Ausnahmslos bejahten sie die Frage. Für mich lag klar auf der Hand, dass ihnen im Zirkus irgendetwas zugeführt worden war, das ihr Wesen verändert hatte und vielleicht sogar ihre Gesundheit und ihr Leben bedrohte. Ich hegte den starken Verdacht, dass es sich bei diesen ‚Schaustellern' in Wahrheit um eine Truppe der Eindringlinge handelte, welche die Menschheit unter ihre Fuchtel bringen wollten. Ein ausgesprochen heimtückischer Plan, der die Menschheit in große Gefahr brachte. Die Invasoren waren gefährliche Raubtiere, die sich als Menschen verkleidet hatten. Wer es mit ihnen aufnehmen wollte, musste äußerst vorsichtig zu Werke gehen.

Robert, der flinke Bursche, war inzwischen zur Praxis von Antje und Diana geeilt. Antje kam im Laufschritt herbei und hatte sogleich die passende Medizin bereit. Wie bei den anderen Fällen erholte sich die Frau und konnte nach einiger Zeit aufstehen und, wenn auch mühsam, sich auf den Weg nach Hause machen. Antje berichtete bekümmert, dass sie bei einem der Patienten nicht mehr rechtzeitig gekommen war. Der Mann war kurz nach ihrem Eintreffen verstorben. Sie berichtete weiter, dass in diesem Zusammenhang polizeiliche Ermittlungen aufgenommen worden waren. Sie wäre von den Ermittlern verwarnt worden, keine Verdächtigungen gegen unbescholtene Leute in die Welt zu setzen. Den Befunden aus dem Speziallabor wurde kaum Beachtung geschenkt.

Betreten schwiegen wir eine Weile, da wir allesamt ratlos waren. Daneben machte sich ohnmächtige Wut in uns breit. Die Vermutung lag nahe, dass ein Teil der Polizisten ebenfalls den Zirkus besucht hatte und infolgedessen die Kombinierungsgabe der Beamten eingeschränkt war. Eine seltsame Stimmung herrschte in dem kleinen Ort. Gebückt und in gedrückter Stimmung gingen die Leute auf den Straßen umher. Es war, als hätte sich eine graue Glocke über den ganzen Ort ausgebreitet. Freundschaftliche Gespräche, fröhliche Grüße und sorglose Schwätzchen waren verstummt. Wo vorher eitel Sonnenschein geherrscht hatte, hingen nun graue und schwarze Wolken am Himmel. Alles war in eintöniges Grau getaucht.

Wir benötigten dringend eine Pause und begaben uns in das nahe Gasthaus von Regina. Die Kinder erhielten ein Glas Fruchtsaft und Leo eine Schale mit Wasser. Während Regina für uns einen Kaffee braute, öffnete sich die Tür. Mit herablassender Miene stolzierte der Mann vom Zirkus herein. Seine Hände, an denen Robert Krallen gesehen hatte, verbarg er unter weißen Handschuhen, wie sie beim Zirkus üblich sind.

Lauthals bestellte er ein Bier, trank es in einem Zug aus und wischte sich genießerisch den Schaum aus den Mundwinkeln. Dann sah er uns nacheinander mit stechenden Augen an und wir hörten ihn mit seiner krächzenden Stimme sagen:

„Wie Sie bereits wissen, ziehen wir noch heute mit unserem Zirkus, dem Sie leider nicht die Ehre gegeben haben, in den nächsten Ort. Sollten uns weiterhin Gerüchte und falsche Verdächtigungen zu Ohren kommen, die Sie über uns verbreiten, werden Sie uns von einer sehr unangenehmen Seite kennen lernen. Ich bin gekommen, um Sie nachdrücklich zu warnen. Es kann äußerst unerfreulich werden, nicht nur für Sie, sondern auch für die Kinder, das können sie mir glauben!", bei diesen Worten zog er einige Papierblumen aus seinem Ärmel, platzierte sie auf den Tisch und verschwand mit steifem Gang unseren Blicken. Emilie streckte neugierig die Hand nach den Blumen aus.

„Halt!", rief Regina, „nicht anfassen!" Die Blüten strömten einen fast Schwindel erregenden Duft aus. Vorsichtig ergriff Regina mit etwas Papier dieses teuflische Machwerk und trug es mit spitzen Fingern hinaus. Von weitem hörte sie den Zirkusmann höhnisch lachen. Als sie daranging, die Blüten in den Müll zu werfen, kam wie ein Geist Phönix im Sturzflug herangeprescht, schnappte mit seinen Krallen die Blüten, und trug sie mit sich fort. Völlig verdattert kam Regina in den Gastraum zurück.

„Das war eine deutliche Warnung", sagte sie mit belegter Stimme. „Wir müssen in Zukunft sehr achtsam sein, da wir uns in einer überaus prekären Situation befinden. Und nicht nur wir, das ganze Dorf, sowie der nächste Ort und alle anderen, in denen sie ihr Zelt aufschlagen, sind in Gefahr. Vermutlich handelt es sich bei den Zirkusleuten um außermenschliche Eindringlinge, die mit dunklen Absichten die Erde heimsuchen und die Gesundheit und das Leben vieler

Menschen in Gefahr bringen. Die meisten Leute sind leider zu sorglos. Sie erhoffen sich einige vergnügliche Stunden in dem Zirkus, ohne zu bemerken, dass ihnen dort etwas vorgegaukelt wird, das jedweder Realität entbehrt." Antje wirkte sehr besorgt.

Wir alle waren uns der Gefahr bewusst, doch außerhalb unserer Gruppe wollte niemand davon hören und nichts davon wissen. Sie wollten sich den Spaß nicht verderben lassen. Ihr zeitweiliges Unwohlsein und die Schwächeanfälle brachten die wenigsten mit den Zirkusvorstellungen in Verbindung. Auch schienen sie nicht zu bemerken, wie sehr sie sich verändert hatten. Sie machten den Eindruck, als dränge kaum etwas zu ihnen durch, so als wären sie völlig andere Menschen geworden. Langsam dämmerte mir, in welch gefährlicher und schier ausweglosen Mission wir unterwegs waren. Auch der Förster, der mir so häufig begegnete, gehörte anscheinend zu ihnen.

In meine bedrückenden Gedanken hinein hörte ich den kleinen Robert mit zuversichtlicher Stimme verkünden:

„Macht euch doch nicht so viele Gedanken, wir werden das schon in den Griff bekommen. Immerhin haben wir einige Freunde auf unserer Seite. Ihr solltet nicht den Mut verlieren und froh sein, dass wir uns begegnet sind. Schließlich haben wir auch viel Spaß miteinander." Wir gaben ihm einhellig Recht. Trübsal blasen würde uns nicht weiterbringen. Ich war sehr bewegt. Mit seiner unbeschwerten, kindlichen Art hatte uns der Junge aus dem Gefühl der Ausweglosigkeit hinaus geholfen.

Wir verbrachten noch eine gute Stunde plaudernd miteinander. Dann verabredeten wir uns für den nächsten Tag, der ein Sonntag war. Als wir auf die Straße hinaus traten, sahen wir von weitem den Wanderzirkus und seine Mannschaft davonziehen. Ich atmete erleichtert auf. Und siehe da! Die Sonne kam just in diesem Moment wieder zum Vorschein.

Die beiden Kinder liefen wohlgemut nach Hause. Ihre gute Laune wirkte ansteckend. Mit leichten Schritten wanderte ich in Richtung meiner Hütte, gefolgt von Leo. Ich hatte die Absicht, endlich einmal wieder Einträge in mein Tagebuch vorzunehmen. Vor mich hin summend und mit neuer Zuversicht, spazierte ich durch den Wald, kam an dem kleinen See vorbei, verweilte kurz, und ging dann weiter. Auf einmal überfiel mich eine große Lust, mit Leo um die Wette zu laufen. Natürlich war ich seinem Tempo nicht gewachsen. Vergnügt und nach Luft schnappend kam ich bei meiner Hütte an.

Der duftende Blumenstrauß leuchtete in der Sonne. Einige kleine Hummeln machten sich an seinen Blüten zu schaffen. Reichlich erschöpft von dem anstrengenden Lauf ließ ich mich auf die Bank fallen und genoss die wärmenden Sonnenstrahlen. Die dunklen Wolken hatten sich endlich verzogen. Leo kam herbei und ließ sich von mir das Fell kraulen.

„Ach Leo", seufzte ich, „was ist nur mit der Welt passiert? Wie konnte es geschehen, dass sich das abgrundtief Böse hier eingenistet hat? Womit haben die Menschen das verdient?" Er gab mir natürlich keine Antwort. Doch er sah mit seinen großen Hundeaugen zu mir auf, als würde er mich verstehen.

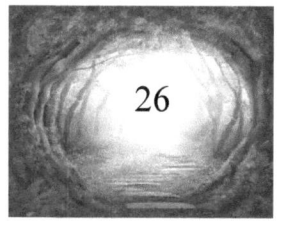

In der beruhigenden Gegenwart des Hundes entspannte ich mich und glitt langsam in einen Tagtraum hinüber; in eine Welt, die zwischen Diesseits und Jenseits angesiedelt war. Unversehens fand ich mich in einem fremden Lande wieder, bekleidet mit einem langen weißen Gewand. Eine stattliche Anzahl an Leuten, ebenfalls weiß gekleidet, wandelte um mich her. Eine fremdartig klingende Sprache, die ich aber seltsamerweise verstand, drang an mein Ohr. Einer der weiß gekleideten Männer nahm mich am Arm und ich folgte ihm.

Wir betraten ein imposantes Gebäude, das von langen Gängen durchzogen war. Wertvolle Gemälde hingen an den Wänden. Es schien eine Art Gerichtsgebäude zu sein. Vor einer mit Holzschnitzereien verzierten Tür machten wir Halt, und die Tür öffnete sich wie von Geisterhand. Wir betraten einen großen Raum, in dem an einem langen Tisch vornehm gekleidete Männer saßen.

Ein ungutes Gefühl beschlich mich. Offenbar befand ich mich im Körper eines Mannes und stand vor einem Tribunal. Ein imposant aussehender Herr empfing mich. Neben ihm hatte sich ein ernst dreinblickender Mann postiert. Auch die anderen Anwesenden hatten eine ernste Miene aufgesetzt. Meine Kehle war wie zugeschnürt und ich bebte inwendig. Denn ich wusste, was mich hier erwartete. Die Stimme des imponierenden Mannes, der offenbar eine Art Richteramt bekleidete, hallte angenehm durch den großen Saal. Er sprach mich mit einem Namen an, der in meinen Ohren fremdartig klang.

„Wie uns bereits bekannt ist, hast du gestanden, einigen Brüdern bei schwarzmagischen Ritualen zur Seite gestanden zu haben. Und du hast – wie aus den Aufzeichnungen hervorgeht – Reue gezeigt", richtete er seine Ansprache an mich. Ich antwortete leise:

„Ja, ich habe gestanden. Auch wenn ich nicht direkt bei den magischen Handlungen beteiligt war, so bereue ich es doch und nehme die Strafe an." Das Gefühl der Reue in mir war tief und ernst gemeint. Ich war bereit, für meine Verfehlungen zu büßen.

„So knie nieder", sagte der oberste Richter. Er ließ sich einen Dolch reichen und stieß ihn mir ohne Vorwarnung fest in den Nacken. Ich fiel vornüber, war aber dennoch bei klarem Bewusstsein. Sofort eilten zwei Männer herbei, wickelten mich in etliche Tücher, verschnürten mich wie ein Paket und legten mich in einen bereitstehenden Sarkophag. Bei alldem war ich hellwach. Von Ferne hörte ich die Stimme des Richters sagen:

„Du hast nun die Möglichkeit, dich im Laufe vieler Leben wieder auszuwickeln, dich zu ‚entwickeln'. Wenn das geschehen ist, sehen wir uns wieder." Im gleichen Moment hörte ich einen schrecklichen Knall. Alles um mich herum schwankte; Mauern stürzten ein, Steine regneten hernieder und ein tosender Wasserschwall schoss mit aller Macht darüber hinweg und riss alles mit sich. Erst nachdem sich das Wüten der Elemente beruhigt hatte, verlor ich das Bewusstsein. Warum nur hatte das so lange gedauert, ich war doch tot!

„Um Himmels Willen, so viel Wasser", schrie ich voller Panik, riss die Augen auf – und fand mich auf der Bank vor der Hütte wieder. Leo hatte seinen Kopf in meinem Schoß gelegt. Ich zitterte wie Espenlaub und musste mich erst einmal beruhigen. Was war denn nur geschehen? Eine Vision, was sonst. Aber so lebensecht! Was um alles in der Welt wollte sie mir sagen? Schwankend stand ich auf, schenkte mir ein Glas Wein ein und ließ mich wieder auf die Bank fallen. Nach einigen tiefen Atemzügen ging es mir etwas besser.

Eine vage Ahnung stieg in mir auf, dass ich in eine Inkarnation zur Zeit von Atlantis zurückgeworfen worden war. Doch warum passierte mir das gerade jetzt? Sollte das eine Antwort auf meine Fragen sein? Offenbar hatten die Atlanter, unsere Vorfahren, durch ihre brandgefährlichen Versuche, die naturgegebene Schöpfung zu manipulieren, eine große Katastrophe ausgelöst. Über dieses Geschehen gab es mannigfache Berichte. Die entfesselten Naturgewalten hatten bewirkt, dass Atlantis im Meer versank, und mit ihm der größte Teil der atlantischen Bevölkerung.

Bestürzt ging mir auf, dass auch ich an dem verhängnisvollen Geschehen vor langer, langer Zeit beteiligt gewesen war. Auch ich hatte in meiner damaligen Inkarnation zu dem Unglück beigetragen. Vielleicht lag hierin der Grund, warum ich in früheren Inkarnationen auf dem Scheiterhaufen mein Leben verlor und in die Fänge eines mörderischen Schwarzmagiers gefallen war. Und wäre es denkbar, dass ein ähnliches Verhängnis wie in Atlantis die Menschen auch heute wieder bedrohte, falls sie nicht zur Besinnung kamen? Niemand erkannte, in welch tödlicher Gefahr sich die Menschheit womöglich befand. Ich war bereit, alles zu tun, um als ein kleines Rädchen an der Rettung der Menschheit mitzuwirken.

Ich lehnte mich in meinem Sessel zurück und seufzte. Konnte ich nicht dankbar sein, immer wieder aufs Neue die Chance zu erhalten, aus vergangenen Fehlern zu lernen und sie zu bereinigen? Alles hatte Teil an dem Geschehen, das wie ein großes Gewebe aus vielen Einzelheiten zusammengefügt war. Vergangenheit und Gegenwart waren miteinander verwoben, sie setzen sich aus unzähligen Mosaiken zusammen; eines bedingte das andere und alle beeinflussten sich gegenseitig. Auf einmal glaubte ich, ein großes Muster zu erkennen, das mir zuvor verborgen gewesen war.

Mir ging auf, dass alles, was geschah seinen tieferen Sinn hatte. Tief im Herzen fühlte ich mich erleichtert. Ich hatte nun mehr Klarheit gewonnen. Mit neu erwachtem Schwung setzte ich mich an den kleinen Schreibtisch und brachte meine jüngsten Erlebnisse zu Papier. Dann fachte ich im Kamin ein Feuer und genoss die Wärme, das Knistern und Prasseln des feurigen Elements. Ich war erfüllt von Dankbarkeit dem Leben und der Schöpfung gegenüber.

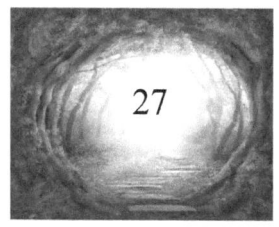

Ich schlief tief und ungestört. Nach einem kurzen Frühstück machte ich mich mit Leo wieder einmal auf den Weg zu dem kleinen Dorf. Es war ein herrlicher Sonntag, warm und sonnig. Seitdem der Wanderzirkus den Ort verlassen hatte, war mir, als atmete alles auf, sogar die Natur wirkte belebt. Im nahen Ort jedoch begegneten mir weiterhin viele Menschen, die trotz herrlichem Sonnenschein in gebückter Haltung vorüber schlichen. Da hörte ich eine helle Kinderstimme hinter mir rufen:

„Hallo Christina, warte auf mich!“ Es war niemand anders als die kleine Emilie.

„Grüß dich, mein Kind“, antwortete ich und nahm sie in den Arm. „Ich freue mich, dich wieder zu sehen.“ Ich streichelte ihre Wange. Ihre kleine Hand schob sich in meine und wir spazierten in Richtung Gasthaus.

„Wie geht es deinem Vater? Er war doch auch in dem Zirkus, nicht wahr?“, erkundigte ich mich.

„Ach, er fühlt sich gar nicht wohl. Und er glaubt jetzt auch, dass der Zirkus und was er dort getrunken hat, schuld ist“, erwiderte die Kleine. Sie schien darüber sehr bedrückt zu sein.

„Wir wollen sehen, was sich machen lässt. Es wird bestimmt bald wieder besser“,   tröstete ich Emilie. Sie schmiegte sich für einen Moment vertrauensvoll an mich. Langsam erhellte sich ihr kleines Gesicht wieder und die Freude kehrte zurück.

„He, nicht so schnell!“ hörten wir Robert hinter uns rufen. Etwas außer Atem kam er angerannt und hatte uns bald eingeholt.

„Ich war vorhin im Nachbarort und habe gehört, dass es auch dort vielen Menschen, die den Zirkus besucht haben, nicht gut geht", erzählte er hastig. „Da habe ich versucht, einige Menschen zu warnen, nicht dorthin zu gehen. Aber sogleich tauchte dieser Mann mit den Krallenhänden auf. Er hatte ganz böse funkelnde Augen und hat mich bedroht, ich soll mich bloß in Acht nehmen, sonst würde mir noch was passieren. Und stellt euch vor, da kam Phönix vorbei geflogen und ließ etwas auf seinen Kopf fallen. Sein schöner schwarzer Zylinder war ganz bekleckert." Bei dieser Vorstellung kicherte er. Wir brachen in schallendes Gelächter aus.

In der Wirtsstube trafen wir neben Regina auch Birgit an. Nach einer Weile stieß Antje zu uns. Sie war ganz außer Atem und berichtete, dass aus dem Nachbarort bereits etliche Patienten in ihrer Praxis waren und sie alle Hände voll zu tun hätten, diese wieder halbwegs auf die Beine zu bringen. Was sollte nun aus der Lagebesprechung werden, die wir abhalten wollen?

„Wir werden uns bemühen, so schnell wie möglich zu kommen", versprach Antje und verschwand mit einem: „Bis bald!" Wir anderen setzten uns erst einmal. Regina bewirtete uns mit frisch aufgebrühtem Kaffee und Saft für die Kinder.

Ich freute mich besonders, Birgit hier zu treffen. Wir unterhielten uns über ihr neuestes Buch, das in unserem Verlag erscheinen sollte. Ich hatte mir erstmal eine Auszeit genommen, die allerdings alles andere als erholsam war, dafür aber sehr aufregend und lehrreich. Birgit erwog, unsere gemeinsamen Erlebnisse hier vor Ort ebenfalls in Buchform zu fassen. Doch wir waren noch lange nicht am Ende dieser Geschichte, das war ihr klar. Ich erzählte ihr von meiner letzten, aufregenden Vision und dass sie wohl unbedingt zu dem ganzen Szenario dazu gehörte. Sie stimmte begeistert zu und machte sich sogleich Notizen.

Plötzlich ging die Tür auf und herein marschierte mit festem Schritt unser Gegenspieler, der Förster. ‚Nicht der schon wieder!' stöhnte ich innerlich.

„Guten Morgen, meine Damen", grüßte er mit dem üblichen ironischen Unterton. „Ich muss leider das Mittagessen für heute absagen", wandte er sich an Regina. „Wünsche Ihnen allen noch einen schönen Tag", setzte er kurz angebunden hinzu, und zog wieder von dannen. Sein Erscheinen hinterließ bei uns eine gedrückte Stimmung. Sogleich öffnete Regina alle Fenster, damit frische Luft hereinströmen konnte.

Durch die geöffnete Tür kam Diana und ließ sich erschöpft auf einen Stuhl fallen.

„Antje kommt bald nach, sie räumt schnell noch ein wenig auf", teilte sie uns mit. „Wir hatten einige schwere Fälle zu versorgen, die als Notfall in das nahe Krankenhaus eingeliefert werden mussten. Viele der Patienten kamen aus dem Nachbarort. Wir haben sie eindringlich davor gewarnt, den Zirkus noch einmal zu besuchen, weil wir den begründeten Verdacht hätten, dass damit ihre Beschwerden zusammenhingen. Um uns unnötigen Ärger zu ersparen, teilten wir ihnen mit, dass in der dort verabreichten Mixtur einige unverträgliche Substanzen enthalten wären. Die merkwürdigen Laborbefunde erwähnten wir nicht. Ich glaube, wir sollten uns zunächst etwas bedeckt halten, bis wir eindeutige Beweise haben." Diana lehnte sich zurück und nahm einen Schluck heißen Kaffee, was ihr sichtlich gut tat. Nicht lange danach vervollständigte auch Antje unsere Runde.

„Wenn das so weitergeht, sind wir mit der hohen Anzahl der Patienten überfordert", stöhnte Antje. „Die Leute kommen alle in unsere Praxis, weil wir am schnellsten zu erreichen sind. Ich halte es für erforderlich, dass auch eine Arztpraxis sich der Fälle annimmt, zumal die Beschwerden der Menschen besorgniserregend sind. Außerdem können Krankenhauseinweisungen nur von Ärzten veranlasst werden. Ich habe vorhin mit den Mitarbeitern einer Praxis gesprochen und sie hinreichend informiert. Sie sind damit einverstanden, sich der Notfälle anzunehmen und bereit, auch ihrerseits Laborbefunde einzuholen." Antje wirkte sichtlich nervös.

„Die Frage lautet, wie wir jetzt weiter vorgehen", überlegte Regina, die sich mit einer Tasse Kaffee in der Hand zu uns setzte. Eine Weile herrschte ratloses Schweigen. Die Lage war außerordentlich schwierig und beunruhigend.

„Der Zirkus wird demnächst weiterziehen und ungehindert sein Unheil bringendes Gift unter die Leute bringen. Bei der Vorstellung, dass wir momentan nicht viel mehr tun können, als die Einwohner zu warnen, wird mir ganz flau im Magen", bemerkte Birgit bedrückt. Da meldete sich auf einmal der kleine Robert zu Wort:

„Ich habe eine Idee", meinte er.

„Ach du liebe Zeit, hoffentlich keine, die gefährlich ist. Für solche Sachen bist du noch viel zu jung", entgegnete ich besorgt.

„Aber ich bin heute schon neun Jahre alt geworden!" erklärte er selbstbewusst.

„Was, du hast heute Geburtstag?", fragten alle im Chor. „Warum hast du uns das nicht schon früher erzählt?"

„Och, das ist mir eben erst eingefallen."

„Was machen wir denn da?", rief Regina. „Das ist doch keine Kleinigkeit!", spontan standen wir auf und brachten dem Geburtstagskind ein kleines Ständchen dar. Anschließend ließen wir den Jungen hochleben.

„Die Geschenke kommen später", versprachen wir ihm. Robert war es im Nu gelungen, unsere trübe Stimmung aufzuhellen. Darüber waren alle froh und versicherten ihm, dass wir uns glücklich schätzen, ihn in unserer Mitte zu haben. Er war sichtlich erfreut und auch ein wenig stolz. Regina brachte eine große Schale Kekse und stellte sie vor die beiden Kinder. Die brauchten keine besondere Einladung, sondern langten herzhaft zu.

„Warum feierst du nicht mit deinen Freunden?", wollte Birgit wissen.

„Die fühlen sich momentan nicht so gut. Sie waren alle in dem Zirkus… Außerdem bin ich lieber mit euch zusammen", war die einfache Antwort. „Jetzt will ich euch aber von meiner Idee erzählen. Ich könnte mich, zusammen mit Emilie, während einer Vorstellung in den Zirkus einschleichen. Dann können wir heimlich das Pulver und Getränk austauschen gegen harmlose Sachen. Nebenbei haben wir eine große Menge von dem vergifteten Zeug, und das kann als Beweis genommen werden." Robert sah erwartungsvoll in die Runde.

„Au ja!", rief Emilie begeistert.

„Sachte, sachte", dämpfte ich ihren Überschwang. „Ich halte das für viel zu gefährlich."

„Mach dir nicht so viele Sorgen", gab Robert zurück, „wir werden uns schon vorsehen." Ich hatte den Eindruck, dass der Junge nicht zu bremsen war und musste wohl oder übel meine Bedenken beiseite räumen. Wir selbst hatten keinen besseren Plan, und die Idee von Robert war im Grunde großartig. Nun ging es darum, zu überlegen, wie das Ganze zu bewerkstelligen war.

Zunächst brauchten wir noch eine Probe von den Substanzen, damit wir einen Stoff besorgen konnten, der große Ähnlichkeit damit aufwies. Der Tausch sollte auf keinen Fall auffallen. Ich war immer noch sehr besorgt, wenn ich daran dachte, wie waghalsig der Plan war. So etwas konnten nur Kinder zuwege bringen, denn man traute ihnen nicht allzu viel zu. Sie gerieten daher nicht so schnell in Gefahr, entdeckt zu werden.

Die Nachmittagsvorstellung sollte gegen 15 Uhr stattfinden. Nach einer kurzen Lagebesprechung machten wir uns zu Fuß auf den Weg, denn bis zum nächsten Ort war es nicht weit. Vor dem kleinen Dorf sahen wir grüne Wiesen, auf denen Kühe grasten. Auch eine alte Scheune entdeckten wir. Schon von weitem wurde das große Zirkuszelt sichtbar. Wir mussten die Kinder vorgehen lassen und uns im Hintergrund halten, wenn wir nicht entdeckt werden wollten. Falls die Sache aufflog, wurde es für uns gefährlich. Soweit konnten wir die Typen einschätzen, die wir bisher kennen gelernt hatten. Am liebsten hätte ich dem Wanderzirkus für alle Zeit den Rücken gekehrt.

Vorerst warteten wir ab, bis die Vorstellung begonnen hatte. Dann brachen Robert und Emilie auf, um sich möglichst unbemerkt dem Zelt zu nähern. Sie hatten einen Ball dabei, den sie sich zuwarfen, um unverdächtig zu wirken, und waren bald bei ihrem Ziel anlangt. Wir verfolgten sie mit besorgten Blicken und bangem Herzen. Wenn da etwas schief ging, waren die Folgen nicht auszudenken!

Nun hieß es, sich in Geduld fassen. Mit großer Spannung warteten wir auf die Rückkehr der beiden. Die Zeit zog sich in die Länge und immer noch war von ihnen nichts zu sehen. Gerade als ich beschloss, mich auf den Weg zu machen und nach ihnen zu sehen, kamen die beiden angerannt. Ganz aus der Puste hielt uns Robert freudestrahlend ein Fläschchen mit der schillernden Flüssigkeit entgegen. Und Emilie zeigte stolz ein Päckchen des besagten Pulvers. Mir fiel ein Stein vom Herzen, und auch die anderen wirkten sehr erleichtert.

„Das ist ein voller Erfolg Robert, und dazu an ein deinem Geburtstag", lobte Birgit. „Und Emilie hat dir dabei tapfer zur Seite gestanden. Ihr seid wirklich sehr mutig." Die Zirkusvorstellung war gerade zu Ende und die Besucher strömten aus dem Zelt heraus. Das war ja allerhöchste Zeit gewesen, dachte ich. Viel später hätten die Kinder nicht zurückkommen dürfen. Unsere kleine Gruppe machte sich auf den Weg über die Wiesen zurück ins Nachbardorf. Neugierige Kühe folgten uns ein kleines Stück weit. Leo lief zu ihnen und schnupperte interessiert in ihre Richtung. Sie beantworteten sein Interesse mit einem lang anhaltenden Muuhh!

Jetzt kam die Hauptarbeit auf uns zu. Dies war ja erst der Anfang der Aktion gewesen. Am liebsten hätte ich alles abgeblasen, weil ich um unser aller Sicherheit besorgt war. Doch dafür war es jetzt zu spät. In der Praxis von Antje und Diana angelangt, besahen wir uns erstmal den Fang und überlegten, wo wir ein gleich aussehendes Pulver und die dazu gehörige Flüssigkeit hernehmen sollten. In dem Fläschchen sprudelte ein grünlich aussehendes Liquid. Wir vermuteten, dass es ähnlich wie Limonade schmeckte. Probieren wollte es allerdings niemand, das war uns doch zu gefährlich. Robert berichtete aufgeregt:

„Ich habe es aus einem großen Flakon abgefüllt. Das war ganz leicht, denn unten dran war ein kleiner Hahn."

„Das Pulver stand daneben in einer Kiste. Hier habe ich noch ein paar von den Tüten, die lagen da herum", erzählte Emilie. Nun galt es, eine Flüssigkeit mit den entsprechenden Eigenschaften zu produzieren und dazu ein Pulver zu finden, das die passende Konsistenz aufwies. Das Getränk würde sich relativ leicht mit Brausepulver und Lebensmittelfarbe herstellen lassen, doch wie sah es mit dem Pulver aus? Wir überlegten eine zeitlang hin und her, bis Regina auf die rettende Idee kam:

„Ich hab's! Das Pulver sieht aus wie Natron; Natron und Wasser, mit etwas Essig versetzt, ergibt ein sprudelndes Gemisch." Wie praktisch! Wir alle waren erleichtert. Doch wir benötigten eine nicht unbeträchtliche Menge davon. Woher sollten wir diese auftreiben?

Schließlich einigten wir uns darauf, dass ich am nächsten Vormittag im hiesigen Dorfladen einen großen Teil besorgen würde. Robert und Emilie sollten nach der Schule mit mir zusammen den Laden des nächsten Ortes aufsuchen, um dort weitere Einkäufe zu tätigen. Inzwischen würden Antje und Diana sich mit der richtigen Herstellung der Mixtur befassen, und zwar immer mit einem kleinen Schuss Essig.

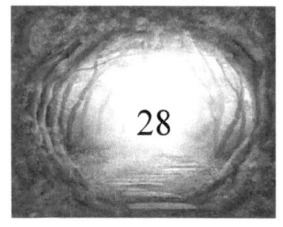

28 Nachdem ich mit Leo durch den abendlichen Wald gestreift war und einen gemütlichen Abend in meiner Hütte verbracht hatte, machte ich mich am nächsten Morgen in aller Frühe auf den Weg zu dem kleinen Dorfladen. Dort hielt ich zunächst Ausschau nach Natron und musste gar nicht lange suchen. In einer Ecke entdeckte ich einen Sack, der meine Aufmerksamkeit auf sich zog. Der Stoff wirkte ein wenig zerschlissen. Ich fragte eine vorbeieilende Verkäuferin, was denn darin sei? Wie groß war mein Erstaunen, als sie antwortete:

„Das ist eine Lieferung Natron. Sie war für einen Großbetrieb bestimmt, wurde aber auf dem Transport beschädigt und nun müssen wir sehen, was wir damit machen." Was für ein erstaunlicher Zufall, wunderte ich mich im Stillen. Doch gab es überhaupt Zufälle in dem Sinne, wie wir es verstanden? Oder hatte da eine höhere Macht ihre Hand im Spiel? Das wollte ich gern glauben. Schnell wurde ich mit der Verkäuferin handelseinig und packte den Sack Natron in meinen Handwagen.

Als nächstes erkundigte ich mich nach einer größeren Menge Limo für einen Kindergeburtstag. Auch die hatte der Laden vorrätig. Anscheinend war gerade eine größere Lieferung hereingekommen. Nachdem ich bezahlt hatte, ließ ich die Flaschen in das Depot stellen, um sie später abzuholen. Das war ja besser gelaufen, als ich gedacht hatte.

„Stell' dir vor Leo, was für ein Glück wir heute haben", erzählte ich meinem Hund, der mit großen Augen zu mir hochsah. Eilig begab ich mich in die Praxis von Diana und Ante und lieferte dort das Natron ab. Wir freuten uns gemeinsam über die glückliche Fügung. Das Wartezimmer war wieder voll von Patienten, und viele sahen sehr mitgenommen aus.

Ein Zwischen-Stopp in Reginas Gasthaus und ein kleiner Imbiss dort brachten meine Lebensgeister in Schwung. Auch Regina war über die ersten Erfolge sehr erleichtert. Anschließend machte ich mich mit Leo auf den Weg zur Schule, um Robert und Emilie abzuholen.

Aus einiger Entfernung beobachtete ich die Kinder, die, erfreut über den Schulschluss, an mir vorbeizogen. Plötzlich glaubte ich, meinen Augen nicht zu trauen! In einiger Entfernung sah ich den Zirkusmann stehen, der uns neulich im Gasthof heimgesucht hatte. Schnell verbarg ich mich in einer Hausnische und konnte verfolgen, wie er ein Bündel aus der Tasche zog. Ich war mir sicher, dass es sich dabei um Eintrittskarten handelte. Was hatte er damit vor? Natürlich, er wollte sie verteilen. Da war er an der Schule haargenau am richtigen Ort! Ich bekam mit, wie er die Tickets als Freikarten anpries. Natürlich fanden sie bei den Kindern reißenden Absatz, daran bestand kein Zweifel. Die Karten waren für den nächsten Nachmittag gültig, und zwar für die Kindervorstellung um 15 Uhr.

Nun war große Eile geboten. Wir mussten uns etwas einfallen lassen. Als ich Robert kommen sah, trat ich ein wenig aus meinem Versteck hervor.

„Psst", sagte ich leise. Sogleich erkannte Robert mich. Leo lief ihm entgegen und begrüßte ihn schwanzwedelnd.

„Hast du das schon mitbekommen?", fragte Robert, ebenfalls mit gedämpfter Stimme. „Der Mann aus dem Zirkus hat an alle Kinder hier Freikarten verschenkt. Wir müssen etwas unternehmen!" Da stimmte ich ihm lebhaft zu. Nicht lange danach tauchte Emilie auf. Wir zogen sie zu uns in die

Hausnische und warteten, bis der angebliche ‚Zirkusdirektor' mit einem zufriedenen Grinsen im Gesicht den Ort des Geschehens verließ. Ich kochte vor Wut. So ein infames Vorgehen!

Das gerade Erlebte war für uns ein Ansporn, unsere Einkäufe im Nachbarort so schnell wie möglich hinter uns zu bringen. Wiederum war uns das Glück hold. Beides, sowie Natron als auch Limonade, war reichlich vorrätig. Wir hatten keine Zeit, uns lange darüber zu wundern, denn wir standen unter Zeitdruck. Daher liehen wir uns einen kleinen Wagen aus mit der Ausrede, es wäre wegen dem Kindergeburtstag. Dann marschierten wir zurück ins andere Dorf und nahmen auch noch die Getränkekisten von dem kleinen Dorfladen mit. Anschließend lieferten wir die Einkäufe in der Praxis zu Antje und Diana ab und erzählten ihnen haarklein, was sich vor unseren Augen abgespielt hatte. Aufgrund der veränderten Lage blieb uns nichts anderes übrig, als schon in der heutigen Abendvorstellung den gefährlichen Tausch zu wagen. Das Leben und die Gesundheit der Menschen, vor allem das der Kinder, hatte oberste Priorität.

Antje und Diana stellten in kurzer Zeit die richtige Mixtur zusammen. Wir luden alles auf den kleinen Handwagen und machten uns umgehend auf den Weg. Dabei tarnten wir uns mit einem Strauß bunter Luftballons, so dass es schien, als wären wir zu einer Feier unterwegs. Uns war deutlich bewusst, auf was für ein gefährliches Spiel wir uns hier einließen. Doch es blieb uns keine andere Wahl, wenn wir die Kinder und Erwachsenen nicht einfach ihrem Schicksal überlassen wollten.

Ich freute mich über die Unbekümmertheit der beiden Kinder an unserer Seite. Sie schwatzten drauflos und hatten anscheinend viel Spaß. Ohne Zweifel waren sie uns bisher eine große Hilfe gewesen. Unser kleiner Trupp kam wieder an den friedlich grasenden Kühen vorbei. Leo lief sogleich hin, um sie zu beschnuppern. Sie grasten ruhig weiter, ohne ihn zu beachten. Wir marschieren derzeit zur Scheune, die uns vorübergehend als Lager dienen sollte. Von dort aus konnten wir nicht gesehen werden. Es wurde langsam dämmerig; die Abendvorstellung würde bald beginnen. Uns war klar, dass uns für die Ausführung unseres Vorhabens nur wenig Zeit zur Verfügung stand. Daher besprachen wir den Plan noch einmal in allen Einzelheiten. Zwei von uns sollten sich in der Nähe des Zeltes mit dem Handwagen verbergen, damit immer genügend Nachschub zur Verfügung stand.

Endlich war es soweit. Die Vorstellung sollte bald beginnen. Wir beobachteten, wie das Pulver mitsamt dem Getränk an die erwachsenen Besucher verteilt wurde. Sie gingen erst durch den Eingang, nachdem sie Pulver und Flüssigkeit zusammengemixt und es in einem Zug heruntergekippt hatten. Als der letzte Besucher im Zelt verschwunden war, wurden die Bahnen geschlossen und die Vorstellung begann.

Vorsichtig machten wir uns ans Werk. Regina, Birgit, die Kinder und ich schlichen uns, immer möglichst verdeckt, zu dem Schuppen, in dem Getränk und Pulver gelagert waren. Schnell huschten wir hinein und beluden den Wagen. Birgit und Regina hatten die Aufgabe, die Substanzen aus dem Zirkuszelt zu unserem Handwagen zu bringen. Wir arbeiteten in fieberhafter Eile und dennoch sehr konzentriert. Wir alle wussten, was auf dem Spiel stand. Es war nicht leicht, den Austausch zu bewerkstelligen, doch letztendlich schafften wir es. Gerade als wir aufbrechen wollten, hörten wir Schritte. Das durfte nicht wahr sein! Sollten wir in letzter Minute entdeckt werden?

„Ist da jemand?" hörten wir eine unfreundliche Stimme rufen. Es war niemand anders als der vermeintliche Zirkusdirektor. Offenbar hatte er etwas bemerkt. Jetzt war es um uns geschehen! Ich sandte ein Stoßgebet zum Himmel. Eine Windbö fegte über die Wiese. Tatsächlich blieb der Mann unschlüssig stehen, brummte undeutlich etwas wie ‚verdammter Sturm' und zog mit schwerfälligen Schritten wieder ab. Wir verhielten uns mucksmäuschenstill. Offenbar hatte der Kerl nichts bemerkt und schlurfte zurück in das Zelt. Dem Himmel sei Dank!

„Oje, das ist noch einmal gut gegangen", flüsterte ich. Wir waren ungeheuer erleichtert. Inzwischen war es dunkel geworden; Zeit für den Rückzug. Dankbar und heilfroh, dass wir unsere Aktion so erfolgreich zu Ende bringen konnten, beeilten wir uns, an unseren Ausgangspunkt zurückzukehren.

Dort angekommen, versammelten wir uns alle bei Regina. Wir suchten unseren Stammtisch auf. Was war denn das? Ein großes Paket, bunt verpackt, lag darauf. Dazu eine Karte, auf der stand:

„Für Robert. Herzlichen Glückwunsch zum Geburtstag!" Daneben befand sich ein kleineres Paket mit der Aufschrift: "Emilie, vielen Dank für deinen mutigen Einsatz." Das war eine Freude! Die Kinder waren ganz aufgeregt und öffneten in Windeseile ihre Geschenke. Hastig entfernte Robert die Umhüllung seines Pakets. Auch wir Erwachsenen waren sehr gespannt, was da wohl zum Vorschein kommen würde. Nachdem sich Robert eine zeitlang mit der Verpackung abgemüht hatte, hielt er eine kostbare alte Lokomotive in der Hand.

„Woher wusstet ihr, dass ich mir diese Lok schon lange gewünscht habe!", rief er und strahlte, glücklich über diese gelungene Überraschung.

„Das haben wir nicht gewusst, Robert. Ich meine, wir hatten keinen blassen Schimmer", gab Antje zu. Emilie hielt, nachdem sie ihr Paket von der Umhüllung befreit hatte, eine reizende Puppe in ihren Armen.

„Oh, so eine schöne Puppe habe ich mir schon lange gewünscht. Aber ich habe doch gar keinen Geburtstag", meinte sie ein wenig nachdenklich. Dann drückte sie selig lächelnd ihr Geschenk an sich.

„Du hast sie dir ganz bestimmt verdient", versicherte ich und streichelte ihre Wange. Wir alle waren guter Laune und freuten uns mit den Kindern über die gelungene Überraschung und den Erfolg unserer Mission, der keineswegs selbstverständlich war. Wir hatten ein Riesenglück, das war uns allen klar.

29

Die Nacht verbrachte ich bei Regina. Sie war der Meinung, es wäre zu gefährlich, im Dunkeln allein durch den Wald zu wandern. Das sah ich zwar anders, denn ich fühlte mich hinreichend beschützt. Außerdem war Leo ja auch noch da. Doch ich wollte sie nicht beunruhigen, daher verbrachte ich die Nacht in einem gemütlichen Gästezimmer. Und ich wusste auch die Abwechslung zu schätzen.

Am nächsten Morgen frühstückte ich ausgiebig mit Regina. Anschließend schaute ich bei Diana und Antje vorbei, um ihnen ein wenig unter die Arme zu greifen. In der Praxis gab es viel zu tun, daher kam den beiden meine Unterstützung sehr gelegen. Wir gaben uns alle Mühe, die Patienten über die Ursachen ihres geschwächten Zustandes aufzuklären, soweit sie es begreifen konnten. So verging die Zeit wie im Fluge.

Mittlerweile war es bereits später Nachmittag geworden, als plötzlich Robert zur Tür hereinschneite. Wieder einmal war er außer Atem, als er mir halblaut mitteilte:

„Stell' dir vor Christina, ich habe mich in der Nähe des Wanderzirkusses ein wenig umgesehen. Ich wollte unbedingt wissen, wie die Vorstellung heute bei den Kindern angekommen ist, mit dieser vertauschten Mixtur. Tatsächlich waren sie alles andere als begeistert. Ich hörte, wie einige sagten, so einen Blödsinn hätten sie selten gesehen. Eine Papiermaus wäre an einem Faden umher geflogen und ein lahmer Esel verdrossen durch die Manege getrottet. Es wäre eine Vorstellung für die ganz Kleinen, und nicht einmal die würden darüber lachen. Ein Glück, dass sie Freikarten hätten und nicht dafür auch noch bezahlen müssten.

Dann sah ich den Zirkusdirektor herauskommen. Der blickte ziemlich unwirsch drein. Er verschwand in dem Schuppen, in dem unsere vertauschten Sachen lagern. Ich weiß nicht, was er vorhatte. Jedenfalls haben wir erreicht, dass die Kinder bestimmt nicht wieder in diesen Zirkus gehen. Das ist schon mal ein Riesenerfolg."

„Außerdem werden sie es in der Schule den anderen Kindern weitersagen", ergänzte ich. „Und diese berichten es dann ihren Eltern, so dass der Zirkus in nächster Zeit nicht mehr allzu viel Zuspruch haben dürfte. Selbst wenn sie den Betrug aufdecken, wird es sich herumsprechen."

Wieder öffnete sich die Tür. Eigentlich war ich der Meinung, dass es für heute genug war. Wie groß war mein Erstaunen, als ich mich zwei grimmig dreinschauenden Polizisten gegenübersah. Ihr zur Schau getragenes Selbstbewusstsein verunsicherte mich im ersten Moment. Ich bekam einen Riesenschreck. Zum Glück kamen Antje und Diana aus dem Nebenraum, um sich zu erkundigen, was los war.

„Gegen Sie alle ist eine Anzeige bei uns eingegangen", erklärte mit wichtiger Miene einer der beiden Uniformierten. Wir sahen uns ratlos an. Ich fragte mit verständnisloser Miene:

„Wie bitte? Ich kann's nicht glauben! Was werfen Sie uns denn vor?"

„Die Leute vom Zirkus haben Sie im Verdacht, in ihren Schuppen eingebrochen zu sein", antworte der Beamte streng. Ich legte die Stirn in Falten, grübelte eine Weile und sagte dann entrüstet:

„Wie kommen die nur auf so eine Idee? Natürlich haben wir nichts mit der Sache zu tun. Wir sind in keinen Schuppen eingebrochen!" Und das entsprach sogar der Wahrheit, denn wir hatten kein Schloss aufbrechen müssen, als wir dort waren. Das musste ich den beiden Schnüfflern aber nicht auf die Nase binden.

„Sie haben keinerlei Beweise gegen uns", warf Diana selbstbewusst ein. „Nennen Sie uns einen triftigen Grund, warum wir so etwas Unsinniges tun sollten."

„Den Zirkusleuten ist zu Ohren gekommen, dass Sie die Menschen im Dorf vor dem Besuch in ihre Vorstellung warnen aufgrund irgendwelcher Verdächtigungen, die natürlich alle reiner Humbug sind", mischte sich der andere Polizist nun ein. „Das ist üble Verleumdung und Geschäftsschädigung. Wir verwarnen sie hiermit eindringlich: Sollte noch einmal ein Übergriff von Ihrer Seite gegen den Zirkus stattfinden, hat das ernste Folgen für Sie. Im Übrigen ist der Fall noch nicht abgeschlossen. Wir ermitteln noch, merken Sie sich das."

„Sollte sich der Verdacht gegen Sie erhärten, werden Sie bald wieder von uns hören", war der abschließende Hinweis des anderen. Bei diesen schroffen Worten erhoben sich beide, und kurz darauf fiel die Tür von außen ins Schloss.

Wir mussten uns erst einmal setzen. Doch wir waren Kummer gewohnt. In der Vergangenheit hatten wir bereits so viel durchgemacht, dass diese Attacke uns nicht umhaute. Plötzlich fing Antje an zu lachen.

„Wir haben uns aber ganz gut aus der Affäre gezogen", bemerkte sie und grinste uns an. Wir stimmten ihr einhellig zu. Da fiel mir siedendheiß ein, dass die beiden Hüter des Gesetzes jetzt vielleicht bei Regina und Birgit auftauchten. Die beiden wussten noch nicht, was wir den Beamten aufgetischt hatten.

„Robert, würdest du bitte zu Regina und Birgit laufen und sie über alles in Kenntnis setzen?", wandte ich mich an den Jungen. Der war sofort startbereit und rief im Hinausgehen:

„Bin schon auf dem Weg!" und weg war er. Wieder einmal ging mir durch den Sinn, wie unentbehrlich die Kinder waren. Sie waren immer im rechten Moment zur Stelle.

Die Praxis leerte sich langsam und ich dachte daran, es mir wieder einmal in meinen eigenen vier Wänden gemütlich zu machen. Als ich meinen Freundinnen diesen Entschluss mitteilte, wandte Diana besorgt ein:

„Meine Liebe, es wird bald wieder dunkel. Du solltest nachts nicht allein im Wald herumgeistern."

„Keine Sorge. Ich bin nicht so allein, wie du glaubst. Mir wird schon nichts passieren", beruhigte ich sie.

Leo stand schon schwanzwedelnd an der Tür und freute sich auf einen Ausflug durch die Natur. Mit dem Versprechen, mich am nächsten Tag wieder einzufinden, verabschiedete ich mich und machte mich auf den Heimweg. Es begann schon zu dämmern, und als ich den Waldrand erreichte, war es dunkel geworden. Entschlossen marschierte ich los. Kleines Nachtgetier raschelte im Gebüsch und ließ mich von Zeit zu Zeit innehalten. Ein Käuzchen schrie ganz in meiner Nähe. Ich bekam eine Gänsehaut. In Kindertagen hatte ich diesen Ruf unheimlich gefunden, doch nun war ich erwachsen. Ich nahm mich zusammen und schritt schnell und zielsicher die düsteren Waldwege entlang.

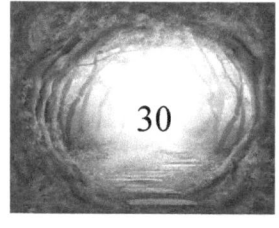

30

Plötzlich hörte ich aus der Ferne Pferdegetrappel. ‚Nanu‘, dachte ich, ‚was hat denn das zu bedeuten‘? Ich sah mich nach Leo um und konnte ihn nirgendwo entdecken. Oje! Mich durchfuhr ein eisiger Schreck. Wo war ich denn hier gelandet? Nachdem ich mich umgesehen hatte, kam mir die Gegend auf einmal bekannt vor. Es war eine Erinnerung aus einer früheren Inkarnation. Darum war Leo auch nicht anwesend! Ängstlich verbarg ich mich hinter einem Gebüsch.

‚Es ist alles nur ein Traum‘, raunte mir ein Windhauch ins Ohr. Das milderte ein wenig meine Furcht. Schließlich waren mir im Leben schon einige Missgeschicke zugestoßen und auch dieses hier würde ich überstehen, dessen war ich mir gewiss. Trotzdem begann ich zu zittern. Da waren Männer in meiner Nähe und suchten die Gegend ab. Ich zog mich weiter in das Gesträuch zurück und stolperte über einen Ast. Sofort hatten sie mich entdeckt.

„Hier ist sie!“, rief einer der verwahrlosten Gesellen. Er sprang vom Pferd und zerrte mich aus dem Gebüsch. Es hatte keinen Zweck, Widerstand zu leisten. Dies waren Szenen aus vergangenen Zeiten, die ich noch mal durchlebte und an deren Verlauf ich nichts ändern konnte.

„Was für ein guter Fang!“ frohlockte einer der Kerle.

„Das gibt einen Batzen Gold!“, rief ein anderer. Und schon hatten sie mich auf ein Pferd gehievt und die Hände zusammengebunden. Im Galopp ging es vorwärts in den kleinen Ort, wo sie mich den Schergen ablieferten und ihren Judaslohn kassierten. Zusammen mit anderen Frauen wurde ich in einen Käfig gesperrt. Nicht lange danach kam ein Mann, ergriff meinen Arm und brachte mich in den nahe gelegenen Dom, wo er mich an einer Wand fest kettete. Im Stillen sagte ich mir immer wieder:

„Das ist nur ein Traum…, nur ein Traum." Dennoch konnte ich nicht verhindern, dass die Angst in mir hoch kroch.

Nach einer Weile kam ein vornehm gekleideter Mann, von dem ich wusste, dass es der Bischof war, auf mich zu. Er war derjenige, mit dem ich noch etwas zu erledigen hatte und den ich – ebenso wie er mich – töten würde. Ihm war dieser Umstand jedoch anscheinend nicht bewusst. Ich mobilisierte meine gesamten Energien, die sich wie ein Schutzwall um mich verteilten. Es war dem dunklen Bischof nicht möglich, diesen Schutzwall zu überwinden und er blieb in einiger Entfernung von mir stehen.

Wir starrten uns an, und Erinnerungen durchzogen mich. Ich wusste ja, was weiter passieren würde. Alles lief wie ein Film bzw. Traum ab; genauso, wie es vor langer Zeit geschehen war. Als er mich mit seinem durchdringenden Blick fixierte, weckte dieser Mensch auf einmal meine Neugier. Ich senkte meinen Schutzschirm – ein fataler Fehler, wie sich später erweisen sollte.

In diesem Augenblick verschwanden die Bilder aus meinem Bewusstsein und ich sah mich übergangslos in meine gegenwärtige Inkarnation versetzt, in der ich durch den dunklen Wald stapfte. Auch Leo war wieder da und lief schnüffelnd vor mir her, so als wäre nichts geschehen.

‚Was hatte das eben zu bedeuten? Worum ging es in dieser Situation?' grübelte ich. Der letzte Moment war offenbar der Kern der Sache, das entscheidende Ereignis, das die ganze Geschichte ins Rollen gebracht hatte. Die Entscheidung, meine Energie zurückzunehmen, war mein Verderben gewesen. Die jetzige Aufgabe bestand wohl darin, meine Kraft zurück zu gewinnen und damit dieses Geschehen in den Griff zu bekommen. Ich war gewillt, größte Mühe aufzuwenden, um dieser Aufgabe nachzukommen.

Seinerzeit war ich einen Vertrag mit der schwarzmagischen Seite eingegangen. Ich hatte die reine Geistenergie herabgemindert und verschleudert. Während vieler nachfolgender Leben musste ich versuchen, sie zurück zu gewinnen. Zwar war ich nicht wirklich böse gewesen, was mein Vergehen um einiges herabmilderte. Meine unbändige Neugier war mein eigentlicher Schwachpunkt gewesen.

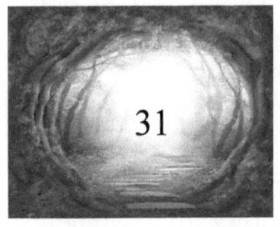

31

Nach den anstrengenden Ereignissen des Tages war ich reichlich geschafft. In meiner Hütte angekommen, fachte ich das Feuer im Kamin an, genehmigte mir ein Glas Rotwein und setzte mich in den Schaukelstuhl, um mich zu wärmen. Versonnen schaute ich in die Flammen und ließ meine Gedanken ziellos wandern

Plötzlich schreckte ich auf. Die Scheite im Kamin knackten leise und ich meinte, eine Kinderstimme durch das Knistern zu vernehmen:

„Christina", wisperte es. Ich hörte genauer hin. War das nicht die Stimme von Robert? Ich schüttelte den Kopf und glaubte, zu träumen. Der Junge schlief wahrscheinlich tief und fest in seinem Bett. Dennoch konnte ich nicht verhindern, dass eine kalte Faust sich um mein Herz legte. Wieder glaubte ich, gedämpft die Worte zu vernehmen:

„Christina, bitte hilf mir..." Nun war ich hellwach. Ein Windstoß fuhr durch den Schornstein in den Kamin und ein glimmendes Scheit fiel vor meine Füße. Wie seltsam! Nun war ich davon überzeugt, dass irgendetwas passiert sein musste. An Ruhe war nun nicht mehr zu denken. Ich versuchte, meine Gedanken zu ordnen und überlegte, was zu tun sei.

„Komm Leo, wir sehen einmal draußen nach!", rief ich meinem Hund zu. Schon ging es hinaus in die Nacht. Ein kräftiger Wind blies und ich bemerkte, dass die dunklen Bäume ganz nahe an die Hütte herangerückt waren. Nach einigen wenigen Schritten war ich im Wald, der ständig in Bewegung war und versuchte, mich zu orientieren. Obwohl ich die Gegend hier gut kannte, gruselte es mich. Wer konnte wissen, was mir hier im Dunkeln begegnen würde? Und was war mit Robert geschehen? Meine Sorge um den Jungen wuchs. Ich hatte wirklich Angst um ihn. Irgendetwas musste passiert sein! Ich wusste nicht, wohin ich mich wenden sollte und ging einfach drauflos. Ein starker Wind blies von hinten und so kam ich leicht voran.

Plötzlich hörte ich über mir in der Luft ein Rauschen. Blätter wirbelten hoch – und im selben Moment landete vor mir ein kleines Gefährt, das mich an einen Eisenbahnwaggon erinnerte. Ein Waggon mitten im Wald? Und er kam durch die Luft gesegelt! Überaus merkwürdig, doch mich warf so schnell nichts mehr aus der Bahn. Der Waggon hatte seinen Platz gefunden, eine Tür öffnete sich und die alte Frau, die ich bei den Bewahrern getroffen hatte, stand vor mir. Sie zog mich hinein in das Gefährt und Leo sprang schnell hinterher.

„Komm, nimm erst einmal eine Stärkung zu dir", forderte sie mich auf und ich setzte mich auf die Bank. Ich benötigte etwas zur Beruhigung und nahm dankbar das Getränk entgegen. Während ich kleine Schlucke davon nahm, fiel mir ein, dass es sich bei dem Gefährt wohl um eine Art Raumschiff handelte, das sein Aussehen je nach Bedarf verändern konnte.

Nachdem ich das Glas geleert hatte und etwas Ruhe in mich eingekehrt war, fragte ich die alte Frau, die sich mir als Sophia vorgestellt hatte:

„Was ist mit Robert passiert? Ist ihm etwas zugestoßen?"
Sie nickte bekümmert.

„Er ist den Zirkusleuten zu gefährlich geworden. Sie haben ihn entführt, ihn in eine Zeitspalte eingesperrt und diese mit einem Bann belegt, so dass es ihm unmöglich ist, sich aus eigener Kraft daraus zu befreien. Du bist die Einzige, die ihm helfen kann. Dein Kontakt mit dem dunklen Bischof seinerzeit hat dir trotz allem ein bestimmtes Wissen vermittelt. Die Entführer benutzen Symbole, die auch wir nicht kennen. Du wärest in der Lage, herauszufinden, worum es sich dabei handelt."

Mir blieb vor Schreck fast das Herz stehen. Den armen Jungen in der Hand unserer Feinde zu wissen, wie furchtbar! Ich wünschte, ich hätte niemals zugelassen, dass die Kinder bei diesen gefährlichen Aktionen mit dabei waren! Mein Gewissen setzte mir gehörig zu. Als hätte Sophia meine Gedanken gelesen, beruhigte sie mich:

„Mach' Dir nicht so viele Gedanken; Christina. Robert und Emilie wurden für die Beteiligung an diesem Projekt ausgesucht; ihr Lebensplan sah das für sie vor. Ohne die beiden wäre eure Gruppe nicht vollständig. Lass uns nun abwarten, was wir tun können. Wir sind bei weitem nicht so hilflos, wie du denkst. Du musst wissen, wir haben einen mächtigen Verbündeten, der mit uns sein wird."

Ihre Worte gaben mir neuen Mut, dennoch machte ich mir große Sorgen. Ich hatte im Moment nicht die geringste Idee, was ich tun konnte und wo ich überhaupt anfangen sollte. Eine Weile saß ich schweigend und unschlüssig da und wartete auf einen rettenden Einfall. Sophia unterbrach meine fruchtlosen Gedankengänge mit der Empfehlung:

„Am besten, du gehst erst einmal in deine Hütte zurück und ruhst dich aus. Morgen hat sich vielleicht schon wieder einiges geändert." Sie umarmte mich liebevoll und überreichte mir einige Heilkräuter, die mir Kraft geben und vor schwarzer Magie schützen sollten. Dann geleitete sie mich zur Tür mit den Worten:

„Wir werden uns zu gegebener Zeit wieder bei dir melden." Kaum stand ich vor der Tür, erhob sich der Waggon, als wäre er ein Luftschiff, und war bald nicht mehr zu sehen.

Der Weg zu meiner Hütte war relativ kurz, da der dunkle Wald sich wieder zurückgezogen hatte und sich nun in einiger Entfernung befand. Leo trabte ruhig und unverdrossen neben mir her.

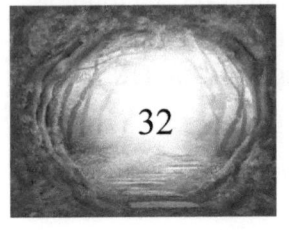

In meinem behaglichen Heim angekommen, fachte ich das Feuer im Kamin wieder an, setzte mich in den Schaukelstuhl und versuchte, Robert in Gedanken Zuversicht und Trost zu spenden. Sicherlich würde er sie empfangen. Wie ich diesen tapferen Jungen einschätzte, hatte er wenig Furcht und war optimistisch, dass sich alles zum Guten wenden würde.

Der Kräutertee, den ich mir gebraut hatte, ließ mich bald ermüden. Ich streckte mich unter der warmen Wolldecke aus und schlief tief und fest für den Rest der Nacht.

Am nächsten Morgen wurde ich durch heftiges Klopfen an der Tür geweckt.

„Hallo Christina!" hörte ich eine Stimme rufen. Verwundert rieb ich mir die Augen. Sonnenstrahlen fielen ins Zimmer. Ich brauchte einen Moment, um wach zu werden, dann kamen mir die gestrigen Vorfälle siedendheiß wieder in den Sinn. Inzwischen klopfte es weiter unentwegt an meiner Tür. Seufzend schlug ich die Decke zur Seite und wankte zur Tür. Vor mir stand, völlig aufgelöst, Regina.

„Ich freue mich über deinen frühen Besuch. Warte einen Moment, ich mache uns einen Kaffee", begrüßte ich sie.

„Das ist alles andere als ein Besuch!", stieß Regina aufgeregt hervor. Sie ging an mir vorbei und ließ sich völlig erledigt auf die Bank fallen.

„Stell' dir vor... in dem Forsthaus ist ein Brand ausgebrochen", begann sie stockend zu berichten. "Der Förster war anwesend und wurde dabei schwer verletzt. Antje und Diana haben ihn notdürftig versorgt und sofort einen Krankenwagen gerufen, der ihn in eine Spezialklinik gebracht hat." Mit allem Möglichen hatte ich gerechnet, nur nicht mit einem solchen Vorfall. Meine Gedanken begannen zu kreisen. Der Förster war ein wichtiger Teil meines Plans zur Befreiung von Robert und wurde dringend benötigt. Was sollte ich jetzt nur tun?

Nachdem ich mich ein wenig gefangen hatte, berichtete ich Regina in aller Eile von den Vorfällen der letzten Nacht. Sie war fassungslos, als sie hörte, was Robert zugestoßen war.

„Wir können im Moment leider nicht viel für ihn tun. Ich koche uns erstmal einen Kaffee", erklärte ich seufzend und ging in die Küche. Meine Gedanken kreisten unentwegt, als ich versuchte, einen Sinn in den Geschehnissen zu erkennen. Mit dem aromatisch duftenden Gebräu setzte ich mich wieder zu Regina. Wir mussten beide die Neuigkeiten erst einmal verkraften.

„Wie ich dir bereits erzählt habe", begann ich, „muss ich das Symbol finden, das Robert aus der Zeitspalte, in die er verbannt worden ist, befreit. Dazu brauche ich die Hilfe des Försters."

„Wie stellst du dir das vor?", wollte Regina wissen. Ihre Stimme klang resigniert.

„Lass mich nachdenken. Ich muss auf jeden Fall Kontakt zu ihm aufnehmen, egal, wie es ihm geht. Ich werde in die Stadt zu der Spezialklinik fahren, in der er liegt. Dort werde ich ihm einen Besuch abstatten", überlegte ich laut.

„Dann werde ich dich begleiten", erklärte Regina entschlossen. Dagegen hatte ich nichts einzuwenden. Tatsächlich war ich froh, dass sie mitkommen wollte.

„Lass uns zuerst ins Dorf gehen und die anderen informieren", schlug Regina vor. Nach einigen kurzen Vorbereitungen gingen wir los, mit Leo im Schlepptau. Im Ort lief uns zufällig Emilie über den Weg. Ich erzählte ihr in aller Eile, was Robert zugestoßen war. Sie begann, leise zu schluchzen.

„Ich habe mir schon gedacht, dass etwas nicht stimmt mit Robert", jammerte sie. Ich nahm sie in den Arm und streichelte ihr übers Haar.

„Wir müssen die anderen über die neue Lage aufklären", bemerkte Regina.

„Das kann ich für euch tun", erklärte Emilie mit dünner Stimme.

„Gute Idee. Sei doch bitte so lieb und bringe Leo zu Birgit, bis wir zurück sind. Und vergiss nicht, alle zu informieren", bat ich sie.

„Komm her, Leo!", rief Emilie, und der Hund trottete zu ihr. Wir wollten nun keine Zeit mehr verlieren. Nachdem Regina sich um eine Vertretung bemüht hatte, setzten wir uns in ihren Pkw und fuhren los. Bis zur nächsten Kreisstadt waren es ca. 50 km. Wir waren nicht sonderlich in Eile, was sich als glücklicher Umstand erwies. Unvermittelt tauchte plötzlich ein schwarzer Pkw neben uns auf. Er fuhr mit Volldampf dicht an uns heran; nur einige Millimeter trennten die beiden Wagen voneinander. Um ein Haar wäre es zu einem Unfall gekommen! Das hätte uns gerade noch gefehlt! Der Wagen vor uns geriet ins Schlingern. Geistesgegenwärtig betätigte Regina die Bremse und brachte unser Auto aus der Gefahrenzone. In der Eile konnten wir zwei dunkle Gestalten im anderen Fahrzeug erkennen. Dann verschwand der Wagen mit überhöhter Geschwindigkeit in der Ferne.

Wir zitterten vor Schreck. Dies war kein gewöhnlicher Beinahe-Unfall gewesen. Offenbar wurde der andere Pkw mit voller Absicht in unsere Richtung gelenkt. Vielleicht war unseren Gegnern unser Ziel bekannt und sie wollten verhindern, dass wir dort ankamen. Dieser Vorfall war uns eine ernste Warnung. Wir mussten nun besonders auf der Hut sein; jetzt war vermehrte Wachsamkeit geboten! Mit erhöhter Aufmerksamkeit setzten wir unseren Weg fort, bis wir sicher bei dem gesuchten Krankenhaus anlangten.

„Es wäre möglich, dass diese Schufte sich während unserer Abwesenheit an dem Auto zu schaffen machen", überlegte ich besorgt. Glücklicherweise war diese Sorge überflüssig. Über uns flatterte ein großer Vogel durch die Lüfte, landete elegant auf dem Autodach und blieb dort sitzen.

„Phönix!", rief ich erleichtert. Jetzt konnte ich sicher sein, dass uns nichts mehr passieren würde. Dann wandte ich mich an Regina.

„Ist dir eigentlich der Name dieses Försters bekannt?", fragte ich. In der Eile hatte ich daran überhaupt nicht gedacht.

„Er hat sich wohl tatsächlich den Namen ‚Förster' zugelegt, wie praktisch", antwortete sie ironisch. Am Eingang erfuhren wir, dass ein ‚Herr Förster' auf der Intensivstation lag. Nachdem ich behauptet hatte, ich wäre eine gute Freundin, durfte ich nach einer Wartezeit von etwa fünfzehn Minuten zu ihm. Regina blieb solange im Flur sitzen.

Ich bekam einen Schreck, als ich den Mann erblickte. Sein gesamter Körper war mit Bandagen umwickelt. Von seinem Gesicht waren nur die Augen frei. Die Verbrennungen mussten sehr schlimm sein, wahrscheinlich lebensbedrohlich. Der Kranke war an einige Geräte angeschlossen. Durch einen Tropf floss langsam eine farblose Flüssigkeit in seine Adern. Es sah so aus, als wäre er nicht bei Bewusstsein.

‚Erstaunlich, wie das Schicksal so spielt', dachte ich bei mir. ‚Jetzt muss dieser Mensch selbst großes Leid erfahren, nachdem er unzählige Frauen auf den Scheiterhaufen geschickt hat.' Er schien meine Gegenwart zu spüren, denn ich hörte ein leises Stöhnen. Er versuchte, den Arm zu bewegen. Vorsichtig ging ich näher an das Bett heran und legte leicht meine Hand auf seinen Arm. Trotz allem, was geschehen war, verspürte ich doch ein gewisses Mitleid mit diesem Mann. Zwar hatte er in der Vergangenheit schlimme Taten begangen. Doch suchte er nicht, so wie wir alle, nach einem Sinn im Dasein? Je nachdem, wie tief die Sehnsucht war, die sie beseelte, hatten die Menschen mehr oder weniger Erfolg bei der Suche nach einem Sinn in ihrem Leben. Allerdings war die Suche des Mannes, der vor mir lag, in eine andere Richtung gegangen

Vorsichtig berührte ich den Arm des Kranken. Als ob er unter Strom stände, blitzten vor meinem geistigen Auge plötzlich Bilder auf. Dann floss ein heftiger Energiestrom durch meinen ganzen Körper und vor mir erschien für einen Sekundenbruchteil die Gestalt von Robert.

„Robert!", schrie ich auf und griff nach ihm, doch ich fasste ins Leere und die Erscheinung löste sich in Luft auf. Plötzlich war da eine Frau auf der anderen Seite des Bettes. Ich sah genauer hin und erkannte – mich selbst! Anscheinend war ich hier zweimal vorhanden! Das war einfach zu viel. Am ganzen Körper zitternd ließ ich mich auf einen der Stühle nieder und schloss die Augen. Um mich zu beruhigen, atmete ich ein paar Mal tief ein und aus. Das brachte mich wieder in die Gegenwart zurück.

Gegenüber an der Wand hing eine Uhr. Bei meinem Eintritt ins Krankenzimmer hatte ich einen Blick auf das Zifferblatt geworfen, um mir die Besuchszeit zu merken. Jetzt stellte ich zu meinem Erstaunen fest, dass sich die Zeiger der Uhr um keinen Millimeter bewegt hatten. Demnach war die Zeit stehen geblieben! Die Bemerkung des Windgeistes fiel mir wieder ein: „*Zeit existiert nicht.*" Offenbar hatte ich mich für einen kurzen Moment im zeitlosen Raum aufgehalten; dort, wo auch Robert sich befand. Die Erscheinung hatte sich aufgelöst, als ich meine Hand vom Arm des Kranken zurückgezogen hatte. Auch meine Doppelgängerin war nicht mehr zu sehen.

Ich atmete auf und meine gewohnten Lebensgeister kehrten zurück. Was waren das für Welten, die sich hier ineinander schoben? grübelte ich. Im Flur hörte ich Schritte und die Tür des Krankenzimmers öffnete sich. Eine freundliche Stimme teilte mir mit, dass die Besuchszeit nun zu Ende sei. Ein wenig schwankend erhob ich mich.

„Geht es ihnen nicht gut?", fragte der eingetretene Krankenpfleger besorgt.

„Alles in Ordnung mit mir. Nur der Zustand meines Freundes hat mich erschreckt", gab ich zurück und deutete auf den Kranken. Voll Mitgefühl reichte mir der Pfleger ein Glas Wasser, das ich in einem Zug leerte. Ein leichter Wind blies durch die geöffnete Tür und fächelte mir Kühlung zu. Nachdem ich mich ein wenig gesammelt hatte, ging ich mit zitternden Knien zur Tür. Von diesen starken Eindrücken musste ich mich erstmal erholen. Sogleich eilte der Krankenpfleger herbei und war mir behilflich. Beim Hinausgehen fragte ich vorsorglich:

„Darf ich meinen Freund demnächst wieder besuchen?"

„Das können Sie gerne tun. Wir müssen die Besuchszeit allerdings jeweils beschränken, denn dem Patienten geht es sehr schlecht", war die Antwort des Pflegers. Ich warf noch einen Blick auf den reglos daliegenden Förster und verließ mit festen Schritten die Station. Der Pfleger war sicher der Ansicht, dass ich mir große Sorgen um meinen kranken ‚Freund' machte, was in gewisser Hinsicht der Wahrheit entsprach. Nur dass meine Sorge sich auf den kleinen Robert bezog. Im Flur erwartete mich Regina, die dort auf einer Bank ausgeharrt hatte. Sie sprang auf und lief auf mich zu.

„Du siehst ja ziemlich mitgenommen aus…", meinte sie besorgt. Dann griff sie mir unter die Arme, um mich zu stützen.

„Lass nur, es geht schon wieder, bin wieder fit", gab ich ihr zu verstehen und berichtete ihr von meinen Erlebnissen.

Wir atmeten auf, als wir das Krankenhaus verließen. Auf dem Parkplatz angekommen, sah ich mit Erleichterung, dass Phönix immer noch auf dem Autodach saß. Er krächzte laut, als er uns erblickte, erhob sich in die Lüfte und drehte einige Kreise über uns. In der Nähe sahen wir zwei düstere Gestalten. Einer von ihnen hatte eine auffällige Schramme im Gesicht. Ich grinste in mich hinein. Sie schienen es eilig zu haben und verschwanden bald aus unserem Blickfeld.

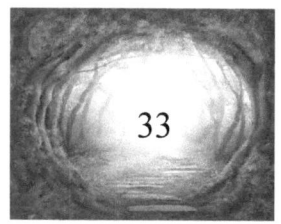

33

Auf der Rückfahrt überlegten wir, wie wir weiter vorgehen wollten. Beide waren wir im Moment ziemlich ratlos.

„Zunächst werde ich morgen den Förster wieder besuchen und hoffe, ein Stück weiter zu kommen. Mir ist noch nicht klar, ob es sich bei dem Symbol, das Robert aus seinem Gefängnis befreit, um einen Code bzw. um ein bestimmtes Wort handelt. Sophia erzählte mir, es gäbe Symbole, die auch ihnen nicht bekannt wären", berichtete ich.

Eine Weile schwiegen wir und Regina konzentrierte sich auf die Autofahrt. Wieder kam uns ein Pkw beim Überholvorgang gefährlich nahe und ich meinte, eine bekannte Gestalt durch die Scheiben zu erkennen. Schlagartig wurde mir bewusst, wie gefährlich unsere Aktionen im Grunde waren. Zum Glück waren wir nicht allein. Uns wurde immer wieder Hilfe zuteil, auf die wir bauen konnten.

Noch aufmerksamer als zuvor setzten wir unsere Fahrt fort. In der Ferne sah ich den Wagen mit unseren Verfolgern verschwinden. Vielleicht hatten sie Respekt von unseren Helfern. Wie zur Bestätigung sah ich in einem der Bäume, welche die Autobahn säumten, einen großen bunten Vogel sitzen.

„Sie mal Regina, dort sitzt Phönix!", rief ich erfreut. Das gab uns wieder Zuversicht und Vertrauen in unsere Mission. Was konnte uns schon Schlimmes passieren, wenn wir so aufmerksamen Beistand hatten? Wir entspannten uns eine Weile, bis Regina das Schweigen unterbrach:

„Ich bin morgen wieder mit dabei. Dann sehen wir, ob wir ein Stück weiter kommen." Ich war dankbar für ihre Unterstützung. Ohne sie wäre die Aktion erheblich mühsamer.

173

Kurze Zeit später hielt unser Auto vor Reginas Gasthaus. Die kleine Emilie wartete schon auf uns.

„Endlich, da seid ihr ja! Ich habe schon so lange gewartet!", rief sie und lief uns freudig entgegen. Ich umarmte sie liebevoll.

„Ich freue mich, dass du auf uns gewartet hast", flüsterte ich ihr ins Ohr.

„Geht nur schon hinein!", rief Regina, während sie das Auto einparkte. Wir betraten den gemütlichen Gastraum. Die Tür zum Garten, aus dem fröhliche Stimmen erklangen, stand offen. Ein Blick nach draußen bestätigte meine Vermutung. Dort hatte sich der Rest unserer kleinen Truppe, Birgit, Antje und Diana, versammelt. Sie ließen sich Kaffee und Kuchen schmecken. Auch Leo knabberte genussvoll an einem Knochen. Als er uns bemerkte, ließ er ihn fallen und sprang freudig erregt auf uns zu. Was für eine tolle Überraschung!

„Wie schön, dass ihr so bald wieder zurück seid", erklang es im Chor. Ich setzte mich zu den Freundinnen und die Kellnerin brachte auch mir Kaffee und Kuchen. Für Emilie gab es einen Kakao. Durch den vorbehaltlosen Rückhalt, der von ihnen ausging, fühlte ich mich belebt und gekräftigt.

Ich genoss erst einmal einen Schluck des heißen, belebenden Kaffees, während Emilie ihren Kakao schlürfte. Leckerer Kuchen krönte das Ganze. Auch Regina hatte sich inzwischen zu uns gesellt.

„Wenn ihr euch gestärkt habt, berichtet doch erst einmal von eurem Ausflug", regte Birgit an. Dazu waren wir gern bereit und erzählten, wie es uns ergangen war, und dass uns in Situationen, die kritisch zu werden drohten, Hilfe aus der Luft zuteil wurde. Insgesamt schätzten wir unser Unternehmen als erfolgreich ein, wenngleich ich auch nicht das Symbol entdeckt hatte, das Robert aus seinem Gefängnis befreien würde. Doch ein sofortiger Erfolg war eh nicht zu erwarten gewesen. Schließlich handelte es sich um eine schwierige und gefährliche Mission, bei der die Gegenseite anscheinend mit allen Mitteln zu verhindern trachtete, dass wir in den Besitz ihres dunklen Geheimnisses gelangten. Dennoch waren wir zuversichtlich. Immerhin hatten wir bislang stets Glück mit unseren Aktionen gehabt. In einer Gesprächspause platzte Emilie plötzlich heraus:

„Ich habe Robert gesehen!"

„Wie, wo... Was hast du gesagt Emilie?", riefen alle durcheinander. „Erzähle uns doch mehr davon."

„Ich wollte erst die Begrüßung abwarten", kam es leise von den Lippen des Kindes. Nun waren wir alle mehr als gespannt und Emilie setzte ihren Bericht fort: „Ich saß über meinen Hausaufgaben und war einen Moment abgelenkt. Plötzlich habe ich Robert etwas verschwommen direkt vor mir gesehen!", sie wirkte angespannt und holte tief Luft. Wir waren nun mehr als neugierig und drängten sie, weiter zu berichten.

„Seine Stimme war ganz leise und er sagte, dass er die Verbindung nicht lange aufrechterhalten könnte, weil das viel Energie kosten würde. Er hätte sich schon bei Christina im Krankenhaus gemeldet und nach einem kurzen Moment abbrechen müssen, weil die Energie nicht ausreichte. Nun hätte er wieder etwas Kraft gesammelt. Dann erzählte er in aller Eile, dass es ihm trotz allem einigermaßen gut ginge. Er wollte auch von seiner Seite aus versuchen, etwas herauszubekommen, um wieder frei zu werden. Kurz danach löste er sich auf, einfach so!" Die Stimme des Kindes zitterte. „Ich konnte nicht mehr an meinen Hausaufgaben arbeiten und bin gleich zu dem Gasthaus gerannt. Eine Weile später kam ihr dann auf den Hof gefahren und ich war sehr froh darüber."

Wir kamen aus dem Staunen nicht heraus. Das waren aufschlussreiche Neuigkeiten. Natürlich blieb es nicht aus, dass wir uns die Köpfe darüber zerbrachen, was wir jetzt als erstes unternehmen sollten.

„Wir müssen immer im Auge behalten, dass äußerste Vorsicht geboten ist bei allem, was wir unternehmen. Wenn wir Erfolg hätten, würden wir unsere Gegner an einem empfindlichen Nerv treffen", gab Antje zu bedenken.

„Vielleicht sollten wir wieder einmal das Portal nutzen und an Ort und Stelle Erkundigungen einziehen", schlug Diana vor.

„Dann komme ich mit", beeilte sich Emilie, zu versichern.

„Und ich passe derweil auf Leo auf", erklärte Birgit bereitwillig. So ging es eine Weile hin und her. Wir suchten angestrengt nach der besten Lösung. Ein plötzlicher Windstoß ließ uns aufblicken. Wir gewahrten einen Zettel, der durch die Luft geflogen kam und auf unserem Tisch landete. Schnell griff Birgit danach und hielt ihn fest, damit er seine Reise durch die Luft nicht fortsetzen konnte. Sie entfaltete ihn und schüttelte verwundert den Kopf.

„Offensichtlich stammt diese Nachricht aus dem Zirkus, dem Briefkopf nach zu urteilen." Dann las sie laut vor:

Magischer Wanderzirkus der Welten.

Und einige lateinische Worte auf dem Briefbogen:

IMPERO TIBI, EXI LIBER ES!

„Das Ganze könnte mit Roberts Entführung zusammen hängen." Sie reichte das Blatt herum.

„Hierbei dürfte es sich um Latein handeln. Mein Unterricht ist schon eine ganze Weile her; das meiste habe ich vergessen." Sie schaute in die Runde. Wir rätselten hin und her, doch unsere Lateinkenntnisse reichten bei weitem nicht aus, um die rätselhaften Worte zu entschlüsseln.

„Das ist unser geringstes Problem", bemerkte Birgit. „Ich habe ein Wörterbuch zuhause." Sie steckte das Blatt, nachdem alle es ausgiebig studiert hatten, in ihre Tasche.

„Wir widmen uns jetzt mit aller Kraft der Befreiung von Robert", verkündete Regina in die Runde." Nach kurzer Überlegung fuhr sie fort: „Christina und ich fahren morgen wieder in die Stadt und besuchen den Förster im Krankenhaus." Birgit erklärte zusammenfassend:

„Ich beschäftige mich mit dem lateinischen Spruch und betreue währenddessen unser vierbeiniges Mitglied. Unsere kleine Emilie hält die Augen offen und berichtet uns, was hier so vor sich geht, während Antje und Diana genug damit zu tun haben, die Leute zu behandeln, die immer noch an den Folgen der Mixtur leiden, die sie im Zirkus eingenommen haben. Es kann sein, dass auch sie das eine oder andere Neue erfahren."

Damit ließen wir die sorgenvollen Gedanken für den Rest des Tages beiseite und verbrachten einen unterhaltsamen und lustigen Nachmittag miteinander. Alle hofften, dass auch Robert unserem Kreis bald wieder angehören würde.

34

Am nächsten Morgen machten Regina und ich uns frühzeitig auf den Weg. Vorher brachte ich Leo zu Birgit, die er sogleich freudig begrüßte.

„Passt auf euch auf!", rief sie uns noch hinterher.

„Keine Sorge, wir sind nicht ohne Schutz!", rief ich zurück und winkte zum Abschied.

Es dauerte nicht lange und wir befanden uns auf der Landstraße. Regina war eine gute Fahrerin und ich lehnte mich entspannt auf dem Beifahrersitz zurück. Dennoch blieb ich wachsam und behielt die anderen Verkehrsteilnehmer im Blick. Wir hatten ca. die Hälfte der 50 km langen Strecke hinter uns gebracht, als wir plötzlich in einen Stau gerieten. Das war beileibe nichts Ungewöhnliches. Wir übten uns in Geduld, denn zum Glück versäumten wir keine dringende Verabredung. Wir unterhielten uns angeregt und waren daher nicht ungehalten über die Unterbrechung. Auf der anderen Seite hatten wir Mitgefühl mit den am Unfall beteiligten Personen.

Im Schritttempo ging es vorwärts. Schließlich näherten wir uns dem Unfallort und wurden einspurig darum herumgeleitet. Polizei und Notarztwagen standen mit Blaulicht am Rande der Fahrbahn. Zwei Wagen, die an dem Unfall beteiligt waren, boten ein trauriges Bild. Einzelteile der Autowracks wurden gerade von der Fahrbahn entfernt. Helfer zogen einen Mann aus einem der verbeulten Blechkisten. Ich blickte hinüber und glaubte meinen Augen nicht zu trauen. Ich sah ein zweites Mal hin und sagte aufgeregt:

„Sieh mal, Regina, kommt dir der Mann bekannt vor?"
Meine Freundin blickte kurz hinüber, dann konzentrierte sie
sich wieder auf die Fahrbahn.

„Der kommt mir tatsächlich bekannt vor", meinte sie,
während sie langsam an der Unfallstelle vorbeifuhr.

„Der Verletzte dort ist einer von den zwei Verfolgern, die
uns gestern beinahe angerempelt haben!", rief ich. „Ich irre
mich sicher nicht."

„Sie scheinen es darauf anzulegen, Unfälle zu verursachen.
Heute hatten sie damit offenbar Erfolg", meinte Regina tro-
cken. Im gleichen Moment verdunkelte sich der Himmel.
Gebannt beobachtete ich, wie sich von oben eine schwarze
Wolke herabsenkte und den am Boden liegenden Mann be-
deckte. Es war nicht zu erkennen, ob er noch am Leben war.
Kurz darauf stieg das Wolkengebilde wieder nach oben. Es
sah so aus, als wäre der Mann verschwunden! Das konnte
doch nicht… Angestrengt sah ich nach rückwärts durch die
Heckscheibe, konnte aber nichts Genaues mehr erkennen.

Nach einer Weile setzten wir unsere Fahrt zügig fort.

„Merkwürdig. Ich bin davon überzeugt, dass der Mann am
Unfallort einer der Männer war, die uns gestern verfolgt
haben", murmelte ich leise.

„Was ist mit ihm geschehen?" überlegte Regina. „War er
schwer verletzt oder tot? Und was hatte es mit der schwarzen Wolke auf sich? Vielleicht handelte es sich dabei um ein
ungewöhnliches Flugobjekt?"

„Anscheinend wollten gewisse Mächte nicht, dass er die
Aufmerksamkeit der Ärzteschaft und der Justiz auf sich
zieht. Wahrscheinlich ist er einer von denen, die nicht von
dieser Welt sind. Womöglich hat er keine Legitimation vor-
zuweisen. Aus diesem Grunde wurde er auf absonderliche

Weise entführt", waren meine weiteren Überlegungen. Regina lachte laut auf. Als ich sie irritiert ansah, kicherte sie:

„Ich stelle mir gerade die verblüfften Gesichter der Polizisten und Notärzte vor, als sie mit ansehen mussten, wie sich ihr Patient in die Lüfte erhob und vor ihren Augen verschwand!" Ich stimmte ausgelassen in Reginas Gelächter ein.

Trotz aller Aufregung erheiterte uns dieser Vorfall über die Maßen. Dann jedoch verging uns mit einemmal das Lachen.

„Sieh mal, was da vor uns herfährt!", rief ich aufgeregt.

„Du liebe Güte, das ist ja der Zirkuswagen!"

„Ja, und da steht mit dicken Lettern:

ZIRKUS DER WELTEN.

„Das hat uns gerade noch gefehlt. Kann man nicht einmal eine Fahrt unternehmen, ohne diesen Typen auf irgendeine zu Weise begegnen?" seufzte Regina. Es war nur ein kleiner Wagen, der vor uns herfuhr. Vermutlich bildete er die Nachhut zu den Hauptwagen mit dem Zirkuszelt und den anderen Gerätschaften. Diese Begegnung fassten wir als Warnung auf. Zügig fuhren wir an dem Zirkuswagen vorbei und er verschwand kurz darauf aus unserem Blickfeld.

Ohne nennenswerte Unterbrechungen erreichten wir das Krankenhaus und stiegen mit etwas steifem Rücken aus. Sogleich ließ sich Phönix blicken und landete auf dem Autodach. Als wir ihm fröhlich zuwinkten, kam ein munteres Krächzen zurück. Dadurch fühlten wir uns etwas sicherer und marschierten entschlossen auf das Gebäude zu.

Die Atmosphäre im Krankenhaus behagte uns nicht: Lange Gänge, durch die eilig Schwestern, Pfleger und Ärzte hasteten. Nur einige Farbtupfer in Form von Bildern und Aquarellen an den Wänden milderten den unpersönlichen Eindruck.

Wir kannten den Weg und strebten dem Zimmer des Försters zu. Als wir um eine Ecke bogen, kam uns ein weiterer Besucher entgegen, der mit hastigen Schritten dem Ausgang zueilte. Beim Näherkommen erkannte ich ihn und erschrak. Was hatte d e r hier zu suchen? Es war kein anderer als der Zirkusdirektor! Die Zirkusleute und der Förster gehörten wohl, wie wir bereits erkannt hatten, derselben geheimen Organisation an. Als er an uns vorübereilte, zog er ironisch grinsend den Hut mit seinen behandschuhten Händen. Die Form der Handschuhe ließ deutlich erkennen, dass sich darunter Krallen verbargen. Das fiel mir jedoch nur auf, weil ich darum wusste.

„Sie müssen sich beeilen, wenn Sie Ihren Bekannten besuchen wollen", schnarrte er mit seiner blechernen Stimme und entschwand mit eiligen Schritten.

„Merkwürdig, was sollte das denn bedeuten?", fragte ich, zu Regina gewandt.

„Lass' uns nachsehen, irgendetwas stimmt da nicht", erwiderte sie. Wir beeilten uns, die Intensivstation zu erreichen. Nach kurzem Klingeln kam der Krankenpfleger, den ich bereits kannte, und ließ mich ein, während Regina im Flur wartete. Die Atmosphäre auf der Intensivpflegestation war noch weniger ansprechend als in den anderen Räumlichkeiten. Aus allen Zimmern waren die monotonen Geräusche der Maschinen zu hören. Die Patienten waren durch Schläuche mit verschiedenen Apparaturen verbunden, die ihren Zustand überwachten.

Plötzlich schallte ein schriller Ton durch die Station; ein Alarmzeichen! Der Krankenpfleger eilte mit schnellen Schritten vor mir her und hastete in das Zimmer des kranken

Försters. Aufgeregt rief er nach dem Diensthabenden Arzt. Als dieser unmittelbar darauf eintraf, kümmerten sich beide intensiv um den Patienten. Ich stand in der offenen Tür und bemerkte, dass der Sauerstoff-Schlauch auf dem Boden hing und der Patient nach Luft rang.

„Wie konnte das nur passieren?", fragte der junge Arzt in strengem Ton den aufgeregten Pfleger.

„Bevor der letzte Besucher die Station verließ, war noch alles in Ordnung", entgegnete der Angesprochene.

„Es ist kaum zu glauben. Anscheinend hat der Besucher sich an den Geräten zu schaffen gemacht… Anders kann ich mir den Vorfall nicht erklären", murmelte der Pfleger schuldbewusst. Dem Arzt gelang es, den Förster ruhig zu stellen, und der Pfleger brachte den Schlauch wieder in seine richtige Position.

„In Zukunft dürfen die Besucher der Schwerkranken nicht mehr aus den Augen gelassen werden. Und die Besuche sind möglichst kurz zu halten", ordnete der Arzt an. „Wir können Besuche natürlich nicht gänzlich untersagen. Die Angehörigen haben ein Recht darauf, die Patienten zu sehen und diesen verhilft es zu einer schnelleren Genesung." Ich stand immer noch betreten in der offenen Tür und hatte den Bemühungen des Arztes und des Pflegers zugesehen. Jetzt wandte sich der Arzt an mich:

„Es ist besser, wenn Sie später wieder kommen. Wir haben hier noch einiges zu tun. Ihr Freund kann jetzt nicht die geringste Aufregung vertragen. Wenn Sie solange warten wollen, können Sie in ca. zwei Stunden noch einmal nachfragen." Ich nickte zögerlich und wollte gerade gehen, als er fragte:

„Ist Ihnen der Mann begegnet, der vor Ihnen hier war?" Ich überlegte, wie viel ich ihm erzählen sollte. Was würde es in Bewegung setzen, wenn ich dem Arzt mitteilte, dass es sich um den Direktor eines kleinen Wanderzirkusses handelte? Auf der anderen Seite wollte ich aber auch nichts verheimlichen. Nach einigem Überlegen erklärte ich dem Arzt:

„Meine Freundin und ich sind dem Direktor eines Wanderzirkusses, der seit kurzem in dieser Stadt gastiert, auf dem Flur des Krankenhauses begegnet. Es war seltsam, denn er teilte uns mit, wir müssten uns beeilen, wenn wir Herrn Förster noch begrüßen wollten." Die Miene des Arztes war bei meinen Worten nachdenklich geworden.

„Ich danke Ihnen für Ihre Offenheit. Es bleibt uns wohl nichts anderes übrig, als die Polizei einzuschalten. Dafür benötigen wir noch Ihre Personalien." Mir blieb nichts anderes übrig, als meinen Ausweis vorzuzeigen, auch wenn ich es ungern tat. Doch es war wichtig, dass diese Bande nicht ungeschoren davon kam, auch wenn es für mich einige Unannehmlichkeiten bedeutete.

Zuletzt verabschiedete ich mich und gab dem Pfleger zu verstehen, dass ich in etwa zwei Stunden noch einmal kurz hereinschauen wollte. Mit etwas weichen Knien und sorgenvoller Miene traf ich bei Regina ein. Sie bemerkte sofort, dass etwas vorgefallen war. Nachdem ich ihr alles erzählt hatte, schlug sie vor:

„Lass' uns die Zeit nutzen und uns den Zirkus und das Treiben dort noch einmal genauer ansehen." Ich war einverstanden. Beim Auto angekommen, krächzte Phönix laut und flatterte davon. Ich freute mich wie immer, ihn zu sehen. Sein Anblick gab mir ein Stück Sicherheit.

35

Den Zirkus zu finden, war nicht schwer, denn überall hingen bunte Plakate herum. Wir parkten in der Nähe des Zirkuswagens und schlenderten in weitem Boden um das Gelände herum. Dabei konnten wir beobachten, wie das große Zirkuszelt und weitere kleinere Zelte errichtet wurden. Auch einige Kinder streunten neugierig auf dem Anwesen herum und freuten sich offenbar schon auf die erste Vorstellung. Uns war der Gedanke, welchen Betrügereien sie zum Opfer fallen würden, zuwider. Doch was konnten wir tun? Zwar war es uns einmal gelungen, die Zirkusleute zu überlisten, doch ein zweites Mal würde das nicht gut gehen. Sie hatten uns bemerkt und die Polizei eingeschaltet

Hier gab es im Moment nichts für uns zu tun. Ganz im Gegenteil, wenn wir entdeckt würden, bekämen wir nur unnütz Ärger. So beschlossen wir, uns nach dem Rundgang in ein Café zurückzuziehen. Dort angekommen, setzten wir uns in eine gemütliche Ecke und hielten Rat. Dieser Zirkus würde wie die Pest das ganze Land mit seinem verderblichen Programm, das mit einer drogenhaltigen Mixtur einherging, überziehen. Der Konsum dieses Gemischs löste bei den Besuchern Halluzinationen aus und gaukelte ihnen ein Programm vor, das in der Realität nicht existierte. Außerdem verwandelte es die Menschen, die es eingenommen hatten, auf irgendeine Art in Zombies.

Viele von ihnen wurden krank und einige überlebten die Einnahme der giftigen Mixtur nicht. Noch war nicht abzusehen, wie viele Menschen an den Spätfolgen versterben würden. Wir hatten die starke Befürchtung, dass mit der Zeit das ganze Land davon in Mitleidenschaft gezogen würde. Was

184

war also zu tun? Im Moment wollte uns partout keine passable Idee einfallen. Also ließen wir das Problem für den Moment beiseite und widmeten uns der leckeren Torte, die hier serviert wurde. Auch der Sonnenschein meinte es derzeit gut, doch eine heitere Stimmung wollte bei uns nicht aufkommen.

Während wir in unsere wenig erbaulichen Gespräche vertieft waren, ging ein älterer Herr an unserem Tisch vorbei. Unvermittelt blieb er stehen und sprach uns an:

„Guten Tag, meine Damen! Bei dem schönen Wetter sollten zwei so reizende junge Damen wie sie etwas glücklicher dreinschauen und sich den Kopf nicht mit unnützen Gedanken zermartern." Wir sahen auf und erblickten ein freundlich lächelndes Gesicht mit vielen Lachfältchen um die Augen.

„Sehr freundlich, dass Sie sich über uns Gedanken machen", entgegnete Regina. „Wir sind in der Tat in ernsthafte Probleme verwickelt, bei denen wir momentan keine Lösung sehen."

„Genauso schien es mir. Ich möchte Sie auf die Sonnenseiten des Lebens hinweisen. In einer heiteren Stimmung kommen die Lösungen oft von ganz allein. Alles geht seinen vorbestimmten Gang, wenn man es nur zulässt", erwiderte der sympathische Herr mit einer wohlklingenden Stimme. Uns war, als würden wir von einer warmen Welle eingehüllt. Wie von Zauberhand lösten sich die trüben Gedanken auf und machten einer heiteren Stimmung Platz. Dankbar für die Unterbrechung zur rechten Zeit, bemerkte ich:

„Vielen Dank für ihren freundlichen Hinweis; er hat uns wieder etwas Mut gemacht. Man sollte das Leben immer von zwei Seiten aus betrachten." Der Mann lächelte uns noch einmal freundlich zu – und löste sich im selben Moment in einem Sonnenstrahl auf! Überrascht starrten wir auf die Stelle, wo eben noch der ältere Herr gestanden hatte.

„Was hatte das nun wieder zu bedeuten? Haben wir etwa geträumt?", fragte Regina verwundert.

„Ich glaube eher, das war ein Hinweis für uns, nicht in Hoffnungslosigkeit zu versinken. Vielleicht war es einer der *Bewahrer*, der uns aus unseren Grübeleien heraus helfen wollte. Denn so kommt man zu keinen annehmbaren Lösungen", antwortete ich. Dann bestellte ich mir noch ein großes Stück Torte.

In heiterer Stimmung machten wir uns auf den Rückweg zur Klinik. Als wir am Zirkus vorbeikamen, stellten wir fest, dass er inzwischen vollständig aufgebaut war und eine große Anzahl Reklametafeln den Weg säumten. Einige Kinder streunten um das Zelt herum und schienen bereits in froher Erwartung zu sein. Ich blieb stehen. Was hatte der freundliche ältere Herr gesagt? „Wenn man die angenehmen Seiten des Lebens betrachtet, kommen die Lösungen ganz von allein." Nun, ich wollte ihm gern glauben und löste mich von den sorgenvollen Gedanken, die mich gerade überkommen wollten. Der richtige Moment für unser Eingreifen würde schon noch kommen.

Endlich gingen wir auf das Klinikgebäude zu. Vor dem Eingang parkte ein Polizeiwagen. Zielstrebig begaben wir uns zur Intensivstation. Dort angekommen, erlebten wir eine Überraschung. Drei Polizisten standen im Zimmer, dazu der Krankenpfleger und der Stationsarzt.

„Sie kommen gerade recht!", rief der Krankenpfleger schon von weitem und bat mich durch die Verbindungstür herein. Ich war nicht gerade erbaut von der Situation, denn sogleich begann eine Befragung. Ich schilderte den Beamten, dass uns der Direktor eines Wanderzirkusses, der gerade hier in der Stadt gastierte, auf dem Flur der Klinik begegnet sei. Wortwörtlich wiederholte ich die seltsame Bemerkung des Mannes. Die Polizisten nahmen es sehr genau und wollten jedes Detail wissen. Schließlich war ein Anschlag auf einen im Koma liegenden Patienten verübt worden; das war nicht auf die leichte Schulter zu nehmen. Die Beamten würden höchstwahrscheinlich auch den Zirkusdirektor aufsuchen, um ihn zu verhören.

Nachdem noch einige Formalitäten erledigt waren, zogen die Polizisten von dannen. Ich atmete erleichtert auf. Es war mir gestattet, noch etwa fünfzehn Minuten im Krankenzimmer zu verbringen.

Leise trat ich ans Bett und gewahrte, dass der Patient noch nicht bei Bewusstsein war. In Anbetracht des Erlebnisses von gestern legte ich wiederum, diesmal sehr vorsichtig, meine Hand auf seinen mit Bandagen umwickelten Unterarm. Sogleich durchfuhr ein Kribbeln meinen ganzen Körper, das sich hinaufzog bis in den Kopf. Ich löste die Hand wieder und das Kribbeln war verschwunden Das wiederholte ich noch einige Male. Bei jeder Berührung war das gleiche Phänomen zu spüren. Jetzt wurde ich mutiger und ließ meine Hand etwas länger auf seinem Arm liegen. Ein plötzlicher Lichtblitz! – und ich befand mich in einem anderen Frequenzbereich, denn für einen kurzen Augenblick erschien Robert vor meinem geistigen Auge. Ich beeilte mich, ihm in Gedanken zu versichern:

„Robert, wir tun alles, um dich zu befreien! Es fehlt uns aber noch das besagte Symbol. Doch wir sind auf der Suche danach. Verliere bitte nicht den Mut!" In der Gedankensprache antwortete er:

„Ich weiß, dass ihr mir helfen wollt; derweil sehe ich mich hier um... Die Energie reicht nicht länger…" Damit verschwand er aus meinem Blickfeld. Ich hielt weiterhin die Berührung mit dem vor mir liegenden Mann aufrecht, als die Szene urplötzlich wechselte und der Förster vor meinem geistigen Auge erschien. Seine Gestalt war unversehrt.

„Guten Tag, im Grunde erfreulich, Sie hier zu sehen", begrüßte er mich, ebenfalls in der Gedankensprache. Dann wurde er hektisch. „Sie wollten mich umbringen! Erst haben sie das Forsthaus in Brand gesteckt, und es jetzt hier wieder versucht. Es ist ihnen nicht gelungen", teilte er mir mit.

„Ich dachte, es sind Ihre Freunde. Wieso verüben sie dann Anschläge auf Sie?", wollte ich gedanklich wissen.

„Sie haben Bedenken, dass ich Ihnen einen Teil unserer Symbolik verraten könnte. Das wäre ein schwerer Schlag für sie. Es war nicht sehr klug von ihren Gegnern, den Jungen in eine Zeitspalte einzusperren. Sie hätten sich denken können, dass Sie alles tun würden, um den Jungen aus seiner Zwangslage zu befreien. Sie werden nicht locker lassen, bis sie das Geheimnis kennen. Ich zumindest schätze Sie so ein", lautete seine gedankliche Antwort.

Eine Weile schwiegen wir. Ich fühlte mich ein wenig unsicher. Obwohl die Energieausstrahlung unangenehm war, ließ ich vorsichtshalber meine Hand auf dem Arm des Kranken, um zu verhindern, dass die Erscheinung wieder verschwand.

„Vielleicht verraten Sie mir jetzt, was Sie wissen", forderte ich ihn auf.

„Nun…, die wollten mich tatsächlich umbringen! Damit sind sie immer schnell bei der Hand. Das haben sie nicht umsonst gemacht, mich beseitigen zu wollen!" Er wirkte erregt. „Auf meiner inneren Reise habe ich gesehen, dass einer von denen einem Verkehrsunfall zum Opfer fiel, nur weil er aus Versehen etwas zuviel geplaudert hat.

Ich liege nun hier im Koma, daher sind mir die Hände gebunden. Am besten, Sie kommen morgen wieder, denn solange Sie hier anwesend sind, wird mir nichts passieren. Wie wär's mit einen Deal: Sie besuchen mich hier öfter und ich werde versuchen, auch Ihnen behilflich zu sein", ließ er mich ohne Worte wissen.

In diesem Moment kam der Pfleger herein und teilte mir mit, dass die Besuchszeit zu Ende sei. Der Patient wäre sehr krank und man wüsste nicht, ob er durchkäme. Ich zog meine Hand vom Arm des Kranken zurück – und verschwunden waren die Visionen! Vor mir lag der Förster in tiefem Koma. Der Pfleger versicherte mir, dass hier eine Wache aufgestellt würde, damit so etwas wie gestern nicht wieder passieren könne. Ich erhielt die Erlaubnis, am nächsten Tag wiederzukommen.

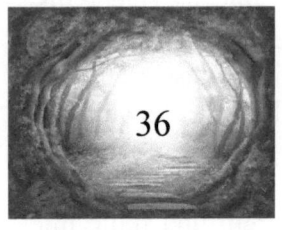

36

Am nächsten Tag beschloss Birgit, an dem Ausflug teilzunehmen. Regina war leider nicht abkömmlich, da es in ihrem Gasthaus viel zu tun gab. Mein Vierbeiner Leo war bei Regina in der Gaststätte gut aufgehoben. Er hatte sich im Garten ein schönes Plätzchen gesucht und würde geduldig auf meine Rückkehr warten.

Unterwegs wurden wir von Phönix begleitet. Wir sahen ihn abschnittsweise auf- und untertauchen. Fröhlich krächzend flog er schwungvoll bei Tempolimits an uns vorbei und bewies damit, dass er schneller sein konnte als wir. Dann drehte er über uns eine Kurve und flog zurück.

Ohne Unterbrechungen kamen wir in der Kleinstadt an. Überall an den Hauptstraßen waren Werbetafeln für diesen unsäglichen Zirkus angebracht. Der Weg zum Krankenhaus führte unweit vom Zirkus vorüber. Die Kindervorstellung sollte in Kürze beginnen und viele Eltern warteten mit ihrem Nachwuchs an der Kasse auf Einlass.

Ich dachte mit Abscheu an den so genannten ‚Direktor‘, der vermutlich kein Mensch war. Höchstwahrscheinlich handelte es sich bei ihm um einen der ‚Besucher‘, die durch das Portal eingedrungen waren mit der Absicht, die Menschheit zu versklaven. Dieses Portal, so hatte ich mittlerweile in Erfahrung gebracht, war von Wissenschaftlern in der Schweiz kreiert worden. Dort schien die Verwaltung ihren Sitz zu haben.

Die perlende Flüssigkeit, in die das Pulver gegeben worden war, bewirkte eine Wesensveränderung bei denjenigen, die es getrunken hatten. Oft waren gesundheitliche Schäden die Folge. Wir konnten nur spekulieren, wie viele von ihnen an den Spätfolgen versterben werden. Es war besonders schrecklich, an die armen Kinder zu denken, denen ebenfalls dank dieses teuflischen Mixgetränkes eine trügerische Welt vorgegaukelt wurde. Wir konnten diesem Treiben momentan nicht Einhalt gebieten. Unter diesen Umständen war es nicht leicht, dem Rat zu folgen, den uns der freundliche ältere Herr gestern im Café gegeben hatte. Sollten wir tatsächlich den Dingen ihren Lauf zu lassen im Vertrauen auf den ‚vorbestimmten' Gang?

Ein paar Straßen weiter bogen wir auf den Parkplatz des Krankenhauses ein. Kaum waren wir ausgestiegen, als auch schon Phönix auf dem Dach unseres Pkw landete.

„Ach, da ist ja unser Freund!", rief ihm Birgit erfreut zu. Auch ich lächelte bei seinem Anblick. Dann durchschritten wir die Flure des Krankenhauses und bestiegen den Fahrstuhl, der zu der Intensivstation führte. Die Türen schlossen sich und die Kabine setzte sich in Bewegung. Die Nummern der jeweils erreichten Etagen blinkten am oberen Rand auf. Plötzlich begann der Fahrstuhl zu rucken – und blieb stehen! Die Türen blieben geschlossen! Wir sahen uns erschrocken an.

„Was ist denn da passiert?", fragte ich atemlos.

„Keine Ahnung… Der Fahrstuhl scheint stecken geblieben zu sein. Das kann durchaus einmal passieren; erst einmal tief durchatmen", war Birgits weiser Rat. Ich beruhigte mich ein wenig und holte tief Luft. Das half tatsächlich, über den ersten Schreck hinweg zu kommen. Dann blickten wir uns an und konnten ein Grinsen nicht unterdrücken.

„Kann denn nicht einmal etwas ohne Aufregung abgehen?", rief ich mit gespielter Verzweiflung.

„Anscheinend nicht. Jedenfalls wird uns dabei nicht langweilig", witzelte Birgit, immer noch grinsend. Natürlich hatten wir den Notknopf gedrückt, doch es tat sich nichts. Mittlerweile war schon eine längere Zeit verstrichen. Die Situation entwickelte sich zunehmend ungemütlich. Mir gingen allerlei Möglichkeiten durch den Kopf. Was, wenn eines der Seile gerissen war und unser Fahrstuhl drohte, den Schacht hinunterzustürzen? Oder man uns nicht so bald entdeckte und wir für eine unbestimmte Zeit hier festsäßen? Das wollte ich mir nicht ausmalen.

„Der Schaden wird bestimmt schon bald gemeldet werden", erklärte Birgit gefasst. Schließlich befanden sich in jeder Etage vier von diesen Transportkabinen. In Ermangelung einer Sitzgelegenheit ließen wir uns auf dem Boden nieder und überlegten, was wohl hinter der Störung stecken konnte.

„Meinst du, es könnte sich dabei um einen Racheakt der Zirkusleute handeln?" überlegte ich. „Schließlich habe ich gestern während der Befragung die Polizisten darauf hingewiesen, dass uns der Zirkusdirektor auf dem Flur des Krankenhauses begegnet sei und dass er durch eine verdächtige Bemerkung unseren Argwohn geweckt habe."

„Du hast wahrscheinlich nicht ganz unrecht. Langsam wundere ich mich, dass sich so gar nichts zu unserer Befreiung tut", bestätigte Birgit. „Wir sitzen jetzt in der Falle, fast so wie Robert…" Ich unterbrach sie:

„Warte mal, mir fällt gerade etwas ein. Es ist der lateinische Satz, der auf dem ominösen Zettel von dem Zirkus stand:

IMPERO TIBI EXI LIBER ES!

lautete er. Ich habe im Latein-Wörterbuch nachgeschlagen. Der Satz heißt übersetzt:

ICH BEFEHLE DIR: KOMM HERAUS, DU BIST FREI!

„Lass' uns versuchen, ob der Satz wirkt", schlug ich vor.
„Sollte das so einfach sein?", fragte Birgit skeptisch.
„Wir werden es ja sehen." Mit deutlicher Betonung wiederholte ich den lateinischen Satz:

> *„Impero tibi exi liber es."*
> *„Impero tibi exi liber es"*,

intonierte nun auch Birgit. Es klang wie ein Echo. Wir hatten diesen Satz nun dreimal ausgesprochen. Es dauerte nicht lange, da klopfte es plötzlich an die Tür unseres unfreiwilligen Gefängnisses. Wir hörten eine besorgt klingende Stimme rufen:
„Regen Sie sich nicht auf! Wir werden gleich alles zu Ihrer Befreiung tun!" Wir riefen, dass wir mehr als froh seien, bald aus dem engen Käfig befreit zu werden.
„Eigenartig. Wir haben diese Formel dreimal ausgesprochen und schon nahte die Befreiung. Es kann natürlich auch ein Zufall sein", überlegte ich laut.
Ich schrieb mir die Formel:
Impero tibi exi liber es
sogleich auf einen Zettel, um sie ja nicht wieder zu vergessen. Kurz darauf ruckte und knarrte es an der Tür – und sie wurde geöffnet. Endlich! Erleichtert stolperten wir hinaus.
„Ist alles in Ordnung mit Ihnen?", fragte einer der Techniker und musterte uns besorgt. Wir versicherten ihm, dass wir keinen Schaden genommen hätten und die Hilfe ja auch nicht lange auf sich warten ließ. Dennoch hatte der unfreiwillige Aufenthalt im Fahrstuhl uns wertvolle Zeit gekostet. Nachdem wir uns bei den Helfern bedankt hatten, liefen wir

eilig zur Intensivstation. Dort klingelte ich, und sogleich erschien das freundliche Gesicht des Krankenpflegers hinter der Tür.

„Sie sind aber heute spät dran", wunderte er sich. In aller Eile erzählte ich ihm von unserem Malheur und fragte, ob meine Freundin heute mit hineinkommen dürfe. Dies wurde uns ausnahmsweise für maximal eine Viertelstunde genehmigt.

„Der Patient liegt noch im Koma und sein Zustand ist weiterhin instabil. Seien Sie bitte möglichst leise", wurden wir ermahnt. Ich hatte den Eindruck, dass der Krankenpfleger mir wohl gesonnen war. Dann betraten wir das Krankenzimmer. Der Patient war immer noch an diverse Schläuche angeschlossen, von denen sein Leben abhing. Im Hintergrund arbeitete eine Maschine, die schnarrende Geräusche von sich gab und auf dessen Monitor leuchtende Ziffern und Buchstaben blinkten.

Ich ging vorsichtig auf den Förster zu und legte sanft meine Hand auf seinen Arm. Birgit setzte sich derweil daneben auf einen Stuhl und beobachtete die Szene, was mir nur recht war. Kaum hatte ich mit meiner Hand den Kranken berührt, spürte ich eine heftige und ausgesprochen schmerzhafte Energie. Es dauerte eine ganze Weile, bis mir der Förster – so wie am Vortage – in seiner früheren, unversehrten Gestalt erschien.

„Sie waren im Lift eingeschlossen, das habe ich gesehen. Es handelte sich dabei um einen Racheakt und eine Warnung meiner ehemaligen Freunde. Ich sage ‚ehemalig', denn sie wollten mich umbringen, nur weil sie fürchteten, ich könnte etwas von ihren dunklen Geheimnissen verraten. Dabei hatte ich dies nicht einmal vor. Nun sind sie für mich erledigt; ich werde mich rächen, sobald ich kann!" teilte er mir in der Gedankensprache mit, die für Birgit freilich unverständlich war.

„Sie haben angedeutet, dass Sie mir dabei helfen könnten, Robert zu befreien", erinnerte ich ihn, ebenfalls in Gedanken. Die Antwort kam prompt:

„Ich habe gehört, worüber Sie sich im Lift unterhalten haben. Offenbar sind Sie und ihre Gefährtinnen durch die Unvorsichtigkeit meiner ehemaligen Partner in den Besitz einer wichtigen Formel gekommen. Sie müssen wissen, magische Verrichtungen erscheinen den Leuten immer überaus schwierig. Dabei erkennen sie nicht, dass die Praxis meist einfacher ist, als sie glauben." Ich wurde hellhörig und lauschte mit ungeteilter Aufmerksamkeit den Worten des Försters.

„Dann können wir Robert befreien, indem wir die Formel dreimal aussprechen?", fragte ich aufgeregt.

„Ganz so einfach ist es nicht. Sie können selbstverständlich die Formel aussprechen, allerdings muss Robert seinerseits mit einer Formel antworten, ebenfalls dreimal. Dieses Detail ist äußerst wichtig. Bitte übermitteln Sie dem Jungen folgende Formel:

SEQUOR MANDATUM TUUM CUM
GRATIARUM ACTIONE.

Das heißt übersetzt:

ICH FOLGE EUREM BEFEHL MIT DANK.

Der Förster fügte hinzu:

„Wir können das Ritual auch gleich hier an Ort und Stelle gemeinsam exerzieren. Vorher möchte ich Sie bitten – als

Gegenleistung sozusagen – mich so oft es Ihnen möglich ist hier zu besuchen", sagte er leise. Ich versprach, seinem Wunsch zu entsprechen, soweit es mir möglich war.

Dann notierte ich umgehend den Code auf einem Zettel. Im gleichen Moment war das Phantom von der Bildfläche verschwunden. Nun forderte ich Birgit auf, die erste Befehlsformel in lateinischer Schrift auf demselben Zettel zu notieren. Ich hatte nun beide Formeln parat. Anschließend nahm ich wiederum Kontakt mit dem Förster auf. Umgehend erschien er erneut in seiner früheren Gestalt.

„Wie gehen wir nun weiter vor?", fragte ich gespannt.

„Zuerst lassen wir Robert erscheinen. Dann deklamieren Sie zunächst die erste Formel, und zwar drei Mal. Sodann übermitteln Sie dem Jungen den zweiten Spruch, Wort für Wort. Diesen muss er ebenfalls drei Mal in der richtigen Reihenfolge aussprechen. Wir werden sehen, was passiert", unterrichtete er mich.

Kurz darauf erschien tatsächlich Robert und ich war erleichtert, ihn heil und gesund wieder zu sehen. So wie der Förster mich angewiesen hatte, sprach ich drei Mal langsam und betont die Worte der betreffenden lateinischen Formel. Dann übermittelte ich Robert die Gegenformel. Er war ein heller Kopf und begriff sofort, was zu tun war. Nachdem er zum dritten Mal den Spruch intoniert hatte, verschwand er plötzlich, zu meiner großen Enttäuschung, vor meinem geistigen Auge. Ich war überzeugt, dass irgendetwas schief gelaufen war.

„Gehen Sie nun mit ihrer Freundin hinaus und kehren Sie, so bald wie möglich, zurück. Sie brauchen sich nun keine Sorgen mehr zu machen", übermittelte mir der Förster telepathisch. Dann war auch sein Phantom verschwunden. Froh, mich von der strapaziösen Energie des Kranken wieder lösen zu können, zog ich hastig meine Hand zurück. Dann verließ ich ein wenig enttäuscht mit Regina den Raum und verabschiedete mich rasch noch von dem Krankenpfleger.

„Ich glaube, das hat nicht geklappt", sagte ich entmutigt, zu Birgit gewandt. „Sollte ich etwas übersehen haben? Nun, notfalls werde ich das Ganze morgen wiederholen." Regina nickte wortlos. Wir benutzten die Treppe, da wir auf den Fahrstuhl vorerst verzichten wollten. Aufatmend, die Krankenhausatmosphäre hinter uns zu lassen, traten wir in den Sonnenschein hinaus. Als wir auf den Parkplatz zugingen, bot sich uns ein überraschender Anblick.

Dort stand tatsächlich der wartende Robert, in trauter Eintracht mit Phönix, und wandte lächelnd seinen Kopf in unsere Richtung! Unsere Freude war riesengroß. Ich umarmte den Jungen stürmisch, als hätte ich ihn lange Jahre nicht gesehen. Und genauso fühlte es sich auch an. Demnach war das Ritual doch von Erfolg gekrönt gewesen! Darüber hatte mich der Förster vorerst im Unklaren gelassen.

Fröhlich und in bester Laune stiegen wir in den Wagen und fuhren zurück ins Dorf. Unterwegs gab es viel zu erzählen. Von unterwegs rief ich Regina an und teilte ihr die erfreuliche Neuigkeit mit. Wie nicht anders zu erwarten war, wurden wir im Gasthof überschwänglich begrüßt. Für heute hatten wir erst einmal genug von nervenaufreibenden Abenteuern. Umso mehr kosteten wir das Beisammensein unter Freundinnen in gelöster Atmosphäre aus, denn das fand leider nicht allzu häufig statt.

Emilie jubelte laut bei Roberts Anblick, stürmte auf ihn zu und umarmte ihn innig. Sogar Leo lief freudig schwanzwedelnd zwischen uns herum. Auf einem Baum, nahe dem Fenster hockte Phönix, so als würde er teilhaben an unserer

Freude. Zu vorgerückter Stunde erhob er sich krächzend, dreht noch eine Runde, und entschwand unseren Blicken.

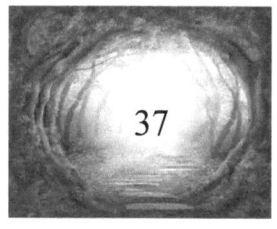

37

Am nächsten Morgen war ich wiederum in Begleitung von Birgit unterwegs. Wir waren auf dem Weg in die Stadt, denn ich hatte dem Förster versprochen, ihn so oft wie möglich zu besuchen. Das war ich ihm schließlich schuldig. Wir fuhren gemächlich die Landstraße entlang und näherten uns der ersten Abzweigung.

„Sieh mal Birgit, dort – das große Reklameschild!", rief ich und deutete nach rechts. Birgit sah kurz in die Richtung, in die ich zeigte.

„Hm, Reklame für einen Zirkus. Was soll denn das? In der Stadt gastiert doch bereits ein Wanderzirkus", meinte sie verwundert, während sie dabei war, einen anderen Pkw zu überholen.

„Völlig unverständlich." Ich schüttelte den Kopf.

„Lass' uns dort mal nach dem Rechten sehen. Ich nehme die nächste Ausfahrt", verkündete Birgit und ordnete sich in die Abbiegerspur ein. Ein Schild wies darauf hin, dass es noch drei Kilometer waren bis zu dem betreffenden Ort, an dem sich anscheinend ein weiterer Zirkus niedergelassen hatte. Was war davon zu halten? Es blieb ein Rätsel, bis wir der Sache auf den Grund gegangen waren.

Unsere Fahrt führte uns an einem Wäldchen vorbei, in dessen Nähe sich ein kleiner Parkplatz befand. Birgit fuhr darauf zu, denn sie war der Ansicht, wir sollten hier eine kurze Rast einlegen. Ein kleiner Fußmarsch durch die Natur würde uns sicher gut tun. Ich war einverstanden, und kurz darauf wanderten wir einen kleinen Weg entlang, der uns in das Wäldchen führte. Ein flinkes Eichhörnchen kreuzte unseren Weg auf der Suche nach Futter.

„Schön, dass du uns wieder begleitest, Phönix", rief ich erfreut, als ich den Vogel mit seinem bunt gefärbten Gefieder zwischen den Bäumen entdeckte. Er flatterte laut krächzend vor uns her. Es wirkte wie eine unverblümte Aufforderung und wir folgten ihm, ohne besonders auf den Weg zu achten. Es ging kreuz und quer durch Gestrüpp und Gesträuch. Irgendwann bemerkten wir, dass wir uns verlaufen hatten, denn die Gegend war uns völlig unbekannt. Phönix flog indessen unverdrossen weiter. Wir stolperten hinterher, bis wir eine Art Eisenbahnwaggon, halb verdeckt von Sträuchern und Büschen, erblickten. Phönix flog schnurstracks dorthin und setzte sich auf das Dach des ramponiert wirkenden Gefährts. Als wir darauf zugingen, öffnete sich plötzlich knarrend die Tür. In ihrem Rahmen stand Sophia, diesmal in einer Verkleidung als alte, ehrwürdige Greisin.

Bevor wir uns von unserem Erstaunen erholt hatten, hieß sie uns lächelnd willkommen und wir traten ein. Der Innenraum kam uns bekannt vor. Er wirkte gemütlich mit den unzähligen Kräuterbündeln, die unter der Decke hingen und einen würzigen Duft verströmten. Sophia reichte uns einen wohlschmeckenden Trank, der unsere Lebensgeister weckte. Dann öffnete sie eine Tür zum Nachbarraum und winkte uns herbei. Schon standen wir, wie bereits vor geraumer Zeit, in einem gediegenen aussehenden Raum mit wertvoll aussehenden Gemälden an den Wänden und kunstvoll geschnitzten Stühlen.

Sophia war uns gefolgt. Als ich mich nach ihr umdrehte, hatte sie sich in eine schöne, junge Frau verwandelt, gekleidet in ein fließendes blaues Gewand. Sie lächelte uns mit ihren strahlend blauen Augen, die mit dem Blau ihres Gewandes wetteiferten, fröhlich an.

Wir ahnten bereits, dass sich hinter den Flügeltüren der große Saal mit den zwölf *Bewahrer*n befand. Unsere Ahnung sollte uns nicht trügen. Wir betraten den Raum, an dessen großflächige Fenster ich mich noch gut erinnerte. Ein Blick hinaus ließ uns ahnen, dass wir uns wieder in einem Raumschiff aufhielten. Die zwölf *Bewahrer* saßen an einer langen Tafel und forderten uns mit einladenden Gesten auf, Platz zu nehmen.

„Sie sind uns immer willkommen, meine Damen. Welche Freude, Sie wohlbehalten wieder zu sehen", sprach uns einer der *Bewahrer* an und erhob sich mit einer leichten Verbeugung in unsere Richtung.

Erstaunt stellte ich fest, dass es sich um niemand anderen als den freundlichen älteren Herrn handelte, der am Vortag ganz plötzlich in dem Straßencafé vor uns gestanden hatte, um sich anschließend in einem Sonnenstrahl aufzulösen. Tatsächlich war ich schon auf die Idee gekommen, dass er zu den *Bewahrer*n gehörte, und musste innerlich lächeln. Der Herr ergriff erneut das Wort:

„Wie Sie vorhin bemerkt haben, befindet sich seit heute ein zweiter Zirkus in der Stadt ganz in der Nähe. Leider ist es dunklen Invasoren gelungen, ein weiteres Portal zu öffnen, durch das nun eine ähnlich geartete Rasse dieser gefährlichen Wesen auf die Erde strömt mit dem Ziel, die Menschheit zu versklaven". Er machte eine Pause, wischte sich die Schweißperlen von der Stirn, und fuhr dann mit seinen Erläuterungen fort:

„Diese neu angekommenen Wesen stehen in Konkurrenz zu den ersten; sie sind untereinander verfeindet. Jede dieser Rassen will um jeden Preis die Erde in ihre Gewalt bringen. Die ‚Newcomer' wenden dieselbe Taktik an wie die anderen. Sie bieten den Besuchern ihrer Vorführungen ein

Mischgetränk an, das Illusionen herbeiführt und für die Menschen, die es konsumierten, große Gefahren birgt. Viele, die nicht genügend Widerstandkraft aufbringen, werden krank davon oder sterben. Diejenigen, die es überleben, werden versklavt. Man raubt ihnen den Eigenwillen und lenkt sie je nach Bedarf. Auch vor den Kindern machen die Invasoren nicht halt. Auf den Nachwuchs haben sie es besonders abgesehen aufgrund der Unschuld und Unvoreingenommenheit, die Kinder ihnen entgegenbringen.

Die neuen Invasoren gehen noch brutaler vor als die übrigen. Sie fangen wahllos Kinder ein und schaffen sie an Orte, die uns nicht bekannt sind. Was dort mit den Kindern geschieht, müssen wir ebenfalls noch herausfinden. Wie gut, dass es euch gelungen ist, den kleinen Robert zu befreien. Er ist ein sehr aufgeweckter Bursche, der über besondere Fähigkeiten verfügt. Wir alle hier sind auf eure Mithilfe angewiesen. Ihr wurdet schon vor langer Zeit ausgewählt und auf diese Aufgabe vorbereitet. Sie ist nicht ungefährlich und erfordert euren ganzen Einsatz."

Er schwieg, und auch wir sagten zunächst kein Wort. Bislang war uns die Aufgabe, die uns zugedacht war, eher aufregend erschienen. Nun wurde uns die gesamte Tragweite der Situation, in der sich die Menschheit befand, bewusst. Das Schicksal, das den Menschen drohte, war in den Zeitlinien bereits festgelegt. Es ging hier um Sein oder Nichtsein der gesamten Menschheit. Wir spürten die bedeutende Verantwortung, die auf uns lastete. Uns war klar, dass wir uns schon vor langer Zeit dazu bereit erklärt hatten, die Aufgabe zu unternehmen, und wir standen zu diesem Entschluss.

Die meisten Menschen waren stärker, als ihnen bewusst war. Dieses Wissen war ihnen über viele Hunderte, ja Tausende von Jahren genommen worden. Die dafür verantwortlichen Invasoren weilten zum Teil schon sehr lange auf dem Planeten. Gegenwärtig aber schienen sie den Erdball zu überschwemmen, denn nun hatten noch andere, skrupellosere Gestaltwandler den Zugang zur Menschenwelt entdeckt.

„Wir segnen euch und auch die anderen Mitglieder eurer Gruppe. Auf unsere Getreuen haben wir immer ein wachsames Auge", sprach der väterlich wirkende *Bewahrer*. „Zu gegebener Zeit werden wir uns wieder bei euch melden. Wir sind zuversichtlich, dass unser Unternehmen letztendlich von Erfolg gekrönt sein wird", beendete er seine Ausführungen. Dann erhob er sich und wir verabschiedeten uns in der Gewissheit, dass wir immer in Verbindung waren.

In der gemütlichen Kräuterstube bei Sophia angelangt – die nun wieder gealtert war – sagten wir auch ihr Lebewohl. Sie überließ uns großzügig einige ihrer Heilkräuter. Nun ging es wieder zurück in die Gegenwart. Es brauchte bloß einige Schritte, und wir waren bei unserem Pkw angelangt. Ein Blick auf die Uhr sagte uns, dass kaum fünf Minuten vergangen waren. „Es gibt keine Zeit…", hatte mir der Wind einmal zugeflüstert. Nun fuhren wir weiter in die Stadt, um den kranken Förster zu besuchen.

Auch diesmal ging Birgit wieder mit ins Krankenzimmer hinein. Sie setzte sich auf einen Stuhl unweit des Bettes, und ich war froh, sie dabei zu haben. Der Kranke lag noch im tiefen Koma. Anscheinend ging es ihm immer noch sehr schlecht, wie uns der Krankenpfleger berichtete. Wir erhielten die Anweisung, die Besuchszeit einzuhalten.

38

Vorsichtig berührte ich den Arm des Patienten – und fühlte mich urplötzlich in ein vergangenes Leben zurück- versetzt! Ich befand mich wieder in dem Dom, zusammen mit dem damaligen Bischof (der in der Gegenwart eine Inkarnation als Förster durchlebte). Er hatte mich gerade von den Ketten befreit und war dabei, mich in das Domzimmer zu führen. Auf dem Weg dorthin sagte er plötzlich Worte, wie ich sie noch nie von ihm gehört hatte. Er sprach leise:

„Auf der anderen Seite, in deiner Gegenwart, liege ich im Koma und habe nur noch wenig Lebenskraft. Falls ich dort – unter diesen Umständen – sterbe, werde ich wieder in diese Welt zurückgeworfen. Wirst du mir auf der anderen Seite behilflich sein, dieses Schicksal zu vermeiden? So wie ich dir mit Robert geholfen habe?"

„Was kann ich denn tun"? fragte ich ihn in Gedanken. Er antwortete auf die gleiche Weise, die nur ich vernehmen konnte:

„Du und ich, wir haben eine gewisse Verbindung miteinander, und zwar seit dem Zeitpunkt, an dem unser Blut sich gemischt hat. Ich habe dir das Leben genommen, und du hast mich ebenfalls getötet. *Blut ist ein ganz besonderer Saft*', wusste bereits der Dichter Goethe. Mephisto offenbarte es seinem Verbündeten Faust, als dieser den Teufelspakt mit seinem Blut unterzeichnen sollte. Blut schafft eine Bindung zwischen denjenigen, die es miteinander tauschen. Folglich bist du nun in der Lage, etwas für mich zu tun, und auch ich kann dir in manchem behilflich sein.

In meinem jetzigen Zustand wandere ich ziellos durch die Zeiten und Welten und habe viel dabei gelernt und erfahren.

Mittlerweile bereue ich meinen Ausflug in die schwarze Magie und möchte retten, was noch zu retten ist. Wie ich sehen konnte, hast auch du eine dunkle Vergangenheit in Atlantis. Diese Schuld hast du schon fast abbezahlt. Dein Vertrag mit den *Bewahrern* wird dein Lebenskonto noch mehr aufwerten, was ein großes Plus für dich bedeutet, ganz im Gegenteil zu mir. Ich bin inzwischen fast dankbar dafür, dass ich erkennen konnte, was von meinen so genannten ‚Freunden' zu halten ist. Da sie mich umbringen wollten, ist für mich keine Zusammenarbeit mit ihnen mehr denkbar."

Damit war der gedankliche Austausch beendet. Mir war so, als würde sich dieses Gespräch aus vergangenen Zeiten auf eine gewisse Art und Weise auf das Leben im gegenwärtigen Dasein auswirken. Einen Moment lang war mir ganz flau im Magen und ich setze mich, während ich die mentale Verbindung löste. Birgit kam sogleich herbei, um mich zu stützen. Das Erlebnis von eben hatte mich sichtlich mitgenommen, doch ich fing mich sogleich wieder. In diesem Moment steckte der Krankenpfleger seinen Kopf zur Tür herein.

„Ihre Besuchszeit ist leider um", erklärte er freundlich, indem er das Zimmer betrat. Dann schaute er mitfühlend in meine Richtung. „Der Zustand Ihres Freundes nimmt Sie anscheinend sehr mit", bemerkte er. Ich nutzte die Gunst der Stunde und fragte:

„Wir möchten noch eine kurze Weile bleiben. Ich habe ein Bündel Heilkräuter mitgebracht, die ich auf den Nachttisch des Patienten legen will. Sie verströmen einen Duft, der sich vorteilhaft auf seine Gesundung auswirkt." Bei diesen Worten zog ich das Bündel Kräuter aus der Tasche, das mir Sophia mitgegeben hatte.

„Nun gut, einverstanden. Sagen wir, noch etwa fünf Minuten. Und ich werde darauf Acht geben, dass die Kräuter nicht sogleich wieder weggeräumt werden." Er ging hinaus und schloss leise die Tür. Nun legte ich das Kräuterbündel auf den Nachttisch neben den Patienten. Sie verströmten einen angenehmen, aromatischen Duft. Sophia war sich wohl im Klaren darüber gewesen, für welchen Zweck sie uns die Kräutermedizin mitgegeben hatte.

Wieder berührte ich behutsam den Arm des Patienten. Die Reise durch andere Frequenzen, durch Zeit und Raum, ließ den Förster erneut lebendig erscheinen. In Gedanken sandte er mir die Botschaft:

„Ich danke dir für dein Mitgefühl und deine Hilfsbereitschaft. Die Kräuter wirken schon jetzt sehr belebend. Komm bitte sobald wie möglich wieder."

„Ich werde mein Bestes geben und dich bei der Gesundung unterstützen", gab ich ihm telepathisch zu verstehen. Langsam zog ich meinen Arm zurück und der Kranke versank wieder in ein tiefes Koma. Wahrscheinlich begab sich sein Seelenkörper auf Erkundungsreisen in unbekannte Sphären. Was er wohl alles erlebte und erfuhr?

Birgit erhob sich und wir verließen leise den Raum. Nachdem wir uns noch von dem Pfleger verabschiedet hatten, strebten wir auf schnellstem Wege dem Ausgang zu. Wir atmeten auf, als wir die Klinik hinter uns gelassen hatten. Schon von weitem entdeckten wir Phönix, der wieder auf dem Dach unseres Autos hockte. Als er uns gewahrte, plusterte er sich auf, krächzte laut und flog davon.

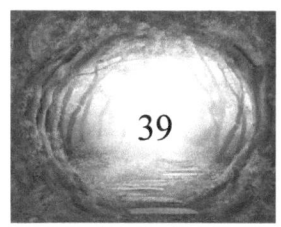

39

Bald waren wir auf der Landstraße unterwegs und die Fahrt ging zügig voran. Auf der anderen Fahrspur bildete sich nach und nach ein Stau. Es sah so aus, als wollte ein Großteil der Autofahrer abbiegen und zu dem Ort gelangen, wo der neue Zirkus gastierte. Wahrscheinlich hatte es sich wie ein Lauffeuer herum gesprochen, dass es dort etwas Außergewöhnliches zu sehen gab.

Doch auch der andere Zirkus in der nahen Stadt hatte starken Zulauf, wie wir im Vorbeifahren bemerkt hatten. Man konnte es den Besuchern nicht verübeln, überlegte ich. Wie sollten sie auch ahnen, dass dieses Getränk, ohne das sie die Arena nicht betreten durften, gefährlich für sie war? Der ausschlaggebende Grund dafür, weshalb dieser ganze Aufwand betrieben wurde, war, dass sich möglichst viele Menschen diesen Trank einverleibten. Das war unsere feste Überzeugung.

Das Labor, an das Antje und Diana eine Probe der Mixtur geschickt hatten, konnte bislang keine bekannten Krankheitskeime oder genetische Manipulationen finden. Es schwammen lediglich Partikel unbekannter Herkunft darin herum. Das Labor hatte veranlasst, die verdächtigen Partikel von qualifizierten Immunologen noch genauer untersuchen zu lassen. Ein Ergebnis war noch nicht in Sicht, d.h., wir mussten uns vorerst in Geduld üben.

Für unsere Gruppe ergab sich dennoch ein klares Bild: Mit der verabreichten Mixtur wurden die meisten Konsumenten in ihrer Gesundheit geschädigt oder sogar beseitigt. Diejenigen, die es überstanden, sollten womöglich eine Art Sklavendasein führen, indem man ihnen ihre eigene Denkfähigkeit raubte.

Unglaublich, was da passierte! Wie konnte das alles nur in dieser Schnelligkeit vonstatten gehen, ohne dass jemand darauf vorbereitet war? Niemand rechnete mit solchen Ungeheuerlichkeiten; selbst mein Verstand sträubte sich dagegen. Es blieb uns letztlich nichts anderes übrig, als die Geschehnisse, deren Zeugen wir geworden waren, zur Kenntnis zu nehmen und uns ernsthaft damit auseinanderzusetzen, ob wir es nun wollten oder nicht. Es war allerhöchste Zeit, denn die Tatsachen sprachen für sich. Leider konnten wir unsere erfolgreiche Aktion, Getränke und Pulver heimlich auszutauschen, nicht wiederholen aus Gründen, die auf der Hand lagen.

Auf der anderen Seite der Fahrbahn war mittlerweile ein unüberschaubares Chaos entstanden. Mehrere Notarztwagen, Feuerwehren, Polizeiautos usw. waren im Einsatz. Es musste irgendwas Schlimmes passiert sein. Da erschütterte plötzlich ein ohrenbetäubender Knall auf der anderen Seite die Umgebung. Eine hell auflodernde Flamme schoss in die Höhe. Der Pkw, in dem wir saßen, wurde ein gutes Stück weit nach vorn geschleudert. Erst nach einigem Schlingern bekam Birgit den Wagen wieder in ihre Gewalt.

„Um Himmels Willen, was war denn das!", rief ich entsetzt und konnte mich gar nicht beruhigen, so sehr setzte der Schock mir zu. Ich begann, am ganzen Leib zu zittern. Nachdem Birgit das Auto an den rechten Straßenrand gefahren hatte, sagte sie mit bebender Stimme:

„Das wäre um ein Haar schief gegangen! Ich glaube, wir hatten heute einen Schutzengel!" Hastig lenkte sie den Wagen auf einen nahe gelegenen Parkplatz. Wir bemerkten, dass auch andere Autofahrer unserem Beispiel folgten. Mit einem mulmigen Gefühl stiegen wir aus, froh darüber, dem Chaos vorerst entronnen zu sein. Von dort aus konnten wir das Durcheinander aus der Ferne beobachten. Mehrere Autos waren in einen schrecklichen Auffahrunfall verwickelt. Auch ein Notarztwagen befand sich darunter.

An dem Unfallort ging es chaotisch zu. Aufgeregt versuchten einige Menschen, zu helfen, so weit das bei der unübersichtlichen Lage möglich war. Auch auf der gegenüberliegenden Straßenseite war ein Stau entstanden. Offenbar hatten etliche Fahrer einen Schock erlitten und suchten nach einer Möglichkeit, irgendwo zu halten und sich von dem Schreck zu erholen.

Somit herrschte auf beiden Seiten der Fahrbahn ein heilloses Durcheinander. Wir befanden uns etwas abseits, von wo aus wir beobachten konnten, was am Unfallort geschah. Gestikulierend und durcheinander redend standen die Leute um uns herum und versuchten, sich ein Bild von der Lage zu machen.

Fassungslos bemerkten wir, dass mehrere Autos nebst Notarztwagen in Flammen standen. Mir kam die Idee, dass vielleicht auch dieses Ereignis von den Dunkelmächten eingefädelt worden war, um möglichst viel Chaos zu erzeugen und sich gleichzeitig einiger missliebiger Zeitgenossen zu entledigen.

Endlich bahnten sich weitere Notarztwagen und Feuerwehrautos den Weg durch eine inzwischen gebildete Rettungsgasse. Immer noch herrschte ein furchtbares Durcheinander auf beiden Seiten der Straße. Wir sahen keine Möglichkeit, zu helfen, außer einigen verängstigten Mitmenschen etwas Trost zu spenden und sie zu beruhigen. Uns selbst konnte aufgrund der haarsträubenden Ereignisse der letzten

Zeit, und vor allem unseres Wissens darum, so schnell nichts aus der Bahn werfen.

Langsam kam der Verkehr wieder in Gang. Wir waren heilfroh, endlich weiterfahren und den Ort des Unglücks verlassen zu können. Unsere weitere Fahrt verlief reibungslos. Schließlich parkte Birgit erschöpft ihren Pkw vor Reginas Gasthaus.

„Jetzt brauche ich erst einmal eine Stärkung", verkündete sie. Mir ging es ebenso. Als wir den Gastraum betraten, stürmten uns Emilie und Robert entgegen, hell erfreut, dass wir kamen. Auch Reginas Stimme war im Hintergrund zu hören. Sie war erleichtert, uns wohlbehalten zu sehen. In den Nachrichten hatte sie bereits von dem schrecklichen Unfall gehört und war davon ausgegangen, dass wir uns zum Zeitpunkt des Unglücks in der Nähe befanden.

„Stärkt euch erst einmal, ihr seht ja ganz mitgenommen aus", meinte sie besorgt, während sie einen Teller mit belegten Broten und Kaffee auf den Tisch stellte. Das war im Moment genau das Richtige, und wir langten herzhaft zu.

Nachdem wir wieder zu Kräften gekommen waren, berichteten wir ausführlich, was sich zugetragen hatte. Robert hörte aufmerksam zu. Ich konnte ihm ansehen, dass er schon wieder mit eigenen Ideen beschäftigt war, und sollte Recht behalten.

„Kann ich morgen mit euch kommen?", fragte er. „Ich würde gern den neuen Zirkus auskundschaften. Du hast erzählt, sie würden Kinder verschleppen. Vielleicht kann ich darüber etwas in Erfahrung bringen."

„Genau das habe ich befürchtet", erwiderte ich besorgt. „Es ist für dich viel zu gefährlich, Robert." Doch wie ich mir denken konnte, ließ er sich nicht abweisen.

„Es ist doch unsere Aufgabe, Erkundigungen einzuziehen. Die *Bewahrer* benötigen unsere Unterstützung, und außerdem wollen wir den Leuten helfen", sagte er eifrig. Da hatte er nicht ganz Unrecht. Gefährliche Zeiten bedurften eines entsprechenden Einsatzes.

„Gut, dann fährst du demnächst mit uns, aber erst übermorgen. Ich muss erst einmal einen klaren Kopf bekommen, nach all den Ereignissen der letzten Tage", entgegnete ich und strich ihm über sein strubbliges Haar. Dann sagte ich in die Runde:

„Ich werde mich jetzt auf den Heimweg machen, um mich in meiner Hütte ein wenig auszuruhen." Die anderen nickten verständnisvoll. Ich verabschiedete mich und rief Leo, der sich freute, mit mir durch den Wald zu traben.

Unter den Bäumen atmete ich tief durch, erfreute mich an dem munteren Vogelgezwitscher, lauschte dem Summen der Insekten und beobachtete die kleinen Krabbeltiere, das über den Weg huschten. Es war später Nachmittag. Die Sonne wärmte mich und ich fühlte mich endlich wieder zufrieden und entspannt. Was brauchte der Mensch mehr, als den Aufenthalt in der wunderbaren Natur. Es kostete nichts und war eines der schönsten Geschenke, das viele Menschen gar nicht zu schätzen wussten. Ein Gefühl der Dankbarkeit durchströmte mich.

Phönix, dieser kleine Rumtreiber, begleitete uns und flog von Baum zu Baum. Er war ein überaus kluges Tier und seine Gegenwart vermittelte mir ein Gefühl der Sicherheit. Doch war Phönix wirklich ein Tier? Ich kam ins Grübeln. Es war eher anzunehmen, dass er eine Art ‚Gestaltwandler' war. Vielleicht nahm einer der *Bewahrer* zeitweise seine Gestalt an, überlegte ich. In Gedanken versunken schlenderte ich dahin. Als ich den Blick hob, bemerkte ich in der Ferne eine männliche Gestalt zwischen den Bäumen. Kurz darauf war sie in einem Sonnenstrahl verschwunden. Und daraus schwang sich der buntfarbige Phönix empor, um hoch oben seine Runden zu drehen. Ich war mir sicher, dass er mir für einen kurzen Augenblick seine wahre Gestalt gezeigt hatte. Er war ein Beschützer, der mich auf meinem Weg begleitete.

In heiterer Stimmung setzte ich, gefolgt von Leo, meinen Weg fort. Wir kamen an dem kleinen See vorbei und ich atmete den Geruch des Wassers ein. Auf ein kühles Bad verzichtete ich heute; dazu war ich zu erschöpft. Bei meiner Hütte angelangt, holte ich den Liegestuhl hervor und ließ mich darauf sinken. Leo machte es sich neben mir gemütlich. Ich legte meine Hand auf seinen Kopf und kraulte ihn ein wenig. Es dauerte nicht lange, und ich war eingeschlafen.

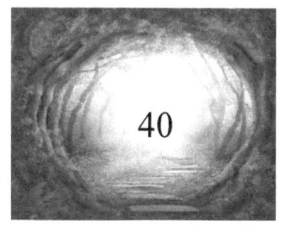

Hatte ich mich verlaufen? Es war düster um mich her. Ich konnte kaum etwas sehen und hörte klagende Töne und das Weinen von Kindern. Nach einer Weile hatten sich meine Augen an die Dunkelheit gewöhnt, so dass ich vage Umrisse in einem Dämmerlicht erkennen konnte. Ich befand mich in einer Art Felsenhöhle. An den Steinen sickerte Wasser hinunter und eine unangenehme Kälte zog mir in die Glieder. Ich versuchte mich zu orientieren. Wo kamen diese Geräusche her?

Plötzlich glaubte ich, die Umrisse eines Mannes zu erkennen und tastete mich vor in seine Richtung. Als ich nahe bei ihm stand, erkannte ich ihn. Es war niemand anders als der Förster! Im ersten Moment erfüllte mich namenloses Grauen. Doch dann erinnerte ich mich, dass ich mit ihm eine Abmachung hatte. Langsam dämmerte mir, was hier los war. Vermutlich traf ich ihn auf einer seiner Reisen an, die er während seines Komas häufig unternahm. Ich schüttelte die Beklemmung ab, denn ich hatte von ihm nichts zu befürchten. Ganz im Gegenteil waren wir jetzt gemeinsam unterwegs.

„Sie kommen mir gerade Recht, meine Liebe", erklang seine Stimme hallend durch das Gewölbe.

„Ich muss wohl träumen", lautete meine Antwort. Seit wann siezte er mich?

„Ich habe bemerkt, dass Sie eingeschlafen waren und habe Sie hierher geführt, um Ihnen etwas zu zeigen. Hier befindet sich das, wonach Sie Ausschau halten. Auch Robert will sich auf die Suche danach machen. In einigen Käfigen sind entführte Kinder eingesperrt! Die Wesen, die zuletzt durch das gewaltsam geöffnete Portal eingedrungen sind, verhalten sich noch grausamer als die anderen. Neben der Verabreichung einer giftigen Mixtur entführen sie Kinder und sperren sie in diese Käfige ein. Was sie mit ihnen vorhaben, kann ich noch nicht sagen. Auf jeden Fall führen sie nichts Gutes im Schilde. Zum Glück können sie mich nicht sehen. Ich kann daher versuchen, ihnen auf die Schliche zu kommen", murmelte er leise. Seine Stimme hörte sich eigenartig gedämpft und schauerlich an.

„Wie finden wir später diese Höhle wieder?", fragte ich bibbernd, denn es war ungemütlich kalt hier.

„Sie befindet sich in dem Wäldchen an der Landstraße, in dem sie mit ihrer Freundin bereits herumgewandert sind. Phönix wird sie leiten", lautete seine Antwort, die dumpf durch das Gewölbe hallte.

Als ich mich umsah, fand ich mich auf dem Liegestuhl vor meiner Hütte wieder. Ich musste sehr fest geschlafen haben, denn die Sonne war bereits untergegangen und ich fror in meiner dünnen Bekleidung. Immer noch sah ich im Geiste diese unheimliche Begegnung vor mir. Wie schrecklich, was geschah hier nur? Niemals hätte ich so etwas für möglich gehalten! Ich wünschte, dass alles nur ein schrecklicher Traum war, doch das war höchstwahrscheinlich nicht der Fall. Das Erlebte war eine Realität, auch wenn es mir schwer fiel, das zu glauben.

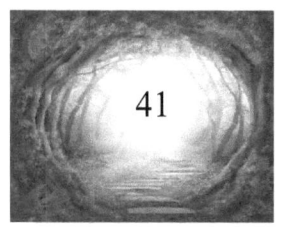

41

Ich bog mit meinem Vierbeiner um die Ecke, um ihn bei Regina abzugeben. Birgit und Robert warteten bereits vor dem Pkw auf mich.

„Darf ich bitten, Madame, Ihr Chauffeur steht bereit", sagte Birgit in lustigem Tonfall und hielt die Wagentür für mich auf. Ich ging auf die spaßige Anrede ein, indem ich mich überschwänglich bedankte:

„Überaus freundlich von Ihnen!" Dann setzte mich auf den Beifahrersitz. Regina kam aus der Tür des Gasthauses und nahm Leo in ihre Obhut. Sie war besorgt um unsere Sicherheit. Wir versprachen ihr, auf alle Fälle vorsichtig zu sein. Ich war erleichtert darüber, dass Birgit wieder mit von der Partie war. Der gestrige Ruhetag hatte mir gut getan; ich fühlte mich frisch und zu neuen Taten aufgelegt. Birgit startete den Pkw, und ab ging es in Richtung Landstraße. Unterwegs erzählte ich den beiden von der Vision, die mir immer noch im Kopf herumspukte.

„Damit ist klar, wo unser erster Halt ist", erklärte Birgit und reihte sich in die nächste Abbiegerspur ein, da wir schon fast am Ziel waren. Kurz darauf steuerten wir auf den kleinen Parkplatz zu und stiegen aus. Doch der Wald sah heute irgendwie anders aus als beim letzten Mal. Er war dauernd in Bewegung, wie wir bereits erkannt hatten. Es schien, als hätte der dunkle Teil des Waldes uns verfolgt.

Beim Aussteigen sahen wir buntes Gefieder durch die Blätter schimmern. Es war Phönix, der auf einem Baum saß und uns fröhlich krächzend begrüßte.

„Grüß dich, Phönix", riefen wir fast im Chor. Sogleich flog er auf und flatterte uns voran. Wieder einmal kämpften wir uns durch dichtes Buschwerk, denn ein Pfad war nicht auszumachen. Wer kam denn auch sonst noch hier vorbei? Falls irgendein Autofahrer in dieser Gegend Halt machen sollte, würde er vermutlich den Wald nicht einmal bemerken, sondern stattdessen eine kleine Parkanlage wahrnehmen.

Nachdem wir uns eine Weile durch das unwegsame Gelände gekämpft hatten, wobei wir immer Phönix im Blick behielten, stießen wir auf ein kleines Gemäuer, das von Grün überwuchert und kaum zu sehen war. Phönix machte darauf Halt. Robert räumte ein paar Äste zur Seite. Was war denn das?

„Seht mal, hier muss ein kleiner Gang sein", rief der Junge uns zu. Wir traten näher heran und nahmen die unscheinbare Öffnung in Augenschein. Robert verschwand im Nu und ich sprang hinterher. Fast wurde ich hinein gezogen. Birgit zögerte nicht lange, sondern folgte uns nach.

„Das ist ein Portal" rief ich den anderen zu. Nacheinander purzelten wir nach unten auf einen harten Untergrund.

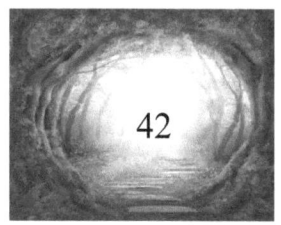

Erstaunt blickten wir uns um. Unsere Augen mussten sich erst an die Dunkelheit gewöhnen. Zum Glück hatte Robert eine Taschenlampe dabei. Der Junge schien für alles gerüstet zu sein. Langsam tasteten wir uns durch einen schmalen Gang, der nach einer Weile in einen größeren Raum mündete. Die Luft roch modrig und an den Felswänden sickerte Wasser herunter. Außerdem war es sehr kalt hier unten. Blitzartig erinnerte ich mich an meine Vision: War es da nicht ähnlich gewesen? Aber was war mit den eingesperrten Kindern? Tatsächlich war aus einiger Entfernung ein leises Wimmern zu hören.

Wir tasteten uns in die betreffende Richtung vor, während Robert mit seiner Taschenlampe den Weg beleuchtete. Schließlich konnten wir in dem Lichtkegel der Lampe etwas wahrnehmen. Wir gingen näher heran. Oh Himmel, was war denn das? Ein Schauder überlief mich, als wir tatsächlich Käfige entdeckten, in die menschliche Wesen eingesperrt waren. Genauso, wie ich es in meiner Vision vorausgesehen hatte. Es waren Kinder, die leise vor sich hin jammerten. Das war ungeheuerlich!

Wir standen eine Weile sprachlos davor. Eine eisige Kälte umklammerte mein Herz. Robert fasste sich als erster, ging auf die Käfige zu und redete mit den darin gefangenen Kindern.

„Wie um alles in der Welt seid ihr hierher gekommen?", fragte er und leuchtete in die Käfige hinein. Wir konnten drei Kinder im Alter von ungefähr fünf bis acht Jahren unterscheiden. Es befanden sich noch andere Käfige in der

Höhle, die allerdings leer waren. Offenbar sollte für weiteren Nachschub gesorgt werden.

„Wir sind allein in den Zirkus gegangen, ohne unsere Eltern", schluchzte ein älteres Mädchen und fing laut zu weinen an. Als sie sich etwas beruhigt hatte, erzählte sie weiter:

„Wir standen an der Kasse, da kam ein Mann vom Zirkus auf uns zu und fragte, ob wir allein sind. Als wir nickten, nahm er mich und meine beiden Geschwister mit. Er versprach uns einen besonders schönen Platz im Zirkus. Dann ging er mit uns um das Zelt herum, wo ein großes Auto stand. Da war noch ein Mann, der zog uns in das Auto hinein und hielt uns ein Taschentuch vor die Nase. Von da an wissen wir nichts mehr. Erst hier wachten wir wieder auf. Wir haben solche Angst!" Das Mädchen zitterte vor Furcht und fing wieder zu jammern an. Auch ihre beiden Geschwister weinten herzerweichend.

Wir versuchten zunächst, den Kindern – so gut es ging – Trost zu spenden und versprachen, sie hier so bald wie möglich rauszuholen. Die Kinder waren traumatisiert und kaum zugänglich für unseren Zuspruch. Plötzlich hörten wir Geräusche auf einem der Gänge und gerieten jetzt selbst in helle Aufregung. Robert löschte sofort seine Taschenlampe. Wir flüsterten den Kindern zu, ja nichts zu verraten, sonst könnten wir ihnen nicht helfen.

„Schnell, hier ist eine Nische", flüsterte Robert und zog uns mit sich. Von hier aus hatten wir ein wenig Einblick, wurden aber selbst nicht gesehen. Ein Mann schleppte ein bewusstloses Kind herein, warf es wie ein altes Kleiderbündel in einen der leeren Käfige und verschloss diesen sorgfältig. Das Wimmern der anderen Kinder beachtete er nicht, sondern schlurfte an unserem Versteck vorbei, ohne uns zu bemerken.

Blitzschnell und ohne dass wir es richtig erfassten, stellte Robert dem Schurken ein Bein. Der fiel der Länge nach auf den harten Steinboden und blieb sichtlich benommen liegen. Geistesgegenwärtig sprang Robert auf ihn zu, um ihm die Schlüssel abzunehmen. Gemeinsam schleppten wir den halb bewusstlosen Kerl zu einen der Käfige und hievten ihn hinein. Es war gerade genügend Platz, um ihn dort einzupferchen. In aller Eile befreiten wir die Kinder aus ihren Gefängnissen. Das letzte Kind war noch nicht aus seiner Betäubung erwacht, daher trug Birgit es auf dem Arm.

Nun war guter Rat teuer. Wie sollten wir einen Ausweg aus dieser finsteren Höhle finden? Wir waren ja, um hierher zu gelangen, einen schmalen Schacht hinuntergerutscht. Ein wenig ratlos tappten wir auf die Öffnung zu. Plötzlich hörten wir von irgendwoher ein Pfeifen. Das war der Ton, den der Wind erzeugte, wenn er durch eine enge Röhre pfiff. Wir gingen dem Ton nach und entdeckten einen schmalen Gang. Eine ganze Weile liefen wir halb gebückt den muffig riechenden Gang entlang und bemerkten zu unserer Freude, dass er aus dem Tunnelsystem hinausführte. Unsere Erleichterung war groß! Voller Dankbarkeit dachte ich an den Windgeist. Sollte er hier mit im Spiel gewesen sein?

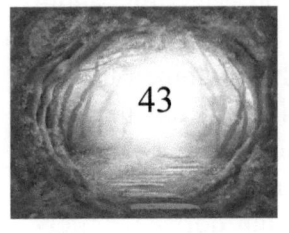 **43** Nachdem wir unversehrt mit unserer Last in der Oberwelt angekommen waren, entdeckten wir Phönix, der auf uns gewartet zu haben schien. Laut krächzend flatterte er uns voraus und zeigte uns damit, dass wir ihm folgen sollten. Wir liefen ihm hinterher und es dauerte nicht lange, bis wir vor dem versteckten Waggon standen, bei dem es sich, wie wir wussten, um ein getarntes Raumschiff handelte.

Sophia erwartete uns bereits in der geöffneten Tür. Sogleich kümmerte sie sich um das langsam erwachende Kind, das Birgit ihr übergab. Die anderen drei Kinder brachten wir in die warme Stube uns ließen uns erschöpft auf die Bank fallen. Wie immer braute Sophia einen heilkräftigen Tee, der im Nu unsere Lebensgeister wieder in Schwung brachte. Auch die Kinder bekamen eine Tasse und erholten sich schnell von den Strapazen. Das vierte Kind erwachte langsam aus seinem tranceartigen Zustand. Erstaunt blickte es um sich und fragte:

„Wo ist denn jetzt der schöne Platz in dem Zirkus?"

„Du hast jetzt hier den schönsten Platz, mein Kind", erwiderte Sophia sanft. Dann wandte sie sich an uns: „Die Kinder können erst einmal hier bleiben. Ich werde dafür sorgen, dass sie zur rechten Zeit nachhause kommen." Dann fügte sie hinzu:

„Robert, du bist ein sehr aufgeweckter Junge. Wir alle danken dir für deinen mutigen Einsatz." Bewegt nahm sie Robert in den Arm. Auch wir lobten seinen Beitrag zum Gelingen dieser waghalsigen Aktion. Der Junge war sichtlich erfreut und seine Augen begannen zu glänzen.

Mit vielen guten Wünschen bedacht und wieder einigen Bündeln der aromatisch duftenden Heilkräuter versehen, verabschiedeten wir uns von Sophia. Sie versicherte uns noch einmal, dass die Kinder heil nachhause geschickt würden. Dann schloss sich die Tür hinter uns.

Wir staunten nicht schlecht, als wir bereits nach wenigen Schritten auf dem Parkplatz standen. Als wir uns noch einmal zum Wald umdrehten, war dort lediglich eine kleine Parkanlage zu sehen. Uns wunderte nichts mehr, denn wir wussten um die übernatürlichen Dinge, die nicht weit entfernt von der Alltagswelt existierten.

44

Ein Blick auf die Uhr zeigte uns, dass wieder einmal während unserer Abwesenheit kaum Zeit vergangen war. Spontan beschlossen wir, uns den neuen Zirkus einmal aus der Nähe anzusehen. Wir brauchten nicht lange suchen, sondern folgten den Menschenmassen, die alle in eine Richtung strömten. Die Kindervorstellung war gerade vorbei. Verblüfft sahen wir die vier Kinder, die wir gerade vorhin befreit hatten, dem Ausgang zulaufen. Ihre Eltern holten sie ab und nahmen sie unter ihre Fittiche.

„Wie hat euch denn der Zirkus gefallen?", fragte eine der Mütter die Kinder.

„Hm, eigentlich wissen wir gar nicht mehr so viel. Nur dass dort ein großer bunter Vogel aufgetreten ist, der sprechen konnte", antwortete das ältere Mädchen. Das vierte Kind hielt die Hand seiner Mutter fest und freute sich, wieder bei ihr zu sein. Sophia hatte offenbar den Kindern, sehr zu unserer Beruhigung, einen Trank des Vergessens verabreicht. Die Leute vom Zirkus dagegen hatten den Verbleib ihres Kumpels anscheinend noch nicht bemerkt.

Ich plante, in der nahe gelegenen Stadt dem im Koma liegenden Förster noch einmal einen Besuch abzustatten. Vor Ort beschloss Birgit, mit Robert ein Eis essen zu gehen. Das war das Mindeste, was sich dieser mutige Junge für seinen waghalsigen Einsatz verdient hatte. Ich begab mich zur Intensivstation des Krankenhauses. Der mir bereits vertraute Krankenpfleger öffnete die Tür.

„Ihrem Freund geht es leider immer noch nicht besser... Sie wissen ja den Weg", sagte er. Ein mitfühlender Blick streifte mich, als er sich diskret entfernte. Dass der Förster nicht unbedingt ein Freund von mir war, musste er ja nicht wissen. Im Krankenzimmer herrschte heute eine besondere Atmosphäre. Erstaunt sah ich Sophia am Bett des Kranken sitzen. Sie hatte eine Hand auf seine Stirn gelegt und flüsterte ihm leise Worte ins Ohr, die ich nicht verstand.

„Er hat sich auf seinen Reisen im Koma verirrt und es geht ihm sehr schlecht", erklärte Sophia leise, als sie sich mir zuwandte.

„Sophia, wie schön, dich so schnell wieder zu sehen!" Ich freute mich wirklich.

„Du bist die Einzige, die ihn wieder auf den rechten Pfad führen kann, Christina. Das hängt mit der Vermischung eures Blutes zusammen. Sollte irgendetwas schief laufen, werde ich da sein", ließ Sophia mich wissen.

Zögernd näherte ich mich dem Krankenbett und legte meine Hand vorsichtig auf den Arm des Kranken. Sofort fühlte es sich so an, als würde ich in einen abgrundtiefen Strudel gezogen. Mir wurde unheimlich zumute. Ich wollte wegrennen, doch dunkle Energien ließen meine Beine immer schwerer werden. Ich gewahrte einen Kreis grässlicher Gestalten, die den Förster in ihre Mitte genommen hatten und ihn malträtierten. Knurrende Stimmen schienen ihn aufzufordern, er solle zu ihnen zurückkehren. Die ganze Szenerie wirkte äußerst angsteinflößend.

Der Förster drehte seinen Kopf und sah mich kommen. Flehend streckte er eine Hand nach mir aus.

„Ich habe Sie gerufen, immer und immer wieder! Dem Himmel sei Dank, dass Sie den Weg bis hierher gefunden haben!" teilte er mir in Gedanken mit. Er wirkte sehr aufgewühlt. Aus irgendeinem Grund wusste ich, was jetzt zu tun war. Ich glaube, Sophia hatte es mir ins Ohr geflüstert.

„Folgen Sie mir dicht auf den Fersen – und was auch immer geschieht, drehen Sie sich auf keinen Fall um! Ignorieren Sie die düsteren Gestalten um Sie herum", wies ich ihn telepathisch an. Dann fasste ich fest seine Hand und zog ihn mit aller Kraft aus dem Kreis der dunklen Gestalten heraus. Dabei spürte ich deutlich die tatkräftige Unterstützung Sophias.

Langsam, weder nach hinten noch zur Seite schauend, verließen wir die unheilvolle Stätte. Unser Weg führte durch einen nicht enden wollenden Tunnel. Eine ganze zeitlang wurden wir noch von gräulichen Phantomen verfolgt. Doch wir ließen uns nicht beirren und strebten entschlossen vorwärts. Nur hinaus hier!

Endlich lichtete sich die Atmosphäre. Von weitem erblickte ich ein Raumschiff, das mit hoher Geschwindigkeit auf uns zuflog. Schnell kam es näher und immer näher. Eine Tür öffnete sich – und wir wurden schwungvoll in das Innere hineingezogen.

Huh, was für eine Rettung! Ich wunderte mich kaum, als wir uns im Raum der zwölf *Bewahrer* wieder fanden. Sie hatten uns mit ihrem Raumschiff geortet und aufgelesen, um unsere Flucht zu erleichtern. Auf ihr Geheiß nahmen wir Platz und erhielten zur Begrüßung ein Glas mit einem belebenden Trank serviert, der – wie beim letzten Mal – durch eine Klappe herauftransportiert wurde. Das Glas wurde auf einem kleinen Tisch abgestellt, und die Klappe schloss sich wieder. Ein Schluck von dem Getränk wirkte außerordentlich kräftigend.

Mir kam der Gedanke, das den *Bewahrern* daran gelegen sein könnte, einen persönlichen Kontakt zu dem Förster herzustellen. Schließlich hatte sich bei ihm ein erstaunlicher Wandel vollzogen, der so nicht vorherzusehen war. Zwar hatten einige äußere Ereignisse zu dem Sinneswandel beigetragen, doch vielleicht schlummerten immer noch Reste eines guten Kerns in ihm.

Zwei der Bewahrer zogen sich mit dem Förster in eine stille Ecke zurück und sprachen lange Zeit mit ihm. Offenbar wollten sie die Ernsthaftigkeit seiner Wandlung prüfen. Ihre Beurteilung fiel allem Anschein nach zufrieden stellend aus. Sie glaubten an eine veränderte Gesinnung bei dem Förster und daran, dass diese Bestand hatte.

„Wir heißen Sie im Kreise der *Bewahrer* und Retter der Welt willkommen", sagte der Vorsitzende mit feierlicher Miene zu dem vor ihm knienden Förster. „Ein Rückfall in die dunklen Gefilde würde für Sie schlimmere Folgen haben, als Sie sich das vorstellen können", fuhr er fort. Mit diesen Worten überreichte er dem neuen Mitglied zum Zeichen der Zugehörigkeit ein Amulett, das dem meinen sehr ähnlich war. Dankbar und mit Tränen in den Augen nahm der Förster das Kleinod entgegen. Er bat um Vergebung für die Vergehen, die er begangen hatte und wollte alles tun, sie wieder gutzumachen, so weit das möglich war. Dann erhoben sich die *Bewahrer* und verabschiedeten sich von uns.

Ich verspürte ein plötzliches Ziehen, und... als ich mich umblickte, befand ich mich wieder in dem Krankenzimmer! Sophia hatte sanft meine Hand vom Arm des Försters entfernt. Als ich ins Gesicht des Kranken blickte, sah ich eine Träne in seinen Augenwinkeln. Auf dem Nachttisch lag das gleiche Amulett, das auch ich besaß. Nun war ich davon überzeugt, dass er sich gewandelt hatte und ein neues Mitglied der Gemeinschaft geworden war. Sophia legte noch einmal die Hand auf seine Stirn. Ein Büschel Kräuter lag ganz in der Nähe.

„Es geht ihm zum Glück ein wenig besser. Es fehlte nicht viel, und er wäre gestorben", bemerkte Sophia mit ihrer melodischen Stimme. Dann erhob sie sich und legte liebevoll einen Arm um mich. „Es hat sich gelohnt, für ihn einzutreten, denn alles spricht dafür, dass er es ehrlich meint. Er hat viel wieder gutzumachen." Dann fuhr sie leise fort:

„Am besten, wir lassen ihn jetzt allein. Er befindet sich hier in guter Obhut und ist derzeit in einen heilsamen Schlaf gefallen." Ich erhob mich und ging zur Tür. Als ich mich noch einmal umdrehte, war Sophia nicht mehr da. Ich schmunzelte. An derlei Dinge war ich langsam gewöhnt. Der Pfleger geleitete mich zur Ausgangstür. Er hatte Sophia nicht kommen sehen, und auch von den anderen Dingen wusste er nichts.

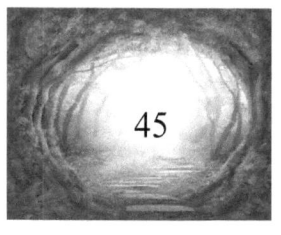

45

Als ich hinaustrat, umfingen mich die wärmenden Strahlen der Nachmittagssonne. Ich überlegte, wie ich am besten Birgit und Robert ausfindig machen könnte. Ein Blick nach oben zeigte mir die Lösung. Auf den unermüdlichen Phönix war Verlass. Er zog seine Kreise über mir und flog dann in eine Richtung davon. Ich ging ihm nach und es dauerte nicht lange, bis ich die beiden Gesuchten entdeckte. Sie saßen einträchtig in einem Eiscafé beieinander und waren dabei, zwei enorme Portionen Eis zu verdrücken. Ich gesellte mich zu ihnen und ließ es mir nicht nehmen, ebenfalls eine Bestellung aufzugeben. Nicht lange, da stand auch vor mir ein beachtlicher Eisbecher, natürlich mit viel Sahne.

Nach einer Weile beschlossen wir, uns noch einmal bei dem hiesigen Wanderzirkus umzusehen. Schon von weitem erblickten wir lange Schlangen von Menschen, die Einlass in die Vorstellung begehrten. Uns fiel auf, dass der Platz von Menschen aller Hautfarbe, mit teilweise ungewöhnlichem Aussehen, angefüllt war. Das war uns bei den vorherigen Besuchen nicht aufgefallen, schien also ein neues Phänomen zu sein.

Unmittelbar vor dem Einlass bekamen die Besucher das Sprudelwasser ausgehändigt, in welches sie das dargereichte Pulver mischten. Die bereitstehenden Zirkusleute achteten akribisch darauf, dass auch jeder Gast sein Glas bis auf den Grund leerte. Fassungslos standen wir dabei und beobachteten den Vorgang, ohne etwas unternehmen zu können. Die Schlange der Besucher wurde immer länger, wohl weil heute eine Hilfskraft fehlte. Wo die sich befand, das wussten nur wir.

Auf dem Platz herrschte eine angespannte Stimmung, vielleicht mit bedingt durch die vielen Menschen unterschiedlicher Hautfarbe. Wo die wohl plötzlich alle hergekommen waren? Wir fühlten uns unwohl und hatten die Befürchtung, einer der Mitarbeiter des Spektakels hier könnte auf uns aufmerksam werden. Daher räumten wir bald wieder das Feld und beeilten uns, zum Parkplatz zu gelangen.

Dort sprangen wir ins Auto und fuhren los. In der Stadt herrschte ein heilloses Durcheinander. Wir sahen Menschen aller Hautfarben und Kulturen sich tummeln. Heftige Streitigkeiten unter den Leuten schienen zuzunehmen. Im Vorbeifahren beobachteten wir, dass die Besucher immer noch beim Zirkus anstanden und das Getränk in Empfang nahmen. Inmitten von all dem Getümmel pries der Zirkusdirektor mit lauter Stimme die Vorstellung an. Lediglich die Fremden, die plötzlich wie aus dem Nichts aufgetaucht waren, kümmerten sich nicht um das Geschrei des Zirkusmannes.

Wir sahen zu, dass wir unbehelligt aus der Stadt herauskamen und waren froh, als wir die Landstraße erreichten. Dort herrschte ebenfalls ein starkes Verkehrsaufkommen. Birgit steuerte den Wagen souverän durch den dichten Verkehr. Hin und wieder erblickten wir unseren treuen Begleiter, den Phönix, der immer wieder am Himmel auftauchte.

Endlich gelangten wir beim Gasthof an. Als wir hineingingen, entdeckten wir Antje und Diana an einem der Ecktische. Auch die kleine Emilie war zugegen.

„Schön, dass wir alle wieder einmal zusammen sind!", rief Birgit erfreut. Wir suchten uns einen etwas größeren Tisch, nahmen Platz und waren froh, als Regina uns unaufgefordert eine Erfrischung brachte. Ungewöhnlich viele ausländische Gäste, die zum Teil unsere Sprache nicht verstanden, hielten sich in dem Schankraum auf.

„Was ist hier eigentlich los? Auch in der Stadt sahen wir ungewöhnlich viele Menschen verschiedener Nationen auf den Straßen", fragte ich erstaunt.

„Heute Nachmittag hielt ein Bus direkt vor dem Gasthaus; und herein strömten alle diese unterschiedlichen Leute. Ein deutsch sprechender Mann war dabei und erklärte, er würde alles bezahlen, was hier verzehrt würde", unterrichtete uns Regina.

„Meint ihr, das könnte mit den geöffneten Portalen zusammenhängen?", warf Diana ein.

„Auf jeden Fall müssen wir sehen, wie wir mit der neuen Situation klarkommen", seufzte Regina. Sie stellte Kaffee, etwas Kuchen, Schokolade für die Kinder und ein Erfrischungsgetränk auf den Tisch und setzte sich zu uns.

„Wir haben übrigens heute Nachricht aus dem Speziallabor bekommen, in das wir eine Probe der Mixtur aus dem Zirkus eingeschickt hatten", informierte uns Antje. „Es befinden sich tatsächlich Partikel darin, die eine Gesundheitsgefährdung darstellen, die bei Allergikern sogar tödlich ausgehen kann." Birgit äußerte mit besorgter Miene:

„Es wundert mich nicht, dass das Labor zu diesem Ergebnis kam, denn immerhin gab es hier im Ort und auch im Nachbardorf bereits einige schwerwiegende Fälle. Die *Bewahrer* haben uns ja diesbezüglich hinlänglich informiert. Unser Land – und wer weiß nicht wie viele Länder sonst noch – befindet sich in einer sehr gefährlichen Situation. Wie wir wissen, wollen außerirdische Mächte die Erde übernehmen und wenden dafür alle möglichen Tricks an. Es sind sehr gefährliche Invasoren. Daher müssen wir ausgesprochen vorsichtig zu Werke gehen." Wir stimmten Birgits Einschätzung zu. Antje verstaute die Befunde des Speziallabors sorgfältig in einer Tasche.

Die Geräuschkulisse im Gastraum nahm an Lautstärke zu. Die ausländischen Gäste nahmen kein Blatt vor den Mund, wie sie es wohl in ihrer heimischen Kultur gewohnt waren. Wir konnten es ihnen nicht verübeln. Andererseits hatten wir Mühe, uns auf unsere ernsten Themen zu konzentrieren. Lediglich die beiden Kinder an unserem Tisch fanden es lustig, dem fremdländischen Kauderwelsch zu lauschen. Derweil hatte Regina alle Hände voll zu tun, Getränke und belegte Brote herbeizuschaffen. Wir entdeckten den deutschen Betreuer dieser Gruppe an einem der Tische. Birgit ging zu ihm und fragte:

„Wo kommen plötzlich all diese vielen Menschen aus aller Herren Länder her?" Er antwortete bereitwillig:

„Irgendetwas zieht die Leute, wie in einen Strudel, massenhaft in dieses Land und wir haben alle Hände voll zu tun, sie unterzubringen. Die angrenzenden Länder sehen sich mit ähnlichen Problemen konfrontiert. Es kommen täglich mehr Menschen, so als hätten sie hier das Schlaraffenland entdeckt. Doch so viel Platz kann unser kleines Land, wie auch die umliegenden Länder, auf Dauer nicht bieten. Ich habe durch die Betreuung dieser Leute einen gut bezahlten Job und stelle nicht viele Fragen. Unsere Fahrt geht demnächst weiter in die nächste Stadt. Dort hat der Bürgermeister Unterbringungsmöglichkeiten geschaffen und ich bekomme den nächsten Trupp zur Betreuung zugewiesen. So geht das laufend weiter."

Diese Ausführungen gaben uns zu denken. Auffallend war, dass die Masseneinwanderung parallel lief zu dem Eindringen der dunklen Gestalten, die durch das selbst geschaffene Portal hereinkamen.

„Dieser Menschenstrom hat möglicherweise ebenfalls den Grund, die Erde in Besitz zu nehmen", mutmaßte Antje. Allerdings waren uns die Zusammenhänge nicht klar.

Nach einer Weile verließ der fremde Trupp, laut palavernd, die Gastwirtschaft und der Betreuer verabschiedete sich von uns mit den Worten: „Bis zum nächsten Mal!" Das stimmte uns nicht gerade fröhlich, denn alle diese Ereignisse waren mehr als unerfreulich. Wir wurden das Gefühl nicht los, dass die Gesamtsituation, die mit den Invasoren zusammen hing, uns langsam über den Kopf zu wachsen begann.

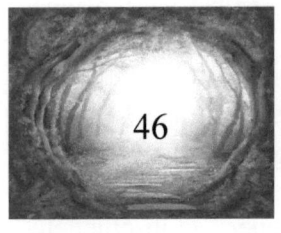

46

Abends saß ich entspannt am Kaminfeuer, mit einem Gläschen Rotwein in der Hand, während Leo neben mir döste. Die Ruhe tat mir gut. In Gedanken versunken schaukelte ich vor und zurück. Es dauerte nicht lange, bis ich in einen Zustand zwischen Wachen und Träumen hinein glitt. Ein leichter Windzug zog durch den Raum, der mich erfrischte.

„Guten Abend... ich bin hier...", hörte ich eine leise Stimme neben mir. Als ich zur Seite blickte, schreckte ich hoch. Da stand der Förster, dessen Name kurioserweise mit seinem Beruf korrespondierte. Es war für mich immer noch ein Schock, wenn er so plötzlich auftauchte. Dann holte ich tief Luft und führte mir vor Augen, dass er ja nun nicht mehr auf der Gegenseite stand.

„Guten Abend, ich bin wohl eingeschlummert... Wie ergeht es Ihnen auf Ihren Reisen?", fragte ich geistesgegenwärtig. Wir konnten uns an diesem Ort akustisch unterhalten, während sich die Gespräche in der Klinik auf einen Gedankenaustausch beschränkten.

„Ich habe mich allerorts umgesehen und dabei leider festgestellt, dass schon wieder ein Portal geschaffen wurde. Die Spezies, die dass dritte Portal geöffnet hat, führt ebenfalls nichts Gutes im Schilde. Sie ist dafür verantwortlich, dass plötzlich scharenweise Männer aus den unterschiedlichsten Gegenden der Erde dieses Land überfluten. Leider werden diese fremden Leute von den verantwortlichen Politikern – wie z.B. den Bürgermeistern – mit allem versorgt, was ihnen den Aufenthalt längerfristig ermöglicht, anstatt dass man sie außer Landes weist. Hilfsbereit, wie die Menschen nun einmal sind, bemerken die Einwohner dieses Landes nicht, was hier wirklich vor sich geht", berichtete er mit belegter Stimme.

„Wie schrecklich! Was können wir bloß dagegen tun?", fragte ich verzagt. Mir war klar, dass mit einem offenen Kampf hier wenig zu erreichen war. Herr Förster antwortete auch dementsprechend:

„Im Moment können wir weiter nichts tun, als sehr aufmerksam und bewusst das Geschehen zu beobachten und aufklären, so gut es geht. Ich fürchte jedoch, dass die Einheimischen bar jeder Vorstellung sind, was dieser Übergriff zu bedeuten hat und wie geschickt die Eindringlinge dabei vorgehen. Die meisten können sich in keiner Weise eine Vorstellung davon machen, was die Invasion nach sich zieht, weil diese bislang einmalig ist. Sie sind auch nicht imstande, zu begreifen, wie solche Wesen täuschen und tricksen, da ihnen selbst solche Mittel fern liegen."

Eine Weile versank ich in Nachdenken und versuchte, mir die Gesamtsituation klar zu machen. Vielleicht gab es doch noch eine Lösung? Beim Aufblicken bemerkte ich, dass sich plötzlich eine weitere Person im Raum befand. Es handelte sich um einen Mann von etwa Mitte dreißig, der in einem Raumanzug steckte. Als er seinen Helm abnahm, kam ein Blondschopf zum Vorschein. Ich war verblüfft. Was für eine Versammlung in meiner bescheidenen Hütte! Verstohlen blickte ich mich um, ob sich noch mehr Leute hier bei mir tummelten. Ich konnte aber niemanden sonst entdecken.

„Mit wem habe ich die Ehre"? wandte ich mich an den Neuankömmling.

„Entschuldigen Sie, dass ich hier so einfach hereinspaziere, aber in Ihrem derzeitigen Zustand kann ich durch Wände gehen. Da Sie zu den *Bewahrern* gehören, halte ich es für meine Pflicht, Sie aufzuklären."

„Darum wollte ich Sie gerade bitten, wenn Sie einfach ungefragt meine Gastfreundschaft in Anspruch nehmen", erwiderte ich leicht ironisch.

„Wie Sie gerade von Herrn Förster erfahren haben, existieren momentan drei Portale, durch die verschiedene Invasoren auf die Erde gelangen. Nun, es gibt es auch ein viertes, das schon sehr lange existiert. Wir sind mit einer ähnlichen Aufgabe betraut wie die *Bewahrer* und benutzen diesen Durchgang. Allerdings ist unser Tätigkeitsbereich nicht so eng begrenzt. Wir haben mehr Möglichkeiten als die *Bewahrer;* so dürfen wir z. B. Übergriffe, die für die Menschheit gefährlich sind, im Ansatz vereiteln. Zu diesem Zweck benutzen wir das Portal.

Allerdings ist es uns nicht gestattet, die dunklen Elemente ganz auszuschalten, auch wenn wir dazu in der Lage wären. Denn es ist die Aufgabe der Menschen, selbst die Gefahren zu erkennen und sich zu schützen. Dabei können sie allerdings auf unsere Unterstützung zählen. Wir alle sind Sternengeschwister; das werdet auch ihr eines Tages erkennen. Eure Aufgabe besteht darin, euch selbst zu helfen und zu erkennen, dass Liebe die stärkste Kraft im Universum ist." Dann reichte er mir die Hand. „Ich heiße übrigens Alexander", fügte er hinzu.

„Ich freue mich, Sie bei mir zu sehen, Alexander", erwiderte ich. „Mein Name ist Christina." Ich erfuhr von Alexander Einzelheiten über seine Mission. Er und sein Geschwader waren den *Bewahrern* gut bekannt. In irgendeiner Weise waren sie alle um das Wohl der Erdbewohner besorgt. Ein Blick auf den Förster zeigte mir, dass er froh war, rechtzeitig die Seiten gewechselt zu haben.

Alexander teilte mir mit, dass ich in wirklich brenzligen Situationen nichts weiter zu tun brauchte, als laut seinen Namen zu rufen. Ich war ungemein erleichtert über diese unerwartete Unterstützung aus anderen Sphären. Dann verbeugte sich der geheimnisvolle Besucher und... entfernte sich durch die Wand. Auch der Förster löste sich auf und verschwand. Ich war wieder allein und erwachte, weile es mittlerweile kalt geworden war. Schnell wechselte ich ins warme Bett hinüber und war bald darauf fest eingeschlafen.

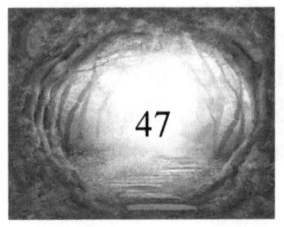

Wieder stand ein Besuch beim Förster auf der Tagesordnung. Diesmal konnte ich nicht verhindern, dass beide Kinder mitkamen. Obwohl ich um sie besorgt war, ließen sie sich nicht abweisen. Birgit wollte uns fahren, während Regina in ihrer Gaststube alle Hände voll zu tun hatte. Täglich bevölkerten immer neue Leute aus der Fremde ihr Wirtshaus. Nur gut, dass immer ein deutscher Begleiter zugegen war, mit dem sie verhandeln konnte.

So starteten wir vier in Richtung Stadt. Als wir an dem Platz vorbei fuhren, wo der Zirkus gastierte, herrschten dort chaotische Zustände. Parken war nur auf dem Gelände des Krankenhauses möglich, also steuerten wir dorthin. Birgit und die Kinder wollten ein Eiscafé aufsuchen, während ich mich in Richtung des Klinikgebäudes absetzte. Mittlerweile fand ich den Weg auf die Intensivstation schon mit schlafwandlerischer Sicherheit. Der mir bereits vertraute Pfleger begrüßte mich und berichtete, dass es Herrn Förster dem Anschein nach ein wenig besser ginge. Allerdings wäre er immer noch nicht aus dem Koma erwacht.

Nachdem ich Kontakt mit dem Patienten aufgenommen hatte, übermittelte er mir in Gedanken:

„Ich freue mich, Sie wieder zu sehen."

„Wie fühlen Sie sich heute?", fragte ich ihn, ebenfalls telepatisch.

„Die Kräuter haben mich neulich etwas belebt. Doch ich fühle mich noch sehr schwach. Leider will die Lebenskraft nicht so schnell wieder bei mir Einzug halten. Doch es hat auch sein Gutes. Ich kann Ihnen auf diese Weise besser behilflich sein, weil ich in diesem Zustand nicht bemerkt werde und überall Zutritt erhalte. Dadurch kann ich zu Wissen gelangen, das auf andere Weise nicht zugänglich wäre.

Ich möchte Sie warnen. Nehmen Sie sich vor den Dunklen in Acht, weil die Gestaltwandler, die als Zirkuspersonal auftreten, sich für die Maßnahmen, die gegen sie ergriffen wurden, revanchieren wollen. Auf der anderen Seite wagen sie es nicht, Ihnen zu nahe zu treten, weil sie über Ihre respektablen Helfer Bescheid wissen. Auf jeden Fall müssen Sie und ihre Leute auf der Hut sein. Sie stehen jedoch nicht allein, und das ist beruhigend. Ich werde weiterhin auf meine Weise unterwegs sein und hoffe, Ihnen nützlich Informationen übermitteln zu können", beendete er seine gedanklichen Ausführungen.

Ich hatte noch ein Büschel der Heilkräuter bei mir, die mir Sophia überlassen hatte. Die legte ich auf den Nachttisch des Kranken und bemerkte, dass sie ihm sichtlich gut taten. Mich überfiel Mitleid mit ihm und ich strich ihm sanft über die Stirn. Da hatte ich den Eindruck, dass ein kleines Lächeln seine erstarrten Züge überflog. Langsam verließ ich den Raum und verabschiedete mich noch von dem Pfleger, bevor ich ging.

Auf dem Parkplatz angekommen, sah ich Phönix schon von weitem und freute mich über den verlässlichen Verbündeten. Mit seiner Hilfe fand ich in kurzer Zeit die Eisdiele, in der sich Birgit und die Kinder aufhielten. Ich setzte mich zu ihnen und es dauerte nicht lange, da hatte ich einen Berg Eis vor mir stehen, den ich mit viel Appetit verzehrte. Zwischendurch berichtete ich ihnen von meinem Besuch bei dem Förster.

Auf dem Rückweg hatten wir wiederum Mühe, durch das Gewühl hindurch zu kommen. Die vielen fremden Leute stießen und schubsten uns in alle Richtungen. Ich machte

mir Vorwürfe, die Kinder mitgenommen zu haben. Wir
wurden mehr geschoben, als dass wir selbst zielstrebig vo-
rangingen. Unvermittelt standen wir vor dem Wanderzirkus
und sahen uns einer geduldig wartenden Menschenmenge
gegenüber, die alle auf Einlass warteten. Robert konnte nicht
an sich halten und rief laut:

„Trinkt das Wasser mit dem Pulver nicht, es ist gefährlich!" Niemand schien ihn zu beachten, doch einer hatte es
gehört. Das war der allgegenwärtige Zirkusdirektor, der
noch eine Rechnung mit uns offen hatte. Mit seinen Krallenhänden ergriff er Robert am Kragen und zog ihn zur Seite.
Robert wehrte sich nach Leibeskräften und trat ihm fest gegen das Schienbein. Jetzt wurde diese Kreatur erst richtig
wütend.

„Ich mache dir den Garaus", knurrte er wutentbrannt und
legte seine Krallen um den Hals des Jungen. In panischer
Angst be-   gann ich zu schreien:

„Alexander! Hilf uns!" Wenn
Gefahr im Verzuge war,
sollten wir ihn rufen, das
waren seine Worte gewe-
sen.

Tatsächlich erblickte ich
fast im selben Moment
über uns eine fliegende
Scheibe. Sie senkte sich herab; eine Luke öffnete sich und
zog uns alle vier hinein. Was für eine Überraschung! Wir
befanden uns ohne jeden Zweifel in einer der sagenhaften
,Fliegenden Untertassen', in einem Ufo! Aufgeregt sahen
die Kinder sich um. Sie zeigten keinerlei Angst; ganz im
Gegenteil: Für sie war es ein willkommenes Abenteuer.

Wutschnaubend fuchtelte das Wesen mit den Krallenhänden hinter uns her:

„Euch werde ich schon noch kriegen!", schrie es außer sich vor Wut. Langsam zog das Gefährt nach oben. Wir konnten nun den überfüllten Platz aus der Vogelperspektive betrachten. Dann wurden uns Sitze zugewiesen, in denen wir fest angeschnallt wurden. Und ab ging die Fahrt! In atemberaubender Geschwindigkeit sausten wir durch das Sonnensystem. Was hatte ich in den letzten Tagen schon alles erlebt! Es kam mir vor wie ein Traum und ich fragte mich, ob das hier alles wirklich passierte.

Von Ferne sahen wir die Erde als leuchtende blaue Kugel, die immer kleiner wurde. Wen wunderte es, dass einige extraterrestrische Wesen diesen einzigartigen Planeten für sich vereinnahmen wollten? Und danach trachteten, den Geist des Menschen, der über schöpferische Kräfte verfügte, in Verwirrung zu stürzen und zu versklaven? Dabei gingen sie mit äußerster Raffinesse und Heimtücke zu Werk, so dass sie mit ihrem Vorhaben schon beachtliche Erfolge erzielen konnten.

Seltsame Dinge spielten sich derzeit auf der Erde ab. Die Menschheit hatte offenbar die Aufgabe, sich mit ihrer Herkunft zu befassen. Es war für sie an der Zeit, sich zu erinnern und zu ihren eigentlichen Wurzeln zurückzukehren. Dazu war es erforderlich, sich von den Besatzern zu befreien. Bei dieser Aufgabe wurde ihnen zwar Hilfe von außen zuteil, doch die Hauptlast lag allein bei ihnen selbst. Schließlich hatten sie zugelassen, dass fremde Wesen in ihr Territorium eindrangen und sich ihrer bemächtigten. Alexander berichtete, dass es noch viele andere Wesen gäbe, die zu seinem Geschwader gehörten. Sie beobachteten die Menschen schon seit langer Zeit und griffen nur in heiklen Situationen ein – oder wenn sie dringend um Hilfe gebeten wurden, so wie vorhin. Sie verfügten über mehr Befugnisse als die *Bewahrer*. Jedem von ihnen war eine besondere Aufgabe zugeteilt.

Die außerweltlichen Besatzer waren den Menschen in mancher Hinsicht haushoch überlegen; es bestand ein kolossales Ungleichgewicht, was die technische Entwicklung anbetraf. Dieses galt es auszugleichen. Die Menschen waren von Natur aus eher vertrauensselig und standen dem schöpferischen Prinzip nahe. Diese Nähe zum Numinosen neideten die Besatzer den Menschen. Leider hatten sie mit ihrem Verwirrspiel Erfolg, da viele ihre Falschheit nicht durchschauten.

Ein-ir- zelne Wesen der außerdischen Spezies weilten bereits seit langer Zeit auf dem Planeten Erde. Jetzt aber spitzte sich die Lage zu, denn diese Wesen wollten schluss- endlich den Planeten für sich in Besitz nehmen. Ein unerbittlicher Kampf war entbrannt, dessen Ende noch nicht abzusehen war. Es ging ums Ganze, um die Existenz der Menschen, wobei viele von ihnen gar nicht bemerkten, dass sie sich mitten in einem globalen Gefecht befanden. Ihnen musste endlich klar werden, worum es dabei ging. Es war wichtig, dass sie ihre wahre Natur erkannten. Doch das wussten die Besatzer mit viel Hinterlist zu verhindern. Wenn die Mehrheit der Menschen durchschauen würde, was sich hinter den Kulissen abspielte, hätten die Besatzer schlechte Karten, den Kampf zu gewinnen.

Das war die momentane Situation, über die uns Alexander informierte. Er war am Ende seiner Ausführungen angekommen. Die fliegende Untertasse senkte sich wieder hinab und flog in Richtung Parkplatz, wo unser Wagen wartete. Fast sah es so aus, als wollte das Gefährt auf dem Autodach landen. Greifer fuhren aus und zogen den Pkw fest an die Unterseite des Fluggerätes. Dann gewann das Ufo wieder etwas an Höhe, flog bis zum Dorf und landete direkt vor Reginas Gaststätte! Leo kam bellend angelaufen, gefolgt von Regina. Sie starrte gebannt in unsere Richtung und wolle nicht glauben, was sie da sah.

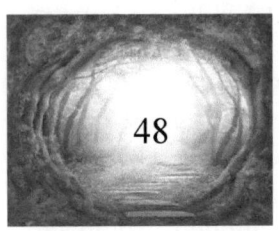

48

Die Leute, die sich in der Nähe aufhielten, hatten kaum Zeit, sich über das seltsame scheibenförmige Luftgefährt zu wundern, da war es auch schon wieder verschwunden. Wir schauten ihm nach und sahen es als kleinen Punkt in den Wolken verschwinden. Die Kinder konnten kaum noch an sich halten. Sie liefen zu Regina und erzählten mit geröteten Wangen, was sie gerade erlebt hatten. Sie waren in einer fliegenden Untertasse geflogen, und das war schließlich ein unerhört einmaliges Erlebnis! Wir ließen sie erzählen, ohne ihren Redeschwall zu unterbrechen. Regina runzelte mehrmals die Stirn und dachte wohl, die Kinder wären übergeschnappt. Doch auch sie hatte einen Moment lang etwas gesehen, das einer fliegenden Untertasse glich. Im ersten Augenblick hatte sie geglaubt, es handelte sich um eine Sinnestäuschung.

Wir setzten uns in den Garten, um die Nachmittagssonne zu genießen und klärten Regina darüber auf, was sich zugetragen hatte. Leo sprang derweil munter bellend in der Gegend herum und freute sich, dass wir wieder zurück waren.

„Das nimmt ja jetzt Formen an, mit denen ich niemals gerechnet hätte! Und wie rasant sich das alles entwickelt", sagte Regina sichtlich erschüttert, als wir unsere Schilderung beendet hatten.

„Das alles spielt sich hinter dem Rücken der Leute ab, und sie haben nicht die geringste Ahnung davon", meinte Birgit nachdenklich. Unser Gespräch wurde unterbrochen, weil der Begleiter in den Garten kam, um die Rechnung für die Versorgung der ausländischen Besucher zu begleichen. Das Geschäft Reginas hatte sich ausgesprochen belebt und brachte einen zusätzlichen Gewinn, so dass sie jetzt des Öfteren eine Aushilfe einstellen konnte. Allerdings hatten die fremden Gäste die unterschiedlichsten Essgewohnheiten und es war aufwändig, all ihren Wünschen gerecht zu werden. Aus diesem Grunde war eine weitere Aushilfe notwendig geworden.

„Wo kommen bloß all die Leute her?", fragte Robert.

„Sie kommen aus aller Herren Länder und wenn ihr mich fragt, kann es so nicht weitergehen", meinte der Begleiter. „Ich verdiene zwar ganz gut daran, doch es kommen immer mehr und ein Ende ist nicht abzusehen. Der Frieden im Land ist in Gefahr. Wer die Menschenmassen veranlasst, sich auf die Reise zu begeben und vorzugsweise unser Land auszusuchen, obwohl es nicht allzu groß ist, kann ich nicht sagen. Es ist wie eine Manie, von der diese Leute befallen sind. Sie glauben, hier könnten sie ohne Probleme ein sorgenfreies Leben führen. Doch wenn diese Rechnung nicht aufgeht, gibt es Streit und Unruhen. Außerdem bemerke ich – besonders in der Stadt – dass auch die Einheimischen sich verändert haben. Es ist fast so, als wäre dabei etwas Magisches im Spiel." Damit erhob er sich und beglich die nicht unbeträchtliche Rechnung. Nachdem die Gruppe unter viel Lärm und Getöse aufgebrochen war, herrschte wieder Ruhe.

Es schien, als wäre hier alles aus den Fugen geraten. Die meisten Menschen reagierten nicht mehr wie gewöhnlich. Das war selbst in diesem kleinen Ort zu bemerken. Bei den Einheimischen war eine Art Wesensverwandlung festzustellen. ‚Nur gut, dass die Leute aus der Fremde hier nur durchreisen', dachte ich erleichtert. Andererseits hatte ich auch Mitleid mit ihnen. Womöglich wurde ihnen vorgegaukelt, dass sie einfach nur in dieses Land zu kommen brauchten, um ein sorgenfreies Leben zu führen. Wer von Armut betroffen war, wollte am Wohlstand anderer partizipieren. Wer konnte ihm das verdenken? Wahrscheinlich wurden die Leute von einer fremden Macht veranlasst, sich auf den oft beschwerlichen Weg zu machen.

Es waren die Kinder, die uns von unseren sorgenvollen Gedanken ablenkten. Sie waren noch immer ganz aus dem Häuschen wegen der aufregenden Reise in der fliegenden Untertasse. Für sie war das alles ein aufregendes Abenteuer. Mit ihrer unbeschwerten Einstellung brachten sie auch uns auf andere Gedanken.

Ich rief mir die Gestalt des Flugkapitäns, der sich als Alexander vorgestellt hatte, wieder ins Gedächtnis. Sein souveränes und sympathisches Auftreten hinterließen den Eindruck, dass man sich in seiner Gegenwart vollkommen sicher fühlen konnte. Ich lächele bei dem Gedanken an seine stahlblauen Augen und dem gewinnenden Äußeren.

„Wohin soll das noch führen?", rief ich mich zur Ordnung und versuchte, meine Gedanken in eine andere Richtung zu lenken. Unvermittelt wurde ich aus meinen Betrachtungen gerissen.

„Christina, dürfen Emilie und ich heute bei dir übernachten?", fragte Robert und sah mich erwartungsvoll an.

„Dagegen habe ich nichts einzuwenden, falls eure Eltern damit einverstanden sind", erwiderte ich.

„Oh, das ist prima!", riefen beide begeistert. Der Gedanke, die Kinder bei mir zu haben und nicht allein zu sein, gefiel mir. Die beiden waren mir in kurzer Zeit ans Herz gewachsen.

„Komm Leo, wir laufen schon einmal vor", verkündete Emilie. Leo verstand den Wink und rannte bellend hinter ihr her. Ich verabschiedete mich von meinen Freundinnen und versprach, mich am nächsten Morgen zum Frühstück wieder einzufinden. Mit guten Wünschen und Ermahnungen versehen, machte ich mich auf den Weg.

„Nicht so schnell, wartet auf mich!", rief ich den Kindern von weitem zu und beeilte mich, sie zu erreichen. Die beiden saßen auf der Erde und hielten etwas in ihrer Hand.

„Sieh mal Christina, wir haben ein Ei gefunden", erzählte Emilie aufgeregt und hielt es mir entgegen.

„Das ist vielleicht aus einem Nest gefallen", bemerkte ich. Doch als ich danach Ausschau hielt, konnte ich keines entdecken.

„Zeig mir mal das Ei", forderte Robert und nahm es in seine Hand. Wir alle betrachteten es aufmerksam. Auch Leo schnupperte daran und begann zu knurren.

„Aber Leo, es ist doch nur ein kleines Vogelei", schalt ich ihn.

„Seht mal, es bricht auseinander!", rief Robert erregt. Tatsächlich konnte man sehen, dass die Eierschale große Risse bekam. Neugierig beobachteten wir den Vorgang. Das Ei zerbrach vollends und zum Vorschein kam ein seltsames Tierchen. Es hatte keinerlei Ähnlichkeit mit einem heimischen Vogel, sondern glich eher einer kleinen Echse. Das Wesen bewegte seinen Kopf in alle Richtungen und schien zu erschrecken, als es uns erblickte. Behände sprang es von Roberts Hand und war im Nu im Gebüsch verschwunden. Es war so flink, dass wir es nicht aufhalten konnten. Leo wollte knurrend hinterher springen, doch ich rief ihn zurück.

„Was für ein ungewöhnliches Tier; so etwas ist mir noch nicht begegnet", meinte ich verblüfft. Plötzlich hörten wir ein seltsames Trapsen in der Nähe. Jetzt war Leo nicht mehr zu halten. Aufgebracht und laut bellend lief er davon, nur um kurz darauf winselnd zurückzukehren.

„Armer Leo, was ist denn mit dir passiert?", fragte ich ihn und streichelte seinen Kopf. Als wir unseren Weg fortsetzten, wich Leo mir nicht von der Seite, was ungewöhnlich für ihn war.

„Seht mal dort oben, da fliegt Phönix!", rief Emilie fröhlich und klatschte in die Hände. Tatsächlich kam kurz darauf Phönix angeflattert und landete auf Roberts Schulter. Emilie streichelte vorsichtig sein buntes Gefieder, was er sich gern gefallen ließ. Dann erhob er sich wieder in die Lüfte und flog uns voraus.

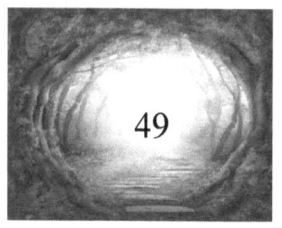

Bei meiner bescheidenen Bleibe angekommen, entdeckte ich, dass der dunkle Wald wieder weiter an die Hütte herangerückt war. Dieser Wald hatte die Eigenschaft, beweglich zu sein und ähnelte damit den schwankenden Stimmungen der Menschen. Derzeit häuften sich die Merkwürdigkeiten, die mit den bekannten Naturgesetzen nicht in Einklang zu bringen waren. Ich hatte mich langsam daran gewöhnt und wunderte mich über gar nichts mehr.

Während Emilie und Robert vor der Hütte ausgelassen mit Leo herumtollten, schob ich drinnen eine Pizza nach der anderen in den kleinen Ofen. Die Frage, ob die beiden Pizza mochten, erübrigte sich, denn es gibt wohl kaum ein Kind, das nein sagen würde. Daher hatte ich mir einen kleinen Vorrat davon angelegt.

Die Kinder hatten anscheinend einen Ball zum Spielen gefunden. Robert nahm ihn in die Hand, spuckte darauf und rief:

„Hier Leo, fang die Maus!" Leo war natürlich so schlau, den Ball nicht mit einem Nagetier zu verwechseln, dennoch sprintete er mit Eifer hinterher. Er brachte den Ball zurück und die Kinder warfen ihn erneut. Sogar Phönix erschien auf der Bildfläche und verfolgte krächzend das runde Ding. Es war ein lustiges und anregendes Bild. Ich setzte mich draußen auf die Bank, um dem ausgelassenen Spiel zuzusehen, während die Pizzen im Ofen brutzelten. Das war ein Moment unbeschwerten Frohsinns. Immer und immer wieder flog der Ball davon, während Leo und Phönix nicht müde wurden, ihm nachzujagen und wieder abzuliefern.

Ein leckerer Duft stieg mir in die Nase und erinnerte mich an die Pizzen. Schnell lief ich in die Hütte, denn es war höchste Zeit, sie aus dem Ofen zu holen. Sie waren knusprig und braun; genau, wie sie sein sollten.

„Wer möchte Pizza essen?", rief ich den Kindern zu und stellte sie auf den Tisch. Was für eine Frage! Sogleich kam beide angerannt und machten sich darüber her. Leo bekam ebenfalls seinen Teil und sogar Phönix war heute mein Gast. Ich hatte alle Hände voll zu tun, für Nachschub zu sorgen. Es dauerte eine ganze Weile, bis alle satt waren.

„Das hat prima geschmeckt", bemerkte Robert und Emilie stimmte ihm vorbehaltlos zu.

„Komm, lass' uns weiter mit dem Ball spielen", regte das Mädchen an.

„Ja…, aber wo ist er denn geblieben? Er ist weg! Leo, geh' und such' den Ball!", rief Robert dem Hund zu. Der lief schnüffelnd in alle Richtungen, doch er fand ihn nicht. Selbst die Mithilfe von Phönix, der geschäftig hin- und herflog, schien nichts zu fruchten. Auf einmal war ein knurrendes Geräusch aus dem nahen Wald zu hören. Sofort lief Leo laut bellend in die Richtung, aus der das Knurren gekommen war.

„Nein Leo, bleib hier!", rief ihm Robert hinterher, aber der Hund war schon zwischen den Baumstämmen verschwunden. Laut kreischend flog Phönix ihm nach und wir anderen drei liefen hinterher, während wir Leos Namen riefen. Wir hörten ihn von weitem bellen und knurren.

„Leo, lieber Leo, komm zurück", jammerte Emilie. Aber er ließ sich nicht blicken. Wir konnten lediglich sein Bellen hören, gefolgt von einem lauten Winseln. Im Sturzflug sauste Phönix an uns vorbei und geriet ebenfalls außer Sichtweite. Wir konnten nichts weiter tun, als in die Richtung laufen, aus welcher der Lärm kam. Endlich gelangten wir an eine kleine Lichtung und trauten unseren Augen nicht.

„Schaut mal, da!", rief Robert und er zeigte auf eine große, monsterartige Gestalt. Ein eisiger Schreck durchfuhr mich, vor allem wegen der Kinder. Robert jedoch, der in letzter Zeit schon einiges erlebt hatte, war nicht so schnell einzuschüchtern. Auch Emilie war nicht sonderlich furchtsam. Das unförmige Monster hatte Leo, der sich winselnd zur Wehr setzte, bei der Gurgel gepackt. Dadurch war es ihm unmöglich, zu beißen. Phönix ließ sich im Sturzflug auf dem Kopf des Ungetüms nieder und hackte nach seinen Augen. Zwangsläufig musste das Ungeheuer den Hund loslassen. Der lief einige Schritte weit und schüttelte sich; offensichtlich war ihm nichts geschehen. Ich atmete erleichtert auf. Unvermittelt schlug sich das Monster fluchtartig in die Büsche. Ich hielt Leo, der ihm sogleich wieder nachsetzen wollte, energisch zurück. Das Ungetüm war von der Bildfläche verschwunden und wir blieben ratlos zurück.

„Das ist noch einmal gut gegangen", seufzte ich. Mir fiel ein Stein vom Herzen. Emilie umarmte Leo stürmisch, froh darüber, dass ihm nichts passiert war, und er leckte liebevoll ihre Wangen.

„Lasst uns schnell zurückgehen, damit wir aus diesem Wald herauskommen!", rief ich den Kindern zu. Im selben Moment knackte es wiederum im Gebüsch – und ein Mann kam zwischen den Baumstämmen hervor. Unwillkürlich wichen wir zurück.

„Guten Tag. Seien Sie unbesorgt, ich habe nicht vor, Ihnen zu nahe zu treten", begrüßte uns der Fremde. Leo war wieder kaum zu bändigen und ich musste ihn mit aller Kraft zurückhalten. Der fremde Mann, der so plötzlich aus dem dunklen Gehölz hervorgekommen war, gab sich verhalten freundlich. Dennoch war seine Ausstrahlung unangenehm und sein Blick stechend. Ich bemerke, dass Phönix wachsam in unserer Nähe blieb.

„Ich glaube, ihr habt gerade etwas gesehen, das wie ein Monster aussah. Ich bin dem Wesen auf der Spur. Es gibt für euch keinen Grund zur Furcht. Ich kümmere mich darum, dass es keinen Schaden anrichtet", erklärte der Mann. Robert sah den Fremden misstrauisch an.

„Es hat wie ein Reptil ausgesehen!", rief er.

„Du hast richtig beobachtet, Robert. Im Allgemeinen gebe ich mir alle Mühe, menschenähnliche Wesen zu erschaffen. Bei diesem ist es mir leider misslungen. Und es ist mir fatalerweise entkommen und hat sich selbständig gemacht. Das ist der Grund, weshalb ich auf der Suche nach ihm bin", erklärte der Mann. Seine Stimme klang rau und unangenehm und passte zum bohrenden Blick seiner Augen.

„Woher kennen Sie eigentlich meinen Namen?", wollte Robert erstaunt wissen.

„Ich weiß noch viel mehr als das...", war die unbestimmte Antwort. „Ich werde jetzt weiter nach der Kreatur suchen. Euch wünsche ich einen sicheren Heimweg." Mit diesen Worten verschwand der unheimliche Mensch im Gebüsch. Mir lief es eiskalt den Rücken hinunter.

50

Als wir uns zügig auf den Rückweg machen wollten, sahen wir uns verblüfft um: Da war kein Pfad erkennbar. Wohin sollten wir uns wenden? Anscheinend hatten wir uns in diesem Zauberwald gründlich verlaufen.

„Phönix, kannst du uns den Weg zeigen?", rief ich laut, doch der Vogel war nirgends zu sehen. Ratlos marschierten wir aufs Geratewohl in irgendeine Richtung. Nach einer Weile kam Phönix plötzlich angerauscht. Wahrscheinlich hatte er den Mann ein Stück weit verfolgt. Er flog nun vor uns her und blieb plötzlich auf einem der hohen Bäume sitzen.

Als wir näher kamen, gewahrten wir einen alten Güterwagen, der farblich so gut in die Umgebung passte, dass er kaum auszumachen war. Beim Näherkommen öffnete sich knarrend eine kleine Tür und ich ahnte schon, wer da gleich erscheinen würde. Tatsächlich stand Sophia dort in Gestalt der alten Frau. Freundlich winkte sie uns und wir folgten ohne zu zögern ihrer Aufforderung. Wie gewöhnlich verabreichte sie uns einen belebenden Trunk, der ihre Spezialität war.

„Dieser Wald ist offenbar euer bevorzugter Landeplatz", bemerkte ich halb im Scherz zu Sophia.

„Wir haben immer ein Auge auf euch", antwortete sie schmunzelnd.

„Das seid ihr anscheinend nicht allein. Ein Mann, dem wir hier mitten im Wald begegnet sind, wusste auch so einiges über uns", erwiderte ich und wartete gespannt auf ihre Antwort.

„Das war einer von den Eindringlingen. Es sind Gestaltwandler. Die beiden Wesen, denen ihr begegnet seid, waren ein und dieselbe Person. Die wahre Gestalt dieses Wesens war tatsächlich die erste, die monströse. Das wollte es vor euch verheimlichen, daher erschien es euch noch einmal in einer menschlichen Form. Den menschlichen Körper können die Gestaltwandler nicht lange aufrechterhalten. Das war der Grund, weshalb er so schnell das Weite gesucht hat", erklärte Sophia. Vor Staunen war ich erst einmal sprachlos. Dann sagte ich sichtlich verwirrt:

„Wir haben ja schon so manches in den letzten Wochen erlebt, aber das hier ist doch schier unvorstellbar." Sophia lächelte geheimnisvoll.

„Du würdest mir nicht glauben, wenn ich dir erzählte, was es alles gibt. Es gibt Dinge, wovon du nicht einmal zu träumen wagst."

„Dann müssen wir wohl noch auf einiges gefasst sein. Doch was bisher geschehen ist, würde schon ein ganzes Buch füllen", meinte ich seufzend.

„Dann bleib' immer auf der Hut", antwortete Sophia lächelnd. Zum Abschied gab sie uns wieder ein Bündel ihrer Wunder wirkenden Kräuter mit auf den Weg und wir verabschiedeten uns in herzlichem Einvernehmen.

Wir waren kaum aus der Tür getreten und einige Schritte gegangen, als wir unverhofft vor meiner Hütte standen. Ich war erleichtert, denn hier waren wir in Sicherheit, da sich die Hütte auf einem Kraftplatz befand. Dies war einer der Gründe dafür, warum auch hier seltsame Dinge passierten. Doch gleichzeitig waren wir geschützt.

Kaum waren wir vor der Hütte angekommen, entfernte sich der dunkle Wald und war bald nur noch aus der Ferne zu sehen. Würde ich das Freunden, die in der so genannten

‚Normalität' fest verankert waren, erzählen, würde sie mir kein Wort glauben. Darum hielt ich mich ihnen gegenüber mit solchen Äußerungen zurück.

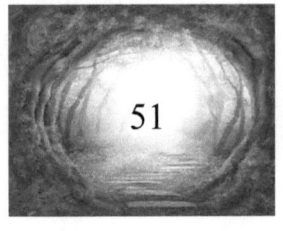

51

Am nächsten Morgen sandte die Sonne einige wärmende Strahlen durch mein Fenster und gab mir zu verstehen, dass die Nacht vorbei war. Sie hatte nun die Regentschaft für die nächsten Stunden angetreten. Damit war ich natürlich einverstanden. Dieser Ansicht schloss sich auch Leo an, der auffordernd auf die Tür zusprang.

„Nichts wie raus aus den Federn!", rief ich den Kindern zu und öffnete die Fenster. Nach einer kleinen Weile waren wir alle vor der Hütte versammelt, um zu frühstücken. Dann brachen wir auf in Richtung des kleinen Sees, wo wir ein erfrischendes Bad nahmen. Wie schön konnte doch das Leben sein und es brauchte nicht viel dazu, ging es mir durch den Kopf, als ich das kühle Nass auf der Haut spürte. Laut krächzend kam Phönix angeflogen, vollzog einen kurzen Sturzflug dicht über dem See und flatterte wieder nach oben, als er von den lachenden Kindern bespritzt wurde. Leo sprang hinter Phönix her und kam unverrichteter Dinge wieder zurück. Nach dem erfrischenden Bad tollten die Kinder voller Energie und Tatendrang ausgelassen am Ufer herum. Emilie hielt plötzlich inne.

„Seht mal, da hinten sitzt ein Mann!", rief sie und deutete in eine bestimmte Richtung. Wir folgten mit den Augen ihrem ausgestreckter Zeigefinger und da sahen wir ihn: Am anderen Ufer hockte in einiger Entfernung eine männliche Gestalt.

„Kommt, wir sehen mal nach!", rief Robert tatendurstig und setzte sich sogleich in Bewegung. Wir anderen taten es ihm gleich. Es dauerte nicht lange, bis wir den kleinen See halb umrundet hatten. In unser Blickfeld geriet ein Mann in fortgeschrittenem Alter. Beim Näherkommen merkten wir, dass er eher einen freundlichen Eindruck machte. Von ihm hatten wir wohl nichts zu befürchten.

„Was für eine fröhliche Badegesellschaft", begrüßte der Mann uns mit einem gewinnenden Lächeln. Er hatte volle graue Haare und ein kleines Bärtchen, dazu ein gütiges Gesicht, das von vielen kleinen Lachfalten durchzogen war.

„Was verschlägt Sie denn in unsere schöne Gegend?", sprach ich ihn höflich an.

„Setzen Sie sich doch eine Weile zu mir", antwortete der ältere Herr mit einer angenehm klingenden Stimme und wies auf eine große, weiche Decke neben sich. Wir kamen der freundlichen Aufforderung nach und setzten uns neben ihn ins Gras. Auch Leo legte sich zu meinen Füßen nieder. Sogar Phönix zeigte auf einmal eine Vorliebe für einen Aufenthalt auf dem Erdboden, obwohl ansonsten die Luft sein Element war. So hockten wir nun neben dem fremden Mann und warteten gespannt darauf, was er uns erzählen würde. Robert konnte seine Neugier nicht lange bezähmen.

„Was hast du da für Zeichnungen?", fragte er unseren neuen Bekannten. In der Tat lagen einige Graphiken mit unterschiedlichen Mustern verstreut auf dem Waldboden herum.

„Sieh sie dir mal genauer an und sage mir, was du darin siehst", entgegnete der Angesprochene. Robert und Emilie beugten eifrig ihre Köpfe über die Bilder und studierten sie sorgfältig. Beide strengten sich redlich an, etwas in diesen merkwürdigen Gebilden zu erkennen.

„Teilweise sieht es aus wie Kaulquappen mit einem kleinen Schwanz. Aber es sind noch andere Dinge da, die dort herumschwimmen", bemerkte Robert nach einigem Nachdenken.

„Es leuchtet ein wenig grün", stellte Emilie fest.

„Könnte das vielleicht mit der Mixtur zu tun haben, welche die Zirkusleute hier verteilen?", überlegte Robert laut.

„Ihr seid sehr aufgeweckte Kinder. Es verhält sich in der Tat so. Es handelt sich um das dubiose Gemisch, das an die Zirkusbesucher verteilt wird. Seitdem sind fast alle, die davon getrunken haben, in ihrem Wesen verändert. Einige sind davon sogar krank geworden. Dies hier sind Aufnahmen mit einem starken Elektronenmikroskop, die deutlich zeigen, was für Gebilde in dieser Mixtur vorhanden sind. Ich bin Professor für Immunologie, stehe aber nicht mehr im Berufsleben.

Nun habe ich mich der Untersuchung dieser seltsamen Phänomene verschrieben und bin in der Lage, viel Zeit ihrem Studium zu widmen. Hier, in der Stille der Natur, kann ich besser nachdenken. Außerdem kam mir zu Ohren, dass sich in dieser Gegend ein bedeutender Kraftplatz befinden soll", erklärte der Professor.

„Dann bedaure ich, Sie bei Ihrer Arbeit zu stören", sagte ich, nachdem ich erfahren hatte, womit er sich beschäftigte.

„Oh nein, Sie stören auf keinen Fall. Ganz im Gegenteil hat das fröhliche Spiel der Kinder meine Lebensgeister beflügelt. Ich bin der Überzeugung, dass eine nähere Bekanntschaft mit Ihnen ein Gewinn für mich bedeutet."

„Das hoffe ich, in der Tat. Ich glaube fast, ein guter Geist hat Sie an diesen Ort geführt", lächelte ich. Die munteren Kinder unterhielten sich derweil lautstark miteinander. Ich ließ sie gewähren. Der Professor vertrat ebenfalls die Ansicht, genau den rechten Platz für seine Studien ausgewählt zu haben. Ich berichtete ihm in groben Zügen, inwieweit ich in die Ereignisse, die er erforschte, involviert war. Er hörte aufmerksam zu, als ich ihm erzählte, dass Antje und Diana in ihrer Eigenschaft als Heilpraktikerinnen bereits kleine

Mengen der Mixtur sowie Blutproben der Erkrankten an ein Speziallabor geschickt hatten. Die geheimnisvollen Hintergründe erwähnte ich zunächst nicht. Schließlich sage ich spontan:

„Ich lade Sie ein, mit uns zu kommen. Wir könnten zusammen frühstücken und bei der Gelegenheit würden sie gleich meine Freundinnen kennen lernen. Ich glaube, die würden sich über Ihren Besuch sehr freuen." Ohne zu zögern gab er sein Einverständnis und wir machten uns auf den Weg. Die Kinder liefen voraus, um zu berichten, dass sich noch ein weiterer Gast einfinden würde.

„Das ist ja ein großartiger Empfang", bemerkte ich anerkennend, als ich die reich gedeckte Tafel sah. Robert und Emilie hatten die Neuigkeit schnell verbreitet, daher waren alle unsere Mitstreiter bereits versammelt. Diana und Antje zeigten besonderes Interesse daran, den Professor kennen zu lernen. Birgit und Regina waren ebenfalls anwesend und plauderten angeregt mit den Kindern. Der Gast stellte sich als Abraham Fröhlich, Immunologie-Professor im Ruhestand vor.

„Wie erfreulich, dass ich mir ausgerechnet den Platz am See ausgesucht hatte, um meine Studien zu betreiben", meine er. „Er hat mich mit Gleichgesinnten in Kontakt gebracht. Ich verspreche mir eine fruchtbare Zusammenarbeit mit Ihnen." Der Professor verbeugte sich leicht und wir baten ihn, an unserer Tafel Platz zu nehmen.

Nach einem anregenden und interessanten Gespräch, in dem wir einiges Wissenswertes von unserem Gast erfuhren, äußerte er den Wunsch, die Praxis von Antje und Diana in Augenschein zu nehmen. Sie führten ihn herum und der Professor schien so richtig in seinem Element zu sein.

Aus diesem Zusammentreffen sollte sich bald für alle Beteiligten, und darüber hinaus auch für die Menschen im Ort, eine tatkräftige und fast unentbehrliche Zusammenarbeit ergeben. Mit der Zeit würden die drei sich an der Entwicklung eines Stoffes versuchen, der die Menschen, welche den verheerenden Trank zu sich genommen hatten, vollends wieder herstellen konnte. Aber bis dahin war es noch ein weiter Weg.

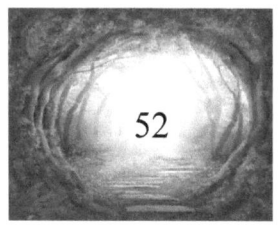

52

Wir freuten uns, in dem Professor einen weiteren Mitstreiter für unsere Sache gefunden zu haben. Wir hatten uns auf unsere Fahnen geschrieben, den Mitmenschen – und gleichzeitig auch uns selbst – zu helfen. Unser neuer Mitarbeiter erhielt freie Kost und Logis in Reginas Gasthaus. Sie stellte ihm das größte Zimmer zur Verfügung, denn schließlich war er mit seinem enormen Wissen ein unschätzbarer Gewinn für unsere Arbeit.

Alle waren erleichtert, einen neuen Mitstreiter und Freund, so könnte man es nennen, gewonnen zu haben. Wie sich noch erweisen würde, waren wir den Eindringlingen durchaus nicht macht- und hilflos ausgeliefert. Viele bislang schlafende Kräfte begannen zu erwachen. Und wenn es gelänge, sie zu aktivieren, hätten die Invasoren viel von ihrer Macht eingebüßt. Es würde ihnen nicht so einfach gelingen, die Menschheit aus ihrer angestammten Heimat zu vertreiben und sich diesen wundervollen blauen Planeten anzueignen. Es gab außer uns sicherlich – verteilt über den gesamten Planeten – noch mehr Menschen, die erwacht waren und in ähnlicher Weise zur Rettung der Menschheit beitrugen.

Diese Leute fürchteten die Besatzer, so wie der Teufel das Weihwasser und unternahmen alles menschenmögliche, die fremden Invasoren unschädlich zu machen. Somit hatten wir, über den Globus verteilt, viele Helfer, und unser kleiner Kreis wuchs immer mehr. Wir wussten Alexander auf unserer Seite; den Abgesandten einer interstellaren Flotte, und dazu Professor Fröhlich und Herr Förster. Zwar lag der Ärmste immer noch im Koma, konnte aber selbst in diesem Zustand wichtige Arbeit leisten. Ob er jemals aus seinem

Koma erwachen würde, war ungewiss. Die Heilkräuter von Sophia hielten immerhin seinen schwachen Überlebenswillen aufrecht. Meine Gedanken wanderten zu Alexander, dem Kommandanten der Raumflotte. Er war eine männliche Erscheinung, wie sie mir bisher noch nie begegnet war... Sogleich rief ich mich zur Ordnung:

,Es gibt jetzt wirklich Wichtigeres zu tun, als über einen Mann nachzudenken, der quasi vom Himmel gefallen ist', dachte ich, amüsiert über meine romantischen Anwandlungen. Wie zur Antwort erspähte ich weit oben in den Wolken ein Gefährt, das an eine fliegende Untertasse erinnerte. Ich blinzelte in die Sonne und war mir nicht mehr sicher. Zog Alexanders Raumschiff dort seine Kreise über unseren Köpfen? Mir schien es wie ein Gruß von oben, der mich erfreute und mir neuen Schwung gab. Ich war dankbar für die neuen Freunde und Helfer, die unsere Arbeit unterstützten. In meiner Phantasie male ich mir eine bessere Welt aus, in der die Menschen friedlich und in Harmonie miteinander lebten. Für ein solches Ziel lohnte es sich, zu leben und viele Mühsale auf sich zu nehmen.

Plötzlich war meine Sicht klarer als je zuvor und meine Umgebung schien in ein helles Licht getaucht. ,Das nennt man wohl eine ungetrübte Sichtweise', dachte ich im Stillen. Jäh wurde ich aus meinen Betrachtungen gerissen: Ein Reisebus kam schwungvoll herangebraust und hielt direkt vor Reginas Gasthaus. Als die Türen sich öffneten, drang eine beträchtliche Anzahl dunkelhäutiger Menschen heraus, angeführt von ihrem deutschen Begleiter. Im Nu hatten die Leute, die wild gestikulierten und sich laut in einer fremden Sprache unterhielten, fast alle Plätze belegt. Sie strömten auch zuhauf in den Garten, wo sich unsere Tafel befand.

Nun war Eile geboten. Alle halfen mit, sogar Robert und Emilie, sich um die Menschenschar zu kümmern und sie mit Nahrungsmitteln zu versorgen. Antje, Diana und der Professor nutzten die Gelegenheit, sich zu verabschieden, um sich in die Praxis zu begeben. Herrn Fröhlich war diese Unterbrechung durchaus recht, denn er war höchst interessiert daran, die Möglichkeiten, welche die Praxis bot, zu erkunden und seine Ideen, zusammen mit den beiden Heilpraktikerinnen, zu verwirklichen.

Robert und Emilie waren in ihrem Element. Es herrschte ein großes Durcheinander, was den beiden Kindern durchaus gefiel. Eifrig schafften sie fremdländisch duftende Speisen herbei, die sie noch nie in ihrem Leben gesehen hatten. Regina hatte sich mittlerweile auf den Geschmack der Leute aus fernen Landen eingestellt und entsprechende Vorräte angelegt. Den Kindern gelang es sogar leidlich, sich mit den fremdländischen Gästen zu verständigen. Sie waren überaus klug und in unserem Team mittlerweile unersetzlich geworden.

Unter anderen Bedingungen wäre die Gästeschar eine willkommene Abwechslung gewesen, doch jetzt fragten wir uns, auf welche Weise diese plötzliche Invasion zustande gekommen war. Und wohin sollte das führen? Fast über Nacht hatte sich alles verändert, und diese Änderung hielt auch Einzug in unseren kleinen Ort. Die vielen Menschen, die hier in großer Anzahl so plötzlich auf der Bildfläche erschienen, waren allerdings nicht unser einziges Problem, das es zu bewältigen galt.

Nachdem der deutsche Begleiter die Rechnung wie üblich beglichen hatte, verabschiedeten sich die Kinder lebhaft von den Fremden in deren Sprache. Inzwischen war es früher Nachmittag geworden. Nachdem die Meute gestikulierend und winkend den Bus bestiegen hatte, plante ich, noch einen kurzen Trip zum Förster zu unternehmen. Er würde bestimmt bereits auf mich warten. So überließ ich meinen Hund der Obhut von Emilie und Robert. Und siehe da, es erschien als weiterer Spielgefährte auf der Bildfläche: der Phönix. Da konnte ich sie beruhigt allein lassen.

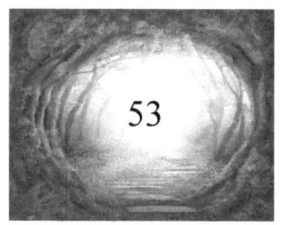

53

Birgit erklärte sich bereit, mich zu begleiten. Bei der jetzigen Lage der Dinge war es immer besser, nicht allein unterwegs zu sein. Es herrschte, wie in letzter Zeit fast immer, reger Betrieb auf der Landstraße. Die fünfzig Kilometer bis zur nächsten Stadt bewältigten wir ohne Zwischenfälle. Am Zielort fuhren wir an dem neuen Zirkus vorbei, wo gerade die Nachmittagsvorstellung begann.

„Wenn die Leute Bescheid wüssten, würden sie den Zirkus meiden, wie die Pest", murmelte Birgit und ich stimmte ihr vorbehaltlos zu. Die Sache belastete uns mehr, als wir gedacht hatten. Leider konnten wir unsere frühere Aktion, bei der wir die giftigen Substanzen ausgetauscht hatten, nicht wiederholen, und es fehlte uns momentan an neuen Ideen.

Wir stellten den Pkw auf dem Parkplatz ab und gingen ins Kliniksgebäude. Auf dem unteren Flur kamen uns zwei Krankenpfleger entgegen, die ein Bett vor sich her schoben. Der Patient war unter dem weißen Laken kaum zu erkennen. Die Krankenpfleger jedoch kamen mir irgendwie bekannt vor und in mir begannen die Alarmglocken zu schrillen. In aller Eile fuhren wir zu der Etage hoch, in der sich die Wachstation befand. Dort war der Teufel los! Der uns bekannte Pfleger lief aufgeregt telefonierend auf dem Flur herum. Auf dem Gang sammelten sich Ärzte und weiteres Personal und diskutierten lebhaft miteinander. Nach einer Weile hörten wir das Signalhorn der Polizei und erfuhren den Grund dafür: Herr Förster war mitsamt seinem Bett entführt worden!

Da bereits ein Mordanschlag auf den Förster verübt worden war, wurden wir scharf ins Verhör genommen. Ich blieb vorsichtig in meinen Aussagen. Schließlich konnte ich den Beamten nichts von ‚Portalen in die Vergangenheit', von ‚Reinkarnation' oder ähnlichen für die Menschenwelt geheimnisvollen Dingen erzählen. Der Pfleger berichtete, dass Herr Förster im Koma des Öfteren meinen Namen geflüstert hatte. Das machte mich für die Polizei verdächtig. Doch der umsichtige Pfleger konnte den Verdacht gegen mich entkräften, indem er berichtete, wie hilfsbereit ich gegenüber meinem Freund gewesen war und dass ich ihn als Einzige regelmäßig besucht hatte. Das sprach für mich und wir konnten schließlich gehen.

Mit weichen Knien verließen wir die Klinik, nicht ohne unsere Adressen zu hinterlegen. Wir erhielten die Auflage, bis auf weiteres unserem Wohnort nicht zu verlassen. Auf dem Parkplatz kam uns ein Mann entgegen, dessen weiße Handschuhe mir auffielen. Wollte der vielleicht seine Krallen verbergen? Er ging auffällig dicht an mir vorbei und sagte im Flüsterton:

„Machen Sie sich darauf gefasst, dass wir Sie als Verbindung zu Herrn Förster brauchen werden. Wir müssen einiges von ihm in Erfahrung bringen." Er fasste mich hart am Arm und seine Krallen waren durch die Handschuhe hindurch zu spüren. Hastig riss ich mich von ihm los.

„Lassen Sie mich in Ruhe, Sie Ungeheuer!", schrie ich laut. Einige Polizisten standen in der Nähe. Als sie auf uns zukamen, war die Bestie in Menschengestalt plötzlich verschwunden, so als hätte sie sich in Luft aufgelöst. Verständlicherweise waren wir in heller Aufregung, als wir in den Wagen stiegen, um ins Dorf zurückzufahren.

„Du bist die einzige Verbindung zum Förster und es ist anzunehmen, dass die Entführer hinter seine Geheimnisse kommen wollen. Auch Informationen über die *Bewahrer* und noch einiges andere mehr wird sie sicher interessieren", meinte Birgit besorgt.

„Du hast völlig Recht. Ich muss auf der Hut sein, damit sie mich nicht erwischen. Ich glaube, in meiner Hütte bin ich sicher, weil sie auf einem Kraftplatz steht. Und es gibt einige Helfer, die ein wachsames Auge auf mich haben", antwortete ich.

Nach einigen Kilometern Fahrt bemerkten wir, dass wir ständig von einem Pkw verfolgt wurden. Es dauerte eine ganze Weile, bis er wieder verschwand. Ein Fluggerät, das über uns schwebte, veranlasste Birgit, die nächste Abfahrt zu nehmen.

Mir wurde bewusst, dass ich mich in einer nicht unerheblichen Gefahr befand. Nur durch mich konnten die Entführer eine Verbindung zu dem Förster aufnehmen. So lange sie meiner nicht habhaft wurden, bestand keine unmittelbare Gefahr für ihn, da er noch im Koma lag. Es war das erste Mal, dass ich seinem Zustand etwas abgewinnen konnte. Da er im komatösen Zustand vieles mitbekommen hatte, was uns betraf, und sogar über die *Bewahrer* Bescheid wusste – über ihren Auftrag für die Menschheit und vieles mehr –, könnte er den Invasoren einiges verraten. Dieses Wissen wäre für die Eindringlinge von großer Wichtigkeit. Darüber hinaus kannte er sich in schwarzer Magie aus, auch wenn er dieser mittlerweile abgeschworen hatte. Dieser Bereich interessierte die Entführer wahrscheinlich in besonderem Maße und sie erhofften sich auch hier wichtige Erkenntnisse. So gesehen war der Förster für die Eindringlinge von großer Bedeutung. Und für uns wurde die Situation brandgefährlich. Birgits Stimme holte mich aus meinen Überlegungen heraus:

„Solange sie den Förster in ihrer Gewalt haben, müssen wir darauf achten, dass du besonders geschützt bist", bemerkte sie mit sorgenvoller Miene. Normalerweise hatte ich es nicht gern, wenn viel Aufhebens um meine Person gemacht wurde. Hier jedoch stand sehr viel mehr auf dem Spiel.

„Du hast Recht, doch was soll ich tun?", fragte ich. „Ich kann mir doch keine Leibgarde zulegen." Amüsiert stellte ich mir vor, wie es wäre, wenn einige Bewacher mich auf Schritt und Tritt begleiteten. Diese Vorstellung erfüllte mich mit Heiterkeit. Wir überlegten hin und her, kamen aber zu keinem greifbaren Ergebnis. Ich hatte nicht vor, dauerhaft in meiner Hütte zu sitzen und sie nicht zu verlassen aus Angst, gleichfalls entführt zu werden. In meiner Hütte selbst war ich sicher, weil sie auf einem Kraftplatz stand. Doch diese Leute würden vor nichts zurückschrecken. Es war wirklich eine heikle Situation.

Wie aus dem Nichts heraus staute sich plötzlich der Verkehr. Es ging nur noch im Schritttempo vorwärts. Als wir an einem Rastplatz vorbeikamen, schlug ich vor:

„Lass' uns eine kleine Pause einlegen." Ich fühlte mich erschöpft. Die vielen Aufregungen der letzten Zeit hatten doch einige Spuren hinterlassen. Ich kam einfach nicht zur Ruhe. ‚In Zeiten wie diesen muss man alles geben!', rief ich mich zur Ordnung. Birgit bog auf den Parkplatz des Rasthofes ab und wir stiegen aus dem Auto. Insgeheim hegte ich eine Hoffnung, bei der es um die Lösung unserer derzeitigen Probleme ging. Wir tranken an dem Kiosk einen Kaffee und spazierten ein wenig auf dem Rastplatz herum, in der Hoffnung, dass der Stau sich mit der Zeit auflösen würde.

„Sieh mal, was ist denn das? Da sitzt doch tatsächlich jemand in unserem Auto!", entfuhr es Birgit plötzlich.

„Wie soll das denn zugehen?", fragte ich erstaunt.

Und wirklich, beim Näherkommen gewahrten wir, dass eine weibliche Person sich in unserem Auto niedergelassen hatte.

„Da haben wir wohl einen blinden Passagier an Bord", wunderte ich mich.

„Aber ich hatte den Wagen doch abgeschlossen", überlegte Birgit. Als wir nahe genug heran waren, erkannte ich mit freudiger Überraschung, um wen es sich handelte. Nun hegte ich die Hoffnung, dass wir einer Lösung für unseres derzeitiges Problems nahe waren.

„Ich freue mich, liebe Sophia, dich zu sehen", begrüßte ich sie erleichtert und auch Birgit atmete auf. Wir setzten uns ebenfalls in das Auto.

„Da seid ihr ja endlich! Ich habe schon auf euch gewartet. Dann kann ich ja den Stau jetzt wieder auflösen…", empfing sie uns mit ihrer glockenreinen Stimme. Damit hatten wir nicht gerechnet! Und was sie uns weiterhin offenbarte, ließ uns aus dem Staunen nicht herauskommen. Als sie geendet hatte, zog sie einen langen Schal aus ihrem Gewand und legte ihn sich um. Urplötzlich war sie verschwunden! Der Rücksitz, wo sie eben noch gesessen hatte, war leer!

„Was ist das denn?", entfuhr es Birgit.

„Wo bist du, Sophia?", rief ich bestürzt.

„Hier bin ich wieder!", erklang es vom Rücksitz – und Sophia saß wieder dort, als sei nichts geschehen. Unsere erstaunten Mienen brachten sie zum Lachen.

„Ihr wisst doch, dass wir über eure Schwierigkeiten immer im Bilde sind und euch stets hilfreich zur Seite stehen. Wir sind alle gemeinsam angetreten, um zu retten, was zu retten ist", sprach sie – und legte mir den Schal um.

„Du lieber Himmel, Christina! Wo bist du?", hörte ich Birgit rufen.

„Aber ich bin doch hier…", sagte ich erstaunt.

„Ich sehe dich nicht mehr!", erklang ihre Stimme.

„Es scheint zu klappen", freute sich Sophia. Sie erzählte uns, dass dieser besondere Schal von Wesen aus dem Elfenreich aus feinen Spinnenfäden gewoben und mit einem Zauber belegt worden war.

„Die Besatzer der Erde haben es auf dich abgesehen, Christina, weil sie dich brauchen, um an unsere Geheimnisse heranzukommen. Darum habe ich von den Naturgeistern diesen Schal für dich weben lassen. Damit du dich, falls nötig, verbergen kannst." Überglücklich nahm ich das feine, filigrane Tuch in meine Hände und ließ es durch sie hindurch gleiten. Dann legte ich es mir um und schaute in den Spiegel. Da war niemand! Erst als ich das Tuch wieder abnahm, erschien mein Ebenbild wie üblich im Spiegel.

„Sobald du deine Hütte verlässt, legst du am besten das Tuch um – und schon wirst du unsichtbar. Auf diese Weise bist du relativ sicher vor den Verfolgern", erklärte Sophia. Nach einigen mahnenden und erhellenden Worten verabschiedete sich die weise Frau von uns, nicht ohne uns wieder einige Büschel ihrer heilenden Kräuter zu hinterlassen.

Wir sahen ihr nach, bis sie fast unsichtbar wurde und hinter den Bäumen verschwand. Kurz darauf bemerkten wir einen Windwirbel, der nach oben stieg.

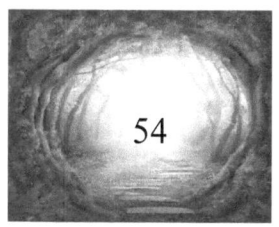

54

Da der Stau sich nun aufgelöst hatte, konnten wir unseren Weg fortsetzen. Wir freuten uns, dass wir nun zügig voran kamen und waren in guter Stimmung. Nur zum Spaß probierte ich das wertvolle Zaubertuch sogleich aus, was Birgit reichlich irritierte. Ich konnte es nicht lassen, mir das Tuch immer wieder umzuhängen. Es war einfach zu verführerisch. Unsichtbar sein: Das hatte ich mir immer gewünscht – und nun war es Wirklichkeit geworden! An diesen wunderbaren Gedanken musste ich mich erst einmal gewöhnen.

Zwischendurch legte ich das Tuch auch Birgit um. Wer in unser Gefährt hineinblickte, musste annehmen, dass hier ein führerloses Auto unterwegs war. Schließlich wurde ich es müde. Um zu vermeiden, Birgit beim Fahren abzulenken, hängte ich mir das Tuch selbst um und beließ es dabei.

In einiger Entfernung bemerkten wir zwei Polizisten, die uns mit einer Kelle auf einen kleinen Rastplatz beorderten. Was war denn nun schon wieder los! Schnell zog ich das Tuch fest um mich, so dass ich für die Ordner nicht zu sehen war. Birgit stoppte den Wagen und sie kamen auf uns zu.

„Fahrzeugkontrolle! Führerschein und Fahrzeugpapiere, wenn ich bitten darf!", befahl einer der Polizisten in herrischem Ton. Die übliche Prozedur einer Fahrzeugkontrolle schloss sich an. Ich wurde nicht beachtet, da ich für die Beamten unsichtbar war. Auf einmal beschlich mich ein ungutes Gefühl und mein Magen verkrampfte sich. Offenbar hatten die Beamten nur Birgits Pkw im Visier. Während ich noch überlegte, was zu tun sei, hielt einer der Männer Birgit ein Tuch vor den Mund! Sie wehrte sich heftig, bis sie das

Bewusstsein verlor. Urplötzlich schoss ein Fluggerät herab. Birgit wurde hineingehievt und der Flieger stieg in einer ungeheuren Geschwindigkeit wieder auf. Kurz darauf war er nicht mehr zu sehen.

Ich saß da wie gelähmt und konnte mich eine zeitlang weder rühren noch einen klaren Gedanken fassen. Erst nach einer Weile kam ich wieder zur Besinnung. Hier waren offensichtlich nicht Polizisten am Werk, sondern die Eindringlinge, gegen die unser ganzes Trachten gerichtet war. Anscheinend hatten sie Birgit mit mir verwechselt, da ich unsichtbar gewesen war. Langsam wurde mir klar, wie sich die Folgen dieser falschen Entführung gestalten würden. Bald würden die Kidnapper ihren Irrtum bemerken und... Ich bekam eine Heidenangst und hatte das Empfinden, eine kalte Hand griffe nach meinem Herz und drückte es zusammen. Unentschlossen, was zu tun war, hockte ich auf dem Beifahrersitz und überlegte fieberhaft. Doch nichts Brauchbares kam mir in den Sinn. Ich stopfte das Tuch, welches mich vor der Entführung bewahrt hatte, in meine Jackentasche, um es bei passender Gelegenheit wieder anwenden zu können.

In dieser verzweifelten Situation sah ich, wie Phönix herbei flog und auf der geöffneten Autotür landete.

„Was soll ich jetzt nur tun?", fragte ich, ohne eine Antwort zu erwarten. Er sah mich mit seinen klugen Augen an, neigte seinen Kopf und blinzelte. In diesem Moment bemerkte ich, wie sich in meinem Augenwinkel etwas in der Sonne spiegelte. Bei genauerem Hinsehen gewahrte ich silbriges Metall. Vor meinen Augen kristallisierte sich eine fliegende Untertasse heraus! Ich konnte es nicht sogleich zuordnen, da mein Bewusstsein es nicht gewohnt war, auf Anhieb ein Ufo zu erkennen. Doch immerhin war es mir schon einmal begegnet. Ich nahm das Flugobjekt genauer in Augenschein.

Ein Mann stieg heraus und kam mit schnellen Schritten auf mich zu. Ich erkannte ihn sofort. Es war Alexander!

Mein Herz begann wild zu klopfen. Als ich aus dem Pkw stieg, bemerkte ich, dass meine Beine ganz weich wurden und kaum noch ihren Dienst taten. Im Stillen schalt ich mich über dieses unreife Verhalten. Energisch riss ich mich zusammen und versuchte, das aufsteigende Chaos in mir zu bewältigen.

„Da komme ich wohl gerade im rechten Moment", begrüßte mich Alexander. Seine angenehme Stimme drang wie aus weiter Entfernung an mein Ohr. Eine große Erleichterung überkam mich. Nun konnte doch noch alles gut werden.

„Alexander, du kommst tatsächlich im rechten Moment", hörte ich mich mit dünner Stimme sagen. Ich spürte, dass mein Herz ein wenig aus dem Takt geriet. Dieser Mann übte eine Wirkung auf mich aus, die meine Kontrolle über mich ins Wanken brachte. ‚Er ist doch eine attraktive Erscheinung, wie man sie bei uns nur selten findet', dachte ich bei mir.

„Ich war gerade in der Nähe und habe euch überwacht", sagte er in seiner klaren männlichen Art und legte einen Arm um mich. „Als ich kurz abgelenkt war, weil ich eine wichtige Nachricht empfing, war es auch schon passiert. Ich konnte nur noch feststellen, dass diese Ganoven sich mit einer Gefangenen im Schlepptau in einem ihrer Schiffe davon machten. Im ersten Moment dachte ich, du wärest es gewesen. Ich bin sehr erleichtert, dass ich dich hier unversehrt vorfinde."

„Birgit wird ihnen nichts nützen", antwortete ich mit zittriger Stimme. „Mir wäre wohler zumute, wenn sie mich erkannt und mitgenommen hätten. Der Schal von Sophia hat mich vor der Entdeckung bewahrt, was ich im Nachhinein nicht gutheißen kann."

„Komm mit mir…", sagte er kurz angebunden und deutete in Richtung des Raumschiffes.

„Warte eine Moment; ich will Phönix eine Nachricht für meine Freunde mitgeben, damit sie sich nicht um mich sorgen", erklärte ich. Hastig zog ich einen Zettel aus meiner Tasche, schrieb einige erklärende Zeilen darauf und ging zu Phönix, der noch immer auf der Autotür hockte.

„Phönix, lieber Freund, bitte übergib Regina diese Zeilen", flüsterte ich ihm ins Ohr und strich mit einem Finger sanft über sein schillerndes Gefieder. Er entfaltete seine Flügel, erhob sich mit dem Zettel im Schnabel und zog über uns noch einige Kreise, bevor er außer Sichtweise war.

Ich verschloss Birgits Pkw und folgte Alexander zu seinem Raumschiff. Leider hatte ich nicht die geringste Ahnung, wie wir Birgit und dem Förster helfen konnten. Eines war sicher: Wir mussten beide aus der Gewalt ihrer Entführer befreien.

Die Leute auf dem Parkplatz machten nicht den Anschein, als würden sie das Raumschiff bemerken. Vielleicht sah es für sie so ähnlich aus, als würden wir in ein großes Auto steigen.

Wer noch nie in einer fliegenden Untertasse gereist war, konnte nicht nachvollziehen, welch unvorstellbar spannendes Erlebnis das für einen Erdenmenschen bedeutete. Obwohl die Geschwindigkeit ungeheuer hoch sein musste, hatte ich während des Fluges eher das Gefühl, zu schweben. Dabei fühlte ich mich wunderbar entspannt.

Verstohlen betrachtete ich Alexander von der Seite und konnte nicht verhindern, dass mein Herz schneller schlug. Ich überlegte – soweit mein logisches Denkvermögen das momentan überhaupt zuließ – ob er mich wohl attraktiv fände? Dann wurde ich aus meinen Betrachtungen heraus gerissen, als frische Luft von außen herein strömte. Offenbar hatte sich eine Luke nach draußen geöffnet, ohne dass ich es bemerkt hatte. Alles funktionierte in diesem Schiff wie von Geisterhand.

Um dem inneren Chaos zu entfliehen, versuchte ich, nach außen ausgesprochen besonnen aufzutreten. Dies gelang mir auch halbwegs. Als ich das Raumschiff verließ, bemerkte ich, dass wir uns mitten in einem Gebirge befanden. Klare Luft, blauer Himmel und das herrlichste Wetter, das ich mir vorstellen konnte, empfing mich.

„Wir befinden uns in der Schweiz", erklärte Alexander leise, indem er hinter mich trat und seine Hände auf meine Schultern legte. Diese Berührung bewirkte, dass meine innere Verfassung wieder ins Wanken geriet. Doch ich besann mich und hatte mich schnell wieder in der Gewalt. ‚Was soll er nur von mir denken, wenn ich mich hier wie ein Backfisch aufführe' sagte ich mir.

Vor uns erstreckte sich eine grün gewellte Hügelkette. Ich war begeistert von der einzigartigen Landschaft und dem melodischen Vogelgezwitscher, das uns umgab. Gerne hätte ich hier meinen Urlaub verbracht, doch leider war dies derzeit nicht möglich.

„Hier in dieser Gegend sollten wir fündig werden. Wir befinden uns im Berner Oberland", erklärte Alexander mit ernster Miene.

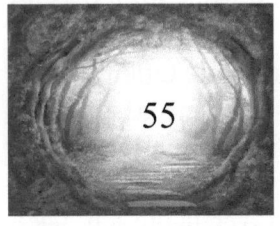

55

Eine Weile gingen wir schweigend nebeneinander her und ich genoss die einzigartige Situation. Den anziehendsten Mann, den ich mir vorstellen konnte, neben mir und dazu die menschenleere Natur, was konnte aufregender sein? Dieser besondere Moment prägte sich meiner Seele ein und würde mir immer in Erinnerung bleiben.

Während ich mich von meinen inneren Betrachtungen löste, wies ich mit der Hand in eine bestimmte Richtung und bemerkte:

„Sieh mal Alexander, es sieht so aus, als wäre da hinten eine Hütte."

„Wir werden gleich einmal nachsehen." Er nahm meinen Arm und beschleunigte seine Schritte, als wir auf das Ziel zustrebten. Beim Näherkommen gewahrten wir tatsächlich eine alte, halb verfallene Klause, die nicht gerade einladend wirkte.

„Hier hat sich wohl seit ewigen Zeiten keine Menschenseele aufgehalten", bemerkte Alexander, als er den Türknauf ergriff. Im selben Moment öffnete sich die Tür von innen und Alexander stolperte fast hinein. Von drinnen erklang ein fröhliches Lachen.

„Das gibt es doch nicht", entfuhr es mir, als ich Sophias Stimme erkannte.

„Dein Gefährt ist anscheinend nicht das neueste Modell", spottete ich lachend.

„Je nachdem, wie es gebraucht wird. Es passt sich den Umständen an", hörte ich Sophias Stimme aus dem Raum. Wir traten ein und nahmen auf der Sitzbank Platz, die mir bereits vertraut war. Ich musste mich erst einmal von der Überraschung erholen. Es blieb nicht aus, dass wir Sophias Spezialtrunk gereicht bekamen, nach dessen Genuss alle innere Aufregung von einer angenehm leichten Stimmung abgelöst wurde. Dann breitete sich ein überwältigendes Glücksgefühl in mir aus. In diesem Moment wurde mir klar: ‚Alles wird gut, es kann gar nicht anders sein.' Diese Empfindung erfüllte mich mit Zuversicht.

„Die *Bewahrer* würden Euch gern empfangen", hörte ich Sophias glockenreine Stimme. Sogleich winkte sie uns durch die hintere Tür und wir standen in der geräumigen Vorhalle. Sophia, wieder jung und in einem fließend blauen Gewand, öffnete die Flügeltüren zu dem Raum, in dem die *Bewahrer* an einem langen Tisch saßen.

Einer der älteren Männer, den ich bereits kannte, da er mir in dem kleinen Café begegnet war, erhob sich und bat uns, Platz zu nehmen. Die anderen neigten grüßend ihre Köpfe. Wir setzten uns auf die bereitstehenden Stühle. Wie von Zauberhand öffnete sich eine Klappe im Tisch und ein köstliches Erfrischungsgetränk wurde herausbefördert. Der *Bewahrer*, der uns begrüßt hatte, richtete das Wort an uns:

„Wir freuen uns, euch – Christina und Alexander – als fähige Mitarbeiter zur Rettung der Erde und derjenigen Menschen, die in Zukunft auf ihr wirken sollen, bei uns zu haben. Es soll eine Gemeinschaft entstehen, die in großer Weisheit und Liebe miteinander wirkt. Damit das geschehen kann, muss die Menschheit durch schmerzhafte Erfahrungen hindurch gehen. Vor allem muss sie sich des Geschenkes, das ihre Lebensgrundlage darstellt, des einzigartigen ‚Blauen Planeten', in Dankbarkeit bewusst sein. Für jeden Menschen nach dem Übergang bedeutet es eine Auszeichnung, auf diesem wunderbaren Planeten leben zu dürfen.

Viele Wesen aus anderen Galaxien haben ein Auge darauf geworfen und die Menschheit mit viel List und Tücke seit Jahrtausenden versklavt, da sie die Erde in ihrem Sinne umfunktionieren wollen, so dass sie ihren eigenen Bedürfnissen entspricht. Inzwischen zeigen sie sich relativ offen und sind dabei, in die Endphase ihrer Besatzeraktivitäten einzusteigen. Da sie Gestaltwandler sind, können sie andere täuschen und als Menschen erscheinen.

Die Menschheit ist nun aufgerufen, die Gefahr eigenständig zu erkennen, die wahren Absichten der Wesen zu durchschauen und dieselben zu verjagen. Weil es die bislang schwierigste Aufgabe ist, mit der die Menschen fertig werden müssen, greifen wir helfend ein. Zu unserem Kreis gehören viele Erwachte auf der ganzen Erde. Dazu gehört ebenfalls eine menschliche Raumflotte, die von außerhalb das Geschehen beobachtet. Sie ist technisch weiter entwickelt als die Besatzer, doch sie darf nur in extremen Notsituationen eingreifen.

Nach Beendigung der chaotischen Zeitenwende werden sie die verbliebenen Erdbewohner aufklären über das, was sich in Wahrheit zugetragen hat. Die Eroberer haben ein Lügengespinst über die ganze Erde gezogen und die Menschen in Angst und Schrecken gehalten. Sie haben sie versklavt und ausgebeutet, doch ihre Zeit ist nun um. Die Wesen müssen die Erde verlassen und wehren sich mit aller Kraft dagegen. Daher sind sie derzeit besonders gefährlich und versuchen, alles auf eine Karte zu setzen. Ihr Spiel ist zwar aus, jedoch müssen wir nun besonders auf der Hut sein", erklärte der weise *Bewahrer*. Dann wandte er sich an meinen Begleiter:

„Du, Alexander, gehörst zu der Himmelsflotte, die eine wichtige Arbeit auf der Erde leistet. Damit schafft ihr ein Gegengewicht, das sich wie ein schützender Ring um die

Erde zieht und den diese Wesen gern durchdringen würden. Mein lieber Freund, es ist mir eine Ehre und eine Freude, dir heute unser Medaillon überreichen zu dürfen, das als Verbindung und Antenne zu uns gute Dienste leistet." Er händigte Alexander ein rundes Medaillon aus. Es war das gleiche, das auch ich und meine Freunde bei uns trugen und womit wir ständig in Verbindung mit den *Bewahrern* standen. Jetzt wurde mir klar, warum sie immer so gut informiert waren.

Alexander nahm das Medaillon dankend entgegen. Ein Sonnenstrahl, der durchs Fenster schien, ließ es in der Sonne aufblitzen. Er nahm das Kleinod in die Hand und küsste es. Dabei fiel sein Blick unvermittelt auf mich und mein Herz machte einen Sprung. Ich sah ein fast unmerkliches Lächeln auf dem faltigen Gesicht des *Bewahrers*.

„Hier in der Schweiz, einem besonders idyllischen Landstrich des blauen Planeten, haben diese Ganoven ihren Hauptsitz. Die wissen genau, wo es sich angenehm leben lässt. Sie wohnen meist unterirdisch in den Bergen in luxuriösen Behausungen. Ihre Forschungen betreiben sie im Zentrum eines der bedeutendsten Städte. Bei Gelegenheit schwärmen sie aus in alle Himmelsrichtungen. Mittels betrügerischer Gaukelei und Verabreichung einer gesundheitsschädlichen Mixtur versuchen sie, die Menschheit zu reduzieren. Ihre Absicht besteht darin, die Erde für sich allein in Besitz zu nehmen. Während die breite Masse ihnen nicht gefährlich wird, stören einige Aufgewachte sie bei ihren Plänen.

In ihren Forschungen sind sie weit fortgeschritten. Sie haben einen hohen wissenschaftlichen Stand erreicht, der ihren durchtriebenen Zielen nutzt. Es gilt nun, die Führungspersönlichkeit aufzufinden und unschädlich zu machen. Wir vermuten, dass sie in einem der unterirdischen Domizile ihren Hauptsitz hat. Wenn bei einigen Insektenstaaten die Königin unschädlich gemacht wird, sterben und verflüchtigen sich die anderen. So ähnlich verhält es sich auch mit den Besatzern."

Mit diesen Worten beendete er seine Ausführungen. Wir wurden damit beauftragt, die ominöse ‚Königin' – d.h. die Führungspersönlichkeit – ausfindig zu machen. Gleichzeitig ging es darum, unsere beiden Freunde zu befreien. Fürwahr ein schwieriges Unterfangen! Es würde alles von uns fordern. Wir mussten jetzt mehr denn je zusammen halten und gemeinsam handeln, so gut es eben ging.

Mittlerweile war unsere kleine Gruppe ganz beträchtlich angewachsen. Sie bestand aus uns Menschen und aus Wesen, mit denen wir schon seit Ewigkeiten freundschaftliche Beziehungen unterhielten. Über viele Leben hinweg waren wir miteinander verbunden, ohne es bewusst zu wissen. Eine Art Wahlverwandtschaft zog uns gegenseitig an. In diesem gegenwärtigen Leben waren wir wieder zusammengekommen, um gemeinsame Aufgaben zu erfüllen. Trotz aller Gefahren, die uns drohten, war es ein tröstliches Gefühl, in dieser Lage nicht allein zu sein. Unser Kreis war jetzt wieder vollständig. Für die derzeitigen Geschehnisse auf dem Planeten hatten wir die Weltbühne wieder gemeinsam betreten und uns zusammen gefunden.

Über die ganze Erde verteilt gab es viele solcher Gemeinschaften, die sich je nach Mentalität zusammenfanden. In gewissem Sinne wirkten wir mit ihnen zusammen und schlossen gemeinsam einen mentalen Ring um die Erde, der den Eindringlingen erhebliches Kopfzerbrechen bereitete.

Eines der Husarenstücke der Besatzer war es, den Förster und – statt meiner Person – Birgit zu entführen. Sie erhofften sich dadurch wertvolle Erkenntnisse und schreckten offenbar vor nichts zurück. Bereits über Jahrtausende hinweg hatten sie die Menschen beobachtet und ausgebeutet. Es waren gefährliche Wesen, denn nun wollten sie den Planeten Erde für sich besitzen und die Menschen endgültig zu willigen Untertanen machen, sie versklaven und reduzieren, wobei ihnen ihr enormes Wissen half.

Doch eines stand ihnen im Wege: Das war der göttliche Funke, der in jedem Menschen präsent war. Aus diesem Grund versuchten die nicht-menschlichen Wesen und Gestaltwandler, das menschliche Bewusstsein zu verwirren mit dem Vorsatz, den Schlaf des Vergessens darüber zu breiten. Würden sich die Menschen daran erinnern, wer sie in Wirklichkeit waren, hatten die Besatzer kaum noch eine Chance gegen sie. Darum setzten sie alles daran, den Zauberbann über der Menschheit aufrechtzuerhalten. Die Menschen hatten ihre Herkunft vergessen und wussten nichts von den weitreichenden Fähigkeiten, über die sie verfügten.

In diesem Zusammenhang fiel mir das Märchen *Die Schneekönigin* ein. Märchen haben in der Regel einen starken Symbolcharakter.[1] In dem Märchen hatte die Liebe und

---

[1] Auf der Suche nach ihrem Jugendfreund, der von der Schneekönigin entführt worden war und den diese in ihrem Eispalast gefangen hielt, kam das Mädchen bei einer alten Hexe vorbei. Diese wusste, dass die beiden Kinder Rosen über alles liebten. Aus dem Grund verbannte die alte Frau mittels eines Zauberstabes die Rosen unter die Erde. Das kleine Mädchen vergaß den Grund, weshalb sie sich auf den Weg gemacht hatte und blieb bei der alten Frau, die sich darüber freute.

Eines Tages, als das Kind vor der Tür im Garten stand und weinte, fielen die Tränen auf das Erdreich und weckten die schlafenden Rosen, die den Weg nach oben fanden und ihren herrlichen Duft entfalteten. In diesem Augenblick erinnerte sich das Kind, weshalb es eigentlich unterwegs gewesen war und dass sie ihren Freund suchte, der sich in der

Treue des Mädchens ihren Freund erlöst und sie hatte das Böse besiegt. Dieser Vergleich drängte sich mir förmlich auf. Auf ähnliche Weise müsste es auch in der Gegenwart möglich sein. *Liebe war die stärkste Kraft im Universum.* Gegen sie war das Böse machtlos; daran mussten sich die Menschen nur erinnern.

Eiseskälte bei der Schneekönigin aufhielt. Sogleich machte sie sich wieder auf den Weg und die Hexe hatte das Nachsehen. Mit den tiefen Gefühlen des kleinen Mädchens hatte sie nicht gerechnet. Letztendlich wies die Liebe dem Mädchen den rechten Weg und sie konnte ihren Freund erlösen. Mittlerweile war aus dem Kind eine junge Frau geworden.

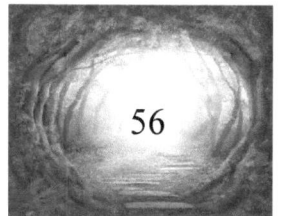

56

Nachdem wir die *Bewahrer* verlassen hatten, war ich mit Alexander in den Bergen unterwegs. Ich verließ mich ganz darauf, dass er über den rechten Weg Bescheid wusste.

„Christina, wo bist du nur mit deinen Gedanken?", fragte er plötzlich und legte einen Arm um mich. Ich war mit meinen Gedanken ganz woanders gewesen und spürte nun die angenehme Wärme, die von ihm ausging. Er zog mich ein wenig näher zu sich.

„Damit du mir nicht den Abhang hinunter rutschst", lachte er.

„Wie können wir uns nur hier orientieren, geschweige denn geheime Höhleneingänge finden", fragte ich ein wenig verzagt.

„Es wird uns schon gelingen", antwortete Alexander aufgeräumt und zog mich hinter sich her. Ich hätte ewig so mit Alexander in den Bergen wandern und seine Berührungen spüren können. Im Augenblick war ich einfach glücklich und zufrieden. Plötzlich entdeckte ich etwas in einiger Entfernung.

„Das gibt es doch nicht! Ich sehe wohl nicht richtig?", rief ich und wies mit dem Arm in eine bestimmte Richtung.

„Soll ich mal raten? Du siehst den wunderschönen bunten Vogel Phönix", hörte ich Alexander in mein Ohr flüstern. Mein inneres Gleichgewicht geriet durch seine Nähe und die Berührungen schon wieder gehörig ins Wanken. Auf keinen Fall wollte ich mir das anmerken lassen.

„Das ist doch nicht möglich! Wie hat er es so schnell bis hierher geschafft?", rief ich erstaunt.

„Er ist eben, wie deine anderen Mitstreiter auch, etwas Besonderes. Auch du bist etwas ganz Besonderes, Christina", meinte er. Seine Worte klangen sanft und aufrichtig. Vor Schreck geriet ich ins Stolpern und er fing mich gerade noch auf.

„Wir müssen in Erfahrung bringen, was Phönix uns zeigen will", bemerkte ich schnell und setzte mich in Bewegung. Bald waren wir bei dem Vogel angelangt.

„Phönix, du Tausendsassa!", rief ich ihm zu. Er plusterte sich auf und schlug heftig mit den Flügeln.

„Unser bunt geflügelter Helfer hat uns sicherlich etwas mitzuteilen", meinte Alexander und Phönix bewegte seinen Kopf hin und her. Dann flog er ein kleines Stück und ließ sich auf einem Felsstück in der Nähe nieder. Dort blieb er sitzen und krächzte auffordernd. Wir befanden uns weit abseits des Weges, in einer Gegend, in die sich selten Spaziergänger verirrten. Unter dem Felsgestein war anfangs nichts Auffälliges zu entdecken. Doch als Alexander das Gesträuch zur Seite schob, stieß er auf eine Eisenplatte.

„Phönix, du bist wahrlich Gold wert!", rief er von unten hoch und Phönix reckte stolz seinen Hals. Alexander strich leicht über die Eisenplatte. Vermutlich stellte sie einen Eingang dar, doch er konnte keine Vorrichtung finden, wie er zu öffnen war. Er ging vorsichtig zu Werke, denn immerhin konnten irgendwo Alarmanlagen angebracht worden sein. Auf jeden Fall waren wir durch die Mithilfe von Phönix fündig geworden. Wir alle trugen, jeder auf seine Weise, zum Gelingen bei.

Als ich aufsah, erschrak ich fast. Neben Phönix saß plötzlich ein großer schwarzer Vogel! Phönix hatte ihm bereitwillig einen Platz an seiner Seite eingeräumt. Sie schienen sich auf Vogelart miteinander zu unterhalten und Nachrichten auszutauschen. Plötzlich fiel mir ein, dass ich eines Tages an dem Waldsee ebenfalls zwei Vögel auf einem der Bäume

gesehen hatte. Neben Phönix hatte ein schwarzer Vogel gesessen. ‚Ob er zum Förster gehört?' mutmaßte ich. Seinerzeit hatte der Förster noch der dunklen Garde angehört und erst später die Seiten gewechselt. Vielleicht war sein Vogel ihm treu geblieben und hatte ihn bis hinein in diese abgelegene Gegend verfolgt. Es könnte ein weiterer Beweis dafür sein, dass wir auf der richtigen Spur waren.

„Phönix, gehört dein schwarzer Kollege zum Förster?", fragte ich. Der Vogel senkte kaum merklich seinen Kopf. „Das ist wunderbar! Dann können wir sicher sein, den richtigen Ort gefunden zu haben", rief ich begeistert und blickte Alexander an.

„Hol doch bitte mal den Schal hervor, den dir Sophia geschenkt hat", sagte Alexander und streckte den Arm nach ihm aus. Er hüllte sich darin ein und fragte:

„Bin ich jetzt tatsächlich unsichtbar?"

„Ja, Alexander, ich kann dich nicht mehr sehen", antwortete ich ein wenig erschrocken.

„Gut. Dann lass' uns etwas ausprobieren. Du knotest einen Teil das Schals um dein Handgelenk und ich den anderen, so müssten wir beide unsichtbar sein", überlegte er. Und richtig, es klappte. Wir waren beide tatsächlich nicht mehr zu sehen.

„Nun lass' uns überlegen, wie wir weiter vorgehen. Zuerst erkunden wir den Eingang und seine nähere Umgebung.

Dabei kann uns zum Glück niemand beobachten. Also ist es für dich nicht zu gefährlich, mitzukommen, Christina. Ich binde das Tuch jetzt um unsere Handgelenke und öffne dann die Luke."

Er holte aus den unergründlichen Tiefen seines Anzuges einen Stab, der wie eine Taschenlampe aussah, hervor, und bestrahlte damit die Eisenluke. – Sie verschwand! Vor uns gähnte dunkel und tief ein enger Gang. Vorsichtig stiegen wir hinein, während die beiden Vögel still auf ihrem Ast sitzen blieben und uns beobachteten. Hinter uns schloss sich die Luke wieder.

Wir verharrten zunächst in völligem Dunkel. Nur gut, dass ich Alexander neben mir wusste, denn so ganz wohl war mir bei der Sache nicht. Doch der Gedanke, dass wir nicht gesehen werden konnten, beruhigte mich trotz aller Aufregung. Aus der Ferne hörten wir plötzlich eilige Schritte, die sich uns näherten. Wir drückten uns in dem engen Gang an die Wand, als jemand hastig in Richtung Luke an uns vorbeilief. Fast hätte er uns gestreift. Anscheinend hatte es einen Alarm gegeben. Als der Mann an der Luke angelangt war und sie öffnete, flog ihm ein schwarzer Vogel direkt ins Gesicht. Er schrie auf und schlug mit der Hand nach dem Tier.

„Du verdammtes Mistvieh, dann hast du den Alarm ausgelöst!", schrie der Mann mit schmerzverzerrter Miene. Einige tiefe Kratzer waren trotz Dämmerlicht in seinem Gesicht zu erkennen. Eilig schloss er die Luke wieder, wobei er nicht bemerkte, dass der Vogel mit hinein geflogen war und sich geräuschlos in einer dunklen Ecke niederließ. Wütend stapfte der Aufseher zurück und wir standen wieder im Dunkeln.

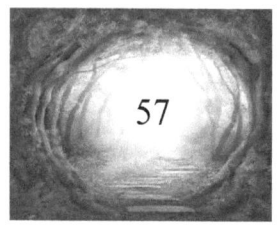

57

Langsam und darauf bedacht, möglichst keine Geräusche zu verursachen, bewegten wir uns vorwärts. Nach einer Weile mündete der Gang in eine größere Halle; an deren Wänden Bilder von nicht- menschlichen, gehörnten Gestalten hingen. In der Mitte war eine ähnliche Skulptur aufgestellt und rings herum standen Stühle im Kreis. Es handelte sich wahrscheinlich um eine Art Versammlungsraum.

Vorsichtig tasteten wir uns weiter vor und gelangten in einen anderen Gang, der nach einer Weile wiederum in eine noch weiträumigere Höhle mündete. Diese Halle war festlich ausgestaltet. Mir lief es kalt den Rücken hinunter, als ich in der Mitte eine Art Opferaltar erblickte. Was wäre, wenn hier Birgit und der Förster in einem Ritual geopfert werden sollten? Nicht auszudenken! Ich beruhigte mich etwas bei dem Gedanken, dass ihnen nichts geschehen würde, solange sie ihr Wissen nicht preisgegeben hatten. Trotzdem klammerte ich mich ängstlich an Alexanders Arm und er strich mir beruhigend über den Rücken. Nun begann es, auf meinem Rücken zu kribbeln. Ich vermochte nicht zu sagen, ob es die Angst war oder die Berührung seiner Hand.

Derzeit war hier keiner von den Besatzern zu sehen. Als wir in der Ferne leise Stimmen hörten, schlichen wir langsam darauf zu. Von einer weiteren Halle, in die wir gelangten, gingen Türen ab. Eine davon stand offen. Als wir uns näherten, entdeckten wir auf zwei Bahren lang hingestreckt zwei Gestalten. Mich durchfuhr ein eisiger Schreck, als ich Birgit und Herrn Förster erkannte. Es hatte nicht viel gefehlt, und ich würde anstelle von Birgit dort liegen. Von mir hätten sie in kurzer Zeit die Geheimnisse erpressen können und wären dann anschließend sicher anders mit ihren Gefangenen verfahren. Jetzt mussten sie sich in Geduld üben, in der Hoffnung, meiner bald habhaft zu werden.

Wir beobachteten, wie zwei der Männer versuchten, den regungslosen Förster mit Medikamenten in den Wachzustand zu befördern. Der aber lag noch immer im tiefen Koma; seine Lebensgeister schienen nur schwach ausgeprägt. Um bei dem komatösen Mann etwas zu bewirken, hätten sie meine Anwesenheit gebraucht. Der Förster war zwar auch im vorigen Leben mit der dunklen Seite verbunden gewesen, jedoch mit einem anderen Zweig. Und die verschiedenen Gruppierungen, so hatten wir vor kurzem erfahren, bekämpften sich untereinander in dem Bestreben, die alleinige Macht über die Erde zu erringen. Die Eindringlinge, auf die wir erst in letzter Zeit aufmerksam geworden waren – obwohl sie schon Tausende von Jahren auf der Erde weilten – bestanden ebenfalls aus verschiedenen Lagern.

Inzwischen hatte ich mich so nahe an den Förster herangeschlichen, dass ich, wenn ich die Hand auf seinen Arm legte, mit ihm eine Verbindung aufnehmen könnte. Dies war mir aber zu riskant. So, als hätte der schwarze Vogel, der ebenfalls geräuschlos hinter uns her geflogen war, meine Gedanken erraten, schoss er unvermittelt aus dem Dunkel heraus und flog kreischend auf die Liege zu, auf der sein Herr lag. Das gehörnte Wesen, was neben dem Förster auf der Liege gesessen hatte, sprang gereizt hoch und verfolgte wütend den Vogel. Nun hatte ich ein wenig Zeit, Verbindung mit dem reglosen Förster aufzunehmen.

Alexander und ich gingen, immer noch verbunden durch den Schal, eilig auf die Liege zu. Birgit, die in ein künstliches Koma versetzt worden war und daneben lag, rührte sich nicht. Schnell legte ich eine Hand auf den Arm des Försters und er gab mir umgehend zu verstehen, wie froh er sei, dass wir hier waren. Jetzt würde hoffentlich noch alles gut werden. Doch davon waren wir noch weit entfernt. Wenn ich mir vorstellte, dass diese Wesen bereits den gesamten Erdball in ihrer Gewalt hatten, ohne dass die Menschen von ihren geheimen, unterirdischen Domizilen wussten, und was für schreckliche Wesen hier ansässig waren, die eigentlich nur aus Märchen bekannt waren, sank mir der Mut. In Märchen sind oft tiefe Wahrheiten zu finden.

Das alles ging mir durch den Sinn, doch auf keinen Fall sollte Herr Förster es mitbekommen. Der aber wusste besser Bescheid als ich, denn er kannte sich mit beiden Seiten aus. Er berichtete mir, dass diese Wesen sich über den größten Teil der Erde ausgebreitet hatten wie ein schädliches Ungeziefer. Allerdings war er auf seinen jenseitigen Reisen auch auf den Ring der Kraft gestoßen, den die Verteidiger um den Erdball gezogen hatten. Mit einigen Hellsichtigen dieser Art war er in Verbindung getreten und hatte es fertig gebracht, sich mit ihnen im Bewusstsein zu vereinen.

Alle Achtung, er hatte trotz seines Zustandes gute Arbeit geleistet. Damit konnte er vieles von dem, was er in seiner dunklen Zeit angerichtet hatte, wieder gutmachen. Zuletzt konnte ich ihm noch übermitteln, dass er weiterhin Kontakt zu den anderen Helfern aufnehmen solle, um die Verbindung zu festigen, und ihnen auch von uns berichten möge. Ich sah auf dem Gesicht des Försters einen Hoffnungsschimmer erstrahlen. Dann musste ich mich zurückziehen, denn das gehörnte Wesen kehrte zurück.

Der gewitzte schwarze Vogel hatte sich von dem Höhlenmenschen nicht fangen lassen, dazu war er zu klug. Alexander und ich mussten sehen, wie wir jetzt wieder hier heraus kamen. Ich strich Birgit übers Haar und ging mit leisen

Schritten, Alexander im Schlepptau, in Richtung Ausgang. Diesen Wesen hier konnten wir derzeit wenig anhaben. Es hätte auch wenig Sinn gehabt, sie zu beseitigen, weil andere sogleich nachrücken würden. Bevor wir etwas unternahmen, mussten wir uns zusammensetzen und einen klugen Plan schmieden.

Der Vogel streifte uns im Flug, was für uns eine Aufforderung war, ihm zu folgen. Kurz vor dem Ausgang hackte er seitlich der Luke in das Geröll – und siehe da, wenn wir die Luke etwas zur Seite schoben, konnten wir uns hindurch zwängen. Auf diese Weise vermieden wir es, Alarm auszulösen, der mit dem Gerät von Alexander losgegangen wäre.

„Ich bin ja so froh, dass es bei allen Schwierigkeiten so gut geklappt hat", seufzte ich und erzählte Alexander von dem Gedankenaustausch mit dem Förster. Er wirkte sehr beeindruckt und schien sichtlich zufrieden mit unserer Aktion, die er als vollen Erfolg bewertete.

„Du bist eine mutige, kluge und sehr attraktive junge Frau", sagte er mit einschmeichelnder Stimme. Dann trat er näher, nahm mich in die Arme, strich mit seinem Mund über meine Wange und – ehe ich's mich versah – küsste er mich! Im ersten Moment war ich erschrocken, doch das währte nur kurz. Dann schlang ich fest meine Arme um ihn und küsste ihn ebenfalls auf den Mund. Von diesem Moment an war ich heftig verliebt.

„Wir sind ja noch unsichtbar, da fällt es niemandem auf", lachte Alexander. Dann lösten wir erst einmal den Schal von unseren Handgelenken und Alexander steckte ihn in eine seiner unergründlich scheinenden Taschen. Die beiden Vögel saßen wie im stillen Einvernehmen auf einem Ast und sahen uns zu.

Trotz aller anderen Schwierigkeiten war es nun die vordringliche Aufgabe, Birgit und den Förster aus der unterirdischen Behausung zu befreien. Andernfalls könnte es geschehen, dass die Ungeheuer Birgit in einem ihrer Rituale opfern würden. Von ihr konnten sie nichts Wissenswertes in Erfahrung bringen. Bei diesem Gedanken durchfuhr mich ein Riesenschreck. Eile war geboten! Es hieß nun, zügig einen Plan zu schmieden, den wir schnellstens in die Tat umsetzen mussten. Eine solche Aktion war allerdings kaum durchführbar, ohne dass es auffiel.

„Schau mal Alexander, die schwarze Wolke dort oben", bemerkte ich erstaunt und wies in die betreffende Richtung.

„Die sind aber schnell zu Stelle!", war seine erfreute Antwort. „Dann wollen wir sie mal gebührend empfangen." Ich staunte nicht schlecht, als etwas Silbriges, gespiegelt durch die Sonnenstrahlen, in unserer Nähe landete. Aus dem schimmernden Gefährt heraus lösten sich zwei Gestalten.

„Wir sind hier!", rief Alexander und winkte in ihre Richtung. Sekunden später tauchten zwei Männer vor uns auf.

„Darf ich vorstellen, das sind Bernd und Andreas, zwei Kollegen aus meiner Flotte", mit diesen Worten wandte sich Alexander mir zu. „Die beiden sind bereits über alles Wichtige informiert. Es gibt noch eine ganze Anzahl anderer, die mit ihnen zusammen arbeiten. Sie beobachten schon seit langer Zeit die Geschehnisse auf der Erde, doch eingreifen dürfen sie nur in schwierigen Extremsituationen. Die Hauptarbeit, vor allem die Einsicht in das Geschehen, müssen die Menschen selbst leisten. Es ist für sie an der Zeit, erwachsen zu werden und selbst ihre Befreiung voranzutreiben. Das ist momentan die Hauptaufgabe, denn die Zeit ist reif dafür. Leider werden viele Opfer zu beklagen sein. Diejenigen

Menschen, die sich solchen Einsichten verschließen, müssen es später wieder versuchen, wenn sie reif dafür sind."

Die beiden Neuankömmlinge begrüßten mich freundlich und ich war mehr als beeindruckt. Die vielen neuen, unglaublichen Ereignisse der letzten Zeit raubten mir fast den Atem. Mir war, als erlebte ich Realität, Science Fiktion und Märchen in einem. Alles, was in meiner Phantasie herum geisterte, schien sich tatsächlich auf dem Boden der Wirklichkeit zu bewegen: Fliegende Drachen, gehörnte Wesen, Luftschiffe mit atemberaubendem Leistungsvermögen, Zauberei und durchlebte Reinkarnation. Das alles war bei weitem nicht so ungefährlich, wie es in Büchern und Filmen zu sein schien. Mit einem Buch in der Hand lehnt man sich entspannt in seinen Sessel zurück und betrachtet den Grusel als angenehmen Nervenkitzel. Hier und heute jedoch war ich selbst einer der Akteure. Himmel – wie sollte das ein Mensch in so kurzer Zeit verkraften? Kein Wunder, dass ich erst einmal tief durchatmen musste und meiner Betroffenheit Ausdruck verlieh.

„Du bist stark genug, Christina, um damit fertig zu werden", bemerkte Alexander zu mir gewandt und zog mich an sich. Eine Welle des Glücks durchzog mich, trotz aller Anspannung.

„Dann wollen wir nicht zu lange zögern und es sogleich angehen. Im Moment sind viele von den Eindringlingen in Genf, wo sie an einem Kongress teilnehmen. Eine gute Gelegenheit, das Überraschungsmoment auszunutzen", erklärte Alexander. Dann wandte er sich wieder an mich:

„Christina, wir winden uns den Schal um und gehen voran, wenn es soweit ist. Vielleicht helfen uns unsere geflügelten Freunde und stiften Chaos, sobald dies notwendig ist. In diesem Chaos können wir die Bewacher außer Gefecht setzen und die beiden Entführten herausholen. Bernd und Andreas, ihr schnappt euch jeweils einen der Gefangenen und nehmt sie mit in euer Raumschiff. Wir treffen uns anschließend bei Regina, der Freundin von Christina, in deren Gaststätte." Nachdem Alexander die Aufgaben verteilt hatte, ging es los.

Alexander holte das Tuch von Sophia hervor und wir banden es aufs Neue um unsere Handgelenke. Dann zog er den Stab aus seinem Gürtel und strich damit über die Metalltür, die sogleich verschwand. Phönix und sein schwarzer Kamerad flatterten herein. Bernd und Andreas hielten sich etwas wenig zurück, denn sie waren immer noch sichtbar.

Es dauerte nicht lange, da kam der wütende Wachmann, laut vor sich hin schimpfend, angerannt. Wir drückten uns an die kahle Felswand, um nicht im Wege zu sein. Unser schwarzer, geflügelter Freund trat wieder in Aktion und flog dem Höhlenbewohner mitten ins sein hässliches Gesicht.

„Du schon wieder, du elendes Mistvieh!", kreischte der Unhold und versuchte, den Angreifer zu fangen. Eilig löste Alexander den Schal, stopfte ihn hastig in eine seiner Taschen und griff den Wachhabenden von hinten an. Sogleich tauchten Bernd und Alexander auf, fesselten und knebelten den sich heftig Wehrenden, damit er nicht seine Kumpane warnen konnte. Wir wussten nicht, ob noch mehrere dieser Halunken sich derzeit hier befanden.

Achtlos ließen wir den Gefesselten im Gang liegen und stürmten nach vorn in den Raum, in dem wir die beiden Gefangenen vermuteten. Zu unserem Schrecken war nur eine der Liegen belegt. Herr Förster lag dort regungslos, doch von Birgit keine Spur. Jetzt hieß es handeln, und zwar schnell! Hoffentlich hatten sie meiner Freundin noch nichts angetan. Ich mochte mir gar nicht ausmalen, was geschehen sein könnte. Sogleich wurden Alexander und ich mithilfe des Zaubertuchs wieder unsichtbar, um die verschiedenen Räume, die von dieser Halle abzweigten, zu durchsuchen.

Phönix schoss an uns vorbei bis in den hintersten Winkel dieses Traktes. Und siehe da, dort waren wir am richtigen Ort. Eines dieser grauslichen Kreaturen bereitete Birgit anscheinend für ein Opferritual vor, denn er kleidete sie in festliche Gewänder. Zum Glück bemerkte sie nichts davon, da sie sich immer noch im Tiefschlaf befand. Bernd hatte mittlerweile Herrn Förster aus dem unterirdischen Verlies hinausgetragen. Der war nun erst einmal in Sicherheit.

Unsere Aufgabe war es, der Bestie ihr Blutopfer zu entreißen. Diese hatte bereits ein Messer gezogen, um Birgit schon einmal im Vorfeld einige Ritzer zuzufügen. Es sah ganz danach aus, dass sie später vollends als Opfer dienen sollte. In dem Moment, in dem die Messerspitze auf Birgits Brust zeigte, sprang Alexander behände nach vorn, riss der Kreatur das Messer aus der Hand und stach es ihr in den Hals. Eine dunkle Flüssigkeit spritzte heraus, die entfernt an Blut erinnerte. Nun konnte sich das Wesen an seinem eigenen Blut berauschen. Andreas hatte uns inzwischen erreicht und hob Birgit von der Liege. In eiligem Lauf hastete er mit seiner kostbaren Last durch die dunklen Gänge. Endlich war auch Birgit in Sicherheit!

Bernd und Alexander hatten Herrn Förster und Birgit an Bord ihres Raumgleiters befördert und verschwanden nun in der Ferne. Wir konnten erst einmal aufatmen. Nachdem wir die gruselige Unterwelt hinter uns gelassen hatten, wischte sich Alexander die Blutspritzer der Kreatur von seinen Händen. Auch ich hatte einige Spritzer abbekommen, was mir gar nicht behagte. An einem klaren Gebirgsbach schrubbten wir den Rest der schwarzen Flüssigkeit ab. Dabei bespritzten wir uns zum Spaß mit dem kühlen Nass und waren nach einer Weile pitschnass. Alexander nahm mich in die Arme, während das Wasser unsere Gesichter herabrieselte. Dieser Anblick erheiterte uns und wir lachten laut auf. Unsere Verliebtheit machte uns übermütig und wir genossen es, von dem kühlen Wildwasser erfrischt zu werden.

Plötzlich schossen die beiden Vögel im Sturzflug an uns vorbei, ließen sich auf dem Raumschiff nieder und beäugten uns aufmerksam. Anscheinend hatten sie Verständnis für unsere Albernheiten. Tropfnass gingen wir zurück zu unserem Gefährt. Offensichtlich wollten unsere gefiederten Freunde auch einmal in einem Raumgleiter mitfliegen. Schwups, schon waren sie an Bord! Wir fühlten uns befreit und glücklich darüber, dass unsere Aktion so erfolgreich verlaufen war. Das Glücksgefühl in uns hatte natürlich auch noch andere Gründe.

59

Bei Reginas gastlichem Haus angekommen, sah uns die Hausherrin verblüfft entgegen. Ein Mann und eine Frau, beide völlig durchnässt, marschierten auf sie zu, jeder mit einem Vogel auf der Schulter.

„Oje, was ist mit euch passiert, ihr seid ja pitschnass!", rief Regina aus und kam sogleich mit zwei Handtüchern, die sie uns aushändigte. Wir erfuhren, dass Birgit und Herr Förster umgehend in die Praxis von Antje und Diana gebracht worden waren, wobei sich der wackere Professor Fröhlich als eine wichtige Stütze und unverzichtbare Hilfe bei der Praxisarbeit erwiesen hatte.

Robert und Emilie kamen auf uns zugelaufen. Sie umarmten mich herzlich. Mein Hund Leo war außer Rand und Band und konnte sich gar nicht beruhigen. Zwei weitere Gäste erschienen auf der Bildfläche. Wir stellten sie Regina vor:

"Das sind Bernd und Andreas, die bei der Befreiung unserer Freunde dabei waren."

„Nehmt doch bitte Platz", forderte Regina sie freundlich auf. Nach einer Weile kam sie mit einem großen Teller belegter Brote, heißem Kaffee und zwei Tassen Kakao für die beiden Kinder zurück. Alle langten herzhaft zu. Was für ein schönes und beruhigendes Gefühl, wieder unversehrt beisammen zu sitzen. Wir berichten ausführlich, was inzwischen passiert war. Besonders die Kinder spitzten die Ohren und waren ganz aus dem Häuschen.

Plötzlich wurde die Tür stürmisch aufgerissen und in ihrer Öffnung erschien Antje, völlig außer Atem.

„Was ist denn los?", entfuhr es Regina, wieder einmal nichts Gutes ahnend.

„Stellt euch vor, Herr Förster ist aus dem Koma erwacht! Unser kluger Professor Fröhlich hat einen erheblichen Anteil daran. Wir sind wirklich froh, ihn bei uns zu haben", stieß Antje, immer noch außer Atem, hervor.

„Was für eine gute Neuigkeit!", rief ich aufgeregt und sprang auf.

„Du solltest dich sofort dorthin begeben, denn vor allem der Kontakt mit dir ist für Herrn Förster wichtig", meinte Antje. Damit war ich einverstanden.

„Dann wollen wir uns fürs Erste verabschieden", erklärte Alexander und erhob sich. Er kam auf mich zu, legte seine Arme um mich und gab mir einen sanften Kuss. Ich konnte nicht verhindern, zu erröten.

„Auf bald *mein Schatz*", flüsterte er mir ins Ohr. „Ich und die anderen haben immer ein Auge auf euch. Wir stehen in Verbindung und sehen uns bald wieder." Dann wandte er sich den Kindern zu:

„Kommt, wir fliegen zusammen eine Runde!" Er nahm sie bei der Hand und sie konnten sich vor Freude kaum fassen. Draußen auf einem Baumast saßen zwei Vögel, ein bunter und ein schwarzer, wie Licht und Schatten, und waren kaum zu sehen.

Herr Förster saß in einem Rollstuhl und wirkte sehr matt. Die Folgen des Brandes in der Klinik zeichneten sich noch deutlich in seinem Gesicht ab. Das Atmen fiel ihm sichtlich schwer; auch das Reden strengte ihn an. Der aufmerksame Adam Fröhlich war sehr um ihn bemüht. Er hatte eine Mixtur bereitgestellt, die das Aufwachen beschleunigen sollte.

Auch Birgit kam langsam zu sich, doch sie konnte sich zunächst überhaupt nicht orientieren. Ihr Bewusstsein hatte sie in dem Augenblick verlassen, als sie aus dem Auto entführt worden war. Erstaunt blickte sie an sich hinunter und bemerkte die festliche Kleidung, die sie immer noch trug. Das war der Aufzug für das Opferritual, für das sie vorgesehen war; ein großes Fest für die elenden Bluttrinker. In ihrer maßlosen Gier hatten sie sich nicht zurückhalten können, die Gefangene opfern zu wollen, obwohl das nicht sehr klug war.

Was für eine Freude, dass die beiden nun mehr oder weniger heil zurück waren! Langsam und behutsam begann ich zunächst Birgit von den Ereignissen zu erzählen. Die Medikamente, die ihr Bewusstsein außer Gefecht gesetzt hatten, wirkten immer noch benebelnd auf sie ein. Dennoch machte sie sogleich Anstalten, sich zu erheben.

„Sei bitte vorsichtig", warnte ich und drückte sie sanft auf die Liege zurück.

„Ich will diese Klamotten vom Leibe haben!", beharrte sie unwillig und riss sich mit einer Handbewegung den Schmuck vom Kopf.

„Das verstehe ich voll und ganz", pflichtete ich ihr mitfühlend bei und half ihr, die fremden Kleider abzulegen. Diana holte Jeans und Pullover aus dem Nebenraum und half Birgit beim Umkleiden.

„Jetzt fühle ich mich wieder menschlich", meinte sie aufatmend. Verwirrt schüttelte sie den Kopf, als könnte sie es immer noch nicht fassen, dass alles Erlebte kein Traum gewesen war.

„Ich bin froh, dass du alles heil überstanden hast", sagte ich zu ihr und umarmte sie innig. Dann setzte ich mich neben Herrn Förster. Auch mit ihm hatte ich Mitleid. Vorsichtig strich ich über seinen Arm – und umgehend war, so wie früher, die Verbindung zu seinem Bewusstsein wieder hergestellt. Es sah ganz danach aus, als würde es so bleiben. Uns waren Reisen in andere Bereiche und Frequenzen möglich, in denen der Kranke viel lebendiger war. Sein diesseitiger Körper hingegen wirkte noch sehr schwach. Die drei Heiler gaben ihr Bestes, um ihn zu stabilisieren. Ich beschloss, Herrn Förster fürs Erste ruhen zu lassen, denn er hatte viel zu verkraften.

„Danke", hauchte er und sah mich lange und eindringlich an.

„Stärken Sie sich erst einmal, dann reden wir miteinander", übermittelte ich ihm in Gedanken und strich noch einmal seinen Arm entlang. Wie in einem Nebel schwebte ich in einem leeren Raum. Ich zog meine Hand zurück... und befand mich wieder im Diesseits.

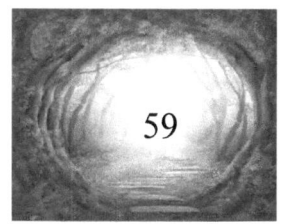

„Komm, Leo", rief ich, „lass' uns zur Hütte zurückkehren!" Es war ein gutes Gefühl, wieder mit meinem Hund beschwingt durch den Wald zu wandern. Plötzlich knackte es hinter mir verdächtig im Gebüsch. Erschrocken holte ich das Tuch hervor und wand es mir um den Hals. Leo konnte mich jetzt zwar ebenfalls nicht sehen, doch er nahm meinen Geruch wahr und folgte mir auf den Fersen.

In meiner Hütte angelangt, legte ich das Tuch beiseite, denn hier fühlte ich mich sicher. Jetzt brauchte ich etwas, das mich belebte. Ich brühte mir einen Kaffee auf und setzte mich, obwohl im Kamin kein Feuer brannte, in den Schaukelstuhl davor. Vieles ging mir durch den Kopf. Was war nur mit der Erde passiert und worauf steuerte sie zu? Die *Bewahrer* hatten uns ausführlich über den Sachverhalt aufgeklärt und nun hieß es, alles nur Menschenmögliche zu tun, um zu retten, was zu retten war. Ich war zuversichtlich, was den Erfolg anbetraf, denn immerhin stand den Invasoren eine erhebliche Anzahl Verteidiger gegenüber. Der Großteil der Menschen ahnte nicht das Geringste von unserem lebensgefährlichen Kampf und dem, was sich im Geheimen abspielte.

So in meine Gedanken versunken, dämmerte ich weg und befand mich bald in einem Zustand zwischen Wachen und Schlafen. Ein leises Winseln von Leo weckte mich und ich blickte mich schläfrig um. Da gewahrte ich plötzlich einen Mann, der nicht weit entfernt von mir auf einem Stuhl saß. Ich war inzwischen einiges gewohnt, daher behielt ich die Fassung, als ich in dem Mann den Förster erkannte. Er hatte sich auf ‚Reisen' begeben, d.h., er war eine Astralerscheinung. Wahrscheinlich war er dank des rührigen Professor Fröhlich aus dem Koma erwacht. Immerhin konnte ich mich in Gedanken mit ihm austauschen.

Während seines komatösen Zustandes war er nicht untätig gewesen, sondern hatte viele nützliche Verbindungen geschaffen. Vielleicht wollte er mich davon nun in Kenntnis setzen, denn seine mentalen Fähigkeiten waren weiterhin intakt. Er bat mich telepathisch, seinen Arm zu berühren. In dem Moment, als ich die Verbindung aufnahm, fegte ein frischer Wind durch das geöffnete Fenster und hob unsere gewichtslosen Astralkörper in die Luft. Wir schwebten unter den hell blinkenden Sternen entlang. Nach einigen Augenblicken ließ uns der Windgeist sanft in die Mitte einer Gesellschaft hinab gleiten. Ich sah mich um. Zu meinem Erstaunen kamen nach und nach immer mehr Personen durch die Luft angereist. Langsam füllte sich der Platz mit Menschen, die in ihrem Astralkörper unterwegs waren. Es waren mehrheitlich Frauen und Männer, doch auch einige Kinder befanden sich darunter. Trotz der vielen Menschen herrschte eine feierliche Stille. Eine belebende Energie durchdrang die Gesellschaft. Herr Förster meldete sich telepathisch bei mir:

„Wie Sie wissen, war ich während meines komatösen Zustandes keineswegs untätig und habe die Verbindung zu allen Helfern und Rettern der Erde aufnehmen können. Früher oder später wäre der Kontakt sowieso zustande gekommen, da uns dieselbe Energie und der gleiche Wille leitet und zusammenführt."

„Sie haben bereits viel Wichtiges geleistet. Wie erfreulich, dass Sie die Seiten gewechselt haben! Dadurch ist uns enormes Wissen zuteil geworden", erwiderte ich in Gedanken. Mich durchwehte ein Geist der Leichtigkeit, Freude und Dankbarkeit. Als ich mich unter den Anwesenden umsah, entdeckte ich zu meinem Erstaunen viele Gesichter, die mir nicht nur aus diesem, sondern auch aus anderen Leben – vielleicht sogar aus den Zeiten von Atlantis – bekannt vorkamen. Unter anderem befand sich hier auch ein Richter, der mich seinerzeit wie eine Mumie einwickeln und in einen Sarkophag legen ließ mit dem Auftrag, während vieler Leben mein Potential zu entfalten. Ich nickte grüßend zu ihm hinüber und er lächelte mir zu. Ein Glücksgefühl durchströmte mich, gepaart mit der Erleichterung, eine große Strecke des Weges bereits hinter mich gebracht zu haben. Dafür hatten sich alle Widrigkeiten, die mir begegnet waren, gelohnt und ich würde alles tun, was in meinen Kräften stand, um ans Ziel zu gelangen. Ich verspürte tiefe Dankbarkeit und wusste mit jeder Faser meines Herzens: „Es ist alles gut und richtig, so wie es ist."

Vereinzelt kamen immer noch Nachzügler an. Ich überblickte die Menschenmenge, die sich auf dem Gelände versammelt hatte, und konnte kein Ende entdecken. Sanfte und harmonische Töne drangen an mein Ohr, die ich noch nie vernommen hatte – oder kamen sie mir doch von irgendwoher bekannt vor? Es war mehr ein leises und tiefes Summen. Wunderschön aussehende farbige Wolken zogen über uns her und ich hatte das Gefühl, als würde ich selbst auf einer Wolke sitzen und über allem schweben. ‚So fühlt sich Heimat an', kam es mir in den Sinn.

Waren Ewigkeiten vergangen oder nur ein Augenblick? ‚Zeit existiert nicht', hörte ich den Wind kaum merklich flüstern. Über und in allem herrschte ein geradezu heiliger Ernst. Tiefe Stille umgab mich, unterbrochen nur von den leisen, harmonischen Tönen der Urmelodie. Ich schloss die Augen. Mir war, als hätte ich mich aufgelöst. Die herrlichen Farben ringsherum; die Untermalung durch eine kosmische

Melodie; das alles zusammen ergab ein Orchester, in dem jedes Instrument seinen Platz einnahm. Ein jedes war notwendig, um aus allem eine kosmische Harmonie entstehen zu lassen.

Zeitempfinden gab es hier nicht; alles war gleichzeitig vorhanden in einer klaren und grenzenlosen Ewigkeit. Alles war erfüllt von Liebe und Licht. Eine starke Energie pulsierte in allem. Ich fühlte mich kraftvoll und dennoch federleicht. Mir war, als wäre ich zuhause angekommen; hier wollte ich auf ewig verweilen.

Als eine feuchte Zunge meine Hand berührte, öffnete ich die Augen. Aus endlosen Weiten kam ich zurück und sah meinen Hund Leo neben mir sitzen Er schaute mich mit seinen klugen Augen unverwandt an und ich streichelte ihm über den Kopf. Die Gestalt des Försters, der noch immer neben mir vor dem Kamin saß, wurde durchsichtig. Er nahm sogleich Kontakt mit mir auf und teilte mir in Gedanken mit, dass wir ein Teil des Ringes der Kraft wären, der sich um den gesamten Erdball zog und den letztendlich kein Angreifer zu durchdringen vermochte. Von Zeit zu Zeit würden alle Wächter der Erde gerufen, um sich zu versammeln und die Energien aufzufrischen und zu festigen. Mein Gegenüber wurde immer durchscheinender, bis der Stuhl zuletzt leer war.

Als ich müde wurde, kam mir das wunderbare Erlebnis von vorhin wieder in den Sinn. Ich konnte mich lange Zeit nicht davon lösen und spürte die harmonischen Energien bis in den Schlaf hinein.

Träumte ich, oder war ich wieder an einen anderen Ort gelangt? Derzeit konnte ich die seltsamen Ereignisse kaum auseinander halten. Wenn ich es genau nahm, vermischten sich Traum und Realität ständig miteinander. Auf einer feinstofflicheren Ebene konnte im Grunde alles, was geschah, als Realität bezeichnet werden. Besonders die Träume und astralen Reisen gehörten dazu. Alle waren sie Teil eines Puzzles und ergaben erst zusammen ein Ganzes.

Auf einmal drangen Klänge an mein Ohr. Ich sah mich um und entdeckte einen Mann, der einem Leierkasten Töne entlockte. Sie klangen so ähnlich, wie ich sie von Jahrmärkten kannte. Die Menschen, die um mich her flanierten, trugen ungewöhnliche Kleidung, wie man sie aus dem Mittelalter kannte. Demnach hatte der Jahrmarkt, auf dem ich mich befand, etwa dreihundert Jahre vor unserer Zeitrechnung stattgefunden, überlegte ich. Vornehm gekleidete Damen und Herren spazierten um mich herum. Ab und zu blieben sie stehen, um einem Marktschreier zuzuhören. Auch Leute, die dem Mittelstand angehörten, waren zu sehen. Kinder liefen aufgeregt durch die Menge und Bettler baten um eine milde Gabe. Für sie war dieser Jahrmarkt ein bedeutendes Ereignis, wo auch für sie etwas übrig blieb.

Alles in allem erblickte ich die Kulisse eines Volksfestes, auf dem sich Menschen jeden Alters und unterschiedlichster Herkunft tummelten. Die Freude über dieses Ereignis verband sie miteinander. So beschloss auch ich, mich dieser beschwingten Freude zu öffnen und diesen Traum – oder was immer es auch war – auszukosten. So wandelte ich neugierig über den festlich geschmückten Platz. Marktschreier boten wortgewandt ihre Waren feil. Es gab etliche Stände mit leckeren Süßigkeiten, denen Kinder sehnsüchtige Blicken zuwarfen. Zum großen Teil waren es Kinder aus ärmlichen Verhältnissen, was an ihrer dürftigen Kleidung zu sehen war. Sie taten mir leid, aber was konnte ich tun? Als ich an mir heruntersah, bemerkte ich, dass auch ich die Kleidung dieser Zeit trug und demnach nicht auffiel. Sogar eine kleine Umhängetasche entdeckte ich an mir. Als ich hineingriff, hielt ich einige Münzen in der Hand, die mir gänzlich unbekannt waren.

Ich besah sie mir genauer. Ein Händler, der mich mit den Münzen in der Hand beobachtete, bot mir etwas von den Süßigkeiten an. Ich dachte an die armen Kinder und kaufte kurzerhand mehrere süße Zuckerstangen, die ich unter ihnen verteilte. Damit hatte keines von ihnen gerechnet und ihre Freude über diese Köstlichkeit war groß. Erfreut und dankbar griffen sie zu.

„Werte Dame, treten Sie doch näher", sprach mich ein Schausteller ganz in der Nähe an. Zögerlich folgte ich seiner Aufforderung. „Wer ein so großes Herz für Kinder hat, der darf auch unentgeltlich in mein Etablissement hinein", sprach er weiter, zog einen Vorhang zur Seite und winkte mir, einzutreten. Mit gemischten Gefühlen, in denen sich Unsicherheit und Neugierde abwechselten, lenkte ich vorsichtig meine Schritte hinein. Was mich hier wohl erwarten würde?

Der geheimnisvolle Mann führte mich in einen düsteren Raum, in dem es so muffig roch, als hätte er schon die Jahrhunderte überdauert. An den Wänden waren etliche Türen zu erkennen.

„Werte Dame, suchen Sie sich eine der Türen aus und gehen Sie ohne Scheu hindurch. Sie können beliebig viele Türen öffnen und hineingehen, je nachdem, wonach Ihnen zumute ist", erklärte er und legte eine Hand auf meinen Arm, als wollte er mich führen. Spontan wählte ich die mittlere Tür. Er öffnete sie für mich und ich ging mit etwas mulmigen Gefühlen hindurch. Im Raum erblickte ich eine Kinoleinwand. Der Schausteller drückte einen Knopf und entfernte sich geräuschlos.

Ich war nun allein in diesem düsteren Raum. Allerdings hatte ich keine Zeit, in Panik zu verfallen, denn das Geschehen auf der Leinwand zog meine Aufmerksamkeit an. Auch kam ich nicht dazu, mich zu wundern, dass es zu der Zeit, in der dieser Jahrmarkt stattfand, bereits Kino gab – und das in 3D! Ich befand mich also mitten in dem Geschehen und vergaß fast, dass ich mich allein in einem Raum aufhielt, der einem Schausteller auf einem mittelalterlichen Volksfest gehörte.

Plötzlich fand ich mich auf einer leichten Anhöhe zwischen Bäumen wieder und konnte von dort aus ein Aufsehen erregendes Geschehen beobachten: Fluggeräte schossen in atemberaubender Geschwindigkeit über den dunklen Himmel und ohrenbetäubende Explosionen, begleitet von grellen Lichtblitzen, entluden sich. ‚Wie gut, dass es nur ein Film ist', dachte ich. Er erinnerte mich an den *Krieg der Sterne*. Dennoch fühlte ich mich auf eine eigenartige Weise in das Geschehen mit einbezogen. Hin und wieder fielen die zertrümmerten Einzelteile eines von Geschossen getroffenen Fluggerätes herunter. Als einige davon in meiner Nähe niedergingen, lief ich dorthin, um sie mir genauer anzusehen.

Inmitten der verstreut liegenden Trümmer entdeckte ich ein Notizbuch und nahm es an mich. Von dem Besitzer dieses Buches war nichts mehr zu sehen. Ich bekam Angst und lief zurück zu der Anhöhe, um so schnell wie möglich das kriegerische Szenario zu verlassen. Als ich vor mir eine Tür sah, drückte ich erleichtert die Klinke hinunter und stolperte hindurch. Schon fand ich mich in dem düsteren Raum nahe dem Eingang wieder.

„Werte Dame, da sind Sie ja schon wieder! Hat Ihnen gefallen, was Sie gesehen haben?", fragte der wartende Schausteller.

„Von *gefallen* kann überhaupt keine Rede sein", antwortete ich mit einer Stimme, in der noch der erlebte Schrecken mitschwang.

„Dann empfehle ich Ihnen, eine andere Tür zu durchschreiten... Wie wäre es mit dieser hier?", fragte er in seiner geheimnisvoll ruhigen Art und öffnete eine weitere Tür. Wiederum zögerte ich, bevor ich hindurchging. Doch ich wollte mir keine Blöße geben, indem ich vorzeitig aufgab.

Ich tappte im Dunkeln herum. Als sich meine Augen an das fahle Licht gewöhnt hatten, bemerkte ich in der Nähe einige Männer, die an einem Tisch saßen. Etliche flackernde Kerzen beleuchteten diese neue Szenerie. Ich hörte gedämpfte Stimmen und ging auf Zehenspitzen näher heran. Offenbar konnten die Männer mich nicht sehen.

„Wir haben einige Verluste erlitten", hörte ich einen der Männer leise sagen.

„Diese Erde gehört uns, denn wir waren zuerst hier. Wir müssen all unsere Kräfte bündeln und die beiden anderen Konkurrenten aus dem Feld schlagen", sprach ein weiterer Mann.

„Wir müssen nicht nur gegen zwei Konkurrenten kämpfen, sondern haben ebenfalls die Verteidiger der Erde gegen uns, die mit ihren Geschwadern unterwegs sind. Der Kampf wird hart werden, doch er lohnt sich. Schließlich geht es um nichts Geringeres, als diesen blauen Planeten zu besitzen und die Menschen als unsere Sklaven zu halten", warf ein Dritter ein.

„Leider haben wir unseren besten Mann verloren und müssen sehen, wie wir an seine Aufzeichnungen gelangen, die er in einem kleinen Notizbuch bei sich trug", hörte ich einen weiteren Mann sagen.

Ein Schreck durchfuhr mich und ich drückte die kleine Tasche an mich, in der ich das gefundene Notizbuch verstaut hatte. Was geschah, wenn sie mich entdeckten? Nicht auszudenken! Eilig trat ich den Rückzug an. Dabei stolperte ich unglücklich über einen herumstehenden Stuhl, der scheppernd zu Boden fiel. Sofort sprangen die Männer von ihren Sitzen auf. Ich schrie auf und rannte, so schnell ich konnte. Im letzten Moment erreichte ich die Ausgangstür. Durch diese Tür konnten sie mir wohl kaum folgen, da es sich um eine andere Zeitlinie handelte. Wiederum landete ich in panischer Hast in der Vorhalle. Der Schausteller eilte sogleich herbei.

„Es scheint Sie ja nicht gerade Angenehmes zu erwarten in den Räumen, die sie aufsuchen. Für jeden Menschen, der dort hineingeht, stehen wichtige Botschaften bereit", hörte ich ihn sagen. „Eine Tür steht Ihnen noch zur Verfügung, vielleicht erwartet Sie dahinter etwas Erfreulicheres. Ich wünsche es Ihnen, werte Dame", ließ er mich wissen.

„Na ja, alle guten Dinge sind drei. Dann öffnen Sie mir bitte die dritte Tür, vielleicht wartet dahinter etwas, das mich nicht in Panik versetzt", stimmte ich mit einem leichten Lächeln zu. Bevor er die dritte Tür öffnete, nahm ich das Notizbuch aus der kleinen Tasche und hielt es fest in der Hand, damit es mir nicht verloren ging. Sodann schritt ich tapfer durch die letzte Tür, das kleine Buch fest an mich gedrückt.

„Gute Reise… und auf ein Wiedersehen!", hörte ich noch den Schausteller rufen, dann fiel die Tür hinter mir ins Schloss.

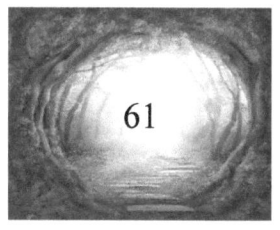

Ich fand mich auf einem Waldweg wieder, und mein treuer Begleiter Leo trabte munter neben mir her. Mit allem hatte ich gerechnet, nur damit nicht! Das kleine Notizbuch hielt ich immer noch krampfhaft in den Händen. Um meine Schultern hatte ich das Tuch, das mich unsichtbar machte, geschlungen. Verwirrt ließ ich mich an dem kleinen See nieder und versuchte, mich erst einmal zu sammeln. Ich war auf dem Weg zu Regina, fiel mir ein.

„Leo, was ist los! Du bist allein… Wo ist Christina?", rief meine Freundin fassungslos, als wir an ihrem Gasthaus ankamen. Als ich laut auflachte, sah Regina sich verdutzt um. Ich hatte vergessen, das Zaubertuch von meinen Schultern zu nehmen, was ich eilig nachholte. Sogleich wurde ich sichtbar. Immer wieder war ich erstaunt über die Wirkung dieses Tuches. Lachend fielen wir uns in die Arme, froh darüber, dass wir beide wohlauf waren.

„Komm nur herein, wir haben Besuch. Aber lass dein Tuch bitte in der Tasche", bemerkte Regina immer noch kichernd und führte mich in den Gastraum. Alle waren dort versammelt: Birgit, Antje, Diana, Professor Fröhlich und die Kinder. Die Beiden kamen stürmisch auf mich zugelaufen und waren außer sich vor Freude.

„Wir wollen neben dir sitzen!", rief Robert in seiner kindlichen Art. Ich legte die Arme um die beiden und drückte sie einmal fest an mich. Dann nahm ich zwischen ihnen Platz.

Nachdem ich ausführlich von meinen neuerlichen Abenteuern berichtet hatte, fiel mir das Notizbuch ein und ich legte es auf den Tisch. Sofort griff Professor Fröhlich danach und schlug es auf. Im selben Moment wurde die Tür geöffnet. Als ich mich umblickte, machte mein Herz einen Sprung.

Begeistert sprangen die beiden Kinder von ihren Stühlen hoch und freuten sich unbändig darüber, Alexander zu sehen. Die abenteuerliche Reise in seinem Ufo hatten sie noch lebhaft in Erinnerung. Alexander begrüßte unsere Runde und hauchte mir einen Kuss auf die Stirn, was meinen Freundinnen ein leises Lächeln entlockte. Ich konnte nicht verhindern, dass mein Gesicht von einer leichten Röte überzogen wurde und mich ein jähes Glücksgefühl durchströmte.

„Du kommst im richtigen Moment, Alexander. Wir haben hier nämlich ein Problem", hörte ich den Professor sagen, der stirnrunzelnd in dem Notizbuch blätterte. „Hier bin ich mit meinem Latein am Ende; diese Schrift kann ich leider nicht dechiffrieren." Er schob Alexander, der neben ihm Platz genommen hatte, das Bändchen zu. Alexander nahm es in Augenschein und vertiefte sich dann in die Schriftzüge. Wir warteten gespannt, in der Hoffnung, von ihm Aufklärung zu erhalten, die nur er uns vermitteln konnte.

„Mit diesen Wesen hatten wir auf unseren Aufklärungsflügen bereits Kontakt. Im Rahmen unserer Schutzfunktion für die Erde waren wir des Öfteren mit ihnen in Kämpfe verwickelt. Es handelt sich hier nicht um eine Schrift im herkömmlichen Sinn, so wie wir sie kennen, sondern die Zeilen werden durch Gedankenkraft auf das Papier gebannt. Aus diesem Grunde ist es nicht möglich, die Schrift auf die übliche Weise zu dechiffrieren. Wir können nur erfahren, was

310

darin verzeichnet ist, wenn eine dieser Kreaturen den darin niedergelegten Text vorliest. Das dürfte jedoch ein schwerwiegendes Unterfangen sein", teilte uns Alexander mit und runzelte die Stirn.

Wir schwiegen eine Weile und waren in Nachdenken versunken. Mitten in die allgemeine Stille hinein öffnete sich die Tür erneut. Unser Erstaunen war groß, als wir Herrn Förster erkannten, der etwas umständlich einen Rollstuhl hereinlenkte. Alle begrüßten ihn herzlich und freuten sich, dass seine Genesung offenbar Fortschritte gemacht hatte. Der Professor räumte ihm einen Platz neben sich ein und Regina brachte einen Kaffee, den er genussvoll trank.

„Ich habe registriert, dass ihr ein Problem habt", bemerkte Herr Förster in leisem Tonfall. Eine gewisse Schwäche war ihm immer noch anzumerken. Professor Fröhlich schob ihm das Notizbuch hinüber. „Aufgrund meiner Astralreisen, die ich immer noch unternehme, bin ich gut informiert. Ich nutze sie für unsere Aufgabe, der ich mich nun voll und ganz verpflichtet fühle", erzählte Herr Förster mit leiser Stimme. Dann vertiefte er sich in die seltsamen Schriftzüge. Nach einer Weile hob er seinen Blick und teilte uns mit:

„Diese Technik, Notizen abzufassen, ist mir von früher her vertraut. Wie Ihr wisst, gehörte ich ebenfalls zu den dunklen Eroberern, mit dem Unterschied, dass ich einer derjenigen war, die sich von ihnen haben einfangen lassen. Allerdings handelt es sich – wie ihr vermutlich inzwischen erfahren habt – um mindestens drei Gruppen von Eroberern, welche die Erde besiedeln und sich die Menschen untertan machen wollen. Aus diesem Grunde bekämpfen sie sich auch gegenseitig. Diese Schrift stammt von einer der anderen Gruppen und ich kann sie daher leider nicht dechiffrieren. Es ist tatsächlich so, dass ein Mitglied dieser Gruppe uns den Inhalt vorlesen muss, wenn wir erfahren wollen, was sich hinter diesen Hieroglyphen verbirgt."

Der Inhalt dieses Notizbuchs und seine Entschlüsselung waren für uns von großer Wichtigkeit. Immerhin hatte die Ausführungen des Försters uns ein Stück weitergebracht. Wieder trat ein Moment des Schweigens ein. Wie sollten wir es anfangen, das Problem zu lösen? Es würde bedeuten, sich mitten in die Höhle des Löwen zu wagen. Niemand von uns würde davor zurückschrecken, aber wie sollten wir dorthin gelangen? Das war eine Frage, die unlösbar schien. Herr Förster meldete sich erneut mit schwacher Stimme zu Wort:

„Wie Ihr wisst, habe ich – bedingt durch meinen Unfall – die Fähigkeit erlangt, in meinem Astralkörper zu reisen. Nur Christina kann mich begleiten, weil zwischen uns eine seltene Blutsverbindung besteht. Da ich während meines Komas in allen Ecken und Enden unterwegs war, werde ich auch dorthin gelangen, wo die Urheber des Textes zu finden sind, zumal mir ihre dunklen Gewohnheiten vertraut sind." Professor Fröhlich wandte ein:

„Das hört sich viel versprechend an, doch wie wollen Sie an die Dechiffrierung der Hieroglyphen gelangen? Wollen Sie vielleicht die Kreaturen bitten, Ihnen den Text zu übersetzen?" Im Stillen gaben wir dem Professor Recht. Es schien ein Ding der Unmöglichkeit zu sein.

„Es gibt immer Lösungen", antwortete Herr Förster, der mittlerweile sichtlich geschwächt wirkte.

„Sie müssen sich jetzt etwas ausruhen. Ihr erster Ausflug mit dem Rollstuhl hat Sie offensichtlich sehr ermüdet und Sie brauchen dringend Erholung", bemerkte ich besorgt.

„Nur noch einen Moment; ich will euch einen Vorschlag machen", gab Herr Förster zurück. Regina brachte ihm ein belebendes Getränk, in das sie ein Heilkraut von Sophia gemischt hatte, und er enthüllte uns seinen Plan:

„Christina und ich werden in die Zeit des Mittelalters zu dem Jahrmarkt reisen und die Tür aufsuchen, hinter der sich diese Männer befinden. Keine Sorge, während der Astralreisen fehlt mir nichts, denn ich lasse meinen Körper zurück. Wir platzieren das Notizbuch an einer Stelle, wo es leicht entdeckt werden kann. Dann werden die Wesen zweifellos laut darin lesen, so dass wir es mitbekommen, während wir selbst unentdeckt bleiben", erklärte der Förster mit neuem Elan.

„Was ist, wenn sie wider Erwarten nicht laut daraus vorlesen?" wollte der aufgeweckte Robert wissen. Birgit meldete sich zu Wort:

„Ich kann es vorher mit nachhause nehmen und kopieren. Dort habe ich die entsprechenden Geräte", schlug sie vor. Wir stimmten zu und so war es abgemacht. Alle hofften auf einen guten Ausgang dieses gefährlichen Unterfangens. Unsere Motivation war groß und unsere Neugier ebenso. Was würden wir erfahren, wenn das Vorhaben gelang? Alexander legte den Arm um mich und bekräftigte, dass er sich in der Nähe aufhielte und zahlreiche wachsame Augen auf uns gerichtet wären. Seine angenehme und beruhigende Gegenwart gab mir Sicherheit. So verabredeten wir uns für den nächsten Tag. Robert würde uns das Notizbuch bringen, nachdem Birgit es kopiert hatte.

Die Vorbereitungen waren getroffen und wir blickten zuversichtlich auf das, was uns erwartete. Zum Abschluss durften die Kinder mit Alexander noch eine Runde fliegen. Ihre Wangen glühten voller Vorfreude. Sie konnten es kaum abwarten und stürmten nach draußen.

Plötzlich zog ein leichter Lufthauch um meinen Kopf und ich meinte, leise Worte zu hören:

„Ich werde bei eurem Flug dabei sein, damit ihr die Richtung nicht verfehlt." War es der Windgeist, der mir das zuflüsterte?

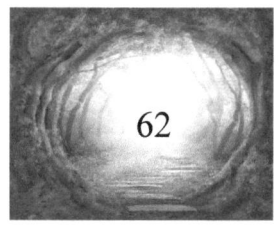62

Am nächsten Tag ging ich schon frühmorgens in die Praxis von Diana und Antje, nachdem ich meinen Vierbeiner bei Regina abgeliefert hatte. Er kannte die Prozedur bereits zur Genüge und fühlte sich dort sichtlich wohl. Kaum in der Praxis angekommen, begrüßte mich Professor Fröhlich und Herr Förster. Im selben Moment kam der kleine Robert herein und überreichte uns stolz das Original-Notizbuch. Wir lobten seine Verlässlichkeit, worauf er sehr stolz war. Jeder von uns war wichtig und hatte seine Aufgabe. Auch die Kinder gehörten dazu, denn ohne sie wären wir nicht vollständig.

Alle Reisevorbereitungen waren nun getroffen und es konnte losgehen. Als Robert die Tür öffnete, um zu gehen, kam ein heftiger Windstoß herein gefegt.

„Ich werde das Notizbuch ebenfalls transportieren“, flüsterte der Windgeist mir ins Ohr. Ich nahm das kleine Buch fest in meine Hand. Als der Förster sich in seinem Rollstuhl zurücklehnte, berührte ich seinen Arm. Die Reise begann und wir flogen schwungvoll durch die Lüfte. Nur wenige Augenblicke später erschien auch schon der Jahrmarkt in unserem Blickfeld. Wir landeten weich und es dauerte nicht lange, bis wir vor der besagten Tür standen, durch die ich vor kurzem gegangen war. Problemlos bewegten wir uns durch das verschlossene Portal. Mit einem heftigen Windstoß landete das Notizbuch mitten auf dem Fußboden des Raumes, nicht weit von unserm Standort entfernt. Doch wir konnten nicht gesehen werden.

„Seht mal, da ist ja das Notizbuch, das unserem tödlich verunglückten Kameraden gehörte!", rief einer der Anwesenden erstaunt. Sogleich stand er auf und nahm es an sich.

„Es ist von unschätzbarem Wert für uns", erklärte einer von den Männern, die in dem abgedunkelten Raum um einen Tisch herum saßen.

„Es wäre das Beste, wenn ich es erst einmal mitnähme", bemerkte der Finder der Aufzeichnungen. „Dann kann ich es in Ruhe studieren und euch anschließend über den Inhalt informieren." Als wir ihn das sagen hörten, sank unser Mut und Enttäuschung machte sich breit.

„Nein. Wir sollten sogleich in Erfahrung bringen, was dort verzeichnet ist. Das ist von großer Wichtigkeit, denn es kann sein, dass wir schnell handeln müssen. Darum bin ich dafür, es hier an Ort und Stelle vorzulesen", sagte ein anderer in befehlendem Ton.

„Wie du meinst, du könntest schließlich Recht haben", sagte derjenige, der das Notizbuch in der Hand hielt. Er setzte sich an den Tisch und schlug es auf.

Die Spannung im Raum stieg merklich und alle, einschließlich des Försters und mir, hielten den Atem an. Wir neigten uns ein wenig vor, damit uns ja kein Wort entging. Einen Moment lang herrschte Stille im Raum und alle Blicke waren auf den Vorleser gerichtet, der sich zunächst schweigend in den Text vertiefte. Es schienen Ewigkeiten zu vergehen und ich dachte schon, er wäre eingeschlafen, als wir ein Räuspern hörten und er mit leiser Stimme zu sprechen begann. Seine Worte waren in dem abgedunkelten Raum klar und deutlich zu hören:

„Unsere Leben spendende und erlauchte Königin, die uns alle geschaffen hat und von deren Überleben das Geschick unseres Volkes abhängt, wurde zu unser aller Sicherheit mit ihrem gesamten Gefolge und einer großen Anzahl Soldaten auf einen kleinen Planeten umgesiedelt, auf dass ihr in dem Krieg um den Planeten Erde, den wir derzeit führen und den wir gewinnen werden, nichts zustoßen möge. Sollte sie aus irgendeinem Grunde sterben, wären wir alle verloren."

„Wo genau befindet sich dieser Planet?", fragte ei- ner der Versam- melten.

„Der Name des Planeten ist streng geheim; sein Verrat würde unweigerlich den Tod des Verräters nach sich ziehen. Unser tödlich verunglückter Kamerad hat unsere Königin – Satan habe sie selig – persönlich dort hingeleitet. Welch eine Katastrophe wäre es gewesen, wenn sein schneller Raumkreuzer mit ihr an Bord abgeschossen worden wäre! Nur diesem einen Kameraden waren der betreffende Planet und der Ort, an dem er sich befindet, bekannt. Nicht auszudenken, wenn wir sein Notizbuch nicht gefunden hätten!"

„Wie lautet der Name des Planeten?", wollte erneut der Frager aus der Runde wissen. Uns stockte fast der Atem. Auf keinen Fall durfte uns der Name entgehen! Vor lauter Anspannung stöhnte ich leise in meinem Astralkörper. Einer der Anwesenden spitzte die Ohren und wandte den Kopf suchend in meine Richtung. Vor Schreck saß ich wie erstarrt. Doch gleich darauf schien er sich wieder zu beruhigen und ich atmete auf.

317

„Nun hört gut zu und merkt es Euch: Der Name des Planeten ist **Luna 666** in der **6. Milchstraße**", erklärte er nachdrücklich.

Wir hatten nun erfahren, was wir wissen wollten und waren bestrebt, so schnell wie möglich diesen Raum zu verlassen. In Gedanken rief ich den Windgeist zu Hilfe. Anscheinend war er die ganze Zeit über zugegen gewesen, denn unmittelbar darauf entstand eine kleine Windhose um uns herum, die uns mit sich fort trug. Die Versammelten gerieten darüber in eine beträchtliche Aufregung. Doch bald waren wir entschwunden und diese grauslichen Kreaturen, die uns mit großen, insektenartigen Facettenaugen angestarrt hatten, gerieten aus unserem Blickfeld.

Jemand tupfte mir etwas Belebendes auf die Stirn und ich schaute mich um. Auch der Förster kam langsam zu sich. Eine Weile brauchte ich, um mich in der gewohnten Umgebung zurechtzufinden. Der schnelle Wechsel der Ebenen wollte erst einmal verarbeitet werden. Es war nicht ungefährlich, im Astralkörper zu reisen. Wurde man dort angegriffen, konnte es passieren, dass man seinen Körper nicht wieder fand. Aus diesem Grunde war in der gefährlichen Situation Alexander, der ebenfalls über die Gabe des Reisens im Astralkörper verfügte, in unserer Nähe gewesen.

Bald war ich wieder voll und ganz in der Gegenwart angelangt und meine Freunde brannten darauf, über das Vorgefallene unterrichtet zu werden. Die Tür ging auf und herein trat der, an den ich gerade gedacht hatte. Nun berichteten der Förster und ich ausführlich, was sich zugetragen hatte. Der Erfolg unserer Aktion ließ alle erleichtert aufatmen. Wir erzählten, an welchem Ort sich die Königin dieser Wesen aufhielt. Würde sie eliminiert werden, wäre ihr ganzes Volk dem Untergang geweiht. Diese Aufgabe war wohl die nächste, die es anzugehen galt. Ein großer Teil der Sternenflotte Alexanders machte sich auf, den **Planeten 666** in der **6. Milchstraße** zu erreichen.

Derweil waren unten auf der Erde in der Praxis von Antje und Diana neben den beiden Heilerinnen Professor Fröhlich, Herr Förster und ich versammelt. Damit wir astral den Flug der Raumflotte und seine Operationen genau verfolgen konnten, hatte ich meine Hand auf den Arm des Försters gelegt. Ich hielt die anwesenden Freunde auf dem Laufenden, indem ich ihnen ständig Bericht erstattete. Bei dieser Aktion ging es schließlich einmal mehr um die Rettung der Menschen auf dem Planeten und ihre Befreiung aus den Klauen der Eindringlinge.

An der Herrschaft über den blauen Planeten und der an sich gutwilligen Menschheit waren viele Wesen interessiert. Durch ein gewaltsam geöffnetes Portal strömten immer noch Scharen fremder Eindringlinge auf die Erde. Dem musste nun endgültig ein Riegel vorgeschoben werden. Zum Glück wurden viele Menschen langsam aufmerksam. Sie begriffen, dass sie sich selbst schützen mussten und nicht jeder halbwegs verlässlich scheinenden Macht ihr Vertrauen schenken durften.

Herr Förster und ich verfolgten im astralen Raum die Flotte Alexanders mit gespannter Aufmerksamkeit. Die anderen drei hingen gebannt an meinen Lippen. Zunächst war nur zu erkennen, dass die Raumflotte sich in einer unvorstellbaren Geschwindigkeit durch die Galaxis bewegte. Zielstrebig durchquerte sie in kurvenreichen Linien viele Sternenhaufen, bis sie auf einmal langsamer wurde. Es war zu erkennen, dass sie einen winzig scheinenden Planeten ansteuerte.

Der Förster bewegte sich astral ein Stück näher heran, damit wir alles genau beobachten konnten. Auf dem Planeten schien ein aufgeregtes Durcheinander zu herrschen. Es sah so aus, als würden einige Soldaten dieser Spezies eine Art Sänfte tragen und diese in ein Raumschiff verfrachten. Ich ahnte Schlimmes. Anscheinend hatten die Männer, die wir in dem mittelalterlichen Raum belauscht hatten, Verdacht geschöpft. Immerhin hatte einer von ihnen ein Geräusch gehört und besorgt in meine Richtung geschaut. Der anschließende Wirbelsturm in ihrem Raum hatte wohl vollends ihr Misstrauen erregt und sie dazu gebracht, Vorsicht walten zu lassen. und ihre Königin umzusiedeln. Nun war guter Rat teuer. Aufgeregt teilte ich den wartenden Freunden meine Beobachtung mit. Es herrschte eine lähmende Stille, nur mein Herz schlug wie wild. Was würde Alexander unternehmen? Wir alle wünschten ihm und seiner Flotte gutes Gelingen, was immer sie auch planten.

Angespannt verfolgte ich das Geschehen, das sich im Weltraum abspielte. Ein spinnenähnliches Gebilde trat in mein Gesichtsfeld. Was konnte das sein? Ich starrte angestrengt darauf und glaubte, ein Riesennetz zu erkennen. Tatsächlich, es sah ganz danach aus. Herr Förster bestätigte meinen Eindruck und ich leitete dieses Wissen sogleich an die anderen weiter. Ein überdimensionales Netz spannte sich auf und schloss sich um **Luna 666**. Der gesamte winzige Planet war nun in dem Netz gefangen; niemand konnte ohne weiteres entkommen.

In der irdischen Praxis hielten alle den Atem an. Was für ein Husarenstück! Ich beobachtete, wie der kleine Planet, der von dem Netz eingefangen worden war, langsam von Alexanders Flotte aus seiner Bahn gezogen wurde und mit der Raumflotte durch den Raum schwebte. Gespannt verfolgten Herr Förster und ich den Flug. In unser Sichtfeld gelangte plötzlich ein weiterer Planet von nur geringer Größe, auf den die Flotte zusteuerte. Er wurde immer deutlicher sichtbar, bis die Flotte schließlich an diesen Planeten andockte. Plötzlich sahen wir viele Uniformierte, die auf die Schiffe zueilten. Das Netz, welches um den gefangenen Planeten befestigt war, wurde langsam eingezogen und die Besatzung nebst ihrer Königin offenbar in einen befestigten Bereich verbracht, wo sie sicher verwahrt wurden. Dieser Schlag gegen die feindseligen Mächte konnte insgesamt als ein voller Erfolg gewertet werden.

Unsere Astralreise endete hiermit. Langsam kamen der Förster und ich wieder vollends mit all unseren Sinnen in die Praxis zurück.

63

Plötzlich wurde die Tür ruckartig geöffnet und ein Uniformierter kam hereingestürmt. Hastig stieß er hervor: „Wir haben einen Schwerverletzten zu versorgen! Es ist dringend! Er wurde von einem LKW angefahren!" Wir sprangen sofort von unseren Sitzen, um Platz zu machen. Ein weiterer Uniformierter trug den Verletzten in die Praxis. Er wurde auf eine Liege gebettet, während Diana und Antje erste Hilfe leisteten.

Der Mann wirkte merkwürdig starr und es gab keinerlei Anzeichen von Leben. Sein Kopf war verletzt und die Haut um sein Gesicht hatte sich teilweise abgelöst. Ein eigenartiger Pfeifton kam aus seinem Schädel. Antje benetzte seine Stirn mit einem kühlen Tuch und hob ihn ein wenig an. In diesem Moment knarrte es sonderbar. Der Mann fiel zurück und lag stocksteif und bewegungslos auf der Unterlage. Wir schauten uns ratlos an. Diana wollte ihn versorgen und näherte sich ihm. Auf einmal sprang sie mit einem leisen Schrei zurück und wurde bleich. Wir traten heran und sahen, dass sich unter der Haut des Mannes ein maschinenähnliches Gebilde befand, das immer noch Töne und Worte von sich gab und dabei ein surrendes Geräusch erzeugte. Professor Fröhlich besah sich eingehend dieses seltsame Ding.

„Faszinierend", sagte er interessiert. Nur gut, dass die beiden Uniformierten die Praxis bereits verlassen hatten. So konnten wir ungestört dieses Wesen, bei dem es sich offensichtlich um keinen Menschen handelte, erforschen. Professor Fröhlich widmete sich sogleich mit Eifer der Untersuchung der Kreatur. Er war nun so richtig in seinem Element und ließ das roboterartige Wesen in einen Nebenraum schaffen, wo er sich eingehend mit der ihn faszinierenden Technik beschäftigte. Darüber hinaus war er dabei, ein Gegenmittel für den Gifttrank, der in dem Wanderzirkus verabreicht wurde, zu entwickeln, was sich jedoch reichlich kompliziert gestaltete.

„Hier handelt es sich meines Erachtens um die zweite Sippe derer, die Anspruch auf den Besitz unseres Erdplaneten erheben", erklärte Herr Förster, der während seiner zahlreichen Reisen im komatösen Zustand unschätzbare Einsichten gewonnen hatte. „Nun fehlt noch die dritte Variante. Das ist diejenige, die mit dem Zirkus herumzieht und als Gestaltwandler auftritt. Diese drei Gruppen kämpfen untereinander um die Vorherrschaft auf unserem Planeten. Jede von ihnen will die Menschheit für sich arbeiten lassen, sie versklaven und ihre Anzahl reduzieren."

Mit der ,dritten Variante' hatten wir bereits hinreichende Erfahrungen gemacht. Das waren diejenigen, die im Zirkus das Giftgemisch verteilten, Kinder entführten und sich vom Blut der Menschen ernährten. Das waren auch die gleichen, die in ihren unterirdischen Wohnstätten in der Schweiz den Förster und Birgit eine Zeitlang gefangen gehalten hatten. Erst durch die dramatische Befreiungsaktion, die Alexander und ich, mithilfe von Phönix und seinem schwarzen Genossen, durchgeführt hatten, waren sie wieder auf freien Fuß gelangt.

Im Laufe der Zeit hatten sich ausgesprochen fähige Mitstreiter zusammengefunden. Sie gehörten schon seit Ewigkeiten demselben Kreis an und waren sich in der gegenwärtigen Epoche wieder begegnet. Aus diesem Grunde wusste jeder genau, wo seine Fähigkeiten lagen und diente dem Erhalt des Lebens, das derzeit auf der Erde sehr gefährdet war. Die Grundlagen der Existenz, so wie wir sie kannten, schienen plötzlich aus den Fugen zu geraten, von ihren gewohnten Bahnen abzuweichen. Dies zwang uns, alles neu zu überdenken und andere, kreative Lösungen zu finden.

Immerhin lag darin auch eine Chance. Niemand konnte mit Fug und Recht behaupten, dass alles Altgewohnte gut und richtig war. Es gab gewiss vieles zu verbessern und einiges neu zu entdecken. Es ging vor allem darum, mehr Mitmenschlichkeit zu üben und den tieferen Kern in uns aufzuspüren. Schließlich fiel alles, was wir unseren Mitmenschen angedeihen ließen – sei es Gut oder Böse – auf uns selbst zurück. Wir hatten viel zu lernen, und, wenn man es genau nahm, auch zu verlernen. In jedem von uns gab es eine Art Zensor, der alles genau beobachtete und notierte. Wenn wir uns mit dem inneren Wächter arrangierten, waren wir auf der sicheren Seite. Der menschliche Geist war ewig. Er kehrte immer wieder zurück.

Mitten in meine Gedanken hinein pochte es mehrmals am Fenster. Als ich hinaussah, bemerkte ich unweit der Fensterscheibe den bunten Phönix auf einem Ast sitzen. Aufgeregt bewegte er seine Schwingen und krächzte dabei laut.

„Ist etwas passiert?", fragte ich, als ich das Fenster öffnete. Er gebärdete sich weiterhin sehr unruhig. Im selben Moment wurde die Praxistür aufgerissen und einige große Kerle, die unfreundlich in die Runde starrten, füllten den Raum. Da wir mittlerweile einiges gewohnt waren, reagierten wir lediglich überrascht. Antje wollte gerade empört die Männer für ihr Benehmen rügen, als einer der Kerle, anscheinend der Anführer dieser Gruppe, ihr zuvorkam:

„Wo ist der Verletzte?", rief er donnernd mit einer eigenartig unpersönlich klingenden Stimme. Bevor wir sie hinausweisen konnten, öffneten die ungehobelten Gesellen alle weiteren Türen in der Praxis. Schließlich stießen sie auch auf den Nebenraum, in dem Professor Fröhlich mit dem Roboter-Mann beschäftigt war. Er hatte bereits einiges in dessen Innern auseinandergeschraubt. Der Professor war so in seine Untersuchungen vertieft, dass er kaum wahrnahm, was sich um ihn herum abspielte. Fürwahr ein echter Wissenschaftler. Erst nach einer kleinen Weile entdeckte er, dass er in dem Raum nicht mehr allein war.

„Kommen Sie, das müssen Sie sich ansehen!", sprach er die Eindringlinge an. Diese waren überaus verdutzt, weil der Professor trotz ihres forschen Auftretens keinerlei Angst zeigte, sondern sie interessiert musterte, als wären sie die netten Nachbarn von nebenan. Für den Moment waren sie offenbar handlungsunfähig. Sie standen lediglich herum und betrachteten verwundert ihren aufgeschraubten Kollegen. Vielleicht stieg in ihnen das Wissen hoch, dass auch sie im Grunde Roboter waren. Anscheinend waren ihnen freundliche Worte und Interesse an ihrer Person nicht einprogrammiert worden. So standen sie zunächst unschlüssig herum, als warteten sie darauf, dass ihr Programm den Faden wieder aufnahm.

Wir alle versammelten uns nun um den Professor herum, lediglich Herr Förster blieb in seinem Rollstuhl im Nachbarraum zurück. Diese Szene war so unglaublich, dass Diana, Antje und ich plötzlich anfingen, laut zu lachen. Es war einfach kurios!

Plötzlich wurde die äußere Praxistür erneut aufgerissen. Wieder standen einige stattliche Männer im Raum, doch diesmal waren sie nicht be- droh- lich, denn ich entdeckte Alexander unter ihnen. Er und seine Leute über- blicken die Szene und waren sofort im Bilde. Sie brauchten keine Gewalt anwenden, denn die Roboter-Menschen stan- den noch immer ratlos herum und reagierten kaum. An- scheinend war ihr Programm durch das liebenswürdige Ver- halten des Professors durcheinander geraten und unser Lachanfall hatte ein Übriges getan. Kaum zu glauben, wie einfach sich manches Hindernis auflösen ließ!

Alexander ordnete an, die Roboter-Männer abzuführen und in ihr Raumschiff zu verfrachten. Für Menschen die sich in der Nähe befanden, war das Ufo nicht zu sehen.

„Bringt sie, wie die anderen, auf unseren Gefängnisplane- ten", wies er seine Leute an. Kurz darauf verließen alle die Praxis. Alexander ging als Letzter; nicht bevor er mich an sich gezogen und mir einen Kuss auf die Stirn gedrückt hat- te. „Wir sehen uns später, meine Liebe", sagte er leise und begab sich zu seinem Trupp, der die gefangenen Maschi- nenwesen beaufsichtigte.

Als wir wieder allein waren, ließ unsere Reaktion nicht lange auf sich warten. Wir setzten uns erst einmal und konn- ten uns vor Lachen kaum beruhigen. Der Professor schaute verdutzt um die Ecke. Er schien von dem Vorgefallenen kaum etwas mitbekommen zu haben und bemerkte leicht verwundert:

„Es ist doch schön, wie viele Menschen sich für die Wis- senschaft interessieren." Dann begab er sich wieder an die

Arbeit, denn sein Untersuchungsobjekt war ihm geblieben. Wir machten eine Kaffeepause und ich gab unserem Wissenschaftler zu verstehen, dass auch er sich eine Pause verdient hatte. Nur ungern folgte er mir und setzte sich zu uns. Immerhin konnten wir dem Durcheinander und der Begegnung mit feindseligen Kreaturen zwischendurch auch fröhliche Momente abgewinnen. Dennoch war uns immer der unumschränkte Ernst des Geschehens bewusst.

Wir hatten es mittlerweile mit einer feindlichen Übermacht zu tun, so dass wir Gefahr liefen, den Überblick zu verlieren. An allen Ecken und Enden, so schien es, lauerten seltsame Wesen, vor denen wir uns in Acht nehmen mussten. Doch sie hatten auch allen Grund, sich vor uns zu fürchten. Schließlich würden wir ihnen unseren Heimatplaneten nicht ohne weiteres überlassen. Wir waren dabei, unsere Kräfte verstärkt zu bündeln, um den Angreifern Einhalt zu gebieten.

Unsere Gespräche wurden jäh unterbrochen, als erneut die Praxistür schwungvoll geöffnet wurde. Diesmal erblickten wir den kleinen Robert in der Türöffnung. Er war ganz außer Atem:

„Stellt euch vor, ich bin eben durch einen Menschen hindurchgegangen!“, rief er völlig entgeistert.

„Du bist *was?*“, fragten wir fast wie aus einem Mund. Robert schloss die Tür hinter sich und ließ sich auf einen Stuhl fallen. Er sah ziemlich verwirrt drein. Herr Förster murmelte:

„Es war mir nicht bekannt, dass sie bereits mit Hologrammen arbeiten. Dabei befindet sich das tatsächliche Objekt in weiter Ferne und ist nur scheinbar an dem Ort, an dem es gesehen wird. Es verhält sich ähnlich wie bei einem Spiegelbild.“

„Was ist ein Hologramm?", wollte Robert interessiert wissen. Herr Förster antwortete:

„Zur Erzeugung eines Hologramms wird ein Objekt mit Laserlicht bestrahlt. In der Fotoplatte trifft die vom Laser ausgehende Lichtwelle auf die vom Objekt reflektierte Lichtwelle und sie überlagern sich zu einem Muster. Das nennt man Interferenz. Die *Holo-Stage* ist eine einzigartige Technologie, die es ermöglicht, ein projiziertes Hologramm, beispielsweise eine Person, auf eine Bühne zu projizieren, wobei keine Leinwand erforderlich ist. Ein 2D-Objekt wird durch die künstliche Projektion abwechselnd bewegter Lichtfelder über dem Objekt als 3D-Objekt erlebt." Robert sah immer noch verwundert und etwas ratlos drein. Herr Förster bemühte sich, seine Ausdrucksweise der kindlichen Auffassungsgabe anzupassen:

„Eine Figur aus Licht, die im Raum zu schweben scheint, das ist ein Hologramm. Vor fünfundsiebzig Jahren wurden die ersten davon erfunden. In Science-Fiction-Filmen wie *Star-Wars* oder *Star-Trek* geben Hologramme ganz natürlich scheinende Geräusche von sich. Personen sind als 3D-Figuren zu sehen und was sie sagen, wird direkt übertragen. Man kann sie sogar anfassen", dozierte Herr Förster weiter. Robert machte große Augen und kam aus dem Staunen nicht heraus.

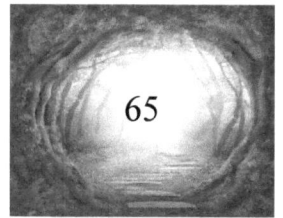

65

„So mein Lieber, dann komm mal her und begrüße unsere Mitstreiter hier", hörten wir plötzlich die Stimme von Professor Fröhlich. „Darf ich vor- stellen, das ist Karl, unser neuer Gehilfe." Er war in Begleitung eines jungen Mannes, der sich vor der Runde, die hier versammelt war, verbeugte.

Herr Fröhlich nannte dem Neuankömmling die Namen der Anwesenden und Karl begrüßte alle mit Handschlag. Ich stellte fest, dass er einen festen Händedruck hatte, doch seine Hand fühlte sich merkwürdig kühl und unbeweglich an. Auch kam er mir irgendwie bekannt vor. Plötzlich lachte ich laut auf, denn ich hatte begriffen, um *wen* es sich bei Karl handelte. Was war Professor Fröhlich doch für ein Genie! Er hatte den Roboter-Menschen umgebaut! Deswegen hatte er sich die ganze Zeit nicht blicken lassen, da er ohne Pause in seine Arbeit vertieft war. Offensichtlich hatte er den Scha- den, den das Maschinenwesen erlitten hatte, mittlerweile behoben. Es war ihm darüber hinaus gelungen, einen neuen Helfer zu kreieren, indem er den Roboter-Mann umpro- grammiert hatte. Es war doch wirklich kurios, wer sich in- zwischen alles zu uns gesellte, um eine friedliche Welt zu schaffen.

Mein Lachen setzte Karl zum Glück nicht außer Gefecht. Er gesellte sich zu uns und war in der Lage, eine gepflegte Unterhaltung zu führen, da sein ‚Programmierer' immerhin ein entsprechendes Niveau aufwies. Abraham Fröhlich war sehr stolz auf sein Werk und das aus gutem Grund. Mir ging durch den Sinn, wie kreativ und erfolgreich unsere Gemein- schaft inzwischen war. Ein jeder hatte seinen bestimmten

Platz und seine besonderen Fähigkeiten. Aus einzelnen Puzzle-Steinen bildete sich eine perfekte Einheit, die zusammen Pläne sehr erfolgreich umsetzen konnte.

Mein Vierbeiner Leo beäugte Karl misstrauisch und beschnupperte ihn ausgiebig. Erst nachdem Karl ihm einen Leckerbissen zugesteckt hatte, wurde er etwas zutraulicher. Vielleicht roch er ja auch ein wenig seltsam. Doch im Grunde war Karl von einem herkömmlichen Menschen nicht zu unterscheiden. Alle Handlungen konnte er selbständig ausführen, als wäre er schon lange damit vertraut. Bald hatten wir fast vergessen, dass er nur das Produkt von Abraham Fröhlich war, der ihn mit sehr viel Sachkenntnis und Feinarbeit umprogrammiert hatte. Wir verhielten uns dem neuen Mitstreiter gegenüber genauso, als würde ein menschliches Herz in seiner Brust schlagen

Die Gästezimmer bei Regina hatten einigen Zuwachs bekommen und beherbergten nunmehr neben Herrn Förster und Professor Fröhlich auch noch Karl, wobei letzterer weder Essen noch Trinken zu sich nahm und auch nicht schlief. Doch ein Zimmer bekam er trotzdem. Damit sein Inneres einwandfrei funktionierte, wurde Karl lediglich ab und zu etwas Schmieröl verabreicht.

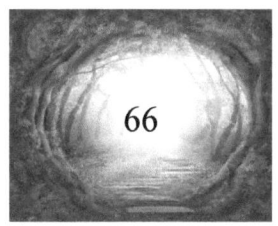

66 Obwohl wir in einem idyllischen kleinen Ort lebten, abseits vom Getriebe der Großstadt, hatten sich auch hier die Übergriffe der Eroberer ausgeweitet. Scharen von Fremden wurden durch die Ortschaft geschleust. Über unseren Köpfen war fast ununterbrochen Fluglärm zu hören. Immer mal wieder gastierte ein Zirkus im Dorf oder in einem der Nachbarorte. Hologramm-Wesen spazierten allenthalben herum. Sie fanden sich auf dem Marktplatz ein und hielten Vorträge mit der Absicht, die Bewohner von ihrer Harmlosigkeit zu überzeugen. Zahlreiche Uniformierte patrouillierten in den Straßen, wobei anzunehmen war, dass es sich bei ihnen mehrheitlich um Maschinenwesen handelte.

Von Tag zu Tag nahmen die Belästigungen zu. Es schien fast so, als hätten die Eindringlinge das Land bereits vollends in Besitz genommen. Die Frauen konnten nicht mehr gefahrlos allein ausgehen, so dass im Hintergrund Alexander und seine Leute immer ein Auge auf sie hatten und darauf achteten, dass keine Übergriffe stattfanden. Karl mischte sich hin und wieder unter seine Genossen, die nicht bemerkten, dass er eigentlich nicht mehr zu ihnen gehörte. Er leistete sehr nützliche Arbeit für uns.

Die Bewohner der kleinen Ortschaft reagierten mehr und mehr verängstigt, da sie nicht recht wussten, was eigentlich los war. Einige von ihnen, die gegen die unhaltbaren Zustände aufbegehrten, da diese ihren gewohnten Alltag erheblich störten, wurden mit roher Gewalt auseinander getrieben. Kein Wunder, dass die meisten Einwohner bald völlig verängstigt waren. Dabei ging es in den ländlichen Gegenden noch einigermaßen zivilisiert zu, während in den Großstädten das reine Chaos herrschte. Alles in allem gebärdeten sich die Besatzer so, als hätten sie den Erdplaneten bereits in ihrer Gewalt.

In meine düsteren Gedanken hinein mischte sich plötzlich ein Grollen aus der Ferne. Auch meine Mitstreiter, die sich noch in der Praxis befanden, schauten erstaunt und ein wenig verschreckt auf. Ohne dass wir der Ursache auf den Grund gehen konnten, bebte plötzlich der Boden unter unseren Füßen. Tassen und Teller begannen, auf und ab zu tanzen. Einige rutschten vom Tisch und zerschellten auf dem Fußboden. Erschrocken sprangen wir auf. Auch Professor Fröhlich erhob sich und versuchte, uns zu beruhigen:

„Ich habe bereits seit einigen Tagen vermutet, dass es hier in der Gegend einen kleinen Vulkanausbruch geben wird, obwohl das seit Ewigkeiten nicht mehr vorgekommen ist. Das Ausmaß dürfte sich jedoch in Grenzen halten, denn wir leben hier nicht in einem ausgewiesenen Erdbebengebiet."

Wir liefen hinaus und konnten ein entferntes Schauspiel beobachten. Dicke Rauch- schwaden stiegen auf und kamen direkt auf uns zu; Steine und Geröll polterten den Berg hinunter. Der kleine Robert war vollauf begeistert von diesem Spektakel, da wir uns nicht in unmittelbarer Nähe befanden. Die Menschen um uns herum waren aufgeregt und voller Angst, denn so etwas hatten sie noch nie erlebt. Uns ging es ebenso. Professor Fröhlich wandte sich an Robert und Emilie:

„Wenn sich die Erdplatten bewegen, können Risse und Spalten entstehen. Durch diese kann das flüssige Magma der unteren Schicht nach oben steigen. Oft wird es explosionsartig herausgeschleudert. Wenn das Magma an die Oberfläche kommt, wird es Lava genannt. Oft sind Vulkankrater mit

Lava und Geröll verstopft. Das macht sie sehr gefährlich, denn wenn sie ausbrechen, kann es gewaltige Explosionen geben. Bekannt dafür sind der Vesuv bei Neapel und der Krakatau in Indonesien. Solche explosiven Ausbrüche sprengen Millionen Tonnen von Gestein in die Luft. Lavaströme haben Oberflächentemperaturen von 500 bis über 1.000 Grad Celsius.

In Deutschland brach das letzte Mal vor etwa 13.000 Jahren ein Vulkan in der Eifel aus. Dabei wurde so viel Asche ausgestoßen, dass man Spuren davon bis in Südschweden und Norditalien nachweisen konnte. Etwas in dieser Art haben wir heute nicht mehr zu befürchten, auch wenn es immer noch einige vulkanisch geprägte Gebiete in Deutschland gibt. Einer der schlafenden Vulkane scheint nun erwacht zu sein. Es könnte sich um eine Mahnung an die Menschen, die sich in diesem Gebiet aufhalten, handeln. Haltet euch vorsichtshalber feuchte Tücher vor Mund und Nase, wenn ihr draußen seid, solange der Vulkan Rauch ausstößt."

Wiederum erwies sich Abraham Fröhlich als ein wichtiger Mitarbeiter. Er wirkte beruhigend auf die Menschen um uns herum ein, indem er ihnen klar machte, dass sie in dieser Gegend kaum etwas zu befürchten hatten, da der Vulkan zu weit entfernt war. Seitdem die merkwürdigen Besucher hier aufgetaucht waren, hatte sich die allgemeine Stimmungslage sehr verändert. Es war, als wäre die Psyche der Menschen in auffälliger Weise aus den Fugen geraten.

Mit der Zeit zogen die Dämpfe des erwachten Vulkans bedenklich in unsere Nähe und wir hielten uns Tücher vor Mund und Nase, als ein plötzlich einsetzender Wirbelwind die Rauchschwaden zurückdrängte. Was war das? Der Windgeist kam mir in den Sinn.

„Danke!", rief ich in das Tosen hinein und ein kleiner Windstoß fuhr mir durchs Gesicht. In dem heillosen Durcheinander entdeckte ich Alexander mit seiner Mannschaft, die damit beschäftigt waren, die aufgeregten und ängstlichen Menschen zu beruhigen und sie anwiesen, sich in ihre Häuser zu begeben. Als etwas Ruhe eingekehrt war, konnten wir das phänomenale, farbenprächtige Schauspiel, das der rauchende Vulkan uns bot, ausgiebig bewundern.

67

„Leo, wo willst du hin? Komm sofort zurück!", rief ich meinem davonjagenden Hund hinterher, der sich in großen Sprüngen dem Wald näherte. Doch dieses Biest hörte nicht auf mein Rufen. Was ging da vor sich? Ich setzte ihm ein Stück hinterher, doch er war nicht mehr zu sehen. Lediglich ein leises Winseln war zu hören. Wo kam das her? Ich kämpfte mich vorwärts durch dichtes Gestrüpp. In der Ferne hörte ich ein Stampfen und eine eisige Kälte umwehte mich. Zweige knackten.

„Christina! Wo bist du?", hörte ich Robert laut hinter mir rufen. ‚Später', dachte ich flüchtig und versuchte angestrengt, in der Dunkelheit etwas zu erkennen. Jetzt kam das Stampfen näher und ich bekam Angst um meinen Vierbeiner. Da kam Leo laut winselnd aus dem Gebüsch, gefolgt von einem anderen Hund.

„Meine Güte, wer ist denn *das*?", rief ich erstaunt. Robert hatte mich inzwischen eingeholt.

„Das ist Harras, der Hund von Herrn Förster. Wo hat er sich bloß die ganze Zeit herumgetrieben?"

„Wie es aussieht, ist er völlig abgemagert", stellte ich fest.

„Er hat wohl nach Nahrung gesucht... sieh, er hat etwas gefangen!", bemerkte Robert. Tatsächlich trug der Hund ein kleines Tier in seinem Maul.

„Leo, komm her! Bring deinen Kameraden mit, und dann nichts wie raus aus dem Wald!", rief ich hastig, denn hinter uns war ein lautes Brüllen zu hören. Eilig rannten wir die schmalen Waldwege entlang und wurden erst langsamer, als wir die Lichter des Ortes vor uns sahen. Wir liefen auf die Praxis zu, gefolgt von den zwei Hunden.

Herr Förster saß wie immer in seinem Rollstuhl und sah uns kommen. Der Hund lief sofort auf ihn zu und konnte sich vor Freude kaum fassen. Sein Besitzer war sichtlich bewegt, nahm ihn in die Arme und streichelte ihn ausgiebig, während eine Träne seine Wange hinunter rollte.

„Was trägt er denn da in seiner Schnauze? Was ist das für ein seltsames Tier?", fragte Professor Fröhlich und beugte sich interessiert vor. Er ging näher heran. Harras ließ die Beute fallen und der Professor griff zu. Er schnappte sich das zappelnde Wesen und betrachtete es von allen Seiten. Nach einer Weile bemerkte er:

„Das ist eine Echse, und zwar eine von der Art, die in keinem Biologiebuch zu finden ist." Jetzt fiel mir wieder ein, dass ich in dem Waldstück ein lautes Stampfen gehört hatte. Vielleicht war das die Mutter, die sich ihr Junges nicht von einem hungrigen Hund entreißen lassen wollte? überlegte ich.

„Bringen wir das Kleine in den Wald zurück", schlug Emilie mitleidig vor.

„Auf keinen Fall!", wehrte der Förster ab. „Es ist Teil der Spezies von Echsen, die ebenfalls zu den Eroberern der Erde gehören. Sie leben schon eine zeitlang in unseren Wäldern." Liebevoll fuhr er fort, seinen wieder gefundenen Vierbeiner zu streicheln. Robert marschierte herein mit Hundefutter, das reichlich vorhanden war, und einem Napf Wasser. Der ausgehungerte Hund stürzte sich gierig darauf, während der Professor mit dem zappelnden Tier auf seinem Arm im Labor verschwand.

„Oje, was für ein Tag! In welcher Zeit leben wir nur?", entfuhr es mir.

"Wir sollten uns alle ein anständiges Abendessen in Reginas Gasthaus gönnen", schlug Professor Fröhlich vor, der sich inzwischen wieder zu uns gesellt hatte. Wir gaben ihm, wie immer, Recht und nicht lange darauf waren wir alle bei Regina versammelt,

„Was ist mit der kleinen Echse?", wollte Robert wissen. Der Professor antwortete:

„Die habe ich vorerst in einen Käfig eingeschlossen. Ich werde sie später genauer untersuchen. Doch jetzt haben wir uns erstmal eine Stärkung verdient." Wir halfen, die Teller, Bestecke und dampfenden Schüsseln aufzutragen. Der Duft, der daraus aufstieg, war köstlich und alle ließen es sich schmecken.

Als wir gerade bei der Nachspeise angekommen waren, öffnete sich die Tür und ein ungewöhnlich grobschlächtiger Mann von beträchtlichen Ausmaßen betrat mit schweren Schritten den Gastraum. Mir lief es eiskalt den Rücken hinunter. Leo und Harras, unsere beiden Hunde, reagierten unfreundlich auf den Fremden. Leo begann laut zu bellen und bei Harras sträubten sich die Nackenhaare, während er Unheil verkündend knurrte. Der Fremde machte einen Bogen um sie und setzte sich schwerfällig an einen Ecktisch.

Wir riefen die Hunde zur Ordnung. Sie verhielten sich zwar ruhig, behielten aber ihre Abwehrhaltung bei und schienen bereit, jeden Moment anzugreifen. Eine kühle Atmosphäre breitete sich in dem Gastraum aus und unsere Gespräche verstummten oder drehten sich nur noch um Belangloses. Uns allen war nicht wohl zumute; irgendetwas stimmte hier ganz und gar nicht.

Regina kam nicht umhin, in ihrer Eigenschaft als Gastwirtin nach den Wünschen des Fremden zu fragen. Immerhin hatte sich der Mensch trotz seines unsympathischen Äußeren und der unangenehmen Ausstrahlung in keiner Weise unkorrekt verhalten.

„Bringen Sie mir bitte fünf Schnitzel, ungebraten, und dazu fünf Liter Bier", orderte der Gast. Seine kalten Augen fixierten Regina dabei unentwegt. Diese verzog sich mit weichen Knien in die Küche und kam bald darauf mit dem blutigen Fleisch zurück. Dann füllte sie einen großen Krug mit der verlangten Menge Bier und brachte es dem Gast, nicht ohne einen gewissen Abstand zu halten.

Verblüfft und ein wenig angewidert verfolgten die Kinder die Eßgewohnheiten dieser Kreatur. Leo und Harras schnupperten, denn sie rochen das rohe Fleisch. Der riesige Kerl schmatzte ausgiebig und warf den Hunden einige Brocken zu. Doch diese rührten sich nicht vom Fleck, so als witterten sie Gefahr.

Als der Kerl seine Mahlzeit verdrückt und mit einem Zug das Bier hinterher gekippt hatte, warf er einige Scheine auf den Tisch, die das Dreifache der Rechnung betrugen. Beim Hinausgehen knurrte er mit tiefer Stimme:

„Wir sehen uns noch..." Dann schlug er die Tür hinter sich zu. Die Hunde begannen zu knurren, während wir befreit aufatmeten. Die Kinder fassten sich als erste und begannen zu kichern, während wir anderen immer noch wie erstarrt dasaßen.

„Was für unangenehme, finstere Typen treiben sich hier neuerdings herum?", fragte Antje schließlich. Diana schloss sich an mit der Bemerkung:

„Was geht hier nur vor? Es ist alles so anders geworden in unserem behaglichen, kleinen Ort."

„Wie wir mittlerweile in Erfahrung bringen konnten, haben wir es nicht nur hier, sondern auf unserem gesamten Erdball mit Invasoren der verschiedensten Gattungen zu tun, über die uns die *Bewahrer* bereits informiert haben", bemerkte Herr Förster. „Allein können wir nicht viel ausrichten, und gegen sie kämpfen schon gar nicht. Doch immerhin sind wir in der Lage, unser höher entwickeltes Bewusstsein in die Waagschale zu legen und Aufklärungsarbeit zu leisten. Ein weiterer Fakt kommt uns zugute: Jede Gattung dieser Eindringlinge trachtet danach, den Lebensraum unseres Planeten für sich allein zu beanspruchen. Das kommt uns sehr zugute, denn sie bekämpfen sich untereinander. Allen geht es darum, die Menschheit kraft ihres überlegenen Wissens zu versklaven.

Bei dem unsympathischen Kerl, der gerade hier war, scheint es sich um einen Verwandten der kleinen Echse zu handeln, die Harras aufgespürt hat und die nun in der Praxis in einem kleinen Käfig hockt, in den Professor Fröhlich sie gesteckt hat." Der Förster war wieder einmal besser im Bilde als wir anderen, da er auf seinen Reisen im Koma Dinge gesehen und erlebt hatte, von denen wir nichts wussten.

Mir kam in den Sinn, was mir in letzter Zeit alles widerfahren war. Darüber könnte ich ein Buch schreiben und dennoch würden viele Menschen das Ganze für Phantasterei halten und sich allenfalls ein wenig gruseln in ihrem behaglichen Heim. Es gab eben Dinge, von denen die Mehrheit der Leute nichts ahnte.

Wir, die wir hier versammelt waren, hatten uns schon vor langer Zeit verabredet, in dem jetzigen Zeitabschnitt zusammen zu kommen. Jeder von uns war ein kleiner Puzzlestein, der das Gesamtbild vervollständigte. Dazu zählten auch die *Bewahrer*, der Windgeist, der bunte Phönix und sein schwarzer Kamerad. Auch Alexander und seine Flotte gehörten natürlich dazu. Neuerdings war sogar das Roboterwesen Karl, die Kreation des Professors, der er in gewisser Weise Leben eingehaucht hatte, mit von der Partie.

Wir alle zusammen bildeten ein starkes Heer, eine zusammengeschweißte Einheit, vergleichbar einem starken Fels in der Brandung. Neben uns gab es weltweit noch viele andere Gruppen, die in unserem Sinne arbeiteten und mit denen wir in Verbindung standen, wie ich während meiner Besuche in höheren Frequenzen erfahren hatte. Wir wurden immer mehr und es kamen täglich weitere Mitstreiter hinzu. Was konnte uns schon passieren? In unserer Nähe fühlten sich die dunklen Eindringlinge sehr unwohl. Erst jetzt wussten wir zu schätzen, was wir an unserem Planeten hatten. Wir waren bereit, den Gaben, die wir erhielten, mit mehr Bewusstsein und Dankbarkeit zu begegnen.

68

Endlich konnten wir in Ruhe die Reste des schmackhaften Desserts ver- speisen. Plötzlich wurde ich von einem heftigen Hustenanfall ge- schüttelt. Von draußen war Kampfes- lärm zu hören; lautes Geschrei und heftige Explosionen zerrissen die Stille. Dazwischen grollte der entfernte Vulkan und schleuderte Asche bis in unseren Bereich hinein. Wir waren zunächst vor Schreck wie gelähmt.

„Wie kommen wir hier jetzt wieder heraus?", fragte Birgit, die anscheinend ihren kühlen Kopf behielt, mit besorgter Miene.

„Das ist eine gute Frage. Es wird nicht ungefährlich sein und wir wissen nicht, was da draußen vor sich geht", antwortete Professor Fröhlich in seiner stets ausgeglichenen Art.

„Seht mal! Im Garten steht eine Eisenbahn!", rief Emilie verwundert und wies mit ausgestrecktem Finger dorthin. Wir folgten ihrem Wink und erblickten tatsächlich einen kleinen Waggon auf der Wiese.

„Ich hatte zwar vor, einen Geräteschuppen im Garten zu bauen; doch dass er sich auf diese Art manifestieren würde, hätte ich nicht gedacht", witzelte Regina, obwohl uns eigentlich nicht zum Lachen zumute war.

„Seht mal, die Tür öffnet sich von innen!", rief Robert aufgeregt. Und tatsächlich stand im Türrahmen eine ältere Dame. Ich erkannte sie sofort: Sophia! Sie winkte uns, zu ihr zu kommen.

„Was sollen wir in dem alten Kasten? Der ist doch viel zu klein für uns und bietet außerdem keinerlei Sicherheit", gab Professor Fröhlich zu bedenken.

„Warten Sie es ab, Sie werden staunen", entgegnete ich schnell. Ich trieb alle zur Eile an und schob Herrn Förster mit seinem Rollstuhl als Ersten nach draußen. Als er in dem kleinen Waggon verschwand, in dem offenbar genügend Platz zur Verfügung stand, geriet der Professor ins Grübeln. Bislang hatten wir noch keine Zeit gehabt, ihm von den *Bewahrern* zu erzählen und auch nicht von deren Fortbewegungsmittel, das zur Tarnung diente und in Wahrheit ein geräumiges Raumschiff vor den Blicken Unbefugter verbarg.

Im Nu waren wir alle im Vorraum bei Sophia versammelt und ließen uns, von der Aufregung erschöpft, auf den Bänken nieder.

„Danke Sophia, du kamst gerade im richtigen Moment", begrüßte ich sie erleichtert.

„Wir sind immer im rechten Moment zur Stelle, das ist unsere Aufgabe", antwortete sie mit ihrer wohlklingenden Stimme. Es roch intensiv nach den geheimnisvollen Kräutern. Das Getränk, das sie uns reichte, beruhigte unsere Sinne.

Wir bemerkten es kaum, dass sich das Fahrzeug bereits seit geraumer Weile in Bewegung befand. Durch die kleinen Fenster sahen wir unzählige Sterne glitzern. Kometen schossen vorbei und es schien, als begleitete uns ein kaum wahrnehmbarer, melodischer Ton in dieser fantastischen Unendlichkeit. Die Kinder waren vollauf begeistert und klebten an den Fenstern. Das Schiff glitt kaum merklich durch den Raum, wobei wir die rasante Geschwindigkeit, mit der wir uns fortbewegten, nicht bemerkten. Wir saßen still zusammen und bestaunten die Erhabenheit um uns herum.

Alles war so schnell gegangen, dass wir Mühe hatten, den Umschwung zu verarbeiten. Auch die beiden Hunde verhielten sich still und verzogen sich in eine Ecke. Die Kinder schienen damit wenig Mühe zu haben und drückten sich weiterhin an den Gucklöchern herum. Alles, was vorbei flog, wurde genau betrachtet und kommentiert.

Unser ungewöhnliches Raumschiff beschrieb eine Kurve und sank leicht nach unten, so dass wir eine umfassende Sicht auf den Erdplaneten hatten. Nach längerem Hinsehen bemerkten wir unter uns zahlreiche Explosionen und sahen Flugzeuge, die anscheinend Bomben abwarfen. Ein Gefecht war in vollem Gange! Nicht auszudenken, wenn wir da hinein geraten wären! Dieses Szenario hatte sich anscheinend blitzschnell, von einem Moment zum anderen, entwickelt. Wären wir aus der Vordertür des Gasthauses getreten, hätten wir uns mitten in dem Getümmel wieder gefunden! Im Nachhinein wurde mir ziemlich mulmig zumute.

„Wie gut, dass ihr rechtzeitig zur Stelle wart", wandte ich mich erneut an Sophia.

„Wir sind zumeist über alles informiert", sagte sie nur und schenkte mir von ihrem wohlschmeckenden Kräutertee nach.

69

Plötzlich öffnete sich die Tür und in der Türöffnung tauchte einer der *Bewahrer* auf. Er begrüßte uns höflich und setzte sich zu uns auf die Bank. Die Kinder erkannten ihn sofort und rannten auf ihn zu, um den Neuankömmling zu umarmen. Wie spontan und ehrlich Kinder in ihrer Art der Zuneigung sein konnten! Die Beiden rückten näher und warteten aufmerksam auf das, was es zu hören gab.

„Leider sind es keine märchenhaften Erzählungen, die ich zum Besten geben werde, das könnt ihr mir glauben", begann der Besucher. „Seht noch einmal hinaus", forderte er die beiden Kinder auf. Sogleich stürmten sie an die Gucklöcher

„Könnt ihr etwas erkennen?", wollte er wissen.

„Hm…, ich sehe nur schwarze Punkte", meinte Robert etwas ratlos.

„Sie kommen immer näher! Es sieht aus, wie viele Raumschiffe!", rief Emilie aufgeregt.

„Ja, du siehst ganz richtig", erwiderte der *Bewahrer*.

„Wo wollen die denn alle hin?", stieß Robert aufgeregt hervor.

„Wartet noch kurz, dann zeige ich es euch." Unterdessen senkte sich das Raumschiff erneut etwas ab. Wir konnten von unserer Warte aus ein fürchterliches Kampfgetümmel und zahlreiche Explosionen erkennen. Uns schauderte, wenn wir daran dachten, was für einem schrecklichen Szenario wir da entronnen waren. Mitten in dem Chaos brach in der Ferne ein gewaltiger Vulkan aus. Eine Schrecken erregende Szene

wie in einem Horror-Film breitete sich vor unseren Augen
aus.

„Ihr seid nun Zeugen eines Geschehens, das schon vor
langer Zeit von vielen Hellsehern und Propheten vorausge-
sagt wurde. Auch in eurer Bibel gibt es zahlreiche Hinweise
da-rauf. Wir alle haben uns bereit-
erklärt, bei dem Ereignis dabei zu sein. Neben uns sind
viele andere damit beauf-
tragt, das Schlimmste von
der Menschheit abzuwen-
den. Etliche sind befugt,
nach der Katastrophe die-
sen einzigartigen Planeten
wieder zu besiedeln. Momentan findet eine Art Säuberung
statt von der Spezies, welche bereits seit langer Zeit plant,
die Menschheit in den Abgrund zu reißen. Ihre Zeit ist nun
endgültig abgelaufen. Es sind unterschiedliche Gruppen, die
vorhaben, die Erde unter sich aufzuteilen. Doch in ihrer un-
ersättlichen Gier war es ihnen nicht möglich, sich untereinander friedlich zu einigen. Denn sie sind von Grund auf
böse. Nun bekämpfen sie sich gegenseitig, gemeinsam mit
jenen, die ihre irdischen Geschwister verraten haben, um mit
ihnen gemeinsame Sache zu machen.

In den Raumschiffen, die ihr hier seht, halten sich Menschen auf, die wie ihr nach diesem schrecklichen Kampf, in
dessen Verlauf alle daran Beteiligten vernichtet werden,
zurückkehren werden. Sie werden die Erde wieder besiedeln
und eine neue, bessere Gesellschaft aufbauen im Sinne eines
liebevollen Miteinanders." Der *Bewahrer* hatte geendet und
wir schwiegen betroffen. Das ganze Ausmaß dieses einzigartigen Geschehens hielt erst nach und nach Einzug in unser

Bewusstsein. Ich muss gestehen, ich fühlte mich von der Tragweite dessen, was hier geschah, einigermaßen überfordert.

„Seht mal! Ich glaube, da umkreist uns Alexander!", rief Robert und presste sein Gesicht aufgeregt an das Guckloch. Mein Herz machte einen kleinen Sprung und mir wurde ganz warm. Gut, dass keiner es bemerkte.

„Kommt mit mir", forderte der *Bewahrer* die Kinder auf, „nebenan habt ihr einen ausgezeichneten Fensterplatz!" Sie waren vollauf begeistert und schienen weniger Mühe zu haben als wir, das Gesehene zu verarbeiten. Er legte die Hände um ihre Schultern – und im gleichen Augenblick waren sie verschwunden.

Der heilkräftige Tee aus Sophias Zauberküche sorgte dafür, dass sich wieder eine heitere Gelassenheit in uns ausbreitete und sich eine muntere Unterhaltung entspann.

70

Professor Fröhlich hatte seine Aktentasche, die er im Allgemeinen nicht aus den Augen ließ, dabei und öffnete sie. Er begann, einige Unterlagen daraus hervorzukramen und auf dem langen Tisch auszubreiten. Ein Seitenblick ließ mich Zeichnungen und Texte erkennen, mit denen ich nichts anzufangen wusste. Für ihn mussten sie von großer Bedeutung sein, denn er vertiefte sich sogleich darin und schien sich bald in seiner eigenen Welt zu befinden; ein Wissenschaftler durch und durch. Ich hatte den Eindruck, dass er sich über irgendetwas den Kopf zerbrach. Da gab es offenbar ein Problem, das ihn ungemein beschäftigte. Wir fuhren indessen in unserer Unterhaltung fort und warfen ihm nur hin und wieder interessierte Blicke zu.

„Wie geht es Ihnen mittlerweile?", fragte Birgit, an den Förster gewandt.

„Ich bemerke, dass es mehr und mehr aufwärts geht und ich hoffe, dass ich den Rollstuhl bald verlassen kann", antwortete er mit seiner leisen Stimme und fügte hinzu: „Derzeit habe ich nicht viel zu tun und bin stets auf Erkundungsreisen in meinem zweiten Körper. Darum hat mein derzeitiger Zustand auch sein Gutes. Kürzlich habe ich mich in die Höhle des Löwen vorgewagt, in eine Art Labor, ohne dass man mich bemerkte. Die Reptilienwesen dort waren gerade damit beschäftigt, einen grünlichen Saft in Behälter zu füllen. Es war derselbe Trank, den sie am Eingang vor den Zirkusvorstellungen verteilen und der fatale gesundheitliche und teils lebensgefährliche Beschwerden bei den Menschen verursacht. Bevor sie die Behälter schlossen, gaben sie noch irgendetwas hinzu und schraubten schnell einen Deckel darauf. Einer von denen bemerkte:

‚Seid vorsichtig, damit nichts daneben geht. Es sind Nanopartikel, die sich erst in der grünen Lösung voll entfalten und entwickeln können.'

‚Klar Chef', lautete die Antwort eines der Reptilienwesen. Ich machte, dass ich fort kam, denn mir war trotz meiner Unsichtbarkeit nicht wohl in meiner Haut. Diese Kreaturen haben mehr Möglichkeiten auf diesen Gebieten als wir. Immerhin kamen mir meine bisherigen Erfahrungen zugute." Als er geendet hatte, sprang plötzlich Professor Fröhlich auf, schlug mit der Hand auf den Tisch und rief erfreut:

„Herr Förster, ich danke Ihnen! Sie haben mich eben, ohne es zu wissen, auf die Lösung gebracht, nach der ich schon lange suchte!" Er zog ein Fläschchen mit einer grünen Flüssigkeit aus der Seitentasche seiner Mappe. Überaus vorsichtig nahm er es aus seinem Behältnis. „Hier habe ich eine Probe!", rief er triumphierend und hielt sie hoch. Wer weiß, wie er daran gekommen war. Vorsichtig verstaute er die Phiole wieder in seiner Aktentasche. Dann kritzelte er rasch einige Formeln auf seine Unterlagen und legte sorgfältig zurück in eine Mappe. Er schien mit sich zufrieden und wirkte sichtlich entspannt. Anscheinend hatte er ein Gegenmittel gefunden, das zunächst nur als Formel auf dem Papier existierte.

Mitten in die heitere Stimmung hinein ging plötzlich ein Ruck durch die Raumfähre. Offensichtlich waren wir gelandet. Wir hatten fast vergessen, wo wir uns befanden, so leise und sanft hatte sich das Schiff durch den Raum bewegt. Augenblicklich tauchte der *Bewahrer* mit den beiden Kindern in der Tür auf.

„Wir sind gerade auf einem Gastplaneten gelandet. Sie betreten jetzt ihren vorläufigen Lebensraum, wo Ihnen jede erdenkliche Hilfe zuteil wird", informierte er uns. Wir gerieten in helle Aufregung und fragten uns, was uns hier wohl erwartete. Auf unseren Heimatplaneten konnten wir derzeit nicht zurückkehren. Nach den katastrophalen Kämpfen dort würde es wohl noch eine längere Zeit in Anspruch nehmen, bis sich die Lebensbedingungen wieder normalisiert hatten.

Mit klopfendem Herzen betraten wir unsere neue Heimat. Alle waren hier versammelt, die in der letzten Zeit gemeinsam im Einsatz gewesen waren. Mit uns taten die zwölf *Bewahrer* und eine junge Frau im blauen Kleid die ersten Schritte in ein ungewohntes, neues Leben. Einige Helfer kamen auf uns zu und wiesen uns an, ihnen zu folgen.

„Seht mal! Ist das nicht Karl?", rief die kleine Emilie und deutete in eine Richtung. Sie hatte kaum die Worte ausgesprochen, als ein junger Mann auf uns zukam.

„Ja... ich bin Karl. Es freut mich, euch wieder zu sehen", begrüßte er uns. „Ich bin schon eine ganze Weile hier und euch zur Unterstützung zugeteilt." Wir freuten uns, ihn hier zu treffen, denn er erinnerte uns an unseren Heimatplaneten. Er war für uns so etwas wie ein Bindeglied an die Erde. In keiner Weise war er als ein künstlich gezeugtes Wesen zu erkennen und Professor Fröhlich strahlte über sein Werk.

„Ich werde euch in den nächsten Tagen bei der Eingewöhnung helfen", teilte uns Karl mit. Auch er freute sich, soweit wir das beurteilen konnten, über unser Wiedersehen. „Doch nun kommt erst einmal mit; ich werde euch mit den wichtigsten Dinge vertraut machen." Er schritt voraus und wir folgten ihm in gespannter Erwartung.

71

Die Situation, in der wir uns befanden, war ausgesprochen neu für uns. Unterwegs begegneten uns viele Menschen, die ebenso wie wir auf diesem Planeten eine neue Heimat finden wollten. Immer wieder kamen Raumschiffe an und Menschengruppen strömten, geführt von ihren Helfern, in die gleiche Richtung. Manche der Gesichter kamen mir bekannt vor, doch für Kontaktaufnahmen war momentan keine Zeit. Wir waren ohne Gepäck gekommen, nicht das kleinste Utensil hatten wir mitgenommen.

Karl zeigte uns den Weg und wir folgten ihm. Hinter uns trotteten die Hunde und einer der Helfer schob den Rollstuhl von Herrn Förster. Es herrschte ein angenehmes, sonniges Klima. Am Wegrand wuchsen ungewöhnlich schöne Blumen und kleine Wasserspiele erfreuten das Auge. Dem ersten Eindruck nach zu urteilen, ließ es sich hier offenbar gut leben. Ein gepflegter Park um uns herum erinnerte uns an die heimische Flora, so dass wir uns schon fast ein wenig wie zuhause fühlten.

Nach einer kleinen Weile steuerte Karl auf ein bestimmtes Gebäude zu. Der Baustil unterschied sich in einigen Details von dem, wie wir ihn kannten. Die Häuser, die hier dicht nebeneinander standen, muteten an wie kleine Villen. Sie waren rund gebaut, ohne Ecken und Kanten, und umgeben von einem blumengeschmückten Rasen. Ein kleiner Kiesweg führte zum Eingang des einladend aussehenden Hauses. Als wir es erreicht hatten, öffnete sich die Tür. Mehrere Personen traten heraus, die uns freundlich lächelnd die Hand reichten.

„Seid uns willkommen und Friede sei mit euch", wurden wir begrüßt. „Wir freuen uns, dass ihr angekommen seid. Falls ihr etwas braucht, sind wir zur Stelle." Karl verabschiedete sich, da er noch einiges zu erledigen hatte. Er versprach, immer mal wieder vorbeizuschauen.

Als wir über die Schwelle des Hauses schritten, empfing uns eine angenehme Atmosphäre und hüllte uns ein. Eine leise, meditative Musik half uns, zu entspannen und ließ uns den Abschiedsschmerz vergessen. Zahleiche Töpfe mit ungewöhnlichen Pflanzen waren in den Räumen aufgestellt und Vögel zwitscherten ihr Lied.

Es gab eine geräumige Halle mit einem runden Tisch, an dem wir alle Platz hatten. Von dort aus führte eine Treppe zu den einzelnen Wohnbereichen, in denen jeder von uns seinen Schlaf- und Wohnraum, einschließlich Bad, hatte. Das Haus, in dem wir uns befanden, war allein für unsere kleine Gruppe gedacht. Die freundlichen Helfer führten uns herum und beantworteten eingehend unsere Fragen. ‚Sie wären stets in der Nähe; wir bräuchten nur leise Fragen zu stellen und sofort wären sie verfügbar', ließen sie uns wissen. Wir waren ohne Gepäck gereist, doch alles, was wir brauchten, fanden wir in unseren Räumen.

„Ich möchte neben dir wohnen, Christina", flüsterte Emilie schmeichelnd und legte ihre kleine Hand in meine.

„Ich auch!", kam es laut aus einer anderen Ecke von Robert. Ich musste lachen. Sie erinnerten sich wohl an die lustige Nacht in meiner behaglichen Hütte, die wir zu Dritt verbracht hatten.

„Und Leo soll auch dabei sein!", warf Emilie noch ein. Leo stand abwartend hinter mir, während Harras, der Hund des Försters, seinem Herrn dichtauf folgte.

„Wenn ihr euch ein wenig umgesehen habt, kommt bitte in die Halle", sagte einer unserer Helfer in seiner freundlichen, warmen Art. „Falls ihr zusätzlich etwas benötigt, meldet euch bei mir." Tatsächlich fanden wir in den Räumen alles, was wir brauchten, vor. Unser Aufenthalt hier schien bis ins Detail vorbereitet zu sein, so dass wir uns nach einem erfrischenden Bad bald in der Halle versammelten. Alle waren anwesend, auch die zwölf *Bewahrer* mit der zauberhaft jungen Sophia.

„Wo wohnt *ihr* denn"? fragte Emilie Sophia und die *Bewahrer*.

„Auf uns warten noch andere Aufgaben", antwortete Sophia und strich Emilie über die Wange. „Wir werden bald wieder starten und die Erde ins Visier nehmen, um die Zustände dort zu inspizieren und zu beobachten. Doch zwischendurch werden wir immer mal wieder hier vorbeikommen."

„Oh, wie schade, dass ihr nicht hier bei uns bleiben könnt", klagte Emilie in ihrer kindlich naiven Art. ‚Diese bezaubernden Kinder', dachte ich und umfasste beide gerührt. Auf dem Weg zu unseren Plätzen in der Halle kamen wir an einem ausladenden Spiegel vorbei. Ich sah hinein und erblickte neben mir eine junge Frau und daneben einen jungen Mann. Als ich mich erstaunt umdrehte, sah ich nur die Kinder neben mir stehen. Sobald ich wieder in den Spiegel schaute, erschien erneut das junge Paar. Wieder drehte ich mich um. Nur die Kinder standen neben mir. Langsam traute ich meinen Augen nicht mehr.

„Was ist denn das?", fragte ich erstaunt. Hinter mir tauchte einer der Helfer auf, der meine Verwirrung bemerkt hatte, und erklärte:

„Das sind Emilie und Robert in ihrer wahren Gestalt. Sie gehörten zu euren Helfern auf der Erde. Mit ihrer kindlichen Energie rundeten sie das Bild ab, damit alle Energien in eure Gruppe im Gleichgewicht waren, so dass ihr eine vollständige Einheit bilden konntet." Wieder einmal war ich völlig verblüfft. Erst jetzt wurde mir klar, dass es nie Eltern für die beiden gegeben hatte. Verunsichert drehte ich mich zu ihnen herum und fragte:

„Aber jetzt seid ihr vorerst einmal Kinder...?"

„Na klar, wir müssen ja noch wachsen. Das haben wir in diesem Leben noch vor uns und bis dahin sind wir tatsächlich Kinder", nickte Emilie. Erleichtert atmete ich auf. Vieles fiel mir nun wie Schuppen von den Augen. In unserer Gruppe waren tatsächlich Menschen aller Kategorien versammelt – und einige Tiere. Da fiel mir etwas ein.

„Wo sind eigentlich Phönix und sein schwarzer Freund abgeblieben?", fragte ich. „Die gehören doch auch zu uns."

„Auch sie waren Helfer, die für eine gewisse Zeit eine Inkarnation als Vogel durchlebten. Lass dich überraschen...", wurde mir mitgeteilt. „Nun folgt mir bitte zum Versammlungsort, wo sich alle diejenigen treffen, die bereits hier sind." Wir traten vor die Tür. Da erschien auch schon Karl, der nun die weitere Führung übernahm. Ein leichter Wind umwehte mich und ich glaubte, ein Flüstern zu hören:

„Christina, ich freue mich, dir hier zu begegnen." Ich spürte einen warmen Lufthauch um mich herum.

„Hallo, mein Freund, du gehörst auch zu uns", lachte ich und winkte vergnügt. Karl steuerte auf ein bestimmtes Haus zu und hieß uns eintreten. Bald darauf standen wir in einer großen Halle, umgeben von unzähligen Vögeln. Auch viele andere Tiere befänden sich in riesigen Hallen auf diesem Gelände, wurde uns erklärt. Emilie und Robert waren begeistert, als sich aus der Schar der Vögel zwei herauslösten und sich auf ihre Schultern setzten. Die Wiedersehensfreude war unbeschreiblich!

„Oh, mein lieber Phönix, du bist auch hier!", strahlte Emilie und auch Robert war die Freude anzusehen. ‚In diesem Umfeld können sich die Kinder angemessen entwickeln; hier finden sie alles, was sie dazu benötigen', dachte ich bei mir. Die beiden hatten in kurzer Zeit mein Herz erobert. Alle Menschen schienen an diesem Ort ausgesprochen fröhlich zu sein. ‚Genauso sollte es auf unserer Erde werden', überlegte ich. Immerhin hatten wir nun eine Blaupause.

In der weiträumigen Halle befand sich ebenfalls ein großer Spiegel. Wenn Phönix und sein schwarzer Freund daran vorbei flogen, sah ich flüchtig zwei junge Männer im Spiegel auftauchen. Blickte ich mich um, erschienen sie wieder als gefiederte Gesellen.

Wir begaben uns zu einem großen Platz mit vielen Bänken, die fast alle besetzt waren. Der Strom der Menschen, die hier ankamen, wollte kein Ende nehmen. Erst nach einer ganzen Weile schienen alle, die heute angereist waren, hier versammelt zu sein. Als ein junger Mann und eine junge Frau auf dem Podium in der Mitte Platz nahmen, wurde das allgemeine Stimmengewirr leiser und es kehrte Ruhe ein. Nach der Begrüßung erhielten wir eine kurze Zusammenfassung dessen, was uns hier zukünftig erwartete.

Alle, die hier versammelt waren, mussten sich darauf einstellen, eine längere Zeit auf diesem Gastplaneten zu verbringen. Es bliebe abzuwarten, wann auf der Erde die Streitigkeiten beendet und die Feinde besiegt waren und wieder Ruhe einkehrte. Auf alle hier Anwesenden wartete eine große Aufgabe, die darin bestand, wieder Frieden auf die Erde zu bringen und in Freiheit zu leben, so wie es der Menschheit von Anbeginn an bestimmt gewesen war. Alle, die hier versammelt waren, hätten großen Einsatz gezeigt und dabei geholfen, mit ihrer Kraft die Feinde zu vertreiben. Nie wieder würde etwas Ähnliches geschehen, denn es war nun ein Schutzgürtel um die Erde gelegt worden. Alles, was die Mitstreiter erlebt hätten, war eine Prüfung, die zeigen sollte, ob sie in der Lage waren, die Schwierigkeiten zu bewältigen. Sie hätten nun gelernt, aus allem, was ihnen begegnete, Wissen und Kraft zu schöpfen.

Eine andächtige Ruhe breitete sich aus. Mitten in die Stille hinein hörte ich leise Schritte, und plötzlich war der leere Platz neben mir besetzt. Ich blickte unauffällig zur Seite und da saß – Alexander! Er war es wirklich! Mein Herz begann wie wild zu klopfen.

Er legte den Arm um mich und ich spürte ganz nah seinen warmen Körper und das Pochen seines Herzens.

„Wir werden dafür sorgen, dass es wieder genügend Kinder auf der Erde gibt, die im Himmel geboren werden", flüsterte er dicht an meinem Ohr. Dann küsste er mich. Um mich herum versank die Welt, auch die, in der ich kaum angekommen war. Ich schwebte im wahrsten Sinne des Wortes auf einer Wolke; ich war im siebten Himmel! Wir küssten uns zart und innig. Um uns herum begannen einige Menschen zu klatschen; meine Freunde nahmen teil an unserem Glück.

Die Zukunft erschien mir wie ein verheißungsvoller Traum; ein Traum, wie ich ihn mir immer gewünscht hatte.